Das große Doppelspiel

Jack Higgins

Das große Doppelspiel

Roman

Scherz

Erste Auflage 1991
Einzig berechtigte Übersetzung aus dem
Englischen von Jürgen Bavendam.
Titel des Originals: «Cold Harbour».

Schutzumschlag unter Verwendung eines
Fotos von dpa, Frankfurt a. M.

I

Überall ringsum, im Mondschein deutlich zu sehen, trieben menschliche Körper, einige in Schwimmwesten, andere nicht. Weit hinten brannte das Meer, da auslaufendes Öl sich entzündet hatte, und als Martin Hare auf den Wellenkamm gehoben wurde, sah er den Zerstörer, dessen Bug schon unter Wasser war. Eine dumpfe Explosion ertönte, das Heck hob sich, und das Schiff begann, in die Tiefe zu gleiten. Hare trieb, von der Schwimmweste getragen, in das Tal der Welle, und dann brandete eine andere über ihn hinweg, und er verlor halb das Bewußtsein, war sich nur noch des stechenden Schmerzes von dem Granatsplitter in seiner Brust bewußt.

Das Meer strömte sehr schnell durch die Enge zwischen den Inseln, mit einer Geschwindigkeit von wenigstens sechs oder sieben Knoten. Es schien ihn gepackt zu halten und mit einem unglaublichen Tempo mitzutragen. Hinter ihm verklangen die Schreie der Ertrinkenden in der Nacht. Wieder wurde er auf eine Welle gehoben, verharrte einen Moment lang, vom Salz halb geblendet, schoß dann sehr schnell hinunter und sauste auf ein Rettungsfloß zu.

Er langte nach einem der Seilgriffe und sah hoch. Dort kauerte ein japanischer Offizier in Uniform. Sie starrten einander einen langen Moment an, und dann versuchte Hare, sich hinaufzuziehen. Aber er hatte keine Kraft mehr.

Der Japaner kroch wortlos auf den Rand der Rettungsinsel, packte Hare an der Schwimmweste und zerrte ihn hinauf. In diesem Augenblick drehte sich das Floß, von einem Strudel ergriffen, wie ein Kreisel, und der Japaner stürzte kopfüber ins Meer.

In Sekundenschnelle war er zehn Meter weit fort. Sein Gesicht war dem Mond zugewandt. Er begann, zur Rettungsinsel zurückzuschwimmen, und dann sah Hare, wie hinter ihm eine Haifischflosse durch den weißen Gischt zwischen den Wellen schnitt. Der Japaner schrie nicht einmal auf, er warf nur die Arme hoch und verschwand. Und es war Hare, der schrie – wie jedesmal. Gleichzeitig fuhr er schweißgebadet im Bett hoch.

Die diensthabende Schwester war McPherson, eine resolute Frau von fünfzig, die keinen Spaß verstand; eine Witwe mit zwei Söhnen, die sich bei der Marineinfanterie zwischen den Inseln durchkämpften. Sie kam ins Zimmer und blieb, die Hände in die Hüften gestemmt, neben seinem Bett stehen und sah auf ihn hinunter.

«Wieder der Traum?»

Hare schwang die Beine über den Bettrand und griff nach seinem Bademantel. «Ja. Welcher Arzt hat heute abend Dienst?»

«Commander Lawrence, aber er wird Ihnen wenig nützen. Noch ein paar Tabletten, damit Sie noch ein paar Stunden so schlafen, wie Sie schon den ganzen Nachmittag geschlafen haben.»

«Wie spät ist es?»

«Sieben. Warum duschen Sie nicht schnell, und ich lege Ihnen Ihre schöne neue Uniform zurecht. Sie können zum Dinner herunterkommen. Es wird Ihnen guttun.»

«Ich glaube nicht.»

Er sah in den Spiegel und fuhr sich mit der Hand durch das zerzauste schwarze Haar, das einige graue Strähnen aufwies, was mit sechsundvierzig ja auch nicht ungewöhnlich war. Das Gesicht war recht attraktiv, nur sehr blaß von mehreren Monaten Krankenhausaufenthalt. Aber in den Augen zeigte sich so etwas wie Mangel an Hoffnung, sie waren ausdruckslos.

Er öffnete eine Schublade des Nachttisches, nahm sein Feuerzeug und eine Schachtel Zigaretten heraus und zündete sich eine an. Er hustete bereits, als er zum offenen Fenster ging, um auf den Balkon zu treten und in den Garten zu schauen.

«Fabelhaft», sagte sie. «Nur noch eine heile Lunge, und jetzt versuchen Sie, das zu beenden, was die Japaner angefangen haben.» Am Bett stand eine Thermosflasche mit Kaffee. Sie schenkte ein wenig in eine Tasse und brachte sie ihm. «Es wird Zeit, daß Sie wieder anfangen zu leben, Commander. Wie heißt es doch immer in den Hollywood-Filmen ... Für Sie ist der Krieg vorbei. Sie hätten gar nicht erst mitmachen sollen. Es ist ein Spiel für junge Männer.»

Er trank langsam den Kaffee. «Was soll ich also tun?»

«Wieder nach Harvard, Professor.» Sie lächelte. «Die Studenten werden Sie vergöttern. All die Auszeichnungen. Vergessen Sie auf keinen Fall, am ersten Tag die Uniform zu tragen.»

Er lächelte wider Willen und nur kurz. «Gott steh mir bei, Maddie, aber ich glaube nicht, daß ich zurückgehen könnte. Ich hab den Krieg mitgemacht, das weiß ich.»

«Und Sie haben dafür gezahlt.»

«Ich weiß. Dieses Schlachthaus in Tulugu hat mich erledigt.»

«Na ja, Sie sind ein erwachsener Mann. Wenn Sie in diesem Zimmer herumhocken und langsam verwesen wollen, ist es

Ihre Sache.» Sie ging zur Tür, öffnete sie und drehte sich um. «Ich würde Ihnen allerdings vorschlagen, sich zu kämmen und etwas Anständiges anzuziehen. Sie haben Besuch.»

Er runzelte die Stirn. «Besuch?»

«Ja, er ist jetzt bei Commander Lawrence. Ich wußte gar nicht, daß Sie britische Beziehungen haben.»

«Wovon reden Sie?» fragte Hare verwirrt.

«Von Ihrem Besuch. Ganz hohes Tier. Ein Brigadegeneral Munro von der britischen Army, obgleich man es ihm nicht ansehen würde. Trägt nicht mal Uniform.»

Sie ging hinaus und schloß die Tür. Hare stand einen Augenblick stirnrunzelnd da, eilte dann ins Badezimmer und drehte die Dusche auf.

Brigadegeneral Dougal Munro war fünfundsechzig und weißhaarig, ein sympathisch-häßlicher Mann in einem schlecht sitzenden Anzug aus Donegal-Tweed. Er trug eine Drahtbrille, wie sie normalerweise an niedere Ränge der britischen Streitkräfte ausgegeben wurde.

«Aber ist er fit? Das ist es, was ich wissen muß, Doktor», sagte er gerade.

Lawrence trug einen weißen Arztkittel über seiner Uniform. «Sie meinen physisch?» Er klappte die vor ihm liegende Akte auf. «Er ist sechsundvierzig Jahre alt, General. Er hat drei Granatsplitter in den linken Lungenflügel bekommen und sechs Tage auf einem Rettungsfloß verbracht. Es ist ein Wunder, daß er noch lebt.»

«Ich verstehe.»

«Wir haben hier einen Mann, der Professor an der Universität Harvard war. Zugegeben, ein Reserveoffizier der Marine, weil er ein berühmter Segler mit Beziehungen zu allen richtigen Stellen war, und er meldet sich mit dreiundvierzig zu den Patrouille-Torpedobooten.» Er blätterte weiter. «Jedes verdammte Schlachtfeld im Pazifik. Korvettenkapitän, Auszeichnungen.» Er zuckte mit den Schultern. «Alles da, einschließlich zweier Marinekreuze. Und dann diese letzte Geschichte in Tulugu. Der japanische Zerstörer pustete ihn halb aus dem Wasser, und da rammte er ihn und zündete eine Sprengladung. Eigentlich hätte er draufgehen müssen.»

«Wie ich hörte, sind die anderen fast alle draufgegangen», bemerkte Munro.

Lawrence klappte die Akte zu. «Wissen Sie, warum er nicht die Ehrenmedaille bekommen hat? Weil es General MacArthur war, der ihn vorschlug, und die Navy hat nun mal was dagegen, wenn die Army dazwischenfunkt.»

«Ich vermute, Sie sind kein Berufssoldat?»

«Das will ich meinen.»

«Gut. Ich auch nicht. Also ohne Umschweife, ist er fit?»

«Physisch ja. Aber ich schätze, es hat ihn zehn Jahre seines Lebens gekostet. Der Ärzteausschuß hat empfohlen, ihn nicht wieder auf See einzusetzen. In Anbetracht seines Alters könnte er jetzt aus gesundheitlichen Gründen den Abschied nehmen.»

«Ich verstehe.» Munro tippte sich an die Stirn. «Und wie steht's damit?»

«Mit dem Oberstübchen?» Lawrence zuckte mit den Schultern. «Wer weiß? Er hat zweifellos als Reaktion eine depressive Phase gehabt, aber das geht vorbei. Er schläft schlecht, geht selten aus dem Zimmer und macht entschieden den Eindruck, als wisse er absolut nicht, was er mit sich anfangen soll.»

«Er könnte also entlassen werden?»

«Oh, sicher. Schon seit Wochen. Natürlich mit der entsprechenden Genehmigung.»

«Das habe ich verstanden.»

Munro zog einen Brief aus der Innentasche seines Jacketts,

faltete ihn auseinander und reichte ihn Lawrence. Lawrence las ihn und stieß einen leisen Pfiff aus. «Donnerwetter, ist es so wichtig?»

«Ja.» Munro steckte den Brief wieder ein, nahm seinen Burberry-Trenchcoat und seinen Schirm.

Lawrence sagte: «Mein Gott, Sie wollen ihn wieder an die Front schicken.»

Munro lächelte freundlich und öffnete die Tür. «Ich werde jetzt zu ihm gehen, wenn Sie erlauben, Commander.»

Munro stand auf dem Balkon und schaute über den Garten auf die Lichter der Stadt in der einbrechenden Dämmerung. «Sehr schön, Washington um diese Jahreszeit.» Er drehte sich um und streckte die Hand aus. «Munro – Dougal Munro.»

«Brigadegeneral?» sagte Hare.

«So ist es.»

Hare trug jetzt Hosen und ein offenes Hemd, und sein Gesicht war noch feucht vom Duschen. «Entschuldigen Sie, wenn ich das sage, General, aber ich habe noch niemanden gesehen, der so unmilitärisch wirkt wie Sie.»

«Gott sei Dank», sagte Munro. «Ich war bis 1939 Ägyptologe und habe am All Souls College in Oxford unterrichtet. Der Rang sollte mir sozusagen Autorität in gewissen Kreisen verschaffen.»

Hare zog die Augenbrauen hoch. «Einen Moment. Darf ich daraus schließen, daß Sie beim Geheimdienst sind?»

«Sie dürfen. Haben Sie schon mal von der SOE gehört, Commander?»

«Special Operations Executive», sagte Hare. «Schleusen Sie nicht Agenten ins besetzte Frankreich ein und dergleichen?»

«Genau. Wir waren der Vorläufer Ihres Office of Strategic Services oder OSS, das nun eng mit uns zusammenarbeitet, wie ich zu meiner Freude sagen kann. Ich leite die Abteilung S bei der SOE, die besser unter dem Namen Abteilung für schmutzige Tricks bekannt ist.»

«Und was zum Teufel haben Sie mit mir vor?» fragte Hare.

«Sie waren vor dem Krieg Professor für deutsche Literatur in Harvard, habe ich recht?»

«Ja, und?»

«Ihre Mutter war Deutsche. Sie waren als Kind lange bei Ihren Großeltern in Deutschland. Sie haben sogar einen Abschluß an der Universität Dresden gemacht.»

«Und?»

«Nach allem, was ich weiß oder was der Marinenachrichtendienst mir sagt, sprechen Sie perfekt deutsch und ganz gut französisch.»

Hare runzelte die Stirn. «Was soll das alles heißen? Wollen Sie mich etwa als Spion anwerben?»

«Keineswegs», antwortete Munro. «Sehen Sie, Sie sind ein einzigartiges Exemplar, Commander. Nicht nur, weil Sie perfekt deutsch sprechen. Was Sie interessant macht, ist die Tatsache, daß Sie ein Marineoffizier mit enormen Torpedoboot-Erfahrungen sind.»

«Ich denke, Sie sollten sich etwas genauer ausdrücken.»

«Gut.» Munro setzte sich hin. «Sie haben beim Zweiten Geschwader auf Torpedobooten gedient, bei den Salomon-Inseln, ist das richtig?»

«Ja.»

«Hm, dies ist eine Geheimsache, aber ich kann Ihnen sagen, daß Ihre Männer auf ein dringendes Ersuchen des Office of Strategic Services zum Ärmelkanal verlegt werden sollen, um Agenten an der französischen Küste abzusetzen und abzuholen.»

«Und dafür wollen Sie mich haben?» sagte Hare verblüfft. «Sie sind verrückt. Ich bin fertig. Erledigt. Die wollen, daß ich aus medizinischen Gründen den Abschied nehme.»

«Warten Sie, bis ich ausgeredet habe», sagte Munro. «Britische Torpedoboote haben im Ärmelkanal große Schwierigkeiten mit ihren deutschen Pendants.»

«Mit den sogenannten Schnellbooten», sagte Hare.

«Stimmt. Wir nennen sie aus irgendeinem merkwürdigen Grund E-Boote. Sie sind in der Tat schnell, viel zu schnell. Wir haben seit Anfang des Kriegs versucht, eins zu kapern, und ich freue mich, sagen zu können, daß es uns letzten Monat endlich gelungen ist.»

«Sie machen Witze», sagte Hare überrascht.

«Ich denke, Sie werden bald feststellen, daß ich nie Witze mache, Commander», entgegnete Munro. «Eins von der Baureihe S.80. Als einer von unseren Zerstörern im Morgengrauen auftauchte, hat die Besatzung das Schiff verlassen. Der Kapitän zündete natürlich eine Sprengladung, um es in die Luft zu jagen, ehe er von Bord ging, aber zu seinem Unglück explodierte sie nicht. Der Funker sagte uns, der letzte Funkspruch, den er an ihren Stützpunkt in Cherbourg abgesetzt hätte, habe gelautet, daß sie es versenkten. Das bedeutet, daß wir ihr Boot haben und die Kriegsmarine nichts davon weiß.» Er lächelte. «Sehen Sie jetzt, was ich meine?»

«Nicht ganz.»

«Commander Hare, in Cornwall gibt es ein winziges Fischerdorf, das Cold Harbour heißt. Nicht mehr als zwei oder drei Dutzend Katen und ein Herrenhaus. Es liegt in einem Militärsperrgebiet, und deshalb ist es schon lange von den Bewohnern verlassen worden. Meine Abteilung benutzt es ... hm, sagen wir, für besondere Zwecke. Ich habe dort ein paar Flugzeuge, deutsche Flugzeuge. Einen Fieseler Storch und eine Ju 88G, einen Nachtjäger. Sie sind immer noch mit den deutschen Hoheitszeichen versehen, und der Mann, der sie fliegt, ist zwar ein mutiger RAF-Pilot, aber er trägt eine Uniform der Luftwaffe.»

«Und Sie wollen mit diesem E-Boot das gleiche machen?» sagte Hare.

«Genau, und an diesem Punkt kommen Sie ins Spiel. Ein Boot der Kriegsmarine braucht schließlich eine Besatzung der Kriegsmarine.»

«Was so sehr gegen die Kriegsregeln ist, daß die Besatzung vor ein Erschießungspeloton kommen kann, wenn sie erwischt wird», bemerkte Hare.

«Ich weiß. Krieg ist die Hölle, wie Ihr General Sherman einmal gesagt hat.» Munro stand auf und rieb sich die Hände. «Mein Gott, die Möglichkeiten sind nicht abzuschätzen. Ich sollte Ihnen vielleicht noch eine Geheimsache verraten: Der gesamte geheime Funkverkehr der deutschen Streitkräfte wird mit Enigma-Maschinen verschlüsselt, und die Deutschen sind überzeugt, daß die Maschinencodes nicht geknackt werden können. Zu ihrem Unglück haben wir aber ein Projekt namens Ultra, mit dem wir das System sprengen konnten. Stellen Sie sich vor, was für Informationen Sie von der Kriegsmarine bekommen könnten. Erkennungszeichen, Tagescodes für das Anlaufen von Häfen...»

«Verrückt», sagte Hare. «Sie würden eine Besatzung brauchen.»

«Das S.80 ist gewöhnlich mit einer sechzehnköpfigen Crew bemannt. Meine Freunde bei der Admiralität glauben, sie könnten mit zehn auskommen, Sie eingeschlossen. Da es ein Gemeinschaftsunternehmen ist, suchen Ihre und unsere Leute die richtigen Männer aus. Ich habe schon einen perfekten Ingenieur für Sie aufgetrieben. Einen jüdischen Emigranten, der bei Daimler-Benz gearbeitet hat. Dort werden die Maschinen für alle Schnellboote gebaut.»

Eine lange Pause entstand. Hare drehte sich um und blickte über den Garten auf die Stadt. Es war inzwischen fast dunkel, und er erschauerte, während er aus keinem erkennbaren

Grund an Tulugu dachte. Als er nach einer Zigarette griff, zitterte seine Hand, und er wandte sich um und zeigte sie Munro.

«Sehen Sie sich das an. Wissen Sie, warum? Weil ich Angst habe.»

«Die hatte ich auch in dem Bauch von diesem verdammten Bomber, als wir rüberflogen», sagte Munro. «Und ich werde genausoviel Angst haben, wenn wir heute abend zurückfliegen, obgleich es dann eine Fliegende Festung ist. Soweit ich weiß, haben die etwas mehr Platz.»

«Nein», sagte Hare rauh. «Ich mache es nicht.»

«Oh, doch, Commander», sagte Munro. «Soll ich Ihnen sagen, warum? Weil es sonst nichts gibt, was Sie machen könnten. Sie können auf keinen Fall zurück nach Harvard. Zurück in den Hörsaal, nach all dem, was Sie durchgemacht haben? Ich will Ihnen etwas über Sie sagen, weil wir beide im selben Boot sitzen. Wir sind Männer, die die meiste Zeit ihres Lebens im Kopf gelebt haben. Die Geschichten anderer Männer. Alles aus Büchern. Und dann kam der Krieg, und wissen Sie was, mein Freund? Es hat Ihnen jede Minute verdammt Spaß gemacht.»

«Gehen Sie zur Hölle», sagte Hare.

«Höchstwahrscheinlich.»

«Und wenn ich nein sage?»

«Meine Güte.» Munro zog den Brief aus seiner Innentasche. «Ich denke, Sie werden sehen, wer da unten unterschrieben hat... Der Oberbefehlshaber der US-Streitkräfte.»

Hare starrte sprachlos darauf. «Großer Gott!» brachte er dann hervor.

«Ja, hm, er würde gern kurz mit Ihnen reden, ehe wir abfliegen. Man könnte es eine Befehlshabershow nennen, seien Sie also ein braver Junge und ziehen Sie Ihre Uniform an. Wir haben nicht mehr viel Zeit.»

Die Limousine hielt an der westlichen Souterraineinfahrt des Weißen Hauses, und Munro zeigte den Agenten des Secret Service, die Nachtdienst hatten, seinen Ausweis. Sie mußten warten, weil ein Referent geholt wurde. Er kam einige Augenblicke später, ein Oberleutnant zur See in untadeliger Uniform.

«General», sagte er zu Munro und wandte sich dann zu Hare und salutierte, wie nur ein Mann von der Marineakademie Annapolis es konnte. «Commander, es ist eine große Ehre, Sie kennenzulernen, Sir.»

Hare erwiderte den Gruß ein bißchen verlegen.

Der Junge sagte: «Wenn Sie mir bitte folgen würden, Gentlemen. Der Präsident wartet.»

Das Oval Office lag im Halbdunkel, denn es brannte nur die Lampe auf dem mit Papieren übersäten Schreibtisch. Präsident Roosevelt saß in seinem Rollstuhl am Fenster und starrte hinaus. Neben ihm glühte das Ende der Zigarette in der langen Zigarettenspitze, die so etwas wie sein Markenzeichen geworden war.

Er bewegte das eine Rad, und der Rollstuhl drehte sich herum. «Da sind Sie ja, General.»

«Mr. President.»

«Und das ist Commander Hare?» Er streckte die Hand aus. «Sie sind ein großer Aktivposten für unser Land, Sir. Ich danke Ihnen als Ihr Präsident. Diese Sache in Tulugu war schon etwas Großartiges.»

«Beim Versenken des Zerstörers sind bessere als ich ums Leben gekommen, Mr. President.»

«Ich weiß, mein Sohn.» Roosevelt hielt Hares Rechte mit beiden Händen fest. «Jeden Tag sterben bessere Männer als Sie oder ich, aber wir müssen einfach weitermachen und unser Bestes tun.» Er langte nach einer neuen Zigarette und steckte sie in die Spitze. «Der General hat Sie über diese Cold-Harbour-Sache unterrichtet? Wie gefällt sie Ihnen?»

Hare warf einen Blick auf Munro, zögerte, sagte dann: «Ein interessanter Vorschlag, Mr. President.»

Roosevelt bog den Kopf zurück und lachte. «Gut gesagt.» Er rollte zum Schreibtisch und drehte sich um. «Die feindliche Uniform zu tragen, verstößt eindeutig gegen die Genfer Konvention, das ist Ihnen klar?»

«Ja, Mr. President.»

Roosevelt starrte zur Decke hoch. «Korrigieren Sie mich bitte, wenn meine historischen Kenntnisse mich im Stich lassen, General, aber ist es nicht so, daß Schiffe der britischen Navy in den napoleonischen Kriegen gelegentlich unter französischer Flagge angriffen?»

«Das stimmt, Mr. President, und es waren nicht selten französische Schiffe, die wir erbeutet und unter falscher Flagge haben segeln lassen.»

«Dann gibt es einen Präzedenzfall, der dieses Vorgehen als Kriegslist rechtfertigt?» sagte Roosevelt.

«Gewiß, Mr. President.»

Hare sagte: «Ich möchte darauf hinweisen, daß die Briten kurz vor Beginn der eigentlichen Seeschlacht jedoch ihre eigene Flagge hißten.»

«Das gefällt mir», sagte Roosevelt. «Wenn ein Mann sterben muß, dann unter seiner eigenen Flagge.» Er blickte zu Hare auf. «Ein Befehl von ihrem Oberbefehlshaber persönlich. Sie werden unsere Flagge zu allen Zeiten auf Ihrem Schnellboot bei sich führen, und falls jemals der Tag kommen sollte, an dem Sie in eine Schlacht geraten, werden Sie sie an Stelle der deutschen Fahne aufziehen. Verstanden?»

«Sehr wohl, Mr. President.»

Roosevelt streckte wieder die Hand aus. «Gut. Ich kann Ihnen nur noch Erfolg wünschen.»

Sie gaben ihm beide die Hand, und wie durch einen Zauber erschien der junge Oberleutnant aus dem Schatten und führte sie hinaus.

Als die Limousine in die Constitution Avenue einbog, sagte Hare: «Ein bemerkenswerter Mann.»

«Die Untertreibung des Jahres», sagte Munro. «Was er und Churchill geleistet haben, ist schier unfaßlich.» Er seufzte. «Ich frage mich, wie lange es dauern wird, bis irgendwelche Leute in dicken Wälzern beweisen, wie unwichtig sie in Wahrheit gewesen seien.»

«Zweitrangige Wissenschaftler, die sich einen Namen machen wollen?» sagte Hare. «Genau wie wir?»

«Jawohl.» Munro blickte zu den beleuchteten Straßen hinüber. «Diese Stadt wird mir fehlen. Sie müssen sich auf einen Kulturschock gefaßt machen, wenn wir in London sind. Zum einen die Verdunkelung, und zum anderen versucht die Luftwaffe wieder, uns nachts zu bombardieren.»

Hare lehnte sich zurück und schloß die Augen, nicht weil er müde war, sondern weil er ein wildes Glücksgefühl spürte. Es war, als hätte er lange geschlafen und wäre urplötzlich wieder wach.

Die Fliegende Festung war brandneu und auf dem Weg zur Achten Luftflotte der US Air Force in Großbritannien. Die Crew sorgte mit Armeedecken und Kissen und einigen Thermosflaschen dafür, daß Munro und Hare es möglichst behaglich hatten. Hare schraubte eine Thermosflasche auf, als sie die Küste Neuenglands überquerten und auf den Atlantik hinausflogen.

«Kaffee?»

«Nein, danke.» Munro schob sich ein Kissen hinter den Kopf und zog sich eine Decke heran. «Ich trinke nur Tee.»

«Über den Geschmack läßt sich nicht streiten», sagte Hare.

Er trank einen kleinen Schluck von dem brühheißen Kaffee, und Munro stieß einen grunzenden Laut aus. «Ich hab gewußt, daß da noch was war. Ich habe vergessen, Ihnen zu sagen, daß Ihre Navy in Anbetracht der besonderen Umstände beschlossen hat, Sie zu befördern.»

«Zum Full Commander?» sagte Hare erstaunt.

«Ja, zum Fregattenkapitän, wie die Deutschen sagen, und bei dieser Bezeichnung werden wir auch bleiben.» Munro zog sich die Decke über die Schultern und schloß die Augen.

2

Als Craig Osbourne die ersten Häuser von Saint-Maurice erreichte, krachte eine Salve von Gewehrschüssen, und aus den Buchen vor der Dorfkirche flogen Krähen auf und begannen zornig zu schreien. Er fuhr einen Kübelwagen, das Allzweckfahrzeug der deutschen Wehrmacht. Er hielt am Tor zum Friedhof und stieg aus. Osbourne trug eine Felduniform der Waffen-SS, mit den Insignien des Standartenführers.

Es regnete ein wenig, und er nahm einen schwarzen Ledermantel vom Rücksitz, legte ihn sich über die Schultern und ging zum Dorfplatz, wo ein Gendarm stand und beobachtete, was geschah. Auf dem Platz waren acht oder zehn Dorfbewohner versammelt, nicht mehr, die zu einem Erschießungskommando der SS und zwei hoffnungslos dreinblickenden Gefangenen mit auf den Rücken gefesselten Händen schauten. Ein dritter Gefangener lag mit dem Gesicht nach unten an der Mauer. Während Osbourne die Szene in sich aufnahm, erschien ein älterer Offizier in einem langen Mantel mit dem silbergrauen Reversbesatz, der SS-Angehörigen im Generalsrang vorbehalten war. Er zog eine Pistole aus dem Halfter, beugte sich nach unten und schoß dem am Boden liegenden Mann in den Hinterkopf.

«Obergruppenführer Diederichs, nehme ich an?» fragte Osbourne in perfektem Französisch.

Der Gendarm, der ihn nicht hatte kommen sehen, antwortete automatisch: «Ja, er gibt ihnen gern selbst den Gnadenschuß.» Er wandte sich halb um, registrierte die Uniform und nahm Haltung an. «Entschuldigung, Standartenführer, ich habe es nicht abschätzig gemeint.»

«Schon gut. Wir sind ja Landsleute.» Craig hob den linken Arm, und der Gendarm sah sofort das Abzeichen der Brigade Charlemagne, der französischen Einheit der Waffen-SS, auf der Manschette. «Zigarette?»

Er hielt dem Mann ein silbernes Zigarettenetui hin. Der Gendarm nahm eine heraus. Was auch immer er von einem Landsmann hielt, der dem Feind diente, er behielt es für sich, und sein Gesicht blieb ausdruckslos.

«Kommt das oft vor?» fragte Osbourne, während er ihm Feuer gab. Der Gendarm zögerte, und Osbourne nickte aufmunternd. «Los, reden Sie ganz offen. Vielleicht sind Sie nicht mit dem einverstanden, was ich tue, aber wir sind beide Franzosen.»

Da kam der ohnmächtige Zorn hoch. «Ja, zwei- oder dreimal die Woche, und auch anderswo. Dieser Mann ist ein Schlächter.»

Einer der beiden wartenden Gefangenen wurde an die Mauer gedrängt, ein Befehl wurde gerufen, dann knallte eine Gewehrsalve. «Und er verweigert ihnen die letzte Absolution. Verstehen Sie, Oberst? Kein Pfarrer, aber wenn alles vorbei ist, geht er in die Kirche wie ein guter Katholik und beichtet bei Vater Paul, und dann geht er in das Bistro auf der anderen Seite des Marktplatzes und ißt drei Gänge.»

«Ja, das habe ich gehört», entgegnete Osbourne.

Er wandte sich ab und ging zurück in Richtung Kirche. Der Gendarm sah ihm verwundert nach und drehte sich dann wieder um und sah zu, wie Diederichs wieder mit der Pistole in der Hand vortrat.

Craig Osbourne schritt über den Friedhof, öffnete das große Eichenportal der Kirche und ging hinein. Es war ziemlich dunkel, da die bleigefaßten Fenster kaum Licht hereinließen. Es roch nach Weihrauch, und auf dem Altar brannten Kerzen. Während Osbourne zum Chor ging, wurde die Tür der Sakristei geöffnet, und ein alter, weißhaariger Priester trat in das Seitenschiff. Er trug ein Meßhemd und über den Schultern eine violette Stola. Er blieb stehen und machte ein überraschtes Gesicht.

«Kann ich etwas für Sie tun?»

«Vielleicht. In der Sakristei, Herr Pfarrer.»

Der alte Geistliche runzelte die Stirn. «Nicht jetzt, Oberst, ich muß die Beichte abnehmen.»

Osbourne blickte zur anderen Seite der Kirche, wo außer ihnen niemand war, und betrachtete die Beichtstühle. «Nicht viel Kundschaft, Herr Pfarrer, aber das ist ja auch nicht zu erwarten, wo Diederichs gleich kommen wird.» Er legte dem Priester befehlend die Hand auf die Brust. «Bitte da rein.»

Der Pfarrer ging verwirrt rückwärts in die Sakristei. «Wer sind Sie?»

Osbourne drückte ihn auf den Stuhl hinter dem Schreibtisch und holte eine zusammengerollte Schnur aus der Manteltasche. «Je weniger Sie wissen, um so besser, Herr Pfarrer. Legen Sie bitte die Hände auf den Rücken.» Er fesselte dem Geistlichen die Hände. «Sehen Sie, Herr Pfarrer, ich erteile Ihnen die Absolution. Sie haben nichts mit dem zu tun, was hier gleich geschieht. Ein Alibi für unsere deutschen Freunde.»

Er nahm ein Taschentuch heraus. Der alte Geistliche sagte: «Ich weiß nicht, was Sie vorhaben, mein Sohn, aber dies ist ein Haus Gottes.»

«Ja, nun, ich denke, ich nehme ihm einige Arbeit ab»,

sagte Craig Osbourne und knebelte den Pfarrer mit dem Taschentuch.

Er ließ den alten Mann dort sitzen, trat wieder in die Kirche, schloß die Tür zur Sakristei, eilte zu den Beichtstühlen, knipste die kleine Lampe über der Tür des ersten an und ging hinein. Er zog seine Walther, schraubte einen Schalldämpfer auf den Lauf und spähte durch den schmalen Spalt der Tür, die er nicht ganz geschlossen hatte, zum Eingang.

Nach einer Weile kam Diederichs zusammen mit einem jungen SS-Mann von der Vorhalle herein. Sie blieben stehen und unterhielten sich kurz, der Mann ging wieder hinaus, und Diederichs schritt durch den Mittelgang und knöpfte seinen Mantel auf. Er hielt inne, nahm die Mütze ab, trat in die andere Seite des Beichtstuhls und kniete sich hin. Osbourne drehte den Lichtschalter, und die schwache Glühbirne hinter dem Gitter flammte auf und beleuchtete den Deutschen, während er selbst im Dunkeln blieb.

«Guten Morgen, Herr Pfarrer», sagte Diederichs in schlechtem Französisch. «Segnen Sie mich, denn ich habe gesündigt.»

«Das haben Sie in der Tat, Sie Schwein», erwiderte Craig Osbourne, schob die schallgedämpfte Walther durch das Gitter und schoß genau zwischen die Augen.

Osbourne trat aus dem Beichtstuhl, und im selben Moment öffnete der junge SS-Mann das Kirchenportal und blickte herein. Er sah den General rücklings am Boden liegen, den Schädel, der nur noch eine Masse von Blut und herausquellendem Gehirn war, und neben ihm Osbourne. Der junge Offizier zog die Pistole und feuerte zweimal, ohne zu zielen, und die Mauern warfen die ohrenbetäubenden Detonationen zurück und verstärkten sie noch. Osbourne erwiderte das Feuer und traf ihn in die Brust, so daß der hintenüber auf eine der Kirchenbänke stürzte. Dann rannte er zur Tür.

Er spähte hinaus und sah Diederichs' Auto hinter seinem Kübelwagen am Friedhofstor stehen. Zu spät, um ihn noch zu erreichen, denn schon kamen einige SS-Männer, von den Schüssen alarmiert, mit vorgehaltenem Gewehr zur Kirche gelaufen.

Osbourne drehte sich um, rannte den Mittelgang hinunter und durch die Sakristei, verließ die Kirche durch die hintere Tür zum Friedhof, rannte zwischen den Grabsteinen hindurch, sprang über die niedrige Friedhofsmauer und lief den Hügel zum Wald hinauf.

Sie fingen an zu schießen, als er halb oben war, und er hetzte im Zickzack weiter und war fast am Ziel, als eine Kugel in seinen linken Ärmel fetzte und ihn zur Seite riß, so daß er auf ein Knie fiel. Er war in einer Sekunde wieder hoch und sprintete über den Hügelkamm. Einen Augenblick später war er zwischen den Bäumen.

Das Gesicht mit beiden Armen vor den peitschenden Zweigen schützend, hetzte er weiter. Aber wohin zum Teufel sollte er eigentlich laufen? Er hatte kein Transportmittel, und es bestand keine Aussicht, den Treff mit dem Flugzeug, einer Lysander, jetzt noch einzuhalten. Wenigstens war Diederichs tot, aber die Sache war ein richtiges Hurenkind, wie man in den alten Tagen bei der SOE zu sagen pflegte.

Unten im Tal verlief eine Straße, und auf der anderen Seite ging der Wald weiter. Er lief und rutschte zwischen den Bäumen hinunter, landete in einem Graben, krabbelte hinaus und wollte gerade über die Straße rennen, als er zu seiner Verblüffung einen Rolls-Royce um die Biegung kommen sah, der zu seiner noch größeren Verblüffung scharf bremste und hielt.

René Dissard mit der schwarzen Augenbinde saß in seiner Chauffeurslivree am Steuer. Der hintere Wagenschlag wurde geöffnet, und Anne-Marie blickte hinaus. «Wieder den Helden spielen, Craig? Du wirst dich nie ändern, nicht wahr? Los, steig um Himmels willen ein, und dann nichts wie weg hier.»

Während der Rolls anfuhr, sah sie auf den blutgetränkten Uniformärmel. «Schlimm?»

«Ich glaube nicht.» Osbourne stopfte ein Taschentuch hinein. «Was zum Teufel machst du hier?»

«Der große Pierre wollte etwas. Wie üblich war nur eine Stimme am Telefon. Ich hab den Kerl immer noch nicht zu Gesicht bekommen.»

«Ich aber», erwiderte Craig. «Du wirst einen Schreck kriegen, wenn du ihn siehst.»

«Wirklich? Er sagt, der Lysander-Treff klappt nicht. Dichter Nebel und Regen vom Atlantik, prophezeien die Wetterfrösche. Ich sollte auf dem Bauernhof auf dich warten und dir Bescheid sagen, aber ich hatte bei diesem Einsatz von Anfang an ein schlechtes Gefühl. Also beschloß ich, vorbeizukommen und mir anzusehen, was los ist. Wir waren auf der anderen Seite des Dorfs, am Bahnhof, hörten die Schießerei und sahen, wie du den Hügel raufgelaufen bist.»

«Gut für mich», sagte Osbourne anerkennend.

«Ja, vor allem in Anbetracht der Tatsache, daß ich nicht den Auftrag hatte, all das auf mich zu nehmen. Aber wie dem auch sei, René sagte, du müßtest hier irgendwo vorbeikommen.»

Sie zündete sich eine Zigarette an und schlug die seidenbestrumpften Beine übereinander. Sie war elegant wie immer, mit einem schwarzen Kostüm und einer weißen Seidenbluse, an deren Kragensaum eine Brillantbrosche steckte. Das schwarze Haar, in der Stirn zu einem Pony geschnitten, war seitlich bis zu den Ohren nach hinten gekämmt und wellte sich zum Kinn hin wieder vor, eine effektvolle Umrahmung der hohen Wangenknochen und des ein wenig spitz zulaufenden Kinns.

«Was starrst du mich so an?» fragte sie ungehalten.

«Oh, ich kann nicht anders», sagte er. «Zu viel Lippenstift wie üblich, aber ansonsten siehst du hinreißend aus.»

«Verdammt, rutsch unter den Sitz und halt den Mund», sagte sie.

Sie drehte die Beine zur Seite, und Craig öffnete eine Klappe, die einen Hohlraum unter der Sitzbank freigab. Er kroch hinein, und sie klappte die Luke wieder zu. Einen Moment später kam eine Kurve, und dahinter sahen sie einen Kübelwagen, der quer auf der Straße stand, und ein halbes Dutzend wartende SS-Männer.

«Immer höflich und schön langsam, René», sagte sie.

«Probleme?» fragte Craig Osbourne, dessen Stimme vom Polster halb erstickt wurde.

«Nicht mit ein bißchen Glück», sagte sie gelassen. «Ich kenne den Offizier. Er war eine Zeitlang auf dem Schloß einquartiert.»

René hielt den Rolls an, und ein junger Untersturmführer näherte sich ihnen mit der Pistole in der Hand. Seine Miene hellte sich auf, und er steckte die Waffe weg. «Mademoiselle Trevaunce. Ein unerwartetes Vergnügen.»

«Untersturmführer Schultz.» Sie öffnete die Tür und streckte die Hand aus, die er galant küßte. «Was ist denn los?»

«Eine schreckliche Sache. Ein Terrorist hat eben drüben in Saint-Maurice auf General Diederichs geschossen.»

«Mir war schon, als hätte ich dort hinten Schüsse gehört», sagte sie. «Und wie geht es dem Obergruppenführer?»

«Er ist tot, Mademoiselle», antwortete Schultz. «Ich habe seine Leiche selbst gesehen. Es ist furchtbar. In der Kirche ermordet, als er gerade beichtete.» Er schüttelte den Kopf. «Unfaßlich, daß es Leute gibt, die so was fertigbringen.»

«Es tut mir sehr leid.» Sie drückte mitfühlend seine Hand.

«Sie müssen uns bald besuchen kommen. Die Gräfin hat Sie richtig ins Herz geschlossen. Wir haben es sehr bedauert, daß Sie gehen mußten.»

Schultz errötete ein wenig. «Richten Sie ihr bitte meine Empfehlung aus, aber jetzt darf ich Sie nicht länger aufhalten.»

Er rief einen Befehl, und einer seiner Männer setzte den Kübelwagen zurück. Schultz salutierte, und René fuhr weiter.

«Mademoiselle hat wie immer Glück wie der Teufel», bemerkte er.

Anne-Marie Trevaunce zündete sich eine neue Zigarette an, und Craig Osbourne rief aus seinem Versteck: «Falsch, mein Freund. Sie *ist* der Teufel.»

Als sie den Bauernhof erreicht hatten, stellten sie den Rolls-Royce in der Scheune ab, und René ging, um Informationen einzuholen. Craig zog den Uniformrock aus und riß den blutgetränkten Hemdärmel ab.

Anne-Marie untersuchte die Wunde. «Nicht allzu schlimm. Die Kugel ist nicht durchgegangen, hat nur eine Furche ins Fleisch gerissen. Aber wir müssen trotzdem etwas machen.»

René kam mit einem Bündel Kleidungsstücke und einem weißen Tuch zurück, das er in Streifen riß.

«Verbinden Sie ihn damit.»

Anne-Marie machte sich sofort an die Arbeit, und Osbourne sagte: «Wie sieht es aus?»

«Nur der alte Jules ist da, und er möchte uns so schnell wie möglich hier weg haben», antwortete René. «Ziehen Sie die Sachen da an, und ich bringe ihm die Uniform, er will sie im Heizofen verbrennen. Er hat eine Nachricht vom Großen Pierre. Sie haben mit London gefunkt. Sie werden Sie heute abend vor Léon mit einem Torpedoboot abholen. Pierre kann selbst nicht kommen, aber einer von seinen Leuten wird da sein. Blériot. Ich kenne ihn gut. Ein tüchtiger Mann.»

Osbourne ging zur anderen Seite des Wagens und zog sich um. Er kam mit einer Tweedmütze auf dem Kopf, in einem Cordjackett und einer Hose, die beide bessere Tage gesehen hatten, und uralten Stiefeln an den Füßen zurück. Er steckte die Walther in die Tasche und gab René die Uniform. René ging damit hinaus.

«Wird es so gehen?» fragte er Anne-Marie.

Sie lachte laut auf. «Mit einem Dreitagebart vielleicht, aber für mich siehst du immer noch aus wie jemand von der Universität Yale.»

«Das ist ja sehr beruhigend.»

René kam wieder und setzte sich ans Steuer. «Wir fahren jetzt besser, Mademoiselle. Wir werden eine Stunde brauchen.»

Sie klappte die Luke hoch. «Sei ein braver Junge und krabbel wieder rein.»

Craig tat es und sah zu ihr hoch. «Ich werde derjenige sein, der zuletzt lacht. Morgen abend speise ich im Savoy. Die Orpheans spielen, Carroll Gibbons singt, und die schönsten Mädchen von London tanzen.»

Sie knallte die Luke zu, stieg ein, und René ließ den Motor an.

Léon war ein winziges Fischerdorf, so klein, daß es nicht einmal einen Anleger hatte; die meisten Boote waren auf den Strand gezogen. Aus einem kleinen Café drang Akkordeonmusik, das einzige Lebenszeichen, und sie fuhren weiter, folgten einem Feldweg, der an einem stillgelegten Leuchtturm vorbei zu einer kleinen Bucht führte. Von See wogte dichter grauweißer Dunst heran, und irgendwo in der Ferne ertönte der klagende Ruf eines Nebelhorns. René ging mit einer Taschenlampe in der Hand als erster zum Strand hinunter.

Craig sagte zu Anne-Marie: «Du willst doch wohl nicht mitkommen. Du wirst deine Schuhe ruinieren. Bleib beim Wagen.»

Sie zog die Schuhe aus und warf sie auf den Rücksitz. «Sehr richtig, Schatz. Gut, daß ich dank meinen Nazifreunden einen unerschöpflichen Vorrat an Seidenstrümpfen habe. Ich kann es mir leisten, um unserer alten Freundschaft willen ein Paar zu opfern.»

Sie nahm seinen Arm, und sie folgten René. «Freundschaft?» sagte Craig. «Wenn ich mich recht erinnere, war es damals in Paris etwas mehr als das.»

«Eine uralte Geschichte. Das vergessen wir am besten.»

Sie hielt seinen Arm mit einem festen Druck, und Osbourne blieb plötzlich die Luft weg, weil ihm bewußt wurde, daß seine Wunde nun wirklich schmerzte. Anne-Marie wandte den Kopf und sah ihn an. «Alles in Ordnung?»

«Der verdammte Arm tut ein bißchen weh, das ist alles.»

Als sie sich dem Strand näherten, hörten sie Stimmengemurmel, und dann sahen sie René mit einem anderen Mann neben einem kleinen Beiboot mit hochgeklapptem Außenbordmotor stehen.

«Das ist Blériot», sagte René.

«Mademoiselle.» Blériot tippte an seine Schirmmütze, als er Anne-Marie begrüßte. «Ich nehme an, das ist das Boot?» fragte Craig. «Und was soll ich damit machen?»

«Sie fahren um das Kap und sehen das Leuchtfeuer von Grosnez, Monsieur.»

«Bei diesem Nebel?»

«Er ist sehr tief.» Blériot zuckte mit den Schultern. «Ich hab eine Signallampe reingelegt, und dann gibt es noch das hier.» Er nahm eine leuchtende Signalkugel aus der Tasche.

«Spezialausrüstung von der SOE. Funktionieren sehr gut im Wasser.»

«Da werde ich wahrscheinlich enden, bei diesem Wetter», sagte Craig, während die Ausläufer der Wellen gierig über den Sand schwappten.

Blériot holte eine Schwimmweste aus dem Boot und half ihm hinein. «Sie haben keine Wahl, Monsieur, Sie müssen raus. Der Große Pierre sagt, sie lassen in der Bretagne keinen Stein auf dem anderen, um Sie zu finden.»

Craig ließ ihn die Riemen der Schwimmweste befestigen. «Haben sie schon Geiseln genommen?»

«Natürlich. Zehn aus Saint-Maurice, darunter den Bürgermeister und den Pfarrer. Zehn andere von Bauernhöfen in der Umgebung.»

«Mein Gott!» sagte Craig leise.

Anne-Marie zündete eine Gitane an und reichte sie ihm. «So läuft das verdammte Spiel, das weißt du genausogut wie ich. Nicht deine Sache.»

«Ich wünschte, ich könnte dir glauben», sagte er zu ihr, als René und Blériot das Boot ins Wasser schoben. Blériot kletterte hinein und ließ den Außenbordmotor an. Er stieg wieder hinaus.

Anne-Marie küßte Craig rasch. «Und jetzt sei ein braver Junge und mach, daß du wegkommst. Grüß Carroll Gibbons von mir.»

Craig kletterte in das Boot und langte nach dem Ruder. Er wandte sich zu Blériot, der das Boot an der anderen Seite von René festhielt. «Ich werde von einem Torpedoboot abgeholt, sagen Sie?»

«Oder von einem Kanonenboot. Britische Marine oder Freie Französische Marine, eine von beiden. Sie werden da sein, Monsieur. Sie haben uns noch nie im Stich gelassen.»

«Bis dann, René, passen Sie auf sie auf», rief Craig, als sie ihn durch die Wellen schoben und die Schraube des winzigen Außenbordmotors faßte.

Hinter dem kleinen Kap, auf offener See, wurde es bald mulmig. Der Wind frischte auf, die Wellen entwickelten weiße Schaumkronen, und das Boot nahm immer mehr Wasser, so daß es ihm bald bis an die Knöchel reichte. Blériot hatte recht. Jedesmal, wenn eine Bö den Nebel teilte, konnte er das Licht von Grosnez sehen, und er hielt darauf zu, doch plötzlich setzte der Motor aus. Er zog immer wieder an der Anlasserschnur, aber das Boot wurde von der Strömung erfaßt und zurückgetrieben.

Eine schwere Welle, lang und glatt und viel höher als die anderen, hob es hoch in die Luft, wo es wie in Zeitlupe verharrte und sich mit Wasser füllte.

Das Boot sackte unten weg wie ein Stein, und Craig Osbourne trieb, von seiner Schwimmweste an der Oberfläche gehalten, hilflos dahin.

Die schneidende Kälte fraß sich wie Säure in seine Arme und Beine, so daß er eine Zeitlang nicht einmal mehr den Schmerz von seiner Wunde wahrnahm. Eine andere große Welle näherte sich, und er wurde über ihren Kamm getragen und glitt auf der anderen Seite in ruhigeres Wasser.

«Sieht nicht gut aus, Junge», sagte er sich. «Überhaupt nicht gut.» Und dann riß der Wind wieder ein Loch in den Nebel, und während er das Licht von Grosnez erblickte, hörte er ein dumpfes Pochen von Motoren und sah dort draußen einen schwärzlichen Umriß.

Er hob die Stimme und rief, so laut er konnte: «Hier bin ich!» Und dann fiel ihm die Signalkugel ein, die Blériot ihm gegeben hatte, er holte sie aus der Tasche, fummelte mit kältestarren Fingern daran und hielt sie mit der rechten Hand hoch.

Der Nebelvorhang senkte sich wieder, das Licht von Grosnez verblaßte schlagartig, und das Dröhnen der Motoren schien von der Nacht verschluckt zu werden.

«Hier, verdammt noch mal», schrie Craig, und dann drang das Torpedoboot wie ein Gespenst aus der Nebelwand und kam direkt auf ihn zu.

Er hatte sein Lebtag noch nie eine so unendliche Erleichterung gespürt, als ein Suchscheinwerfer aufleuchtete und ihn erfaßte. Er vergaß einen Moment lang seinen Arm und fing an, hektisch zu winken, hielt dann aber unvermittelt inne. An dem Torpedoboot war etwas, irgendwas stimmte nicht damit. Zum Beispiel der Anstrich. Schmutzigweiß ging in Seegrün über, eine Andeutung von Tarnfarbe, und dann erfaßte der Wind die Flagge am Göschstock, und er sah ganz deutlich das Hakenkreuz und das Kreuz in der linken oberen Ecke, das Schwarz, Weiß und Rot der Kriegsmarine. Dies war kein britisches Torpedoboot, sondern ein deutsches Schnellboot, und als es längsseits war, sah er am Bug, neben der Nummer, den Namen – *Lili Marlen.*

Das Schnellboot schien zu stoppen, die Maschinen gaben nur noch ein Flüstern von sich. Er trieb im Wasser und sah elend zu den beiden Männern von der Kriegsmarine hinauf. Dann warf einer von ihnen eine Strickleiter über die Reling.

«Schon gut, mein Sohn», sagte er mit breitem Cockney-Akzent. «Am besten, du kommst jetzt rauf.»

Sie mußten ihm über die Reling helfen, und er kauerte an Deck und erbrach das Salzwasser, das er geschluckt hatte. Er blickte mißtrauisch hoch, als der deutsche Matrose mit dem Cockney-Akzent aufgekratzt sagte: «Major Osbourne, ja?»

«So ist es.»

Der Mann beugte sich nach unten. «Ihr linker Arm blutet verteufelt. Ich werf besser mal einen Blick darauf. Ich bin der Assistent von der Krankenstation.»

Osbourne sagte: «Was ist hier eigentlich los?»

«Darf ich Ihnen nicht sagen, Sir. Das ist Aufgabe des Captains. Fregattenkapitän Berger, Sir. Sie finden ihn auf der Brücke.»

Craig Osbourne richtete sich erschöpft auf, löste mit unsicheren Händen die Riemen der Schwimmweste, zog sie aus, taumelte zu der schmalen Leiter und stieg hinauf. Dann trat er ins Ruderhaus, wo er einen Unteroffizier am Ruder sah, nach den Rangabzeichen ein Obersteuermann. Der Mann auf dem Drehstuhl an dem kleinen Kartentisch hatte eine zerknitterte Mütze der Kriegsmarine auf. Sie war oben weiß, was gewöhnlich U-Boot-Kommandeuren vorbehalten war, aber viele Schnellbootkapitäne, die sich als Elite der Kriegsmarine betrachteten, trugen ebenfalls solche Mützen. Er trug einen alten weißen Rollkragenpullover unter einer kurzen Seemannsjacke und machte ein ausdrucksloses Gesicht, als er sich umdrehte und Osbourne ansah.

«Major Osbourne», sagte er in perfektem Englisch mit amerikanischem Akzent. «Ich freue mich, Sie an Bord zu haben. Wenn Sie mich kurz entschuldigen würden, wir müssen hier raus.»

Er wandte sich zu dem Steuermann und sagte auf deutsch: «So, Langsdorff. Lassen Sie die Schalldämpfer drauf, bis wir fünf Meilen weit draußen sind. Kurs zwei-eins-null. Geschwindigkeit fünfundzwanzig Knoten, bis ich etwas anderes sage.»

«Hare», sagte Craig Osbourne. «Professor Martin Hare.»

Hare nahm eine Zigarette aus einer Dose Benson & Hedges und bot ihm zu rauchen an. «Sie kennen mich?»

Osbourne zog mit zitternden Fingern eine Zigarette heraus. «Ich habe nach Yale als Journalist gearbeitet, unter anderem für *Life*. Paris, Berlin. Ich bin ziemlich lange dort gewesen. Mein Vater war beim State Department. Diplomat.»

«Aber wo haben wir uns kennengelernt?»

«Ich fuhr in den Ferien nach Haus, nach Boston. April neununddreißig. Ein Freund erzählte mir von einer Vorlesungsreihe, die Sie in Harvard hielten. Das Thema war neuere deutsche Literatur, aber Sie zogen es sehr politisch auf, sehr anti-Nazi. Ich habe mir vier Vorlesungen angehört.»

«Waren Sie dabei, als sie die Krawalle veranstalteten?»

«Als der Amerikanische Bund die Vorlesung sprengen wollte? Oh, ja. Ich hab mir an dem Kiefer von einem der Kerle einen Knöchel gebrochen. Sie haben es Ihnen gezeigt.» Osbourne erschauerte vor Kälte, als die Tür geöffnet wurde und der Cockney-Matrose hereinkam.

«Was gibt's, Schmidt?» fragte Hare auf deutsch.

Schmidt hatte eine Wolldecke bei sich. «Ich dachte nur, der Major könnte vielleicht das hier brauchen. Ich möchte den Herrn Kapitän auch darauf hinweisen, daß er am linken Arm verwundet ist und versorgt werden muß.»

«Dann tun Sie Ihre Arbeit, Schmidt», sagte Martin Hare. «So schnell wie möglich.»

Osbourne saß an dem winzigen Tisch in der Kajüte und sah zu, wie Schmidt die Wunde geschickt verband. «Ein bißchen Morphium, Sir, damit Sie es etwas leichter haben.» Er nahm eine Injektionsspritze aus seiner Erste-Hilfe-Tasche und rammte sie in Osbournes Arm.

Craig sagte: «Wer sind Sie? Doch sicher kein Deutscher?»

«Nein, aber meine Eltern waren Deutsche. Juden, die dachten, London wäre vielleicht gastfreundlicher als Berlin. Ich bin in Whitechapel geboren.»

Martin Hare sagte auf deutsch von der Tür her: «Schmidt, Sie reden eine Menge.»

Schmidt sprang auf und nahm Haltung an. *«Jawohl, Herr Kapitän.»*

«Los, lassen Sie uns allein.»

«Zu Befehl, Herr Kapitän.»

Schmidt grinste breit und ging mit seiner Tasche hinaus. Hare zündete sich eine Zigarette an. «Dies ist eine gemischte Crew, Amerikaner, Briten, ein paar Juden, aber alle sprechen fließend deutsch und haben nur eine Identität, wenn sie auf diesem Schiff dienen.»

«Unser deutsches Schnellboot», sagte Osbourne. «Ich bin beeindruckt. Das bestgehütete Geheimnis, von dem ich seit einer ganzen Weile vernommen habe.»

«Ich sollte Ihnen sagen, daß wir dieses Spiel sehr konsequent spielen. Wir sprechen normalerweise nur deutsch und tragen nur Uniform der Kriegsmarine, sogar auf dem Stützpunkt. Es geht darum, die Rolle zu unserer zweiten Natur zu machen. Natürlich verstoßen die Jungs manchmal gegen die Sprachvorschrift. Schmidt ist so ein Beispiel.»

«Wo ist der Stützpunkt?»

«In einem kleinen Fischerdorf in Cornwall. Es heißt Cold Harbour und liegt bei Lizard Point.»

«Wie weit?»

«Von hier? Gut hundertfünfzig Kilometer. Wir müßten morgen früh dort sein. Wir lassen uns auf dem Rückweg Zeit. Unsere Leute informieren uns jede Nacht über die Routen der britischen Torpedoboote. Wir gehen ihnen lieber aus dem Weg.»

«Kann ich verstehen. Ein Gefecht würde alles verderben. Wessen Operation ist es?»

«Sie wird offiziell von Abteilung S der SOE geleitet, aber sie ist ein Gemeinschaftsunternehmen. Und Sie sind beim OSS, wenn ich recht verstehe?»

«So ist es.»

«Schwierige Art, seinen Lebensunterhalt zu verdienen.»

«Das können Sie zweimal sagen.»

Hare grinste. «Sehen wir mal nach, ob Sandwiches in der Kombüse sind. Sie sehen aus, als könnten Sie ein paar Kalorien gebrauchen.» Sie gingen hinaus.

Kurz vor Morgengrauen ging Osbourne hinauf an Deck. Es war ziemlich schwere See, und Gischt spritzte ihm ins Gesicht. Als er die Leiter hochstieg und das Ruderhaus betrat, fand er dort Hare, allein, mißmutig ins Kompaßlicht starrend. Er setzte sich an den Kartentisch und zündete sich eine Zigarette an.

«Können Sie nicht schlafen?» sagte Hare.

«Das Boot ist ein bißchen viel für mich, aber für Sie doch sicher nicht?»

«Nein, Sir», entgegnete Hare. «Ich kann mich nicht erinnern, daß Boote irgendwann mal *keine* Rolle in meinem Leben gespielt haben. Ich war acht, als mein Großvater mich in meinem ersten Dingi aufs Meer hinausfuhr.»

«Man sagt, der Ärmelkanal sei etwas Besonderes?»

«Nicht zu vergleichen mit den Salomon-Inseln, das kann ich Ihnen sagen.»

«Dort waren Sie vorher?»

Hare nickte. «Ja.»

«Ich habe immer gehört, Torpedoboote seien etwas für junge Männer», bemerkte Osbourne neugierig.

«Hm, wenn man jemanden braucht, der Erfahrung hat und zugleich als Deutscher durchgehen soll, muß man nehmen, was man kriegt.» Hare lachte.

Ringsum war nun alles in ein hellgraues Licht getaucht, und vor ihnen ragte Land auf.

«Lizard Point», sagte Hare.

Er lächelte wieder, und Osbourne fragte: «Die Sache hier gefällt Ihnen, nicht wahr?»

Hare zuckte mit den Schultern. «Ich glaube, ja.»

«Nein, ich meine, es gefällt Ihnen wirklich. Sie würden nicht mehr das tun, was Sie früher gemacht haben. Wieder in Harvard unterrichten.»

«Vielleicht nicht.» Hare blickte sehr ernst drein. «Aber weiß irgend jemand von uns, was er tun möchte, wenn es vorbei ist? Wie ist es mit Ihnen?»

«Es gibt nichts, wohin ich zurück kann. Sehen Sie, ich habe ein spezielles Problem», antwortete Osbourne. «Ich habe offenbar ein Talent für das, was ich jetzt mache. Ich habe gestern einen deutschen SS-General getötet. In einer Kirche, nur um zu demonstrieren, daß es mir an edleren Regungen mangelt. Er war der Geheimdienstchef für die ganze Bretagne. Ein Mörder, der es verdiente zu sterben.»

«Was ist dann Ihr Problem?»

«Ich habe ihn getötet, also nehmen sie zwanzig Geiseln und erschießen sie. Der Tod scheint mir auf den Fersen zu folgen, wenn Sie verstehen, was ich meine.»

Hare antwortete nicht, sondern drosselte nur das Tempo und öffnete ein Fenster, so daß der Wind Regen hereintreiben konnte. Sie fuhren um ein Vorgebirge, und Osbourne sah einen Einschnitt in der dahinterliegenden Bucht, einen Einschnitt unterhalb eines bewaldeten Tals.

Am Ende des Einschnitts lag ein kleiner grauer Hafen mit zwei Dutzend ärmlichen Häusern. Etwas weiter oben stand ein altes Herrenhaus zwischen Bäumen. Die Mannschaft war inzwischen an Deck gekommen.»

«Cold Harbour, Major Osbourne», sagte Martin Hare und steuerte die *Lili Marlen* in die Bucht.

3

Die Crew vertäute das Boot, und Hare und Osbourne sprangen auf den gepflasterten Kai und gingen zum Dorf.

«Die Häuser sehen alle mehr oder weniger gleich aus», bemerkte Craig.

«Ja», sagte Hare. «Der ganze Ort wurde Mitte des 18. Jahrhunderts praktisch komplett von dem Besitzer des Herrenhauses erbaut, einem Sir William Chevely. Die Häuser, der Hafen, der Kai, alles. Man erzählt sich, daß er sein Geld größtenteils mit Schmuggeln verdient hat. Man nannte ihn Schwarzer Bill.»

«Ich verstehe. Er baute sein Fischerdorf als Tarnung für andere Dinge?» sagte Craig.

«Genau. Das ist übrigens der Pub. Die Jungs benutzen ihn als Messe.»

Es war ein langes, niedriges Haus mit hohen Giebeln, Fachwerkeinsätzen und Sprossenfenstern, was es ein wenig elisabethanisch wirken ließ.

«Das Kellergewölbe stammt noch aus dem Mittelalter. Hier stand schon in alten Zeiten ein Gasthaus», bemerkte Hare weiter und stieg in einen Jeep, der vor dem Haus stand. «Kommen Sie, wir fahren zum Herrenhaus.»

Craig blickte auf das Schild über der Tür. «Zum Gehenkten.»

«Ein passender Name», sagte Hare und ließ den Motor an. «Das Schild ist übrigens neu. Das alte fiel auseinander und bot ohnehin keinen sehr angenehmen Anblick. Es zeigte einen armen Kerl, der mit auf den Rücken gefesselten Händen und heraushängender Zunge an einem Strick baumelte.»

Während sie losfuhren, drehte Craig sich um und betrachtete das Schild. Ein junger Mann hing mit dem Kopf nach unten an einem Galgen. Sein Gesicht war friedlich, und der Kopf war von einer Art Heiligenschein umgeben.

«Wissen Sie, daß das ein Tarotbild ist?» sagte er.

«Oh, ja, die Haushälterin vom Herrenhaus hat es in Auftrag gegeben. Madame Legrande. Sie glaubt an okkulte Dinge.»

«Legrande? Doch nicht Julie Legrande?» fragte Craig.

«Ja.» Hare blickte ihn neugierig an. «Kennen Sie sie?»

«Ich habe vor dem Krieg ihren Mann gekannt. Er unterrichtete Philosophie an der Sorbonne. Später arbeitete er dann in Paris für die Résistance. Ich habe die beiden zweiundvierzig kennengelernt. Ich half ihnen rauszukommen, als die Gestapo ihnen auf den Fersen war.»

«Na ja, sie ist seit Beginn des Projekts hier. Sie arbeitet jetzt für den britischen Geheimdienst.»

«Und Henri, ihr Mann?»

«Soweit ich weiß, ist er letztes Jahr in London an einem Herzanfall gestorben.»

Sie fuhren an den letzten Katen vorbei. Hare sagte: «Das hier ist militärisches Sperrgebiet. Alle Zivilisten sind evakuiert worden. Wir benutzen die Häuser als Truppenquartiere. Außer meiner Crew sind noch einige Mechaniker von der Royal Air Force da, um die Maschinen zu warten.»

«Sie haben hier Flugzeuge? Wozu?»

«Für den üblichen Zweck. Um Agenten abzusetzen und rauszubringen.»

«Ich dachte, dafür sei das Sondergeschwader in Tempsford zuständig?»

«Ist es auch, wenigstens für die normalen Fälle. Unser Projekt liegt ein bißchen außerhalb der Norm. Ich werde es Ihnen zeigen. Wir kommen gleich zum Flugfeld.»

Die Straße wand sich zwischen Baumgruppen hindurch, und auf der anderen Seite des Waldes war eine große Wiese mit einer primitiven Start- und Landepiste. An einem Ende stand ein Hangar aus Fertigteilen. Hare steuerte den Jeep durch das Tor, der Wagen holperte über das Gras und hielt.

«Nun, was sagen Sie?»

Aus dem Hangar rollte gerade ein Fieseler-Storch, ein kleines Aufklärungsflugzeug, mit den Insignien der Luftwaffe auf den Tragflächen und am Rumpf; die beiden Mechaniker, die ihm folgten, trugen schwarze Overalls der Luftwaffe. Im Hangar stand noch ein Nachtjäger, eine Ju 88 G.

«Mein Gott», sagte Craig leise.

«Ich habe Ihnen ja gesagt, hier sei alles ein bißchen ungewöhnlich.»

Der Pilot des Fieseler-Storchs kletterte aus der Kanzel, wechselte ein paar Worte mit den Mechanikern und kam auf sie zu. Er trug Fliegerstiefel, bequeme und weite blaugraue Hosen mit großen Kartentaschen, wie die Piloten der Luftwaffe, und eine kurze Fliegerbluse, die ihm ein schneidiges Aussehen gab. Er trug sein silbernes Pilotenabzeichen links, darüber ein Eisernes Kreuz Erster Klasse, und auf der rechten Brust das Luftwaffenemblem.

«Fehlt nur noch das verdammte Ritterkreuz», bemerkte Osbourne.

«Ja, er ist ein Fanatiker», entgegnete Hare. «Und er hat etwas von einem Psychopathen, wenn Sie meine Meinung hören wollen. Aber er hat bei der Schlacht um England zwei Fliegerkreuze bekommen.»

Der Pilot näherte sich. Er war etwa fünfundzwanzig und hatte semmelblondes, fast weißes Haar. Er schien oft zu lächeln, aber sein Mund hatte einen grausamen Zug, und seine Augen blickten kalt.

«Oberleutnant Joe Edge – Major Craig Osbourne vom OSS.»

Edge lächelte schief und streckte die Hand aus. «Spezialität Straßenraub, nicht?»

Craig mochte ihn auf Anhieb nicht, versuchte aber, es sich nicht anmerken zu lassen. «Sie haben ja einen tollen Laden hier oben.»

«Ja, hm, der Fieseler kann überall landen und starten. Ich finde ihn besser als die Lysander.»

«Ziemlich ungewöhnliche Tarnung, die Insignien der Luftwaffe.»

Edge lachte. «Manchmal sehr nützlich. Ich hatte vor ein paar Wochen ein kleines Problem mit dem Wetter, und der Saft ging aus. Ich landete einfach auf einem deutschen Jägerstützpunkt in Granville und ließ volltanken. Kein Problem.»

«Wir haben erstklassig gefälschte Spezialpapiere von Himmler, die uns als Mitglieder eines Sicherheitsprojekts der SS ausweisen. Da wagt niemand, Fragen zu stellen», sagte Hare.

«Sie haben mir sogar ein Essen in der Messe serviert», berichtete Edge, an Craig gewandt. «Da meine alte Dame eine Deutsche war, spreche ich die Sprache natürlich fließend, was immer eine Hilfe ist.» Er wandte sich zu Hare. «Nehmen Sie mich mit zum Herrenhaus, alter Junge? Wie ich gehört habe, kommt der Boß vielleicht von London rüber.»

«Das habe ich nicht gewußt», erwiderte Hare. «Steigen Sie ein.»

Edge stieg hinten ein. Als sie losfuhren, sagte Craig: «Ihre Mutter? Sie ist sicher hier drüben?»

«Aber ja. Mein Vater ist tot, und sie lebt allein in Hampstead. Die größte Enttäuschung ihres Lebens war, daß Hitler es 1940 nicht geschafft hat, die Mall zum Buckingham-Palast hochzufahren.»

Er lachte schallend. Craigs Abneigung gegen ihn wuchs noch, und er wandte sich ab und sagte zu Hare: «Ich habe nachgedacht. Sie sagten, diese Sache wird von Abteilung S der SOE geleitet. Das ist doch die gute alte Abteilung für schmutzige Tricks?»

«Stimmt.»

«Wird sie immer noch von Dougal Munro geleitet?»

«Den kennen Sie auch?»

«Oh, ja», sagte Craig. «Ich habe von Anfang an für die SOE gearbeitet. Noch bevor wir in den Krieg eintraten. Wir haben ein paarmal miteinander zu tun gehabt, Dougal und ich. Ein Typ, der über Leichen geht.»

«So gewinnt man Kriege, alter Junge», kommentierte Edge von hinten.

«Ich verstehe. Sie gehören zu denen, denen jedes Mittel recht ist, nicht wahr?» fragte Craig.

«Ich denke, zu denen gehören wir in diesem Geschäft alle.»

Einen Moment lang sah Craig das entsetzte Gesicht Diederichs' hinter dem Beichtstuhlgitter. Er wandte sich voll Unbehagen ab.

Hare sagte: «Munro hat sich nicht geändert. Seine Devise lautet ‹Alles ist erlaubt›, aber ich denke, das werden Sie bald selbst feststellen können.»

Er bog in eine Zufahrt und bremste auf einem plattenbelegten Hof. Das Haus war aus grauem Stein und hatte drei Geschosse. Sehr alt, sehr friedlich, als hätte es gar nichts mit dem Krieg zu tun.

«Hat es einen Namen?» fragte Craig.

«Grancester Abbey», antwortete Edge. «Ziemlich großspurig, nicht?»

Hare sagte: «Da wären wir.» Er stieg aus dem Jeep. «Wir werden uns in die Höhle des Löwen wagen – wenn er da ist.»

Doch Brigadegeneral Dougal Munro wurde in eben diesem Augenblick in die Bibliothek von Hayes Lodge in London geführt, das General Dwight D. Eisenhower als provisorisches Hauptquartier benutzte. Der General frühstückte – Kaffee und Toast – und las die Frühausgabe der *Times*, als Dougal Munro näher trat und der junge Armeehauptmann, der ihn begleitet hatte, die Tür hinter sich schloß.

«Guten Morgen, Brigadier. Kaffee, Tee, was Sie möchten, es steht alles da drüben auf dem Sideboard.» Munro schenkte sich eine Tasse Tee ein. «Wie läuft Projekt Cold Harbour?»

«Bis jetzt recht gut, General.»

«Wissen Sie, Krieg ist wie ein Zauberer, der jeden dazu bringt, auf seine rechte Hand zu achten, während er das, worauf es ankommt, mit der linken macht.» Eisenhower schenkte sich Kaffee nach. «Täuschung, Major. Das Spiel heißt Täuschung. Ich habe da vom Nachrichtendienst eine Meldung bekommen, in der steht, daß Rommel die tollsten Dinge vollbracht hat, seit sie ihm den Atlantikwall gegeben haben.»

«Das stimmt, Sir.»

«Ihr Schnellboot hat nachts so oft Offiziere der Pioniertruppe zur französischen Küste gebracht, um den Strand zu prüfen, daß Sie inzwischen eine gute Vorstellung davon haben dürften, wo wir landen wollen?»

«Richtig, General», sagte Munro gelassen. «Alles scheint auf die Normandie hinzuweisen.»

«Jawohl. Damit wären wir wieder bei der Täuschung», sagte Eisenhower und ging zu der Karte an der Wand. «Patton befehligt hier oben in East Anglia eine Geisterarmee. Lagerattrappen, Flugzeugattrappen und so fort.»

«Was die Deutschen vermuten lassen soll, daß wir die kürzere Route nehmen und an der Straße von Dover landen wollen?» bemerkte Munro.

«Was sie immer erwartet haben, weil es militärisch sinnvoll ist», bestätigte Eisenhower mit einem Kopfnicken. «Wir haben schon einiges in Gang gesetzt, um sie in dieser Meinung zu bestärken. Die Royal Air Force und die Achte Luftflotte werden jenes Gebiet häufig bombardieren, wenn der Zeitpunkt der Invasion näherrückt. Dann wird es so aussehen, als versuchten wir, die feindlichen Stellungen zu schwächen. Résistance-Gruppen, die dort operieren, werden immer wieder die Stromleitungen und die Eisenbahnanlagen sabotieren und ähnliches. Die Doppelagenten, die wir führen, werden natürlich die richtigen Falschmeldungen an das Hauptquartier der Abwehr funken.»

Er stand da und starrte auf die Karte, und Munro sagte: «Etwas macht Ihnen Sorgen, Sir?»

Eisenhower trat ans Fenster und zündete eine Zigarette an.

«Viele Leute wollten, daß wir schon letztes Jahr landeten. Ich werde Ihnen nun ganz genau sagen, warum wir es nicht getan haben, General. Das Oberste Hauptquartier der alliierten Expeditionstruppen – SHAEF – ist immer überzeugt gewesen, daß wir mit dieser Invasion nur dann Erfolg haben können, wenn alle Vorteile auf unserer Seite sind. Mehr Männer als die Deutschen, mehr Panzer, mehr Flugzeuge – alles. Wollen Sie wissen, warum? Weil die Deutschen in diesem Krieg bei jeder Konfrontation gesiegt haben, bei der die Kräfte gleich verteilt waren, gegen die Russen, gegen die Briten und auch gegen unsere amerikanischen Truppen. Sie erzielen gewöhnlich die doppelte Quote an Gefallenen.»

«Ich bin mir dieser bedauerlichen Tatsache bewußt, Sir.»

«Der Nachrichtendienst hat mir Zitate aus einer Rede geschickt, die Rommel vor ein paar Tagen vor seinen Generälen gehalten hat. Er sagte, wenn sie uns nicht an den Stränden schlagen könnten, würden sie den Krieg verlieren.»

«Ich glaube, er hat recht, Sir.»

Eisenhower drehte sich um. «General, ich bin immer skeptisch gewesen, was in diesem Krieg den wahren Wert von Geheimagenten betrifft. Ihr Material ist im besten Fall lückenhaft. Ich finde, wir bekommen von den Ultra-Entschlüsselungen bessere Informationen.»

«Ich bin Ihrer Meinung, Sir.» Munro zögerte. «Wenn wichtige Informationen nicht zuerst von Enigma chiffriert worden sind, können wir die Fakten natürlich auch nicht entschlüsseln, und es könnten durchaus die brisantesten Fakten sein.»

«Genau.» Eisenhower beugte sich ein wenig vor. «Sie haben mir letzte Woche einen Bericht geschickt, den ich kaum zu glauben wage. Sie sagten darin, daß bald eine Generalstabsbesprechung unter Rommel persönlich stattfinden werde. Eine Besprechung, deren einziges Thema die Verteidigungsbastionen des Atlantikwalls sein würden.»

«So ist es, General. In einem Schloß in der Bretagne, dem Château de Voincourt.»

«Sie sagten außerdem, Sie hätten jemanden, der in diese Konferenz eindringen könnte?»

«Stimmt, General», sagte Munro und nickte.

Eisenhower fuhr fort: «Ich würde alles dafür geben, wenn ich bei diesem Treffen die Fliege an der Wand sein könnte. Wenn ich erfahren könnte, was Rommel denkt. Was er vorhat.» Er legte Munro die Hand auf die Schulter. «Ihnen ist doch klar, von welcher entscheidenden Bedeutung das sein würde? Drei Millionen Männer, Tausende von Schiffen...

Die richtige Information könnte von entscheidendem Vorteil für uns sein. Verstehen Sie?»

«Vollkommen, General.»

«Enttäuschen Sie mich nicht, General.»

Er wandte sich um und starrte wieder auf die Karte. Munro verließ leise den Raum, ging ins Erdgeschoß, nahm Hut und Mantel, nickte den Posten zu und schritt zu seinem Wagen. Sein Adjutant, Hauptmann Jack Carter, saß, die Hände auf dem Spazierstockgriff gefaltet, im Fond. Carter trug seit Dünkirchen eine Beinprothese.

«Alles in Ordnung, Sir?» fragte er, als sie abfuhren.

Munro schob die Trennscheibe zu, so daß der Fahrer sie nicht mehr hören konnte. «Die Konferenz von Voincourt hat oberste Priorität bekommen. Ich möchte, daß Sie sich mit Anne-Marie Trevaunce in Verbindung setzen. Sie kann wieder eine Reise nach Paris vortäuschen. Sorgen Sie dafür, daß sie von einer Lysander geholt wird. Ich muß mit ihr reden, persönlich und unter vier Augen. Sagen wir, in drei Tagen.»

«Sehr wohl, Sir.»

«Noch etwas, das ich wissen muß?»

«Eine Meldung über Cold Harbour ist hereingekommen, Sir. Das OSS scheint gestern Probleme gehabt zu haben. Einer seiner Agenten hat Obergruppenführer Diederichs ausgeschaltet, den SS-Chef in der Bretagne. Wegen schlechten Wetters mußte ihr Lysander-Treff abgeblasen werden, und sie baten uns um Hilfe.»

«Sie wissen, daß ich das nicht gern tue, Jack.»

«Ja, Sir. Jedenfalls bekam Commander Hare die Nachricht direkt, fuhr rüber nach Grosnez und nahm den betreffenden Agenten an Bord. Einen gewissen Major Osbourne.»

Eine Pause entstand, und dann wandte Munro sich mit überraschtem Gesicht zu ihm. «Craig Osbourne?»

«Offenbar, Sir.»

«Mein Gott, macht er die Gegend immer noch unsicher? Muß eine lange Glückssträhne haben. Der beste Mann, den ich je bei der SOE hatte.»

«Was ist mit Harry Martineau, Sir?»

«Meinetwegen, Sie haben recht, und der ist auch ein verdammter Yankee. Ist Osbourne jetzt in Cold Harbour?»

«Ja, Sir.»

«Gut. Halten Sie bei der nächsten Telefonzelle. Rufen Sie den befehlshabenden Offizier vom RAF-Stützpunkt Croydon an. Sagen Sie ihm, ich brauche in einer Stunde eine Lysander. Oberste Priorität. Sie halten hier die Stellung und erledigen den Transport für Anne-Marie Trevaunce und all das. Ich fliege runter nach Cold Harbour und rede mit Osbourne.»

«Sie glauben, er könnte nützlich sein, Sir?»

«Oh, ja, Jack, das kann man sagen.» Damit wandte Munro sich zur anderen Seite und schaute lächelnd zum Wagenfenster hinaus.

Craig Osbourne saß mit nacktem Oberkörper auf einem Stuhl am Waschbecken des großen altmodischen Badezimmers, während Schmidt, immer noch in seiner Kriegsmarineuniform, mit der offenen Erste-Hilfe-Tasche am Boden neben ihm saß und den Arm versorgte. Julie Legrande lehnte an der Türzarge und sah zu. Sie war Ende dreißig, und ihr straff nach hinten gebundenes blondes Haar bildete einen sonderbaren Kontrast zu dem sanften, freundlichen Gesicht. Sie trug Hosen und einen braunen Pulli.

«Wie sieht es aus?» fragte sie.

«Hm», brummte Schmidt achselzuckend. «Bei Wunden von Gewehrkugeln kann man nie wissen. Ich hab etwas von diesem neuen Wundermittel da, diesem Penicillin. Es soll sich sehr gut gegen Infektionen eignen.»

Er nahm eine Injektionsspritze aus der Tasche und zog den Inhalt einer kleinen Ampulle auf. Julie sagte: «Hoffentlich. Ich hole inzwischen etwas Kaffee.»

Sie ging, während Schmidt die Spritze setzte. Osbourne zuckte ein wenig zusammen, und Schmidt legte Verbandmull auf und bandagierte den Arm geschickt.

«Ich glaube, Sie werden einen Arzt brauchen, alter Junge», sagte er aufgekratzt.

«Wir werden sehen», antwortete Craig.

Er stand auf, und Schmidt half ihm in das saubere Khakihemd, das Julie besorgt hatte. Er konnte es selbst zuknöpfen und ging dann in das andere Zimmer, während Schmidt seine Arzttasche packte und zuklappte.

Es war ein sehr hübsches Zimmer, inzwischen allerdings ein bißchen schäbig, da es dringend einen neuen Anstrich brauchte. Die Einrichtung bestand aus einem Bett mit Nachttisch, einem Kleiderschrank aus Mahagoni und einem Tisch mit zwei Sesseln am Erkerfenster. Craig trat ans Fenster und blickte hinaus. Unten war eine Terrasse mit einer steinernen Brüstung, und dahinter begann ein verwilderter Garten, der von Buchen und einem kleinen See in einer Senke begrenzt wurde. Alles wirkte sehr friedlich.

Schmidt kam mit seiner Tasche aus dem Badezimmer. «Ich hole Sie dann später. Jetzt muß ich mich erst mal mit Spiegeleiern und Speck stärken.» Er hatte die Hand schon auf dem Türdrücker und grinste breit. «Machen Sie sich nicht die Mühe, mich daran zu erinnern, daß ich Jude bin. Das großartige britische Frühstück hat mich schon vor langer Zeit zum Sünder gemacht.»

Er öffnete die Tür, und Julie Legrande kam mit einem Tablett mit Kaffee, Toast, Marmelade und frischen Semmeln herein. Schmidt ging, und sie stellte das Tablett auf den Tisch am Fenster. Sie setzten sich einander gegenüber.

Während sie Kaffee einschenkte, bemerkte sie: «Ich kann gar nicht sagen, wie gut es tut, dich wiederzusehen, Craig.»

«Paris scheint eine Ewigkeit her zu sein», sagte er und nahm die Tasse, die sie ihm reichte.

«Tausend Jahre.»

«Das mit Henri hat mir sehr leid getan», fuhr er fort. «Ein Herzanfall, wie ich hörte?»

Sie nickte. «Er hat wahrscheinlich nichts gemerkt. Er ist im Schlaf gestorben, und er hat wenigstens noch die anderthalb Jahre in London gehabt. Das haben wir dir zu verdanken.»

«Unsinn.» Er spürte eine sonderbare Verlegenheit.

«Nein, es ist wahr. Möchtest du Toast oder ein Brötchen?»

«Danke, ich habe keinen Hunger. Aber ich könnte noch eine Tasse Kaffee gebrauchen.»

Sie schenkte ein und sagte: «Ohne dich wären wir in jener Nacht der Gestapo bestimmt nicht entkommen. Du warst ein kranker Mann, Craig. Hast du vergessen, was diese Bestien mit dir gemacht haben? Aber du bist trotzdem noch mitten in der Nacht mit dem Laster zurückgefahren, um Henri zu holen, wo andere sich garantiert nicht mehr um ihn gekümmert hätten.» Ihre innere Bewegung übermannte sie, und sie hatte Tränen in den Augen. «Du hast ihm ein Leben geschenkt, Craig, diese letzten achtzehn Monate in England. Ich werde dafür immer in deiner Schuld stehen.»

Er zündete sich eine Zigarette an und schaute aus dem Fenster. «Ich habe die SOE nach dieser Geschichte verlassen. Meine Landsleute haben das Office of Strategic Services gegründet, ihren eigenen Geheimdienst. Sie brauchten jemanden mit meiner Erfahrung, und außerdem hatte ich offen gesagt die Nase voll von Dougal Munro.»

«Ich arbeite hier nun schon vier Monate für ihn», sagte sie. «Wir benutzen das Dorf als Ausgangspunkt, als Basis, du weißt schon.»

«Dann kommst du gut mit Munro zurecht?»

«Er ist ein harter Mensch.» Sie zuckte mit den Schultern. «Aber es ist auch ein harter Krieg.»

Er nickte. «Ein komischer Ort, und die Typen hier sind noch verrückter. Zum Beispiel dieser Pilot, dieser Edge, der mit seiner Luftwaffe-Uniform angibt und so tut, als wäre er Adolf Galland.»

«Ja, Joe ist ziemlich verrückt, sogar an seinen guten Tagen», sagte sie. «Manchmal habe ich den Eindruck, er glaubt *wirklich*, daß er bei der Luftwaffe ist. Er ist allen hier unheimlich, aber du kennst ja Munro –, er ist immer bereit, beide Augen zuzudrücken, wenn jemand seine Arbeit gut tut. Und Edge hat ein phantastisches Erfolgsregister.»

«Und Hare?»

«Martin?» Sie lächelte und stellte die Tassen auf das Tablett zurück. «Oh, Martin ist etwas anderes. Ich glaube, ich bin ein bißchen in ihn verliebt.»

Die Tür wurde geöffnet, und Edge trat ein, ohne angeklopft zu haben. «Was sehe ich? Ein trautes Tête-à-tête.»

Er lehnte sich an die Wand und schob sich eine Zigarette zwischen die Lippen. Julie sagte warnend: «Manchmal sind Sie wirklich ein unausstehlicher Zeitgenosse, Joe.»

«Habe ich einen wunden Punkt getroffen? Nichts für ungut.» Er wandte sich zu Osbourne. «Der Chef ist soeben von Croydon eingeflogen.»

«Munro?»

«Scheint ganz so, als wollte der alte Knabe Sie dringend sehen. Er wartet in der Bibliothek. Ich zeige Ihnen den Weg.»

Er ging hinaus. Osbourne drehte sich um und lächelte Julie zu. «Bis später», sagte er und folgte dem anderen.

Die Bibliothek mit ihren Bücherschränken, die alle vier Wände einnahmen, und ihrer mit wunderschönen jakobinischen Stuckarbeiten dekorierten Decke war ein höchst eindrucksvoller Raum. In dem steingefaßten Kamin brannte ein Feuer, und davor standen einige bequeme Sofas und lederbezogene Clubsessel. Munro stand am Feuer und putzte gerade sorgfältig seine Brille, als Craig Osbourne hereinkam. Edge lehnte sich an die Wand neben der Tür. Munro setzte die Brille wieder auf und sah Osbourne an.

«Sie können draußen warten, Joe.»

«Meine Güte, dann verpasse ich ja die Auflösung des Rätsels», entgegnete Edge, aber er folgte der Aufforderung.

«Schön, Sie zu sehen, Craig», sagte Munro.

«Ich kann nicht sagen, daß es gegenseitig ist», erwiderte Craig und ging zu einem der Sessel, setzte sich hinein und zündete eine Zigarette an. «Wir haben eine zu lange gemeinsame Vergangenheit.»

«Seien Sie nicht nachtragend, mein Junge, das paßt nicht hierher.»

«Ja, hm. Ich bin für Sie immer nur ein blindes Werkzeug gewesen.»

Munro nahm ihm gegenüber Platz. «Sehr metaphorisch, aber treffend. Was macht übrigens Ihr Arm? Ich habe gehört, Schmidt hat einen Blick darauf geworfen?»

«Er meint, ich könnte einen Arzt gebrauchen.»

«Kein Problem. Wir haben uns schon darum gekümmert. Diese Geschichte mit Diederichs, Craig. Tolle Sache. Sie haben Ihr ganzes Talent bewiesen, wenn ich so sagen darf. Himmler und der SD werden einige Probleme haben.»

«Und wie viele Geiseln haben sie zur Vergeltung erschossen?»

Munro zuckte mit den Schultern. «So ist der Krieg nun mal. Nicht Ihre Sache.»

Craig sagte: «Anne-Marie hat denselben Ausdruck benutzt. Genau denselben.»

«Ach ja, es freute mich zu hören, daß sie Ihnen geholfen hat. Sie arbeitet für mich, müssen Sie wissen.»

«Dann steh Gott ihr bei», sagte Craig mit Nachdruck.

«Und Ihnen, mein Junge. Sehen Sie, Sie gehören jetzt auch zur Truppe.»

Craig beugte sich vor und warf seine Zigarette in die Flammen des Kamins. «Das hätten Sie wohl gern. Ich bin jetzt amerikanischer Offizier, Major des OSS. Sie können nicht einfach über mich verfügen.»

«Oh, doch, ich kann. Ich unterstehe General Eisenhower persönlich. Das Projekt Cold Harbour ist ein Gemeinschaftsunternehmen. Hare und vier von seinen Männern sind amerikanische Bürger. Sie werden aus drei Gründen für mich arbeiten, Craig. Erstens, weil Sie zuviel über Projekt Cold Harbour wissen. Zweitens, weil ich Sie dabei brauche. Die bevorstehende Invasion wirft ihre Schatten voraus, und Sie können einen konkreten Beitrag leisten.»

«Und der dritte Grund?» fragte Craig.

«Ganz einfach. Sie sind ein Offizier der Streitkräfte Ihres Landes, so wie ich ein Offizier der Streitkräfte meines Landes bin, und Sie werden Befehlen gehorchen, genau wie ich.» Munro stand auf.

«Ich will jetzt keinen Unsinn mehr hören, Craig. Wir fahren runter zum Pub, treffen Hare und sagen ihm und seinen Männern, daß Sie von jetzt an dazugehören.»

Er drehte sich um und ging zur Tür, und Craig folgte ihm wie benommen, mit Verzweiflung im Herzen.

Das Lokal mit dem abschreckenden Namen «Zum Gehenkten» war ein typischer englischer Dorfpub. Der Boden war mit Steinplatten belegt, im Kamin brannte ein Feuer, die schmiedeeisernen Tische zeigten Spuren von jahrzehntelanger Benutzung, und rings an den Wänden standen Holzbänke mit hohen Rückenlehnen. Der Gastraum hatte eine Balkendecke, und die alte Theke, hinter der zahlreiche Flaschen auf Regalen angeordnet waren, war aus Mahagoni. Das einzig Ungewöhnliche waren Julie, die hinter der Theke Bier zapfte, und die Kriegsmarine-Uniformen der Männer, die auf ihr Glas warteten.

Als der Brigadegeneral, gefolgt von Osbourne und Edge, eintrat, saß Hare, eine Tasse Kaffee vor sich auf dem Tisch, am Feuer und las Zeitung. Er stand auf und rief auf deutsch: «Achtung.»

Die Männer sprangen auf und schlugen die Hacken zusammen. Brigadegeneral Munro machte eine grüßende Handbewegung und sagte in ganz passablem Deutsch: «Wegtreten. Trinken Sie weiter.» Er streckte die Hand aus und sagte zu Hare: «Lassen wir die üblichen Formalitäten, Martin. Wir werden englisch sprechen. Mein Glückwunsch. Gute Arbeit gestern nacht.»

«Danke, Sir.»

Munro wärmte sich den Rücken am Feuer. «Ja, Sie haben getan, was Sie für richtig hielten, und das ist gut so, aber versuchen Sie künftig, sich mit mir abzusprechen.»

Edge sagte zu Hare: «Schreiben Sie sich das hinter die Ohren, alter Junge. Soweit Sie wissen, hätte der tapfere Major ersetzbar gewesen sein können.»

In Hares Augen flammte Zorn auf, und er ging einen Schritt auf Edge zu, aber dieser wich lachend zurück. «Schon gut, bitte keine Gewalttätigkeiten.» Er wandte sich zur Theke. «Julie, einen sehr steifen Gin-Tonic, *s'il vous plaît.*»

«Beruhigen Sie sich, Martin», sagte Munro. «Ein unangenehmer und flegelhafter Bursche, aber ein genialer Flieger. Trinken wir etwas.» Er wandte sich an Craig. «Nicht, daß wir hier Alkoholiker wären, aber da die Jungs nachts arbeiten, trinken sie eben am Morgen.» Er hob die Stimme. «Alle herhören. Wie Sie inzwischen wissen, ist dies Major Craig Osbourne vom Office of Strategic Services. Was Sie noch nicht wissen, ist, daß er von nun an zu uns hier in Cold Harbour gehören wird.»

Einen Augenblick lang sagte niemand etwas. Julie hielt beim Zapfen eines Biers inne und machte ein ernstes Gesicht, dann hob Schmidt sein Glas Ale. «Gott steh Ihnen bei.»

Die Männer lachten, und Munro sagte zu Hare: «Stellen Sie ihn vor, Martin.» Er wandte sich an Osbourne. «Natürlich unter ihren angenommenen Namen.»

Der ranghöchste Unteroffizier, der am Ruder gestanden hatte, war Amerikaner, ebenso Hardt, Wagner und Bauer. Schneider, der Ingenieur, war offensichtlich Deutscher, und Wittig und Brauch waren, wie er später feststellte, genau wie Schmidt englische Juden.

Craig war inzwischen mehr als ein bißchen schwummrig. Er schwitzte, das merkte er, und seine Stirn war heiß. «Es ist warm hier drin», sagte er. «Verdammt warm.»

Hare sah ihn neugierig an. «Ich finde es heute morgen eher kalt, Sir. Alles in Ordnung mit Ihnen?»

Edge näherte sich mit zwei Gläsern. Er gab eines Munro, das andere Craig. «Ich finde, Sie sehen aus wie ein Gintyp, Major. Trinken Sie den. Er wird das alte Blut schneller pulsieren lassen. Das wird Julie gefallen.»

«Verfick dich!» zischte Craig, aber er nahm das Glas und trank.

«Nein, es müßte richtig heißen ‹fick sie›, mein Sohn.» Edge zwängte sich neben ihn auf die Bank. «Obgleich sie anscheinend niemanden ranläßt.»

«Sie sind ein widerliches kleines Ferkel, nicht wahr, Joe?» sagte Martin Hare.

Edge starrte ihn an und schaffte es, verletzt dreinzublikken. «Nein, alter Junge, ich bin ein kühner Flieger. Ein tapferer Ritter der Luft.»

«Das war Hermann Göring auch», bemerkte Craig.

«Sehr richtig. Glänzender Pilot. Übernahm den Fliegenden Zirkus, nachdem Richthofen gefallen war.»

Craig hatte den Eindruck, seine Stimme käme von jemand anderem. «Eine interessante Vorstellung, der Kriegsheld als Psychopath. Sie müssen sich in der Ju 88, die Sie auf dem Flugfeld stehen haben, richtig zu Haus fühlen.»

«Ju 88G, alter Junge, seien wir exakt. Ihr Zusatzlader bringt mich da oben auf sechshundertfünfzig.»

«Er vergißt zu sagen, daß sein Zusatzladesystem von drei Tanks mit Stickstoffoxydul abhängt. Das ist übrigens nichts anderes als Lachgas. Ein winziger Treffer in einem der Tanks, und er endet als Hackfleisch», sagte Martin Hare.

«Sehen Sie nicht so schwarz», entgegnete Edge und rückte näher an Craig heran. «Die Maschine ist ein echter Schatz. Hat gewöhnlich eine Crew von drei Mann. Pilot, Navigator und Heckschütze. Wir haben ein paar Verbesserungen vorgenommen, damit ich allein mit ihr fertig werden kann. Zum Beispiel das Lichtenstein-Radar, das es einem ermöglicht, in der Dunkelheit zu sehen – sie haben es im Cockpit installiert, damit ich es selbst im Auge haben kann, und ...»

Seine Stimme verklang, denn Craig Osbourne stürzte plötzlich in Schwärze und rutschte von der Bank. Schmidt kam von der Theke herübergelaufen und ging neben ihm in die Hocke, während die Männer ringsum im Raum verstummten. Er sah zu Munro auf.

«Jesus, Sir, er hat hohes Fieber. Das ging verdammt schnell. Ich hab ihn erst vor einer Stunde untersucht.»

«Richtig», sagte Munro grimmig und wandte sich zu Hare.

«Ich werde ihn in der Lysander mit nach London nehmen und ihn dort ins Krankenhaus bringen lassen.»

Hare nickte. «Okay, Sir.» Er trat zurück, während Schmidt und zwei andere Osbourne aufhoben, um ihn nach draußen zu bringen.

Munro sagte zu Edge: «Joe, lassen Sie sich mit Jack Carter in meinem Büro verbinden. Sagen Sie ihm, er soll dafür sorgen, daß Osbourne sofort in die Klinik in Hampstead eingeliefert wird, wenn wir gelandet sind.» Damit drehte er sich um und folgte den anderen.

Craig Osbourne erwachte ausgeruht und gestärkt aus einem langen tiefen Schlaf. Von Fieber keine Spur mehr. Er stützte sich auf einen Ellbogen auf und stellte fest, daß er in einem kleinen weißgetünchten Raum war, offenbar einem Krankenhauszimmer. Er stellte die Füße auf den Boden und saß auf dem Bettrand, als die Tür geöffnet wurde und eine junge Krankenschwester hereinkam.

«Sie sollten nicht auf sein, Sir.»

Sie drückte ihn aufs Bett zurück, und Craig sagte: «Wo bin ich?»

Sie ging hinaus. Ein paar Minuten verstrichen. Dann wurde die Tür wieder geöffnet, und ein Arzt in einem weißen Kittel, mit einem Stethoskop um den Hals, erschien.

Er lächelte. «Wie fühlen wir uns, Major?» sagte er und fühlte Craig den Puls. Er hatte einen deutschen Akzent.

«Wer sind Sie?»

«Baum. Dr. Baum.»

«Und wo bin ich?»

«In einer kleinen Rehabilitationsklinik im Norden Londons. In Hampstead, um genau zu sein.» Er schob Craig ein Thermometer in den Mund, nahm es nach einer Weile heraus und las es ab. «Sehr gut. Sehr schön. Keine Temperatur mehr. Dieses Penicillin ist ein wahres Wunder. Der Mann, der Sie versorgt hat, hatte Ihnen natürlich schon eine Spritze gegeben, aber ich habe Ihnen eine stärkere Dosis verpaßt. Eine viel stärkere. Das ist das ganze Geheimnis.»

«Wie lange bin ich schon hier?»

«Heute ist der dritte Tag. Es ging Ihnen nicht sehr gut. Offen gesagt, ohne dieses Mittel...» Baum zuckte mit den Schultern. «Jetzt werden Sie erst mal eine Tasse Tee trinken, und ich rufe inzwischen General Munro an und sage ihm, daß Sie wieder auf dem Damm sind.»

Er verließ das Zimmer. Craig blieb noch einen Moment liegen, und dann stand er auf, nahm einen Bademantel vom Haken, zog ihn an und setzte sich ans Fenster; er sah hinaus in den von einer hohen Mauer umgebenen Garten. Die Schwester kam mit einer Teekanne zurück.

«Ich hoffe, es macht Ihnen nichts aus, Major. Wir haben keinen Kaffee.»

«Schon gut», sagte er. «Haben Sie denn zufällig Zigaretten?»

«Sie sollten eigentlich nicht rauchen, Sir.» Sie zögerte, und dann holte sie eine Schachtel Players und Streichhölzer aus der Tasche. «Aber sagen Sie Dr. Baum nicht, woher Sie sie haben.»

«Sie sind ein Schatz.» Craig küßte ihre Hand. «Wenn ich draußen bin, werde ich Sie am ersten Abend nach Piccadilly ins Rainbow Corner führen. Der beste Kaffee in London und großartiger Swing zum Tanzen.»

Sie wurde rot und ging lachend hinaus. Er saß da und rauchte und schaute in den Garten. Nach einer Weile klopfte es, und Jack Carter kam, in einer Hand seinen Stock und in der anderen eine Aktenmappe, ins Zimmer gehumpelt.

«Morgen, Craig.»

Craig sprang freudig auf. «Jack! Großartig, Sie nach all der Zeit wiederzusehen. Sie arbeiten also noch für den alten Bastard.»

«Oh, ja.» Carter setzte sich und klappte die Aktentasche auf. «Dr. Baum sagt, es geht Ihnen viel besser.»

«Das hat er mir auch erzählt.»

«Gut. Der General möchte, daß Sie einen Job für ihn machen, das heißt, wenn Sie sich gut genug fühlen.»

«Schon? Was hat er vor? Mich umbringen?»

Carter hob die Hand. «Craig, hören Sie sich bitte an, was ich zu sagen habe. Es ist keine gute Nachricht. Diese Freundin von Ihnen, Anne-Marie Trevaunce...»

Craig nahm eine Zigarette. «Was ist mit ihr?»

«Der General wollte sie unter vier Augen sprechen. Eine große Sache steht bevor. Sehr groß.»

Craig zündete die Zigarette an. «Ist es das nicht immer?»

«Nein, diesmal ist es wirklich von größter Wichtigkeit. Hm, wir schickten eine Lysander rüber, um sie zu holen, und ich fürchte, es ging verdammt schief.» Er reichte Craig eine Akte. «Da. Lesen Sie selbst.»

Craig trat zur Fensterbank, klappte die Akte auf und fing an zu lesen. Nach einer Weile schlug er sie mit zusammengepreßten Lippen zu.

Carter sagte: «Es tut mir leid. Es ist ziemlich schlimm.»

«So schlimm, wie es nur sein kann. Eine Horrorstory.»

Er saß da und dachte an Anne-Marie, den geschminkten Mund, die Arroganz, die wundervollen Beine in den dunklen Seidenstrümpfen, die unvermeidliche Zigarette. So verdammt aufreizend und so umwerfend, und jetzt...

Carter sagte: «Wußten Sie etwas von dieser Zwillingsschwester in England, dieser Geneviève Trevaunce?»

«Nein.» Craig gab ihm die Akte zurück. «Anne-Marie hat nie von ihr erzählt, nicht mal in den alten Tagen. Ich wußte allerdings, daß ihr Vater Engländer war. Sie erzählte mir einmal, Trevaunce sei ein Name aus Cornwall. Ich habe immer geglaubt, der Vater sei tot.»

«Das ist er keineswegs. Er ist Arzt und lebt im nördlichen Cornwall. In einem Dorf, das Saint Martin heißt.»

«Und die Tochter? Diese Geneviève?»

«Sie ist Krankenschwester hier in London, im Saint Bartholomew's Hospital. Sie hatte kürzlich eine schwere Grippe. Sie hat jetzt sechs Wochen Genesungsurlaub und verbringt ihn bei ihrem Vater in Saint Martin.»

«Und?» sagte Craig.

«Der General möchte, daß Sie hinfahren und sie besuchen.» Carter zog einen großen weißen Umschlag aus der Aktentasche und reichte ihn Craig. «Dies wird Ihnen sagen, wie wichtig es ist, daß Sie uns in dieser Sache helfen.»

Craig öffnete den Umschlag, nahm den maschinengeschriebenen Brief heraus und fing an, ihn langsam zu lesen.

4

Gleich hinter Saint Martin war ein kleiner Hügel, kaum mehr als eine Erhebung, ein verwunschener Ort ohne Namen, der auf Spezialkarten als mutmaßlicher Überrest einer Befestigungsanlage aus römischer Zeit bezeichnet war. Er war Geneviève Trevaunces Lieblingsplatz. Von der Kuppe aus konnte sie zum Mündungsdelta hinüberschauen, wo die Brandung über trügerische Untiefen gischtete, und nur die Seevögel leisteten ihr Gesellschaft.

Sie war nach dem Frühstück ein letztes Mal hinaufgegangen. Gestern abend hatte sie widerstrebend der Tatsache ins Auge gesehen, daß es ihr wieder gutging, und laut den BBC-Nachrichten waren die Luftangriffe auf London heftiger geworden. Jetzt brauchten sie auf den Notstationen von Saint Bartholomew's sicher dringend jeden, den sie bekommen konnten.

Es war ein schöner milder Tag, einer der Tage, die es nur in Nordcornwall gibt und nirgendwo anders, mit einem sehr blauen Himmel und einer strahlend weißen Brandung unten längs der Sandbank. Sie empfand zum erstenmal seit Monaten einen uneingeschränkten Frieden mit sich. Entspannt und glücklich drehte sie sich um und schaute hinunter auf das Dorf, sah ihren Vater im Garten des alten Pfarrhauses arbeiten. Und dann bemerkte sie in einiger Entfernung vom Dorf ein Auto. In diesem Stadium des Krieges, wo Benzin streng rationiert war, bedeutete das gewöhnlich Arzt oder Polizei, doch als der Wagen näher kam, sah sie, daß er stumpfgrün gestrichen war, in der Farbe von Militärfahrzeugen.

Das Auto hielt vor der Gartenpforte des Pfarrhauses, und ein Mann in Uniform stieg aus. Geneviève setzte sich sofort in Bewegung und ging den Hügel hinunter. Sie sah, wie ihr Vater sich aufrichtete, seinen Spaten abstellte und zur Pforte ging. Die beiden Männer wechselten einige Worte, und dann schritten sie den Gartenweg hinauf und traten ins Haus.

Sie brauchte nicht mehr als drei oder vier Minuten, um das Haus zu erreichen. In dem Augenblick wurde die Haustür geöffnet, und ihr Vater kam heraus.

In seinem Gesicht arbeitete etwas furchterregend, und seine Augen blickten stumpf. Sie legte ihm die Hand auf den Arm. «Was ist los? Was ist passiert?»

Er sah sie einen Moment an, schien sie erst jetzt wahrzunehmen und trat dann wie von Entsetzen gepackt zurück. «Anne-Marie», sagte er rauh. «Sie ist tot. Anne-Marie ist tot.»

Er drängte sich an ihr vorbei und hastete zur Kirche. Er überquerte halb im Laufschritt den Friedhof und betrat die Vorhalle. Die große Eichentür fiel mit einem dumpfen Knall ins Schloß.

Der Himmel war immer noch sehr blau, die Krähen in den Bäumen hinter dem Kirchturm krächzten. Nichts hatte sich geändert, und doch war auf einmal alles anders. Sie stand da und erschauerte vor Kälte. Keinerlei innere Bewegung, nur eine Leere.

Hinter ihr näherten sich Schritte. «Miss Trevaunce?»

Sie drehte sich langsam um. Die Uniform – eine olivgrüne Kampfuniform unter einem offenen Trenchcoat – war amerikanisch. Ein Major mit mehreren Ordensspangen, überraschend viele für einen so jungen Mann. Die Mütze war über goldblondem Haar etwas nach hinten geschoben. Ein glattes Gesicht, das nichts preisgab, mit Augen so grau wie der Atlantik im Winter. Er öffnete den Mund und schloß ihn dann wieder, wie unfähig, etwas zu sagen.

Sie sagte: «Ich glaube, Sie bringen uns eine schlechte Nachricht, Major?»

«Osbourne.» Er räusperte sich. «Craig Osbourne. Großer Gott, Miss Trevaunce ..., aber einen Augenblick lang war mir tatsächlich, als sähe ich einen Geist.»

In der Diele nahm sie seinen Trenchcoat und öffnete die Tür zum Besuchszimmer. «Wenn Sie schon hineingehen würden, ich bitte nur rasch die Haushälterin, uns einen Tee zu machen. Ich fürchte, wir haben keinen Kaffee im Haus.»

«Sehr freundlich von Ihnen.»

Sie steckte den Kopf in die Küche. «Könnten wir einen Tee haben, Mrs. Trembath? Ich habe Besuch. Vater ist in der Kirche. Ich fürchte, wir haben eine schlechte Nachricht erhalten.»

Die Haushälterin wandte sich vom Spülbecken ab und wischte sich die Hände an der Schürze trocken. Sie war eine große, hagere Frau, mit dem stillen und zugleich markanten Gesicht der Frauen aus Cornwall und aufmerksam blickenden blauen Augen. «Anne-Marie, nicht wahr?»

«Sie ist tot», sagte Geneviève nur und schloß die Tür.

Als sie ins Besuchszimmer trat, stand Craig am Kamin und betrachtete ein Foto, das auf dem Sims stand. Es zeigte Anne-Marie und Geneviève als kleine Mädchen.

«Schon damals gab es so gut wie keinen Unterschied», sagte er. «Es ist frappierend.»

«Ich nehme an, Sie haben meine Schwester gekannt?»

«Ja. Ich habe sie 1940 in Paris kennengelernt. Ich war damals Journalist. Wir wurden Freunde. Ich wußte, daß ihr

Vater Engländer war, aber sie hat ehrlich gesagt nie von Ihnen gesprochen. Kein Wort davon, daß Sie existierten.»

Geneviève Trevaunce gab keinen Kommentar dazu ab. Sie setzte sich in einen der Ohrensessel am Kamin und sagte ruhig: «Haben Sie eine lange Fahrt hinter sich, Major?»

«Von London.»

«Das ist weit.»

«Nicht so schlimm. Heutzutage ist kaum noch Verkehr auf den Straßen.»

Ein unbehagliches Schweigen entstand, aber sie konnte nicht mehr länger warten. «Wie ist meine Schwester gestorben?»

«Bei einem Flugzeugabsturz», antwortete Craig.

«In Frankreich?»

«Ja.»

«Woher wissen Sie das?» fragte Geneviève. «Frankreich ist von den Deutschen besetzt.»

«Wir haben unsere Kommunikationskanäle», sagte er. «Die Leute, für die ich arbeite.»

«Und wer sind sie?»

Die Tür ging auf, und Mrs. Trembath kam mit einem Tablett herein, das sie vorsichtig auf einen Teetisch stellte. Sie warf einen kurzen Blick auf Osbourne und zog sich wieder zurück. Geneviève schenkte den Tee ein.

«Ich muß sagen, daß Sie es bemerkenswert gefaßt aufnehmen», sagte er.

«Und Sie sind meiner Frage ausgewichen, aber nehmen Sie das nicht als Vorwurf.» Sie reichte ihm eine Tasse. «Meine Schwester und ich standen uns nie sehr nahe.»

«Ist das nicht ungewöhnlich bei Zwillingen?»

«Sie ist nach Frankreich gegangen und hat dort gelebt, seit unsere Mutter 1935 gestorben ist. Es ist also ganz einfach. Und nun versuche ich es noch einmal: Für wen arbeiten Sie?»

«Für das OSS, das Office of Strategic Services», sagte er. «Es ist eine Organisation mit ganz speziellen Aufgaben.»

Ihr fiel etwas Sonderbares an seiner Uniform auf. Auf dem rechten Ärmel war ein Flügelpaar mit den Buchstaben SF – die, wie sie später erfuhr, für Special Forces standen –, aber darunter war auch das Flügelpaar der britischen Fallschirmjäger zu sehen.

«Sonderkommandos?»

«Nicht wirklich. Unsere Leute ziehen es die meiste Zeit vor, keine Uniform zu tragen.»

Sie sagte: «Wollen Sie mir sagen, daß meine Schwester an solchen Sachen beteiligt war?»

Er holte eine Schachtel Zigaretten aus der Tasche und bot ihr eine an. Sie schüttelte den Kopf. «Ich rauche nicht.»

«Haben Sie etwas dagegen, wenn ich es tue?»

«Warum sollte ich.»

Er zündete sich eine Zigarette an und ging zum Fenster. «Ich habe Ihre Schwester Anfang 1940 kennengelernt. Ich arbeitete damals für die amerikanische Illustrierte *Life*. Sie war überall dabei, wo gesellschaftlich etwas los war, sie spielte eine gewisse Rolle in der Society, aber das wissen Sie sicher.»

«Ja.»

Er blickte in den Garten hinaus. «Ich machte ein Feature über die Voincourts, das dann aus irgendwelchen Gründen nie erschien, aber es bedeutete, daß ich die Gräfin interviewen mußte ...»

«Hortense?»

Er drehte sich um, und sie sah, daß sein Mund zu einem halb ironischen, halb wehmütigen Lächeln verzogen war. «Eine interessante Frau», sagte er. «Als ich mit ihr sprach, hatte sie gerade ihren vierten Mann verloren. Ein Oberst der Infanterie, er war an der Front gefallen.»

«Und meine Schwester?»

«Oh, wir wurden», Craig hielt kurz inne, «gute Freunde.» Er kehrte zum Kamin zurück und setzte sich wieder. «Und dann nahmen die Deutschen Paris ein. Da ich Bürger eines neutralen Landes war, behelligten sie mich zunächst nicht, aber dann hatte ich mit Leuten zu tun, die ihnen absolut nicht paßten, und mußte einen ziemlich schnellen Abgang machen. Ich fuhr nach England.»

«Und da traten Sie in dieses OSS ein?»

«Nein, Amerika war damals noch nicht mit Deutschland im Krieg. Ich arbeitete zuerst für eine britische Dienststelle – die Special Operations Executive, die SOE. Die gleiche Art von Arbeit, kann man sagen. Ich ließ mich erst später zu meinen eigenen Leuten versetzen.»

«Und wie ist meine Schwester da hineingeraten?»

«Das deutsche Oberkommando requirierte das Schloß Ihrer Tante. Generäle und andere hohe Tiere stiegen dort ab, um sich ein paar Tage auszuruhen und dann und wann eine Besprechung abzuhalten.»

«Und Anne-Marie und meine Tante?»

«Sie durften so lange wohnen bleiben, wie sie sich gastfreundlich verhielten. Es war aus Propagandazwecken gut, die Gräfin Voincourt und ihre Nichte als Gastgeberinnen vorweisen zu können.»

Geneviève wurde zornig. «Und das soll ich Ihnen glauben? Daß Hortense de Voincourt sich auf diese Weise benutzen ließ?»

«Warten Sie eine Minute und lassen Sie mich erklären», sagte Craig. «Ihre Schwester durfte nach Paris fahren, wann immer sie wollte. Sie setzte sich dort mit Leuten von der Résistance in Verbindung. Sie bot an, für uns zu arbeiten, und sie war in einer einzigartig guten Lage, um das zu tun.»

«Sie wurde eine Agentin?» sagte Geneviève leise.

«Es scheint Sie nicht sehr zu überraschen?»

«So ist es. Wahrscheinlich fand sie diese Betätigung schick.»

«Der Krieg ist alles andere als schick», sagte Craig gelassen. «Und das, was ihre Schwester tat, war es noch weniger, wenn man bedenkt, was sie mit ihr gemacht hätten, wenn sie ihr auf die Schliche gekommen wären.»

«Ich glaube, ich sollte Ihnen sagen, daß ich Krankenschwester am Saint Bartholomew's Hospital in London bin, Major», sagte Geneviève. «Militärstation zehn. In meiner letzten Dienstwoche hatten wir einen von Ihren Männern da. Einen Bordschützen von einem US-Bomber, und wir mußten ihm das amputieren, was von seiner einen Hand übriggeblieben war. Sie brauchen mir nicht viel vom Reiz des Kriegs zu erzählen. Ich habe etwas anderes gemeint. Wenn Sie meine Schwester so gut gekannt haben, wie Sie sagen, werden Sie mich verstehen.»

Er antwortete nicht, stand nur auf und ging unruhig hin und her. «Wir haben Informationen über eine Konferenz erhalten, die die Nazis abhalten wollen. Über etwas sehr Wichtiges, so wichtig, daß unsere Leute mit Anne-Marie persönlich sprechen mußten. Sie täuschte einen kurzen Urlaub in Paris vor, und wir schickten ein Flugzeug rüber, um sie zu holen. Sie sollte für eine Einsatzbesprechung nach England gebracht und dann wieder zurückgeflogen werden.»

«Ist das normal?»

«Es wird oft gemacht, ein ziemlich regelmäßiger Pendelverkehr. Ich habe es auch schon getan. Sie sollte nach Saint-Maurice fahren und dort den Zug nach Paris nehmen. Aber in Wahrheit kümmerten unsere Leute sich um den Wagen, und sie wurde mit einem Laster zu dem Feld gebracht, auf dem die Lysander landen sollte.»

«Was ist schiefgegangen?»

«Nach unseren Résistance-Quellen wurden sie kurz nach

dem Start von einem deutschen Jäger abgeschossen. Die Maschine scheint noch in der Luft explodiert zu sein.»

«Oh», sagte Geneviève nur.

Er blieb stehen und sagte zornig zu ihr: «Macht Ihnen das nichts aus? Ist es Ihnen gleichgültig?»

«Major Osbourne», entgegnete sie, «als ich dreizehn war, brach Anne-Marie mir den rechten Daumen, gleich an zwei Stellen.» Sie hielt ihn hoch. «Sehen Sie, er ist immer noch ein bißchen gekrümmt. Sie sagte, sie wolle sehen, wieviel Schmerzen ich ertragen könnte. Sie benutzte einen altmodischen Nußknacker – die Dinger, die man sehr fest zuschrauben muß. Sie sagte, ich dürfe nicht schreien, ganz gleich, wie weh es täte, weil ich eine Voincourt sei.»

«Mein Gott!» flüsterte er.

«Und ich habe nicht geschrien. Ich verlor einfach das Bewußtsein, als der Schmerz unerträglich wurde, aber da war der Schaden schon angerichtet.»

«Was geschah dann?»

«Nichts. Ein dummer Streich mit bösen Folgen, das war alles. Was meinen Vater betraf, konnte sie einfach nichts Schlimmes anstellen.» Sie schenkte sich Tee nach. «Übrigens, wieviel von all dem haben Sie ihm erzählt?»

«Ich habe nur gesagt, wir hätten über unseren Nachrichtendienst erfahren, daß sie bei einem Autounfall ums Leben gekommen sei.»

«Aber warum haben Sie es mir erzählt und ihm nicht?»

«Weil Sie so aussehen, als könnten sie es verkraften, und er sah nicht so aus.»

Er log, das wußte sie sofort, aber in diesem Moment ging ihr Vater am Fenster vorbei. Sie stand auf. «Ich muß sehen, wie es ihm geht.»

Während sie zur Tür ging, sagte Craig: «Es geht mich ja nichts an, aber ich würde sagen, daß Sie die letzte sind, die er jetzt sehen will.» Diese Feststellung tat weh, schrecklich weh, weil sie tief in ihrem Herzen wußte, daß es stimmte. «Sie um sich zu haben, wird es nur noch schlimmer für ihn machen», sagte er beruhigend. «Jedesmal, wenn er Sie sieht, wird er einen Sekundenbruchteil lang denken, es wäre sie.»

«Hoffen, es wäre sie, Major Osbourne, hoffen», verbesserte Geneviève ihn. «Was würden Sie denn vorschlagen?»

«Ich fahre jetzt gleich zurück nach London, wenn das eine Hilfe ist.»

Da sah sie es, wußte es ohne den Schatten eines Zweifels. «Sie sind nur deshalb hergekommen, nicht wahr? Meinetwegen?»

«Ja, Miss Trevaunce.»

Sie drehte sich um und ließ ihn am Kamin sitzen, ging hinaus und machte die Tür hinter sich zu.

Ihr Vater arbeitete wieder im Garten, jätete Unkraut und warf es in eine Schubkarre. Die Sonne schien, der Himmel war blau. Es war immer noch ein schöner milder Tag, als ob nichts geschehen wäre.

Er richtete sich auf und sagte: «Du fährst mit dem Nachmittagszug von Padstow?»

«Ich dachte, du möchtest vielleicht, daß ich noch eine Weile hierbleibe. Ich könnte das Krankenhaus anrufen, alles erklären und um Urlaubsverlängerung bitten.»

«Würde es etwas ändern?» Seine Hände zitterten leicht, als er seine Pfeife anzündete.

«Nein», sagte Geneviève bedrückt. «Ich glaube nicht.»

«Warum solltest du dann bleiben?» Er wandte sich wieder dem Unkraut zu.

Sie ging in ihrem kleinen Zimmer hin und her, vergewisserte sich, daß sie nichts vergessen hatte, und blieb dann am Fenster stehen und beobachtete ihren Vater, der immer noch draußen arbeitete. Hatte er Anne-Marie nur deshalb mehr geliebt als sie, weil er sie nicht bei sich haben konnte? War es das? Sie hatte nie das Gefühl gehabt, daß es irgendwelche Ähnlichkeit zwischen ihr und dem Rest der Familie gab. Das einzige Mitglied der Familie, für das sie etwas fühlte, der Familie mütterlicherseits und väterlicherseits, war ihre Tante Hortense, aber sie war natürlich etwas Besonderes.

Sie öffnete das Fenster und rief: «Major Osbourne fährt gleich zurück nach London. Er hat mir angeboten, mit ihm zu fahren.»

Er blickte hoch. «Sehr freundlich von ihm. Ich an deiner Stelle würde es tun.»

Er sah auf einmal zehn Jahre älter aus als noch vor einer Stunde. Als ob er seiner geliebten Anne-Marie ins Grab folgen wollte. Sie schloß das Fenster, blickte sich noch einmal in ihrem Zimmer um, nahm ihren Koffer und ging hinaus. Craig Osbourne saß auf einem Stuhl an der Haustür. Er stand auf und nahm ihr wortlos den Koffer ab. Mrs. Trembath kam, sich wieder die Hände an der Schürze abwischend, aus der Küche.

«Ich fahre jetzt», sagte Geneviève. «Geben Sie bitte auf ihn acht.»

«Habe ich das nicht immer getan?» Sie gab Geneviève einen Kuß auf die Wange. «Leben Sie wohl, Kind. Dies ist nicht der richtige Platz für Sie ... Ist es nie gewesen.»

Craig schritt zum Auto und legte ihren Koffer auf den Rücksitz. Sie atmete tief ein und ging zu ihrem Vater. Er blickte auf, und sie küßte ihn auf die Wange. «Ich weiß nicht, wann ich wiederkomme. Ich werde dir schreiben.»

Er nahm sie in die Arme und drückte sie fest an sich, und dann wandte er sich rasch ab. «Geh wieder in dein Krankenhaus, Geneviève. Tu etwas Gutes für die, denen noch geholfen werden kann.»

Da ging sie zum Wagen und war sich, ohne daß noch ein Wort gefallen wäre, eines merkwürdigen Gefühls der Erleichterung, mehr noch, der Erlösung bewußt. Es mußte daher kommen, daß er sie auf diese Weise zurückgewiesen hatte, befriedigender konnte sie es nicht analysieren. Craig half ihr beim Einsteigen, machte die Tür zu, setzte sich ans Steuer und fuhr los.

Nach einer Weile sagte er: «Alles in Ordnung?»

«Würden Sie mich für verrückt halten, wenn ich Ihnen sagte, daß ich mich eben zum erstenmal seit Jahren ganz frei gefühlt habe?» erwiderte sie.

«Nein. Da ich Ihre Schwester gut kannte, ist es nach all dem, was ich heute morgen bei Ihnen gesehen und gehört habe, auf irgendeine absurde Weise vollkommen logisch.»

«Wie gut haben Sie sie eigentlich gekannt?» fragte Geneviève. «Waren Sie und Anne-Marie ein Paar?»

Craig lächelte ein wenig. «Sie erwarten doch nicht wirklich, daß ich darauf antworte?»

«Warum nicht?»

«Verdammt, ich weiß nicht. Paar und Liebe wären die falsche Bezeichnung. Anne-Marie hat ihr Leben lang nie jemanden geliebt, außer sich selbst.»

«Das stimmt, aber das meine ich nicht. Ich meine das Sexuelle.»

Er war einen Moment lang wütend, dann zuckte ein Muskel in seiner Wange. «Meinetwegen, meine Dame, ich habe ein- oder zweimal mit Ihrer Schwester geschlafen. Geht es Ihnen jetzt besser?»

Sie saß mit abgewandtem Gesicht da, und die nächsten zehn Kilometer wechselten sie kein Wort mehr. Schließlich holte er seine Zigaretten aus der Tasche. «Die Dinger sind manchmal sehr nützlich.»

«Nein, danke.»

Er zündete sich eine an und kurbelte das Fenster ein paar Zentimeter herunter. «Ihr Vater... Was ist er eigentlich für ein Mensch? Lebt dort als einfacher Landarzt, aber auf dem Schild an der Pforte steht, daß er ein Mitglied des Königlichen Ärztekollegs ist.»

«Soll das heißen, Sie haben das nicht gewußt, ehe Sie zu uns gekommen sind?»

«Hm, ich wußte einiges», sagte er, «aber nicht alles. Von Ihnen hat Anne-Marie in der Zeit, die ich sie kannte, gar nichts erzählt, und von Ihrem Vater nur sehr wenig.»

Sie lehnte sich mit verschränkten Armen zurück. «Die Trevaunces haben schon seit undenklichen Zeiten in diesem Teil von Cornwall gelebt. Mein Vater brach mit einer jahrhundertelangen Familientradition, indem er Medizin studierte, statt zur See zu gehen. Er promovierte im Sommer 1914 an der Universität Edinburgh und hatte schon damals ein gewisses Talent zum Chirurgen, das er dann in verschiedenen Feldlazaretten an der Frankreichfront nutzte.»

«Ich nehme an, es muß eine verdammt harte Facharztausbildung gewesen sein», sagte Craig.

«Im Frühjahr 1918 wurde er verwundet. Ein Granatsplitter im rechten Bein. Sie haben wahrscheinlich bemerkt, daß er immer noch ein wenig hinkt. Schloß Voincourt wurde damals als Rekonvaleszenzheim für Offiziere benutzt. Sie sehen, daß es nun langsam anfängt, wie ein Märchen zu klingen?»

«Oh, ja», sagte er. «Aber fahren Sie fort. Märchen sind immer sehr aufbauend.»

«Meine Großmutter, Witwe mit einem der ältesten Namen Frankreichs und stolz wie eine Königin. Hortense, die ältere Schwester, geistreich, zynisch, immer beherrscht. Und dann Hélène, jung und kapriziös und sehr, sehr schön.»

«Und sie verliebte sich in den jungen Arzt aus Cornwall?»

sagte Craig. «Ich könnte mir vorstellen, daß das der alten Dame nicht gefiel.»

«So war es, und die beiden brannten eines Nachts durch. Mein Vater ließ sich in London nieder, und die französische Familie kappte die Verbindung...»

«Bis die schöne Hélène Zwillinge zur Welt brachte?»

«Genau.» Geneviève nickte. «Und Blut ist dicker als Wasser, wie es heißt.»

«Also fingen Sie an, die alte Heimat zu besuchen?»

«Meine Mutter, Anne-Marie und ich. Es klappte sehr gut. Wir waren keine Fremdlinge. Verstehen Sie, meine Mutter drillte uns darauf, im Schloß nur französisch zu sprechen.»

«Und Ihr Vater?»

«Oh, er wurde nie in den Kreis der Familie aufgenommen. Er war im Lauf der Jahre aber sehr erfolgreich. Oberarzt der Chirurgie im Guy's Hospital und eine Privatpraxis in der Harley Street.»

«Und dann starb Ihre Mutter?»

«Ja. 1935, an Lungenentzündung. Wir waren damals dreizehn. Für mich ist es das Jahr des Daumens.»

«Und Anne-Marie entschied sich für Frankreich, während Sie bei Ihrem Vater blieben? Wie kam das?»

«Ganz einfach», sagte Geneviève achselzuckend und sah plötzlich sehr französisch aus. «Großmutter war tot, und Hortense war die neue Comtesse de Voincourt, ein Titel, den die Älteste in der weiblichen Linie der Familie seit den Tagen Karls des Großen führt. Und sie wußte nach mehreren Ehen zumindest eines, daß sie keine Kinder bekommen konnte.»

«So daß Anne-Marie den Titel erben würde?» fragte Craig.

«Aller Wahrscheinlichkeit nach. Oh, Hortense hatte keinerlei juristischen Anspruch auf sie, aber mein Vater überließ Anne-Marie die Entscheidung, obgleich sie erst dreizehn war.»

«Er hoffte, sie würde sich für ihn entscheiden, stimmt's?»

«Armer Daddy.» Geneviève nickte. «Und Anne-Marie wußte genau, was sie wollte. Für ihn war es der letzte Anstoß. Er verkaufte die Londoner Praxis und zog wieder nach Saint Martin und kaufte das alte Pfarrhaus.»

«Stoff für einen Film», bemerkte Craig. «Mit Bette Davis als Anne-Marie.»

«Und wer soll mich spielen?» fragte Geneviève.

«Natürlich auch Bette Davis.» Er lachte. «Eine Doppelrolle. Wann haben Sie Anne-Marie das letztemal gesehen?»

«Ostern 1940. Mein Vater und ich waren zusammen in Voincourt. Es war vor Dünkirchen. Er versuchte, sie zu überreden, mit uns nach England zurückzugehen. Sie zweifelte an seinem Verstand und brachte ihn mit ihrem Charme schnell von der Idee ab.»

«Ja, das kann ich mir vorstellen.» Craig kurbelte das Fenster weiter herunter und warf die Zigarette hinaus. «Sie sind also die neue Erbin des Titels?»

Als Geneviève Trevaunce sich zu ihm wandte, war plötzlich alle Farbe aus ihrem Gesicht gewichen. «Bei Gott, ich habe noch keine Sekunde daran gedacht – bis jetzt.»

Er legte ihr den Arm um die Schultern. «Sie brauchen sich nicht zu verteidigen, es ist alles in Ordnung. Ich verstehe.»

Sie sah auf einmal sehr erschöpft aus. «Wann sind wir in London?»

«Am frühen Abend, mit ein bißchen Glück.»

«Und dann werden Sie mir die Wahrheit sagen? Die ganze Wahrheit?»

Er sah sie nicht einmal an, hielt seinen Blick weiter auf die Straße gerichtet. «Ja», sagte er kurz, «ich denke, das kann ich Ihnen versprechen.»

«Gut.»

Es fing plötzlich an zu regnen. Sie schloß die Augen, während er die Scheibenwischer anschaltete, und nach einer Weile schlief sie, die Arme unter der Brust verschränkt, mit dem Kopf an seiner Schulter, friedlich ein.

Das Parfüm war anders. Anne-Marie und doch nicht Anne-Marie. Craig Osbourne war noch nie in seinem Leben so durcheinander gewesen und fuhr verdrossen weiter.

Als sie sich London näherten, dunkelte es, und am Horizont leuchteten die ersten Feuerblitze, denn die von Chartres und Rennes aus operierenden Ju 88G der Deutschen, die als Zielbeleuchter dienten, schossen die Leuchtraketen ab, die die schweren Bomber, die folgen würden, leiten sollten.

Sie erreichten die Stadt und sahen überall Spuren von den Bombenschäden der vergangenen Nacht. Craig mußte einige Male einen Umweg machen, da die Straßen blockiert waren. Als Geneviève das Fenster herunterkurbelte, nahm sie den Brandgeruch in der feuchten Luft wahr. Leute strömten schutzsuchend in die U-Bahn-Stationen, ganze Familien mit Wolldecken, Koffern und anderen Habseligkeiten, die abermals eine Nacht unter der Erde verbringen würden. Es war wieder wie 1940.

«Ich dachte, wir hätten all das hinter uns», sagte sie bitter. «Ich dachte, die RAF wäre damit fertig geworden.»

«Jemand muß vergessen haben, es der Luftwaffe zu sagen», erwiderte Craig. «Die Londoner nennen es den Kleinen Blitz. Längst nicht so schlimm wie damals.»

«Es sei denn, man steht zufällig unter der nächsten Bombe, die sie ausklinken», bemerkte sie.

Rechts von ihnen loderten Flammen, Craig riß das Steuer herum und nahm die andere Straßenseite. Er hielt am Bordstein, und ein Bobby mit Schutzhelm eilte aus der Finsternis herbei.

«Sie werden den Wagen hier stehen lassen und in die U-

Bahn-Station gehen müssen, bis der Angriff vorbei ist. Der Eingang ist am Ende der Straße.»

«Ich habe einen militärischen Einsatz», protestierte Craig.

«Und wenn Sie Churchill persönlich wären, Sie müßten trotzdem da rein, alter Junge», sagte der Polizist ungerührt.

«Meinetwegen, ich kapituliere», antwortete Craig.

Sie stiegen aus, er schloß den Wagen ab, und dann folgten sie den Männern, Frauen und Kindern, die zum Eingang der U-Bahn hasteten. Sie stellten sich an der Schlange an und fuhren zwei Rolltreppen hinunter, gingen einen Gang entlang, bis sie schließlich in die Tunnelröhre mit den Gleisen kamen.

Die beiden Bahnsteige waren überfüllt, überall saßen in Wolldecken gehüllte Menschen, umgeben von ihren Habseligkeiten. Kriegshelferinnen verteilten Erfrischungen von einem großen Servierwagen. Craig stellte sich an und konnte zwei Becher Tee und einen Cornedbeef-Sandwich ergattern und kehrte mit seiner Beute zu Geneviève zurück. Sie trank und biß heißhungrig in ihre Sandwichhälfte.

«Die Leute sind wunderbar», sagte sie. «Sehen Sie sich um. Wenn Hitler uns jetzt sehen könnte, würde er den Krieg abblasen.»

«Wahrscheinlich», stimmte Craig zu.

In diesem Augenblick erschien ein Luftschutzwart mit staubverschmiertem Gesicht, der einen Overall und einen Schutzhelm trug, in der Bahnröhre. «Ich brauche ein halbes Dutzend Freiwillige. Oben sitzt jemand in einem Keller fest und kann sich nicht selbst befreien.»

Nach einem kurzen Zögern standen vier oder fünf Männer mittleren Alters, die in der Nähe gesessen hatten, auf und gingen zu dem Mann. «Wir kommen mit», sagte einer.

Craig zauderte, faßte sich unwillkürlich an seinen verwundeten Arm. Dann stand auch er auf.

Geneviève folgte ihm, und der Luftschutzwart sagte: «Sie nicht, meine Liebe.»

«Ich bin Krankenschwester», sagte sie spitz. «Sie werden mich vielleicht mehr brauchen als die anderen.»

Er zuckte gleichgültig mit den Schultern und drehte sich um, und die kleine Gruppe folgte ihm die Rolltreppen hinauf auf die Straße. Die Bomben fielen jetzt weiter entfernt, aber links von ihnen brannten einige Häuser, und in der Luft hing ein beißender Gestank von Rauch.

Etwa fünfzig Meter vom Eingang der U-Bahn-Station war eine ganze Ladenzeile in Schutt und Asche gelegt. Der Luftschutzwart sagte: «Wir sollten auf die Rettungsmannschaft warten, aber ich habe gehört, wie da drüben jemand schrie. War bis vorhin ein Café, es hieß Sam's. Ich glaube, im Keller ist jemand verschüttet.»

Sie gingen bis zu der Ruine und horchten. Der Luftschutzwart rief etwas, und fast unmittelbar danach antwortete ein schwacher Ruf.

«Also, ran an die Arbeit.»

Sie nahmen den Haufen von Ziegeln und Steinen mit den Händen in Angriff, räumten ihn weg, bis nach fünfzehn oder zwanzig Minuten der Rand einer Kellertreppe sichtbar wurde. Die Öffnung war kaum breit genug für einen Mann. Während sie sich hinhockten, um sie zu untersuchen, schrie einer der Männer eine laute Warnung, und sie sprangen gerade noch rechtzeitig zurück, ehe eine Mauer einstürzte.

Der Staub legte sich, und sie sahen sich zweifelnd an. «Es wäre Wahnsinn, da runterzugehen», sagte einer.

Eine Pause entstand, dann steckte Craig seine Schirmmütze in die Tasche seines Trenchcoats, zog den Mantel aus und gab ihn Geneviève. «Verdammt, ich hab diese schöne Uniform erst vorgestern bekommen», sagte er, legte sich auf den Bauch und kroch mit dem Kopf voran in die Treppenöffnung.

Sie warteten. Nach einer Weile hörten sie ein Kind weinen. Seine Hände erschienen, er reichte ein Baby durch die Öffnung nach draußen. Geneviève rannte hin, nahm es ihm ab und ging zurück zur Mitte der Straße. Etwas später kroch ein über und über mit Schmutz bedeckter, etwa fünfjähriger Junge aus dem Loch. Er richtete sich auf und blickte sich verwirrt um, und dann kam Craig zum Vorschein. Er nahm den Jungen an der Hand und ging zu Geneviève, dem Luftschutzwart und den anderen. Jemand schrie, und wieder stürzte ein Stück Mauer ein; Backsteine fielen auf die Treppenöffnung hinunter und deckten sie zu.

«Bei Gott, mein Junge, das nenne ich Glück», sagte der Luftschutzwart und ging auf ein Knie, um das weinende Kind zu trösten. «Sonst noch jemand da unten?»

«Ja, eine Frau. Ich fürchte, sie ist tot.» Craig suchte in seinen Uniformtaschen und fand Zigaretten. Er steckte eine an und schenkte Geneviève ein müdes Lächeln. «Nichts ist mit einem wirklich großen Krieg zu vergleichen, sage ich immer. Was sagen Sie immer, Miss Trevaunce?»

Sie drückte das Baby an sich. «Die Uniform», entgegnete sie. «Es ist gar nicht so schlimm. Ich denke, man könnte sie wieder so hinkriegen, daß sie wie neu aussieht.»

«Hat Ihnen schon mal jemand gesagt, daß Sie ein großer Trost sind?» fragte er.

Später, als sie weiterfuhren, war sie wieder müde. Das von den Bomben getroffene Viertel lag nun weit hinter ihnen, doch auch dieser Teil der Stadt hatte etwas abbekommen, und Glas splitterte und knirschte unter den Reifen. Sie sah das Straßenschild «Haston Place», und Craig hielt vor der Nummer zehn, einem gepflegten georgianischen Reihenhaus.

«Wo sind wir?» fragte sie.

«Ungefähr zehn Minuten vom SOE-Hauptquartier in der

Baker Street entfernt. Mein Chef wohnt hier im obersten Stock. Er dachte, es wäre persönlicher.»

«Und wer ist dieser Chef?»

«Brigadegeneral Dougal Munro.»

«Das klingt aber nicht sehr amerikanisch», bemerkte sie.

Er öffnete ihr die Tür. «Wir nehmen alles, was wir kriegen können, Miss Trevaunce. Wenn Sie mir bitte folgen würden.»

Er ging vor ihr die Stufen zum Eingang hinauf und drückte auf einen der Klingelknöpfe an der Haustür.

5

Jack Carter wartete, auf seinen Stock gestützt, auf dem Treppenabsatz. Er streckte die Hand aus. «Guten Abend, Miss Trevaunce. Ich freue mich, Sie kennenzulernen. Mein Name ist Carter. Brigadegeneral Munro erwartet Sie.»

Die Tür stand offen. Als sie hineinging, sagte Carter zu Craig: «Alles in Ordnung?»

«Ich bin nicht sicher», antwortete Craig. «Ich würde in diesem Stadium nicht zuviel erwarten.»

Das Arbeitszimmer war sehr behaglich. In einem georgianischen Kamin brannte ein Kohlefeuer, und überall standen und hingen Antiquitäten und Artefakte, die von Munros ursprünglicher Karriere als Ägyptologe zeugten. Der Raum lag im Halbschatten, da nur eine Tischlampe aus Messing auf dem Schreibtisch am Fenster brannte. Munro saß daran und studierte einige Papiere. Jetzt stand er auf und kam um den Schreibtisch herum.

«Miss Trevaunce», sagte er mit einem freundlichen Nicken. «Sehr bemerkenswert. Ich hätte es nicht geglaubt, ohne es mit eigenen Augen gesehen zu haben. Mein Name ist Munro, Dougal Munro.»

«Guten Abend, General», entgegnete sie.

Er wandte sich an Craig. «Großer Gott, Sie sehen ja arg mitgenommen aus. Was haben Sie gemacht?»

«Es war nicht ganz leicht, mitten durch einen Bombenangriff hierher zu kommen», antwortete Craig.

Geneviève sagte: «Er hat zwei Kinder gerettet, die in einem Keller verschüttet waren. Ist einfach hineingekrochen und hat sie herausgeholt.»

«Donnerwetter», bemerkte Munro. «Ich wollte, Sie würden sich nicht mit solchen Heldentaten aufhalten, Craig. Sie sind zu kostbar, als daß wir Sie in diesem Stadium verlieren dürften, und es kann Ihrem verletzten Arm unmöglich gutgetan haben. Nehmen Sie bitte Platz, Miss Trevaunce, oder darf ich Geneviève zu Ihnen sagen? Ihre Schwester war für mich immer Anne-Marie.»

«Wenn Sie möchten.»

«Vielleicht ein Drink? Unser Vorrat ist beschränkt, aber einen Scotch könnte ich Ihnen anbieten.»

«Vielen Dank, nein. Es war ein langer Tag. Glauben Sie, wir könnten zur Sache kommen?»

«Ich weiß nicht recht, wo ich anfangen soll», sagte er und setzte sich wieder an den Schreibtisch. Geneviève stand auf.

«Dann vielleicht ein andermal, wenn Sie es sich überlegt haben.»

«Geneviève, bitte.» Er hob die Hand. «Hören Sie mich wenigstens an.»

«Das Dumme ist nur, daß man sich dabei so oft überreden läßt.» Dennoch setzte sie sich wieder. «Meinetwegen. Ich höre.»

Jack Carter und Craig nahmen einander gegenüber vor dem Kamin Platz. Munro sagte: «Ich nehme an, Major Osbourne hat die Situation hinsichtlich Ihrer Schwester erläutert?»

«Ja.»

Er klappte eine silberne Dose auf und reichte sie über den Schreibtisch. «Zigarette?»

«Nein, danke. Ich rauche nicht.»

«Ihre Schwester tat es – eine nach der anderen und diese Marke: Gitanes. Probieren Sie eine.»

Er hatte plötzlich eine Beharrlichkeit, die ihr gar nicht gefiel. Sie sagte ungeduldig: «Nein, warum sollte ich?»

«Weil wir möchten, daß Sie die Rolle Ihrer Schwester übernehmen», sagte er lapidar.

Er hatte die Zigarettendose immer noch in der Hand, und sie starrte ihn an und hatte plötzlich ein flaues Gefühl im Magen, denn auf einmal fügte sich alles zusammen. «Sie sind verrückt», sagte sie. «Verrückt. Anders kann ich es mir nicht erklären.»

«Das höre ich nicht zum erstenmal.» Er klappte die Dose so heftig zu, daß es knallte.

«Sie wollen, daß ich anstelle meiner Schwester nach Frankreich gehe, meinen Sie das?»

«Ja, nächsten Donnerstag.» Er wandte sich zu Craig. «Ist der Mond dann günstig für einen Lysander-Einsatz?»

«Ja, wenn es stimmt, was die vom Wetterdienst sagen.»

Sie drehte sich zur Seite und sah ihn an. Er lag in dem Sessel, rauchte eine Zigarette, blickte vollkommen gelassen, wie immer. Von dort war keine Hilfe zu erwarten, so daß sie sich wieder zu Munro wandte. «Das ist doch Unsinn. Sie müssen jede Menge ausgebildete Agenten haben, die sich besser für diese Aufgabe eignen als ich.»

«Keinen, der Anne-Marie Travaunce sein kann, die Nichte der Gräfin Voincourt, auf deren Schloß einige sehr wichtige Mitglieder des deutschen Oberkommandos am kommenden Wochenende eine Konferenz abhalten, um Einzelheiten des Atlantikwallsystems zu besprechen, mit dem sie die bevorstehende Invasion der alliierten Streitkräfte zurückschlagen wollen. Wir möchten hören, was sie zu sagen haben. Es könnte unzählige Menschenleben retten.»

«Sie enttäuschen mich, General», sagte sie. «Das Argument ist seit Jahren abgenutzt.»

Er lehnte sich zurück, legte die Fingerspitzen aneinander und runzelte ein wenig die Stirn, als er sie betrachtete. «Wissen Sie, mir ist gerade eingefallen, daß Sie vielleicht gar keine Wahl in dieser Angelegenheit haben.»

«Was soll das heißen?»

«Ihre Tante... Sie sind ihr doch sehr zugetan?»

«Daß Sie diese Frage stellen, beweist, daß Sie die Antwort bereits kennen.»

«Sie wird in einer sehr schwierigen Lage sein, wenn Anne-Marie am Freitag nicht von ihrer angeblichen Reise nach Paris zurückkommt.» Er zuckte mit den Schultern. «Der deutsche Nachrichtendienst hat nicht die leiseste Ahnung, wer in jener Lysander war, wenn Sie verstehen.»

Nun überkam sie eine schreckliche Angst. «Hat meine Tante gewußt, was Anne-Marie für Sie machte?»

«Nein, aber wenn sie auf einmal von der Bildfläche verschwindet, werden die Deutschen anfangen nachzuforschen. Sie sind bekanntlich sehr gründlich. Es ist nur eine Frage der Zeit, daß Sie zumindest einen Zipfel der Wahrheit finden. Ich glaube, dann werden sie Ihre Tante in die Zange nehmen, und sie dürfte dem Druck, den sie auf sie ausüben werden, schwerlich gewachsen sein.»

«Was meinen Sie damit?» fragte sie. «Ist sie krank?»

«Soweit ich weiß, hat sie es seit einiger Zeit mit dem Herzen. Äußerlich betrachtet, führt sie ein ganz normales Leben, aber das ist auch schon alles.»

Geneviève holte tief Luft und schob die Schultern ein wenig vor. «Nein», sagte sie, «ich glaube, Sie irren sich. Wie Major Osbourne vorhin sagte, ist sie aus Propagandagründen wichtig für die Deutschen. Sie würden sie nicht anrühren, nicht Hortense de Voincourt. Sie ist zu wichtig für sie.»

«Ich fürchte, Sie werden feststellen, daß die Dinge sich ein wenig geändert haben, seit Sie das letztemal in Frankreich waren», sagte er. «Heute ist niemand mehr sicher, glauben Sie mir.»

«Was würden sie mit ihr machen?»

Es war Craig, der antwortete. «Sie haben Lager für Leute wie sie. Sehr unangenehme Orte.»

«Ich sollte Ihnen sagen, daß Major Osbourne so etwas am eigenen Leib erfahren hat», sagte Munro. «Er weiß, wovon er redet.» Sie saß da und starrte ihn an, und ihre Kehle war wie ausgedörrt. «Wir würden Sie, wie gesagt, mit einer Lysander hinüberbringen», erläuterte er mit freundlicher Stimme. «Keine Fallschirmübungen, dazu ist keine Zeit. Wir haben nur drei Tage, um Sie vorzubereiten.»

«Das ist lächerlich.» Sie wurde von Panik ergriffen. «Ich kann nicht Anne-Marie spielen. Es ist vier Jahre her. Sie wissen mehr über sie als ich.»

«Sie war Ihre Zwillingsschwester», sagte er unbarmherzig. «Das gleiche Gesicht, die gleiche Stimme. Nichts davon hat sich geändert. Den Rest übernehmen wir. Die Frisur, den Kleidergeschmack, Make-up, Parfüm. Wir werden Ihnen Fotos zeigen und Ihnen genau sagen, wie sie sich im Schloß bewegt hat. Wir *sorgen* dafür, daß es klappt.»

«Aber das würde nicht reichen, sehen Sie das nicht?» sagte Geneviève. «Abgesehen von ein paar vertrauten Gesichtern, ist es für mich ein Haus mit lauter Fremden. Neue Dienstboten, seit ich letztesmal dort war, und natürlich die Deutschen. Ich weiß doch nicht mal, wer wer ist.» Sie mußte plötzlich über die Absurdität der ganzen Sache lachen. «Ich bräuchte eine leise Stimme, die mir Anleitungen für jeden einzelnen Schritt ins Ohr flüstert, und das ist unmöglich.»

«Ist es das?» Er öffnete eine Schublade, nahm eine Zigarre heraus und schnitt das Ende sorgfältig mit einem Federmesser ab. «Ihre Tante hat einen Chauffeur. Ein Mann namens Dissard.»

«René Dissard», sagte sie. «Natürlich. Er hat der Familie sein Leben lang gedient.»

«Er hat mit Anne-Marie zusammengearbeitet. Er war ihre rechte Hand. Er ist jetzt hier. Nebenan.»

Sie blickte ihn überrascht an. «René? Hier? Aber... Ich verstehe nicht.»

«Er sollte Ihre Schwester nach Saint-Maurice fahren und dann nach Paris begleiten. In Wahrheit sollte er bei der lokalen Résistance untertauchen, während sie ausgeflogen wurde, und dann warten, bis sie zurückkam. Als sie uns funkten, was passiert war, haben wir am nächsten Abend wieder eine Maschine hingeschickt, um ihn rauszuholen.»

«Kann ich ihn sehen?»

«Selbstverständlich.»

Craig Osbourne öffnete die Tür am anderen Ende des Zimmers, und sie stand auf und trat zu ihm. Nebenan gab es eine kleine Bibliothek. Vor einem Gaskamin standen einige Sessel, René Dissard saß in einem.

Er stand langsam auf, und sie sah denselben alten René, ganz unverändert, eine der sprichwörtlichen Figuren der Kindheit. Er war klein und breitschultrig, hatte eisgraues Haar und einen Bart, und er trug immer noch die schwarze Binde, um die leere Höhle seines rechten Auges zu verbergen. Er hatte es als junger Soldat in Verdun verloren.

«René? Sind Sie es?»

Von der gleichen Furcht gepackt wie ihr Vater, da offenbar auch er eine Tote zu sehen meinte, wich er einen Schritt zurück, faßte sich jedoch schnell wieder.

«Mademoiselle Geneviève! Wie schön, Sie zu sehen.»

Seine Hände zitterten, und sie hielt sie fest in den ihren. «Geht es meiner Tante gut?»

«Wie man es unter diesen Umständen erwarten kann», antwortete er achselzuckend. «Die Boches. Sie müssen wissen, daß es im Schloß neuerdings ganz anders zugeht als früher.» Er zögerte. «Es ist furchtbar. Dieses schreckliche Unglück mit Ihrer Schwester.»

Es war, als rastete in ihrem Kopf etwas ein, als würde ihr unversehens durch René die Realität bewußt. «Sie wissen, was sie von mir wollen, René?»

«*Oui, Mademoiselle.*»

«Meinen Sie, ich sollte es tun?»

«Es würde das, was sie angefangen hat, beenden», sagte er sehr ernst. «Ihr Tod wäre dann nicht umsonst gewesen.»

Sie nickte, drehte sich um, drängte sich an Craig Osbourne vorbei und ging zurück in das andere Zimmer.

«Alles in Ordnung?» sagte Munro.

Da wurde sie plötzlich von einem heftigen Ekel überwältigt. Nicht, daß sie Angst hatte; irgend etwas in ihr lehnte sich einfach mit aller Macht dagegen auf, auf diese Weise manipuliert zu werden.

«Nein, verdammt», sagte sie. «Vielen Dank, General, aber ich habe bereits eine Arbeit. Ich beschäftige mich damit, Leben zu retten, wann immer ich kann.»

«Wir sonderbarerweise auch, aber wenn Sie es so sehen ...»

Er zuckte mit den Schultern und wandte sich zu Osbourne. «Sie bringen Sie besser nach Hampstead, und dann schließen wir die Akte.»

Sie sagte: «Hampstead? Was haben Sie nun wieder vor?»

Er blickte überrascht auf. «Die persönliche Habe Ihrer Schwester. Wir haben einiges davon in unserem Besitz und werden es Ihnen übergeben. Sie brauchen nur ein oder zwei Dokumente zu unterschreiben, für unsere Unterlagen, und dann können Sie die ganze Angelegenheit vergessen. Selbstverständlich fällt alles, was Sie heute abend hier gesehen und gehört haben, unter das Geheimhaltungsgesetz.»

Er klappte eine Akte auf und nahm einen Füllhalter, wie um ihr zu verstehen zu geben, sie könne gehen. Nun außer sich vor Zorn, drehte sie sich um, schritt an Osbourne vorbei und eilte hinaus.

Das Haus in Hampstead war ein spätgeorgianisches Bauwerk auf einem einige Morgen großen Grundstück mit hohen Mauern und einem Stahltor, das von einem Mann in einer blauen Uniform geöffnet wurde. Auf einem Schild am Tor stand «Rosedene-Rehabilitationsklinik». Sie konnte wegen der Dunkelheit nicht viel von dem Garten erkennen. Als Craig sie die Eingangstreppe hinaufführte, beleuchtete er die Stufen mit einer Taschenlampe. Er zog an einem altmodischen Glockenring, und sie warteten.

Sie hörte das Geräusch sich nähernder Schritte. Eine Kette rasselte, ein Riegel wurde zurückgezogen. Die Tür öffnete sich, und in der Öffnung stand ein junger Mann mit blonden Haaren, der einen weißen Kittel anhatte. Er trat zurück, und Craig ging wortlos voran.

Die schwachbeleuchtete Eingangsdiele hatte cremefarben gestrichene Wände und einen gebohnerten Dielenbelag, und in der Luft hing ein antiseptischer Geruch, der sie an eine Krankenhausstation erinnerte. Der junge Mann verriegelte die Tür hinter ihnen und legte die Kette vor, und als er sich umdrehte und sprach, stellte sie fest, daß seine Stimme ebenso farblos war wie sein Äußeres.

«Herr Dr. Baum wird sofort bei Ihnen sein. Wenn Sie bitte hier entlang kommen würden.»

Er öffnete eine Tür am Ende der Diele, ließ sie in den Raum dahinter eintreten und machte die Tür wieder zu. Es war wie das Wartezimmer eines Arztes, schäbige Armstühle, ein paar alte Zeitschriften, und ungeachtet eines elektrischen Kamins herrschte eine feuchte Kälte. Sie spürte, daß mit Craig Osbourne plötzlich irgendeine Veränderung vorgegangen war, er hatte eine Unruhe an sich, strahlte eine innere Spannung aus, während er sich eine Zigarette anzündete und zu den Verdunkelungsvorhängen ging, die einen Spalt weit offen waren. Er zog sie zu.

«Dr. Baum», sagte sie. «Sicher ein Deutscher?»

«Nein, er ist Österreicher.»

Die Tür ging auf. Der Mann, der hereinkam, war klein und glatzköpfig und trug eine weiße Ärztejacke und hatte ein Stethoskop um den Hals. Seine Kleidung hing lose an ihm hinunter, als hätte er viel Gewicht verloren und sich keine neuen Sachen gekauft.

«Hallo, Baum», sagte Craig Osbourne. «Das ist Miss Trevaunce.»

Die kleinen Augen blickten gespannt, und plötzlich hatten sie den gleichen furchtsamen Ausdruck, den sie bei René und davor bei ihrem Vater registriert hatte. Er befeuchtete seine trockenen Lippen und bemühte sich um ein Lächeln, das die Atmosphäre entkrampfen sollte, aber es geriet zu einer Grimasse.

«Miss Trevaunce.» Er verbeugte sich leicht und streckte die Hand aus. Seine Handfläche war feucht.

«Ich muß einen Anruf machen», sagte Craig. «Ich bin gleich wieder da.»

Er machte die Tür hinter sich zu. Ein langes Schweigen trat ein. Baum schwitzte nun sichtlich, und er zog ein Taschentuch und wischte sich die Stirn ab.

«Major Osbourne hat mir gesagt, sie hätten ein paar Sachen für mich, die meiner Schwester gehört haben.»

«Ja, so ist es.» Sein Lächeln war jetzt noch verzerrter als eben. «Und wenn er zurückkommt...» Seine Stimme verlor sich, und dann setzte er noch einmal an. «Kann ich Ihnen etwas zu trinken holen? Vielleicht ein Glas Sherry?» Er stand bereits an einer kleinen Anrichte in der Ecke des Zimmers und kam mit einer Flasche in einer Hand und einem Glas in der anderen zurück. «Ich fürchte, es ist keiner von den guten. Aber heutzutage muß man zufrieden sein, wenn überhaupt etwas da ist.»

Auf dem Kaminsims stand ein schwarz gerahmtes Foto von einem etwa sechzehn- oder siebzehnjährigen Mädchen, das zaghaft lächelte. Sie strahlte eine beinahe ätherische Schönheit aus.

Geneviève sagte, ohne zu überlegen: «Ihre Tochter?»

«Ja.»

«Sie geht sicher noch zur Schule?»

«Nein, Miss Trevaunce. Sie ist tot.» Der Klang der traurigen, wie leblosen Stimme schien in ihren Ohren zu widerhallen, und im Zimmer war es jetzt wirklich eiskalt. «Die Gestapo ... Wien 1939. Wissen Sie, ich bin österreichischer Jude. Einer der wenigen glücklichen, die rechtzeitig fliehen konnten.»

«Und jetzt?»

«Ich tue, was ich kann, um gegen die Mörder zu kämpfen.»

Die Stimme war so sanft, aber der Schmerz in seinen Augen war schrecklich anzusehen. *Wir sind alle Opfer*. Das hatte sie irgendwo gelesen, und nun mußte sie auf einmal an den jungen Jagdpiloten der Luftwaffe denken, den sie eines Tages in die Notaufnahme ihres Krankenhauses gebracht hatten – furchtbare Brandwunden und von Kugeln durchsiebt. Sein Gesicht war unverletzt, und er sah aus wie ein Primaner, in den sie sich verliebt hatte, als sie sechzehn war und das Gymnasium besucht hatte. Ein netter, ganz normaler Junge, der trotz der Schmerzen lächelte und ihre Hand hielt, der sogar noch lächelte, als er starb.

Die Tür wurde geöffnet, und Craig kam herein. «Okay, das wäre erledigt. Sie fangen jetzt besser an. Ich warte hier auf Sie.»

«Ich verstehe nicht...» Baum war noch nervöser als eben. «Ich dachte, Sie würden das machen?»

Craig musterte ihn mit kühler Verachtung und hob die Hand, wie um jeden weiteren Einwand abzuwehren. «Meinetwegen, Baum, meinetwegen.»

Er öffnete die Tür und trat beiseite, damit sie vorangehen konnte.

«Hören Sie, was für ein Spiel spielen Sie mit mir?» fragte sie.

«Ich finde, Sie sollten es sehen.»

«Was?»

«Hier entlang», sagte er ernst. «Folgen Sie mir.»

Er ging hinaus, und wider ihren Willen schritt sie hinter ihm her.

Er öffnete eine Tür am Ende der Diele, und sie stiegen eine dunkle Treppe hinunter. Unten begann ein langer Gang mit weiß gestrichenen, in regelmäßigen Abständen von Türen unterbrochenen Backsteinwänden. Dort, wo der Gang um eine Ecke bog, saß ein Mann auf einem Stuhl und las ein Buch. Er war um die Fünfzig, stämmig gebaut und grauhaarig. Er hatte eine Boxernase und trug einen langen weißen Kittel, genau wie der junge Mann, der sie ins Haus gelassen hatte. Plötzlich wurde rhythmisch an eine der Türen geklopft, und als sie das Ende des Korridors erreichten, schwoll das Klopfen zu einem ohrenbetäubenden Hämmern an. Der Mann auf dem Stuhl blickte kurz auf, um sich dann wieder seinem Buch zuzuwenden.

«Er ist so gut wie taub», sagte Craig. «Er muß es sein.»

Er blieb vor einer Metalltür stehen. Das Hämmern hatte

aufgehört, und ringsum war wieder alles still. Er schob ein kleines Paneel zur Seite, warf einen Blick in den Raum hinter der Tür und trat dann zur Seite. Er sagte kein Wort.

Noch nie hatte sie einen so abscheulichen Geruch wie den wahrgenommen, der ihr durch die Gitterstäbe entgegenschlug. An der Decke brannte eine Lampe, aber das Licht war schwach. Sie konnte die Umrisse eines kleinen Betts ohne Decke ausmachen, einen emaillierten Eimer, der daneben stand, sonst kaum etwas. Dann bewegte sich etwas am Rand des Blickfelds.

In der anderen Ecke hockte ein menschliches Wesen, das in Lumpen gehüllt war. Unmöglich zu sagen, ob es ein Mann oder eine Frau war. Es gab ein Stöhnen von sich und versuchte immer wieder, die Hände in die Wand zu krallen. In diesem Moment hätte Geneviève sich, selbst wenn sie gewollt hätte, nicht vom Fleck rühren können, denn sie war wie gebannt vor Grauen. Das Wesen hob langsam den Kopf, als merkte es, daß es von jemandem beobachtet wurde, und sie blickte voll Entsetzen in ihr eigenes Gesicht, nur daß es schief, verzerrt, zerstört war wie im Spiegel eines besonders scheußlichen Gruselkabinetts.

Eisige Furcht breitete sich in ihr aus, sie konnte nicht einmal schreien. Sie schienen einander eine Ewigkeit anzustarren, jene Ruine eines Gesichts und sie, und dann näherte sich das Wesen, seine Hände streckten sich durch die Gitterstäbe und formten sich zu Klauen. Sie konnte sich nicht rühren, um sich in Sicherheit zu bringen, ihre Füße waren wie an den Boden geschmiedet. Craig mußte sie zurückziehen, und dann schob er hastig das Paneel vor, so daß der hohe tierische Schrei zur Hälfte erstickt wurde.

Da schlug sie ihn mit aller Kraft, einmal, zweimal, mitten ins Gesicht, und dann schlossen seine Hände sich um ihre Handgelenke und hielten sie in einem eisernen Griff.

«Schon gut», sagte er leise. «Beruhigen Sie sich. Wir gehen jetzt.»

Der Mann auf dem Stuhl sah auf, lächelte und nickte. Wieder wurde gegen die Tür geschlagen, und während sie den Korridor entlangschritten, schwoll das Hämmern gräßlich an, und wenn Craig Osbournes starker Arm sie nicht gehalten hätte, wäre sie in namenlosem Grauen zu Boden gesunken.

Sie gaben ihr Cognac, und sie saß wie Espenlaub zitternd an dem Kamin und umklammerte das Glas wie einen letzten Halt, während Baum besorgt im Hintergrund wartete.

«Sie stieg am Bahnhof wie vereinbart aus dem Rolls», sagte Craig. «René fuhr weiter, um den Wagen irgendwo abzustellen und sich mit den Leuten von der Résistance zu treffen. Ihre Schwester zog sich um und ging dann zu Fuß über die Felder zum vereinbarten Treffpunkt.»

«Und dann?» flüsterte Geneviève.

«Sie wurde von einer SS-Streife angehalten, die nach Widerstandskämpfern suchte. Sie merkten nicht, daß ihre Papiere gefälscht waren. Für sie war sie nichts weiter als ein gutaussehendes Mädchen aus dem Dorf. Sie zerrten sie in die nächste Scheune.»

«Wie viele?»

«Spielt das eine Rolle? René und ein paar Männer von der Résistance fanden sie dann, als sie die Umgebung absuchten. Das heißt, sie fanden das, was die Lysander zwei Tage später zurückbrachte.»

«Sie haben gelogen», sagte Geneviève. «Sie alle, sogar René.»

«Um Sie zu schonen, sofern das möglich war, aber Sie haben uns keine Wahl gelassen, nicht wahr?»

«Kann man denn gar nichts machen? Muß sie wirklich in diesem ... diesem Verlies bleiben?»

Nun antwortete Baum. «Nein. Sie steht im Moment unter starken Medikamenten, die ihre gewalttätigen Schübe lindern und abbauen sollen, aber es wird wenigstens zwei Wochen dauern, bis sie voll wirken. Dann werden wir natürlich dafür sorgen, daß sie in eine Spezialklinik kommt, wo sie von Fachleuten behandelt wird.»

«Gibt es eine Hoffnung?»

Er wischte sich wieder den Schweiß von der Stirn und rieb sich, wie um seine Nervosität zu unterstreichen, die Hände an dem feuchten Taschentuch ab. «Mademoiselle, bitte... Was soll ich Ihnen sagen?»

Sie holte tief Luft. «Mein Vater darf nichts davon erfahren, verstehen Sie? Es würde ihn umbringen.»

«Natürlich nicht», sagte Craig. «Er hat seine Version von der Geschichte. Es ist nicht nötig, sie zu ändern.»

Sie starrte in ihr Glas. «Ich habe von Anfang an keine Wahl gehabt, nicht wahr? Und Sie wußten es.»

«Ja», sagte er ernst.

Sie trank den Rest Cognac, der wie Feuer in ihrer Kehle brannte, stellte das Glas vorsichtig wieder hin. «Was geschieht nun?»

«Ich fürchte, wir müssen wieder zu Munro.»

«Dann bringen wir es hinter uns.» Damit stand sie auf und schritt als erste zur Tür.

Carter machte ein ernstes Gesicht, als er sie ins Wohnzimmer der Wohnung am Haston Place führte. Munro, der immer noch am Schreibtisch saß, erhob sich und kam ihr entgegen.

«Jetzt wissen Sie also alles?»

«Ja.» Sie verschmähte es, sich zu setzen.

«Es tut mir sehr leid, Miss Trevaunce.»

«Sparen Sie sich das, General.» Sie hob die Hand. «Ich

mag Sie nicht, und ich mag auch nicht die Art, wie Sie arbeiten. Was passiert jetzt?»

«Wir haben die Wohnung im Erdgeschoß für Gäste vorgesehen. Sie können heute dort schlafen.» Er wandte sich an Craig. «Und Sie können bei Jack im Untergeschoß wohnen.»

«Und morgen?» fragte Geneviève.

«Wir fliegen Sie von Croydon nach Cold Harbour. Das ist unten in Cornwall. Mit der Lysander dauert es nur eine Stunde. Wir haben dort ein Haus, Grancester Abbey. Eines der Zentren, wo wir Leute auf unsere Arbeit vorbereiten. Major Osbourne und ich kommen mit.» Er drehte sich zu Carter. «Sie halten hier die Stellung, Jack.»

«Wieviel Uhr, Sir?» sagte Carter.

«Gegen halb elf von Croydon, weil der Major vorher noch einen Termin hat.»

Craig fragte: «Darf ich wissen, wo und mit wem?»

«Offenbar hat jemand Sie für das Militärkreuz vorgeschlagen, mein Sohn. Für den Job, den Sie als letztes für die SOE erledigt haben, ehe Sie zu Ihren eigenen Leuten gegangen sind. Seine Majestät pflegt die Dinger höchstpersönlich an die Brust der Auserwählten zu heften, und man erwartet Sie um Punkt zehn im Buckingham-Palast zur feierlichen Verleihung.»

«Mein Gott!» stöhnte Craig.

«Dann gute Nacht.» Sie wandten sich zur Tür, und Munro fügte hinzu: «Noch etwas, Craig.»

«Sir?»

«Die Uniform, mein Sohn. Versuchen Sie bitte, irgend etwas damit zu machen.»

Sie traten auf den Treppenabsatz hinaus. Jack Carter sagte: «Die Tür ist nicht verschlossen, und Sie werden alles finden, was Sie brauchen, Miss Trevaunce. Wir sehen uns dann morgen früh.»

Er ging vor ihnen die Treppe hinunter, und sie folgten ihm ins Erdgeschoß. Vor der Wohnungstür blieben sie stehen.

Geneviève sagte: «Und Sie müssen in den Keller. Das klingt nicht sehr verlockend.»

«Es ist ein Souterrain zum Garten hin, sehr hübsch eingerichtet. Ich hab schon mal dort gewohnt.»

«Buckingham-Palast. Ich bin beeindruckt.»

«Keine große Sache. Ich werde nur einer von vielen sein.» Er wandte sich ab und hielt inne. «Normalerweise nimmt man ein paar Gäste zu diesen Feierlichkeiten mit. Ich werde niemanden haben, der mich begleitet. Ich habe mich gefragt ...»

Sie lächelte. «Ich habe den König noch nie aus der Nähe gesehen, und soweit ich weiß, ist es an der Strecke nach Croydon.»

«Wäre ziemlich langweilig, draußen im Wagen zu warten», meinte er.

Sie fuhr mit dem Finger an seinem Uniformrock hinunter.

«Ich will Ihnen was sagen. Sie gehen jetzt runter und ziehen sich um, und dann bringen Sie mir die Uniform. Ich bin sicher, ich kann sie mit einem feuchten Schwamm und einem Bügeleisen wieder einigermaßen hinbekommen.»

«Jawohl, Ma'am.» Er salutierte und eilte ins Untergeschoß hinunter.

Sie trat in die Wohnung, machte die Tür zu und lehnte sich, nun nicht mehr lächelnd, dagegen. Sie konnte nichts dagegen tun, daß Craig Osbourne ihr gefiel, so einfach war das, und was konnte es schaden? Ein klein wenig Wärme im Dunkel. Irgend etwas, das das verwüstete Gesicht ihrer Schwester verdecken konnte.

Es regnete in Strömen, und der St. James's Park war in feuchtkalten Nebel gehüllt, als die Limousine in Pall Mall einbog und zum Buckingham-Palast fuhr. Dougal Munro und Geneviève saßen im Fond. Da sie keinen Hut besaß, hatte sie eine alte schwarze Samtbaskenmütze aufgesetzt, die sie in ihrem Koffer gefunden hatte. Sie trug einen Regenmantel mit schwarzem Gürtel und ihr letztes Paar gute Strümpfe.

«Ich komme mir nicht besonders elegant vor», sagte sie nervös.

«Unsinn, Sie sehen sehr hübsch aus», versicherte Munro ihr.

Craig Osbourne saß, seine Offiziersmütze im vorschriftsmäßigen Winkel auf dem Kopf, gegenüber von ihnen auf dem Klappsitz. Sie hatte wirklich ein wahres Wunder mit der olivgrünen Kampfuniform vollbracht. Seine Hosenbeine steckten in blankgewienerten Fallschirmspringerstiefeln, und anstelle einer Krawatte hatte er ein weißes Seidentuch um den Hals, eine Marotte, der viele Offiziere und Mannschaften vom OSS frönten.

«Er sieht richtig schneidig aus, unser kleiner Junge, nicht wahr?» bemerkte Munro aufgekratzt.

«Ich freue mich, daß Sie das finden. Ich selbst komme mir aufgetakelt vor», sagte Craig, als sie um das Denkmal der Königin Viktoria rollten. Sie hielten am Haupttor des Palasts, um sich auszuweisen, und wurden dann in den Hof gewunken.

Eine beträchtliche Menschenschar drängte sich zum Haupteingang der Residenz, Männer in Uniformen aller Waffengattungen, viele Zivilisten, die meisten von ihnen offensichtlich Ehefrauen oder Verwandte. Alle hatten es eilig, ins Trockene zu kommen.

Die Atmosphäre war alles andere als zeremoniell. Die meisten Leute blickten erwartungsvoll oder ein bißchen aufgeregt, als sie die Treppe zur Gemäldegalerie hinaufgingen, wo lange Reihen von Stühlen standen und Hofbeamte die Militärs und ihre Gäste plazierten. Die Kapelle, die am anderen Ende der Galerie leichte Musik spielte, war von der Royal Air Force.

Das gespannte Gefühl der Erwartung und Vorfreude schien sich noch zu verstärken, und dann intonierte die Kapelle «God Save the King». Kurz darauf traten König Georg und Königin Elisabeth ein, und alle Anwesenden erhoben sich von ihren Plätzen. Das Königspaar nahm auf dem Podium Platz. Alle setzten sich wieder.

Die Auszuzeichnenden wurden in der Rangfolge der Verleihungen aufgerufen. Craig Osbourne staunte darüber, wie nervös er auf einmal war. Er hörte die Namen, die gerufen wurden, einen nach dem anderen, holte tief Luft, um sich zu wappnen, und war sich plötzlich bewußt, daß Geneviève ihre behandschuhte Hand auf die seine gelegt hatte. Er wandte sich ihr überrascht zu, und sie lächelte ihn ermutigend an. Munro, der auf ihrer anderen Seite saß, lächelte ebenfalls, und dann rief der Zeremonienmeister seinen Namen.

«Major Craig Osbourne, Office of Strategic Services.»

Und dann stand Craig dort oben auf dem Podium, und der König lächelte, als er ihm das silberne Kreuz an dem weißen und purpurnen Band an den Uniformrock heftete, und die Königin lächelte ebenfalls.

«Wir sind Ihnen sehr dankbar, Major.»

«Danke, Euer Majestät.»

Er drehte sich um und ging die Stufen hinunter, als der nächste Name gerufen wurde.

Es regnete immer noch, als sie den Palast verließen. Viele Leute machten Fotos, freudige Ausrufe ertönten, alle waren bewegt.

Während sie zum Wagen gingen, sagte Geneviève zu Craig: «Was hat er gesagt?»

«Nur, daß er dankbar sei.»

«Sie sahen fabelhaft aus.» Sie hob die Hand und zupfte mit einer ein klein wenig besitzergreifenden Geste sein Halstuch zurecht. «Fanden Sie nicht auch, General?»

«Oh, doch, in der Tat», antwortete Munro griesgrämig.

Als sie die Limousine erreicht hatten, blickte Geneviève sich noch einmal zu der Menge um. «Sie sind alle so glücklich. Wenn man es nicht besser wüßte, würde man nie auf den Gedanken kommen, daß wir Krieg haben.»

«Aber wir haben ihn», bemerkte Munro und öffnete ihr den Wagenschlag. «Machen wir also, daß wir zum Flugzeug kommen.»

6

Der Flugplatz von Croydon lag in dichtem Nebel, und der Regen war wieder stärker geworden. Überall standen Maschinen herum, weil Croydon als Jägerbasis für die Verteidigung der Hauptstadt benutzt wurde. Doch als Geneviève aus dem Fenster der primitiven Wellblechbaracke schaute, in die man sie und die anderen nach ihrer Ankunft gebracht hatte, konnte sie kein Flugzeug ausmachen, das startete oder landete. Nur die Lysander, eine gedrungene, häßliche einmotorige Maschine mit hoch angesetzten Tragflächen, stand draußen, und einige RAF-Mechaniker machten sich an ihr zu schaffen.

René saß am Ofen und trank Tee, und Munro kam zu Geneviève, während der Regen an die Scheibe prasselte. «Sauwetter.»

«Sieht nicht gut aus, nicht wahr?» sagte sie.

«Gott sei Dank, daß die Dinger bei jedem Wetter fliegen können.» Er wies auf die Lysander. «Eigentlich für zwei Passagiere konstruiert, natürlich außer dem Piloten, aber wenn wir ein bißchen zusammenrücken, passen wir alle vier rein.»

René brachte ihr einen Emailbecher mit Tee. Sie legte die Hände um den Becher, um sie zu wärmen, und in diesem Moment wurde die Tür geöffnet, und Craig kam mit dem

Piloten herein. Letzterer war ein überraschend junger Mann mit blondem Schnurrbart, im Blau der Royal Air Force, in Fliegerjacke und Stiefeln. Er hatte eine Kartentasche in der Hand und legte sie auf den Tisch.

«Oberleutnant Grant», sagte Craig zu Geneviève.

Der junge Mann lächelte und nahm ihre Hand. Munro bemerkte säuerlich: «Werden wir Verspätung haben, Grant?»

«Das Problem ist nicht das Wetter, General. Wir können bei Erbsensuppe starten, solange es oben klar ist. Das Schwierige ist das Landen, und in Cold Harbour ist die Sicht beschränkt. Sie sagen uns Bescheid, sobald es besser wird.»

«Verdammt!» schimpfte Munro, öffnete die Tür und ging hinaus.

«Seine Leber macht ihm sicher wieder zu schaffen», bemerkte Grant, trat zum Ofen und schenkte sich einen Becher Tee ein.

Craig sagte zu Geneviève: «Grant wird Sie auch Donnerstagnacht rüberbringen. Sie sind in guten Händen. Er hat das schon oft gemacht.»

«Wirklich kinderleicht, wenn man gewisse Regeln beachtet.» Er schob sich eine Zigarette in den Mundwinkel, zündete sie jedoch nicht an. «Schon mal geflogen?» fragte er Geneviève.

«Ja, vor dem Krieg, nach Paris.»

«Wird diesmal ein bißchen anders, glauben Sie mir, Miss.»

«Eigentlich könnten wir den Terminplan für Donnerstagnacht durchgehen», sagte Craig. «Um die Zeit auszufüllen. Wir starten um halb zwölf in Cold Harbour. Geschätzte Ankunftszeit gegen zwei, nach unserer Zeit. Ich werde erklären, wie es läuft.» Er faltete eine Karte auseinander, und sie traten näher, während er mit einem Bleistift über den Kanal fuhr, von Cornwall bis zur Bretagne.

«Major Osbourne wird mitkommen. In diesen Kisten ist

nicht viel Platz, aber sie sind sehr zuverlässig. Lassen einen nie im Stich.»

«In welcher Höhe überqueren Sie den Kanal?» fragte Craig.

«Nun ja, manche fliegen gern sehr tief, um unter dem Feindradar zu bleiben, aber ich fliege lieber die ganze Strecke in ungefähr zweitausendfünfhundert Metern Höhe. So bleiben wir ein ganzes Stück unter etwaigen Bomberformationen, auf die die Nachtjäger der Deutschen es abgesehen haben.»

Er war so gelassen, so entnervend lässig, während Geneviève spürte, daß sie ein wenig zitterte.

«Wir werden auf einem Feld gut zwanzig Kilometer von Saint-Maurice entfernt landen. Sie werden eine Piste mit Leuchtfeuer markieren. Ziemlich primitive Dinger, aber gut genug, wenn das Wetter mitspielt. Erkennungscode ist Sugar-Nan in Morse. Wenn wir den nicht kriegen, landen wir nicht, ob die Lampen brennen oder nicht. Einverstanden?»

Er hatte sich an Craig gewandt. «Sie sind der Boß.»

«Wir haben in den letzten sechs Wochen zwei Lysander und eine Liberator verloren, weil die Deutschen unten warteten. Nach unseren Erfahrungen versuchen sie, alle Beteiligten zu kriegen, und schießen deshalb erst, wenn eine Maschine versucht, wieder zu starten. Nach unseren neuen Anweisungen fliegen wir so schnell wie möglich wieder zurück. Da ich niemanden mitnehmen soll, lasse ich die Maschine sofort nach dem Landen zum Ende des Felds rollen, Sie setzen Miss Trevaunce schnell raus, und wir starten gleich danach wieder, für alle Fälle.» Er faltete die Karte zusammen. «Tut mir leid, aber man kann nie mit Sicherheit sagen, wer da unten im Dunkeln wartet.»

Er ging zum Ofen, um sich noch einen Tee einzuschenken, und Craig sagte zu Geneviève: «Der Mann, der Sie in Frankreich übernimmt und Ihnen alle weiteren Anweisungen gibt, ist Engländer. Sein Deckname ist Großer Pierre. Er hat Anne-Marie nie persönlich kennengelernt. Sie haben nur miteinander telefoniert. Er weiß nichts von dem, was passiert ist, für ihn sind Sie also diejenige, die Sie zu sein vorgeben.»

«Und der Bahnhofsvorsteher in Saint-Maurice?»

«Henri Dubois. Das gleiche gilt auch für ihn. Nur René und die beiden Männer, die bei ihm waren, als er sie fand, wissen, was geschehen ist, und die beiden kommen irgendwo aus den Bergen und sind längst wieder fort. Der Große Pierre wird Sie vor Morgengrauen Dubois übergeben. Der hat Anne-Maries Koffer, und Sie werden mehr als genug Zeit zum Umziehen haben, während René den Wagen holt. Der Nachtzug von Paris trifft um halb acht ein. Um diese Jahreszeit ist es dann noch dunkel. Drei Minuten Aufenthalt, dann fährt er weiter. Kein Mensch im Dorf wird es irgendwie merkwürdig finden, selbst wenn man Sie nicht aus dem Zug steigen sieht. Die Gegend wimmelt nur so von Résistance.»

Er hatte geredet, ohne ihr ein einzigesmal in die Augen zu sehen, äußerlich sehr ruhig, aber in seiner rechten Wange zuckte ein Muskel.

«He», sagte sie und legte ihm die Hand auf den Arm. «Sagen Sie bloß nicht, daß Sie anfangen, sich Sorgen um mich zu machen.»

Ehe er antworten konnte, wurde die Tür aufgestoßen, und Munro kam hereingelaufen. «Ich habe mit dem Stützpunktkommandeur gesprochen», sagte er zu Grant. «Er hat uns Starterlaubnis gegeben. Wenn wir nicht in Cold Harbour landen können, kehren wir einfach um. Sie haben doch genug Treibstoff, oder?»

«Selbstverständlich, Sir», antwortete Grant.

«Dann nichts wie los.»

Nun schien alles auf einmal zu geschehen, und Geneviève hastete mit den anderen durch den Regen zu der Lysander. Craig half ihr auf den Rücksitz in der Glaskanzel, und er und René zwängten sich hinter ihr hinein. Munro folgte und nahm auf dem Beobachtersitz neben dem Piloten Platz. Sie war so sehr damit beschäftigt, sich anzuschnallen, daß sie kaum wahrnahm, was ringsum passierte, nur das lautere Motorgeräusch und den plötzlichen Ruck beim Abheben.

Es war ein schlimmer Flug, die Maschine wurde von Turbulenzen geschüttelt, und der Lärm des Motors war so laut, daß es kaum möglich war, ein Gespräch zu führen. Grauer Regen klatschte an die Plexikanzel. Die Maschine schien fortwährend zu zittern und zu beben, und dann und wann stürzten sie metertief in ein Luftloch.

Nach einer Weile war Geneviève speiübel, aber für solche Fälle gab es Tüten an Bord. René folgte kurz darauf ihrem Beispiel, was ihr ein gewisser Trost war. Danach mußte sie eingenickt sein, denn als nächstes war sie sich bewußt, daß jemand sie schüttelte, und sie sah, daß ihre Beine mit einer Wolldecke zugedeckt waren.

Craig hatte in der anderen Hand eine Thermosflasche. «Kaffee? Guter amerikanischer Kaffee?»

Ihr war furchtbar kalt, und in ihren Beinen war keinerlei Gefühl mehr. «Wie lange noch?»

«Eine Viertelstunde, wenn alles glattgeht.»

Sie trank den Kaffee in aller Ruhe. Er war genau das, was sie jetzt brauchte, heiß und stark und sehr süß, und nach dem Aroma zu urteilen, war noch etwas Stärkeres darin. Als sie den Becher ausgetrunken hatte, reichte sie ihn zurück, und Craig schenkte ihn für René voll.

Grant hatte den Funklautsprecher eingeschaltet. Sie hörte ein Knistern, und dann sagte eine Stimme: «Lysander Sugar-

Nan. Wolkendecke zweihundert. Dürfte kein Problem für Sie sein.»

Munro drehte sich um und sagte: «Alles in Ordnung, Kind?»

«Ja, danke.»

Sie log, denn als sie hinuntergingen, zitterte sie plötzlich wie Espenlaub. Und dann ertönte ein lautes Brüllen, und die Lysander ruckte heftig im Luftschraubenstrahl eines großen schwarzen Vogels, der von irgendwoher aus den Wolken schoß und so dicht an ihnen vorbeikam, daß sie das Hakenkreuz am Seitenleitwerk sehen konnte.

«Peng, peng, du bist tot, alter Junge!» knisterte eine Stimme aus dem Lautsprecher, und die Maschine verschwand so schnell, wie sie gekommen war.

Grant drehte sich stirnrunzelnd um. «Tut mir leid. Joe Edge scheint noch verrückter zu sein als gewöhnlich.»

«Dieser verdammte Idiot», sagte Munro, und dann, ehe Geneviève fragen konnte, was eigentlich los sei, waren sie auf zweihundert Metern und durchbrachen die Wolken und den grauen Dunst. Unter ihnen lagen die Küste von Cornwall, die Bucht und der schmale Einschnitt von Cold Harbour, die kleinen Häuser, das Schnellboot am Kai. Die Ju 88G flog bereits dicht über dem Herrenhaus und dem See dahin und landete unmittelbar danach auf der Graspiste mit dem Luftsack am Ende.

«Genau im Ziel», rief Grant über die Schulter nach hinten und drückte die Maschine hinter den letzten Kiefern nach unten, setzte auf und ließ die Lysander zum Hangar hin ausrollen. Die Ju 88G hatte bereits neben der Gruppe der zusammen mit Martin Hare wartenden Mechaniker gehalten. Joe Edge sprang aus dem Cockpit und trat zu ihnen.

«Mein Gott, die Uniform», sagte Geneviève und umklammerte Craigs Arm.

«Schon gut», entgegnete er. «Wir sind nicht auf der falschen Seite des Kanals gelandet. Lassen Sie mich erklären.»

Sie saß, immer noch ein bißchen verwirrt von allem, mit dem Brigadegeneral, Craig und Martin Hare an einem Tisch im Gastraum des «Gehenkten» und ließ sich die Spiegeleier mit Speck schmecken, die Julie Legrande hinten in der Küche gebraten hatte, um sie dann von Schmidt servieren zu lassen. Die Männer von der *Lili Marlen* saßen in der Nähe des Kamins und unterhielten sich gedämpft, einige von ihnen spielten Karten.

Munro sagte: «Sie benehmen sich heute morgen ungewöhnlich gut.»

«Nun, Sir, das liegt an der Gesellschaft.» Schmidt stellte frischen Toast auf den Tisch. «Wenn ich es sagen darf ... Miss Trevaunce wirkt hier wie ein Vorbote des Frühlings, Sir.»

«Alter Schürzenjäger», sagte Munro. «Lassen Sie uns in Ruhe und tun Sie Ihre Arbeit.»

Schmidt zog sich zurück, und Martin Hare schenkte Geneviève Tee nach. «All das kommt Ihnen sicher sehr sonderbar vor.»

«Das können Sie noch mal sagen.» Sie hatte ihn gleich gemocht, als sie ihn oben auf dem Flugfeld kennengelernt hatte, während Edge ihr sofort ausgesprochen unsympathisch gewesen war. «Sie müssen sich selbst ziemlich merkwürdig vorkommen, wenn Sie in den Spiegel sehen und diese Uniform erblicken.»

«Sie hat recht, Martin», sagte Munro. «Fragen Sie sich nicht manchmal selbst, auf welcher Seite Sie wirklich stehen?»

«In der Tat, das tue ich», antwortete Hare und zündete sich eine Zigarette an. «Aber nur, wenn ich mit Joe Edge zu tun habe. Eine Schande für die Uniform.»

«Für jede Uniform», sagte Craig. «Er ist meiner Meinung

nach total aus dem Lot. Grant hat mir eine ziemlich unappetitliche Geschichte erzählt, die einigermaßen bezeichnend für ihn ist. Bei der Luftschlacht um England verlor eine Ju 88G einen Motor und ergab sich zwei Spitfire-Piloten, die links und rechts von ihr Position nahmen und sie zum nächsten Flugplatz geleiteten. Es wäre ein großer Coup gewesen.»

«Und was ist passiert?» fragte Geneviève.

«Offenbar näherte sich Edge von hinten, lachte bei eingeschaltetem Funkgerät wie ein Teufel und schoß sie ab.»

«Das ist furchtbar», sagte sie. «Sein vorgesetzter Offizier hat ihn doch wohl vor ein Kriegsgericht gebracht?»

«Er versuchte es, aber er wurde überstimmt. Edge war ein As der Schlacht um England. Es hätte sich in der Presse schlecht gemacht.» Craig wandte sich an Hare. «Wie ich gesagt habe, der Kriegsheld als Psychopath.»

«Ich hab auch von der Sache gehört», sagte Hare zu ihm. «Aber Sie haben eines ausgelassen. Edges vorgesetzter Offizier war ein Amerikaner. Ehemals Adler-Geschwader, soweit ich weiß. Edge hat ihm nie verziehen, und seitdem haßt er die Amerikaner.»

«Ja, aber er ist trotzdem der beste Pilot, den ich je gesehen habe», bemerkte Munro.

«Wenn dem so ist, warum bringt dann nicht er mich Donnerstag nach Frankreich statt Grant?» fragte Geneviève.

«Weil er keine Lysander fliegt, er benutzt für solche Flüge eine deutsche Maschine, einen Fieseler-Storch, und er tut es nur bei ganz besonderen Gelegenheiten», erklärte Munro ihr. «Ihr Flug am Donnerstag ist so etwas wie Routinesache.»

Die Tür wurde geöffnet, und Edge kam, wie üblich mit einer nicht brennenden Zigarette zwischen den Lippen, in den Raum. «Alle froh und munter?» Während er zu dem Tisch ging, an dem sie saßen, entstand ein unbehagliches

Schweigen. «Grant ist gut weggekommen, Sir», sagte er zu Munro. «Wird Donnerstagmittag zurück sein.»

«Guter Flieger», sagte Munro.

Edge beugte sich so dicht zu Geneviève, daß sie seinen Atem am Ohr spürte. «Na, wie fühlen Sie sich als Geheimagentin? Wenn Sie einen Rat brauchen, ich stehe immer zur Verfügung.»

Sie rückte zornig ein Stück weiter und stand dann auf. «Ich sehe mal nach, ob Madame Legrande in der Küche Hilfe braucht.»

Als sie sich entfernte, lachte Edge. Hare zog die Augenbrauen hoch und sah Craig an. «Man sollte ihn aus dem Verkehr ziehen», sagte er so leise, daß die anderen ihn nicht hören konnten.

Julie spülte Geschirr und hatte die Arme bis zu den Ellbogen im Wasser, als Geneviève die Küche betrat. «Madame Legrande, das Frühstück war ausgezeichnet.» Sie nahm ein Geschirrtuch. «Lassen Sie mich abtrocknen.»

«Chérie, sagen Sie bitte Julie zu mir», sagte die andere Frau mit einem warmen Lächeln.

Geneviève fiel plötzlich ein, daß Hortense sie oft so angeredet hatte, Anne-Marie dagegen nie. Sie mochte Julie Legrande sofort. Sie fing an, einen Teller abzutrocknen, und lächelte. «Ich heiße Geneviève.»

«Alles in Ordnung?»

«Ich glaube, ja. Martin Hare scheint ein bemerkenswerter Mann zu sein.»

«Und Craig Osbourne?»

Geneviève zuckte mit den Schultern. «Oh, ich nehme an, er ist nicht übel.»

«Was bedeutet, daß Sie ihn sehr mögen?» Julie seufzte. «Das geht vielen so, aber ich fürchte, er trägt den Eimer zu oft zum Brunnen.»

«Und Edge?» fragte Geneviève.

«Unheimlicher Typ. Gehen Sie ihm aus dem Weg.»

Geneviève trocknete weiter Teller ab. «Und wie passen Sie in das ganze Mosaik?»

«Ich führe das Haus und diesen Pub. Ich werde Sie später dorthin mitnehmen und mich darum kümmern, daß Sie alles haben, was Sie brauchen.»

Die Tür wurde geöffnet, und der Brigadegeneral trat ein. «Craig und ich fahren jetzt zum Haus hoch. Wir haben eine Menge zu tun.»

Julie sagte: «Ich bringe Geneviève später mit.»

«Sehr gut.» Er holte einen Brief aus der Tasche und gab ihn Geneviève. «Der ist für Sie. Ich habe Carter heute morgen als erstes zum Saint Bartholomew's Hospital geschickt, um der Oberschwester zu sagen, daß Sie Ihren Urlaub wegen eines Trauerfalls in der Familie um ein paar Tage verlängern müssen. Sie hatte den Brief nicht nachgeschickt, weil Sie sie täglich zurückerwartete.»

Der Brief war offen, sauber längs der Kante aufgeschlitzt. «Sie haben ihn gelesen?» sagte Geneviève.

«Natürlich.» Er ging hinaus und machte die Tür hinter sich zu.

«Ist er nicht süß?» sagte Julie sarkastisch.

Geneviève legte den Brief hin und fuhr fort abzutrocknen. «Und vorher. Was haben Sie vorher gemacht?»

«Ich habe in Frankreich gelebt. Mein Mann war Philosophieprofessor an der Sorbonne.»

«Wo ist er jetzt?»

«Er ist tot. Sie sind eines Nachts gekommen, um uns abzuholen, ich meine, die Gestapo, und er hat sie aufgehalten, während die anderen und ich flohen.» Sie verstummte und starrte einen Moment ins Leere. «Aber Craig ist zurückgefahren und hat ihn rausgeholt. Er hat uns geholfen, nach England zu kommen.» Sie seufzte. «Er ist letztes Jahr an einem Herzanfall gestorben.»

«Craig Osbourne hat ihm das Leben gerettet?»

«So ist es.»

«Erzählen Sie mir von ihm», sagte Geneviève. «Alles, was Sie wissen.»

«Warum nicht?» Julie zuckte mit den Schultern. «Sein Vater war ein amerikanischer Diplomat, seine Mutter Französin. Er lebte als Kind jahrelang in Berlin und Paris, was erklärt, daß er die beiden Sprachen fließend spricht. Er arbeitete für eine amerikanische Illustrierte, ich glaube, es war *Life*, als die Deutschen Paris 1940 einnahmen.»

«Ja, er lernte damals meine Schwester kennen. Haben Sie sie gekannt?»

«Nein, nicht persönlich. Er half dann einer Untergrundorganisation, die Juden nach Spanien schmuggelte und dann weiter nach Amerika oder in ein anderes Land schleuste, und wäre um ein Haar von den Deutschen geschnappt worden, als sie dahinterkamen, was er in Wirklichkeit machte. Da kam er zum erstenmal nach England und trat in den englischen Geheimdienst ein. Als die Amerikaner dann in den Krieg eintraten, wurde er zum OSS versetzt.» Sie zuckte wieder mit den Schultern. «Alles nur Namen. Sie machen alle dasselbe. Kämpfen denselben Krieg.»

«Er ist nach Frankreich zurückgegangen?»

«Er wurde zweimal mit dem Fallschirm abgesetzt. Beim drittenmal brachten sie ihn mit einer Lysander hin. Er leitete ein paar Monate lang eine Sabotageeinheit der Résistance im Loire-Tal, aber dann wurden sie verraten.»

«Wohin ist er gegangen?»

«Nach Paris, er wollte sich in einem Café am Montmartre verstecken, das als Zwischenstation für die geheime Fluchtroute nach Spanien diente...» Sie verstummte.

«Und?»

«Die Gestapo wartete schon. Sie brachten ihn in ihr Hauptquartier in der Rue des Saussaies.»

«Weiter», drängte Geneviève, die plötzlich blaß geworden war.

«Er wurde fotografiert, sie nahmen seine Fingerabdrücke, die ganze Prozedur, einschließlich eines brutalen Verhörs, das drei Tage dauerte. Achten Sie mal auf seine Hände. Seine Fingernägel sind deformiert, weil sie ihm damals ausgerissen wurden.»

Geneviève fühlte eine Übelkeit in sich aufsteigen. «Und wie ist er entkommen?»

«Er hatte Glück. Ein Wagen, der ihn in ein Gefängnis bringen sollte, stieß mit einem Laster zusammen. Er konnte bei dem Durcheinander weglaufen und versteckte sich in einer Kirche. Der Pfarrer, der ihn fand, setzte sich mit meinem Mann in Verbindung, der damals in jenem Teil von Paris die Untergrundbewegung leitete.»

«Und wer lenkte die Gestapo ab, als Sie und Craig flohen?»

«Lassen Sie mich erklären, Chérie», sagte Julie geduldig. «Craig konnte kaum gehen, weil sie auch etwas mit seinen Füßen gemacht hatten.» Sie griff nach Genevièves Hand und hielt sie einen Moment lang ganz fest. «Es war kein Hollywood-Film mit Errol Flynn, den man sich Samstagabend im Kino an der Ecke ansieht. Es war die Realität. Es ist das, was drüben jeden Tag passiert. Und diese Dinge könnten auch Ihnen passieren. Sie müssen sie von nun an einkalkulieren. Nach Donnerstagnacht wird es zu spät sein.»

Geneviève saß da und starrte sie an. Julie fuhr fort. «Wir wurden in einem Gemüsetransporter nach Amiens gebracht. Drei Tage später schickten sie ein Flugzeug.»

«Was ist danach mit Craig geschehen?»

«De Gaulles Freie Franzosen machten ihn zum Kommandeur der Ehrenlegion, seine eigenen Leute gaben ihm das Fliegerkreuz und überredeten ihn, dem OSS beizutreten. Die Ironie dabei ist, daß er jetzt wieder unter Dougal Munros Befehl gekommen ist.»

«Stimmt mit dem etwas nicht?» fragte Geneviève.

«Ich glaube, er ist jemand, der den Tod sucht», erwiderte Julie. «Ich denke manchmal, er weiß nicht, was er mit sich anfangen soll, wenn er den Krieg überlebt.»

«Das ist doch Unsinn», sagte Geneviève heftig, aber sie erschauerte.

«Vielleicht», konzedierte Julie achselzuckend. «Aber Ihr Brief... Sie haben ihn immer noch nicht gelesen.»

Sie hatte natürlich recht, und Geneviève las den Brief endlich. Als sie fertig war, knüllte sie ihn zusammen.

«Eine schlechte Nachricht?» fragte Julie.

«Eine Einladung zu einer Party an diesem Wochenende. Ich hätte ja ohnehin nicht hingehen können. Ein Junge von der RAF, den ich letztes Jahr kennengelernt habe, ein Bomberpilot.»

«Haben Sie sich verliebt?»

«Nicht wirklich. Ich glaube, ich habe mich überhaupt noch nie verliebt, jedenfalls nicht richtig. Ich komme mir vor wie auf einer lebenslangen Wanderschaft.»

Julie lachte. «In Ihrem Alter, Chérie?»

«Wir sind eine Zeitlang zusammen gegangen. Mehr war nicht. Ich glaube, es war vor allem geteilte Einsamkeit.»

«Und dann?»

«Er machte mir einen Heiratsantrag, kurz bevor er in den Nahen Osten versetzt wurde.»

«Und Sie haben ihm einen Korb gegeben?»

«Er ist gerade zurückgekommen. Auf Urlaub bei seinen Eltern in Surrey.»

«Und hofft immer noch?»

Geneviève nickte. «Und ich bringe es nicht fertig, es ihm unmißverständlich zu sagen. Eine miese Art, Schluß zu machen.»

«Aber in Wahrheit macht es Ihnen nichts aus, glaube ich?»

«Gestern morgen vielleicht noch, aber jetzt...» Geneviève zuckte mit den Schultern. «Ich merke, daß es Dinge in mir gibt, deren Existenz ich bisher nie geahnt habe. Ich habe auf einmal irgendwie den Eindruck, daß die Möglichkeiten grenzenlos sind.»

«Also haben die Ereignisse Sie davor bewahrt, einen schlimmen Fehler zu machen. Sehen Sie, jedes Unglück hat irgendwie sein Gutes. Und nun werden Sie Craig vielleicht etwas besser verstehen.»

Die Tür wurde geöffnet, ehe Geneviève antworten konnte, und Edge kam herein. «Frauen am Spülbecken. Ein hübscher Anblick, und so ungemein passend.»

«Warum gehen Sie nicht und spielen mit Ihren Spielzeugen, Joe?» sagte Julie scharf. «Das ist alles, wozu Sie taugen.»

«Hier gibt's genug zu spielen, Schatz.» Er trat hinter Geneviève, faßte sie um die Taille und zog sie an sich. Sie spürte, daß er erregt war, während er die Nase an ihren Nacken drückte und mit den Händen zu ihrer Brust fuhr.

«Lassen Sie mich los!» sagte sie scharf.

«Da, es gefällt ihr», höhnte er.

«Gefallen? Ich bekomme eine Gänsehaut, wenn Sie mich anfassen», entgegnete Geneviève.

«Wirklich? Sehr gut, Honey. Das ist sehr vielversprechend. Ich möchte, daß Sie überall eine bekommen, darf ich auch weiter unten anfassen?»

Sie wehrte sich weiter und zappelte heftig. Dann schrie Edge vor Schmerz auf. Martin Hare war da und drehte ihm den Arm auf den Rücken, und zwar auch dann noch, als

Edge sie bereits losgelassen hatte. «Sie sind wirklich ein mieser Typ, Joe. Los, raus hier.»

Schmidt kam in die Küche, erfaßte blitzschnell die Lage, eilte um die Gruppe herum und öffnete die Hintertür. Hare warf Edge einfach hinaus, und der Pilot landete auf einem Knie. Er richtete sich auf und drehte sich mit verzerrtem Gesicht um.

«Das werden Sie büßen, Hare! Und Sie auch, Sie Schlampe!»

Er hastete fort. Schmidt schloß die Tür. «Eine echte Zeitbombe, wenn ich das sagen darf, Sir.»

«Ich könnte es nicht besser ausdrücken. Gehen Sie bitte zum Schnellboot und holen Sie ein Paar Seestiefel für Miss Trevaunce.»

«Zu Befehl, Herr Kapitän», antwortete Schmidt auf deutsch und ging hinaus.

Geneviève zitterte immer noch vor Zorn. «Seestiefel?» fragte sie. «Wofür?»

«Wir machen einen kleinen Spaziergang.» Er lächelte. «Salzige Luft, der Strand. Nichts rückt die Dinge so gut in die richtige Perspektive wie die Schönheiten der Natur.»

Er hatte recht. Sie gingen den schmalen Strand hinter dem Kai entlang, wo sich der Einschnitt in einem gischtenden Strudel der Meeresströmung zur Bucht verbreiterte und ihr Gesicht von den winzigen aufgewirbelten Wassertropfen gekühlt wurde.

Sie sagte: «Oh, wie schön das ist. In London atmet man nur noch Qualm ein, sobald man Luft holt. Die ganze Stadt riecht nach Krieg. Überall Tod und Zerstörung.»

«Das Meer wäscht alles sauber. Ich kenne es. Ich bin gesegelt, seit ich als kleiner Junge in den Ferien mit meinen Eltern in Cape Cod war», erzählte Hare. «Egal, wie dreckig es einem geht, beim Ablegen läßt man alles am Ufer zurück.»

«Und Ihre Frau?» fragte Geneviève. «Segelt Sie auch so gern?»

«Früher, ja», erwiderte Hare. «Sie ist 1938 an Leukämie gestorben.»

«Oh, das tut mir leid.» Die Hände in den Taschen der deutschen Matrosenjacke, die Schmidt ihr gegeben hatte, wandte sie sich zu ihm. «Haben Sie Kinder?»

«Es ging nicht. Sie war zu schwach. Kämpfte gegen die verdammte Krankheit, seit sie einundzwanzig war.» Er lächelte. «Sie hinterließ mir einige der besten Aquarelle, die ich je gesehen habe. Sie malte wunderbar.»

Geneviève nahm impulsiv seinen Arm. Sie waren inzwischen um das Kap gegangen, und der von steilen Klippen begrenzte Strand war nun viel breiter. «Es war ein langer Krieg für Sie, nehme ich an.»

Er schüttelte den Kopf. «Eigentlich nicht. Ich lebe jetzt von einem Tag zum anderen, und das ist alles, was ich erwarte ... Heute, meine ich.» Er lächelte und sah plötzlich ungeheuer charmant aus. «Ich sollte besser sagen, von einer Nacht zur anderen. Wir operieren nämlich meistens nachts.»

«Und danach, wenn alles vorbei sein wird?»

«Das gibt es nicht. Wie ich eben sagte. Nur heute.»

«Und Craig? Denkt er ebenso?»

«Sie mögen ihn, nicht wahr?» Er drückte ihren Arm an sich. «Lassen Sie das. Es gibt keine Chance. Leute wie Craig und ich haben keine Zukunft, und Sie hätten dann auch keine.»

«Wie können Sie so etwas Furchtbares sagen?» Sie trat vor ihn hin und drehte sich zu ihm, und er legte ihr die Hände auf die Schultern.

«Hören Sie mich an, Geneviève Trevaunce. Der Krieg, wie Leute wie Craig und ich ihn spielen, ist wie ein Wochenende Glücksspiel in Monte Carlo. Man darf nie vergessen, daß die

Wahrscheinlichkeit immer gegen einen ist. Die Bank gewinnt – der Spieler verliert.»

Sie trat zurück. «Das kann ich nicht akzeptieren.»

Aber er hörte nicht hin, sondern blickte mit gerunzelter Stirn zu einem Punkt hinter ihr. Sie wandte sich um und sah dort einen Mann in einer Schwimmweste, der von der Brandung hin und her geworfen wurde. Hare rannte an ihr vorbei, und sie folgte ihm und blieb am Rand des Wassers stehen, während er bis zur Taille hineinwatete, den Mann an der Schwimmweste packte und, ihn hinter sich herziehend, zurückkam.

«Ist er tot?» rief sie.

Er nickte. «Ja.» Er zog den Körper den Strand hoch.

Es war ein junger Mann in einem schwarzen Overall mit dem deutschen Adler auf der rechten Brust. Seine Füße waren bloß. Er war blond und hatte einen dünnen Schnurrbart, und seine Augen waren geschlossen, als schliefe er nur. Er wirkte bemerkenswert friedlich. Hare durchsuchte seine Taschen und fand eine wassergetränkte Brieftasche. Er zog einen Ausweis heraus, der so naß war, daß er sich bereits aufzulösen begann.

Er betrachtete ihn eingehend und richtete sich auf. «Ein deutscher Seemann. Von einem U-Boot. Er hieß Altrogge. Dreiundzwanzig Jahre alt.»

Eine Möwe segelte über sie hinweg, stieß einen mißtönenden Schrei aus und flog dann aufs Meer hinaus. Die Ausläufer der Wellen umschwappten ihre Füße. Sie sagte: «Selbst hier, an einem so idyllischen Ort, läßt der Krieg nichts unberührt.»

«Die Bank gewinnt immer, denken Sie daran.» Er legte den Arm um ihre Schultern. «Kommen Sie. Wir gehen zurück, und ich lasse die Leiche von ein paar Männern holen.»

Das Zimmer, das Julie Legrande ihr gegeben hatte, war sehr behaglich. Sie würde in einem großen Pfostenbett schlafen, und es gab ein paar chinesische Brücken und, das Schönste, ein Erkerfenster mit einem wunderbaren Blick auf den Garten hinter dem Haus.

Sie stand am Fenster und schaute hinaus, und Julie legte ihr den Arm um die Schultern, wie Hare es vorhin getan hatte. «Traurig, Chérie?»

«Dieser Junge am Strand. Ich muß dauernd an ihn denken.»

«Ich weiß.» Julie trat zum Bett und schlug die Decke zurück. «Er geht schon viel zu lange, dieser Krieg, aber wir haben keine Wahl. Für Sie war er nur ein Junge, aber für Leute wie mich ...» Sie zuckte mit den Schultern. «Wenn Sie sehen könnten, was die Boches mit meinem Land gemacht haben ... Glauben Sie mir, die Nazis müssen besiegt werden. Wir haben keine Wahl.»

Die Tür ging auf, und Craig Osbourne kam herein. «Ah, da sind Sie ja.»

«Sie haben sich nicht die Mühe gemacht zu klopfen», sagte Geneviève. «Heißt das, ich habe hier nicht die kleinste Privatsphäre?»

«Nicht wirklich», antwortete er gelassen. «Da wir nur zwei Tage haben, dachte ich, ich sollte Ihnen besser erklären, was Sie zu erwarten haben.»

Er setzte sich auf die Fensterbank und zündete eine Zigarette an. «Also, der Reihe nach. Erstens werden wir ab sofort nur noch französisch sprechen. Damit Sie sich wieder daran gewöhnen. Das gilt auch für mich.»

Er schien auf einmal verändert, er hatte etwas Hartes an sich, und sie war ärgerlich. «Sind Sie auch sicher, daß Sie es können?»

«Ob ich es kann oder nicht, spielt keine große Rolle, aber Sie sollten sich besser Mühe geben», entgegnete er.

Julie Legrande legte ihr die Hand auf die rechte Schulter und drückte leicht.

Geneviève sagte auf französisch: «In Ordnung. Wie Sie meinen. Was kommt als nächstes?»

«Wie Munro schon gesagt hat, haben wir nicht die Absicht, einen Profi aus Ihnen zu machen, dazu reicht die Zeit nicht. Sie haben in der Hauptsache drei Aufgaben, und wir haben zwei Tage, um sie zu behandeln. Nummer eins – sich mit der gegenwärtigen Situation im Schloß vertraut zu machen, zum Beispiel mit dem Personal, sowohl dem französischen als auch dem deutschen. Zu diesem Zweck werden Sie ein paar längere Sitzungen mit René haben, und außerdem müssen wir Ihnen eine Menge Fotos zeigen.

«Und?»

«Sie müssen den Zweck Ihrer Mission genau begreifen und etwas über ihren Hintergrund erfahren, damit Sie wissen, worauf Sie achten müssen und was relevant ist und was nicht.»

«Das klingt kompliziert.»

«Es wird nicht so schwer sein. Ich werde Ihnen alles Nötige sagen, und Munro wird mir helfen.»

Er wollte aufstehen. Sie sagte: «Sie haben gesagt, drei Aufgaben, nicht wahr? Sie haben nur zwei erwähnt.»

«Sehr richtig. Die dritte ist praktischer Natur. Sie brauchen sich nicht um Funkverbindungen und Codes zu sorgen, weil René und seine Kameraden von der Résistance das übernehmen werden, aber es gibt ein oder zwei Dinge, die für Ihr Überleben wichtig sein könnten. Können Sie schießen?» Sie starrte ihn an. «Handfeuerwaffen», sagte er geduldig. «Haben Sie schon mal eine Pistole abgefeuert?»

«Nein.»

«Keine Sorge. Es ist ganz leicht, wenn Sie erst mal wissen, wie es geht. Sie achten nur darauf, daß Sie nahe genug an der Zielperson stehen, und ziehen den Abzug nach hinten, aber davon später.» Er warf rasch einen Blick auf seine Uhr.

«Ich muß weiter. Wir treffen uns um acht Uhr in der Bibliothek.»

Er ging hinaus. Julie schnitt eine Grimasse. «Es geht los, Chérie.»

«Scheint ganz so», sagte Geneviève und sah aus dem Fenster.

7

Munro saß in einem hohen Sessel am Kamin und ging einen Stoß Papiere durch, der auf seinen Knien lag. Der große Tisch in der Mitte des Raums war mit Karten, Fotos und einer langen Reihe von Dokumenten bedeckt. René saß an der einen Seite, rauchte einen von seinen Zigarillos und wartete wortlos darauf, daß er gebraucht wurde. Craig und Geneviève saßen gegenüber von ihm an der anderen Tischseite.

Craig sagte: «Das Wichtigste ist folgendes – Sie müssen immer daran denken, daß Sie Anne-Marie Trevaunce *sind*. Sie müssen es verinnerlichen. Keiner, der Sie kennt, wird daran zweifeln, wenn er Sie sieht. Man wird so wenig daran zweifeln, daß man auch über irgendwelche kleinen Ungereimtheiten hinwegsehen wird.»

«Na ja, das ist ein Trost», sagte sie. «Ich möchte übrigens darauf hinweisen, daß ich kein Wort deutsch spreche.»

«Das spielt keine Rolle. Die Stabsoffiziere sprechen alle mehr oder weniger gut französisch. Und jetzt zu ein paar grundlegenden Dingen, mit denen Anne-Marie vertraut sein müßte. Zum Beispiel deutsche Uniformen.» Er schlug ein Buch auf. «Die Abbildungen hier drin sind präzise.»

Sie blätterte kurz. «Meine Güte, muß ich sie mir alle einprägen?»

«Nur ein paar. Die Kriegsmarine ist ganz einfach, und Sie

haben Joe Edges Luftwaffenuniform gesehen, die sich in Schnitt und Farbe deutlich von der Heeresuniform unterscheidet. Blaugrau und gelbe Rangabzeichen.»

Sie hielt bei einer anderen Seite inne, einer Abbildung eines Soldaten in einem dreiviertellangen kittelähnlichen Kleidungsstück in Tarnfarben. «Was ist das? Der sieht überhaupt nicht deutsch aus. Der Helm ist völlig falsch.»

«Das ist ein Fallschirmjäger. Sie tragen einen speziellen randlosen Stahlhelm, aber Sie brauchen sich nicht darum zu kümmern. Die meisten Heeresuniformen sehen genauso aus, wie Sie sie im Film gesehen haben. Hier ist eine wichtige.»

Er zeigte auf einen deutschen Soldaten, der eine Art Metallschild am Hals hängen hatte. «Feldgendarmerie», las sie die Bildunterschrift.

«Ja, Militärpolizei. Der Bursche, der Ihr Auto auf der Straße anhält oder am Schloßtor Wache steht. Er kann zum Heer gehören oder zur SS, aber das Abzeichen bedeutet Polizei.»

«Und ich muß immer nett zu ihnen sein?»

«Hm, sagen wir, es wäre nicht schlecht, wenn Sie ein bißchen Bein sehen ließen, sobald Sie aussteigen.» Craig lächelte nicht einmal. «Die einzige andere Gruppe, die für Sie wichtig ist, ist die SS, weil es im Schloß nur so davon wimmelt. Feldgraue Uniformen wie das Heer und blaugrüne Kragen. Bis hin zum Major haben sie SS-Runen auf der einen Seite des Kragens. Bei den höheren Rängen ist es anders, aber Sie brauchen sich keine Sorgen zu machen. Niemand würde erwarten, daß Sie die einzelnen Ränge kennen. Sie werden die SS-Leute bis rauf zu Himmler persönlich immer daran erkennen können, daß sie an der Mütze das silberne Abzeichen mit Totenkopf und gekreuzten Knochen haben. Verstanden?»

Geneviève nickte. «Ja, ich glaube. Die Leute von der Luftwaffe sehen aus wie Edge, dann kommen die Polizisten mit ihren Schildern, das Heer und dann die SS mit dem Totenkopfabzeichen.»

Craig sagte: «Ja. Sehen wir uns jetzt das Schloß an.»

Sie hatten eine Karte von der Umgebung, in sehr großem Maßstab, und detaillierte Grundrisse von Château de Voincourt selbst. Während Geneviève sie betrachtete, war auf einmal alles wieder da. Jede Treppe und jeder Korridor, alle Ecken und Winkel, die sie als kleines Mädchen erkundet hatte. Bei dem Gedanken, dorthin zurückzukehren, wurde sie plötzlich ganz aufgeregt. Sie hatte vergessen, wie sehr sie das Schloß und das Land ringsum geliebt hatte.

«Abgesehen von den MG-Ständen haben sie keine baulichen Veränderungen vorgenommen.» René beugte sich vor und zeigte mit einem schwarzen Zeichenstift auf die betreffenden Stellen. «Die Mauer um das Grundstück ist auf der ganzen Länge verdrahtet worden, weil sie ein elektrisches Warnsystem haben wollten. Das Tor ist Tag und Nacht bewacht, und sie haben die übliche Schranke eingebaut. Ansonsten hängt ihr Sicherheitssystem von Patrouillen ab. Die Streifen gehören alle zur Waffen-SS, und sie sind sehr gut, Mademoiselle. Machen Sie keinen Fehler. Sie beherrschen ihre Arbeit. Man muß sie nicht mögen, um das zuzugeben.»

«Was er Ihnen taktvoll zu sagen versucht, ohne meinen amerikanischen Stolz zu verletzen, ist, daß sie die besten Soldaten der Welt sind, ohne Ausnahme», sagte Craig Osbourne. «Er hat übrigens recht. Und um es noch schwerer zu machen, haben die Schloßpatrouillen abgerichtete Schäferhunde oder Dobermänner bei sich.»

Sie sagte: «Ich habe Tiere immer gemocht.»

«Gut», sagte er. «Und nun zu den wirklich wichtigen Einzelheiten.» Er blickte auf die Uhr. «Wir haben nicht mehr viel Zeit. Der Friseur wird bald kommen.»

«Der Friseur?»

«Ja. Die Art, wie Sie Ihr Haar tragen, paßt vielleicht zu Ihnen, aber nicht zu Anne-Marie. Sehen Sie selbst. Dieses Bild ist erst vor einem Monat aufgenommen worden.»

Geneviève trug ihr Haar schulterlang. Anne-Marie hatte eine kurze Frisur mit einem geraden Pony quer über die Stirn, kurz über den Augenbrauen. Sie sah aus wie Geneviève, aber wie eine andere Geneviève, mit einem hochmütigen Lächeln auf den Lippen, als wollte sie der ganzen Welt sagen, sie möge sich zum Teufel scheren. Geneviève ahmte den Ausdruck unbewußt nach, und als sie sich umwandte und Craig ansah, lächelte Anne-Marie ihr aus dem Spiegel über dem Kamin hinter ihm zu, genauso arrogant, mit der gleichen Härte im Blick.

Es gefiel ihm nicht. Sie hatte zum erstenmal das Gefühl, auf eine sonderbare Weise zu ihm durchgekommen zu sein. In seinen Augen war etwas, ein Ausdruck, als hätte er einen kurzen Moment lang Angst vor dem, was er sah. Er riß ihr das Foto aus der Hand.

«Weiter, ja?» Er legte ihr ein anderes Bild vor. «Sie kennen diese Frau?»

«Ja. Chantal Chevalier, die Zofe meiner Tante.»

Die gute alte Chantal mit der spitzen Zunge und der raschen Hand, die Hortense seit über dreißig Jahren diente, in guten wie in schlechten Zeiten.

«Sie wird mich nicht mögen», sagte Geneviève. «Oder sie müßte sich sehr geändert haben. Sie hat Anne-Marie nie gemocht.»

René nickte. «Es ist immer noch so wie früher. Sie hatte etwas gegen Anne-Marie. Und sie hat nie ein Hehl aus ihren Gefühlen gemacht.» Er wandte sich an Geneviève. «Aber bei Ihnen war es anders, Mademoiselle.»

Doch es hatte keinen Sinn, das Thema zu vertiefen, nicht jetzt. Sie sagte: «Wer sonst?»

«Der Koch, Maurice Hugo – Sie erinnern sich an ihn?»

«Ja.»

«Die anderen sind alle neu, aber sie sind alle Dienstboten am unteren Ende der Skala, die ein hochmütiges Geschöpf wie Sie ohnehin ignoriert, das spielt also keine Rolle. Aber Ihre Zofe könnte ein Problem sein. Das ist sie.»

Das Foto zeigte eine kleine dunkelhaarige Frau mit einem Schmollmund, auf ihre Weise recht hübsch. «Ein Biest», kommentierte René knapp. «Maresa Ducray. Sie ist von einem ungefähr fünfzehn Kilometer entfernten Bauernhof. Schöne Kleider, Männer und Geld, das sind die wichtigsten Dinge in ihrem Leben, in dieser Reihenfolge. Ich hab Ihnen ein paar Sachen über ihre Familie aufgeschrieben.»

«Sie können es nachher lesen», sagte Craig. «Machen wir weiter. Das hier ist der gegenwärtige Kommandant des Schlosses, Generalmajor Carl Ziemke.»

Es war eine Vergrößerung, offensichtlich von einem Gruppenbild, und auf die Rückseite waren ein paar Einzelheiten zu seiner Person und seiner Laufbahn getippt.

Er war weit in den Fünfzigern, Heer, nicht SS, hatte graue Strähnen, einen sauber gestutzten Schnurrbart. Das Gesicht war ein bißchen zu fleischig, der Körper auch. Er hatte sympathische Augen mit Lachfalten, aber kein Lächeln auf den Lippen. Er wirkte müde.

«War früher mal ein guter Mann», sagte Craig, «aber sie haben ihn kaltgestellt. Er hat ein Verhältnis mit Ihrer Tante.»

«Das kann ich mir vorstellen.» Geneviève gab ihm das Foto gelassen zurück. «Wenn Sie versucht haben, mich zu schokkieren, haben Sie Ihre Zeit vergeudet. Meine Tante hat schon immer einen Mann im Haus gebraucht, und Ziemke sieht ganz passabel aus.»

«Er ist ein Militär», brummte René. «Mehr sage ich nicht über ihn, und dieser Mistkerl ist auch einer.»

Er schob ihr eine weitere Aufnahme hin. Sie mußte sich eine Sekunde lang an den Tisch lehnen, so groß war der Schock des Erkennens. Sie hatte diesen Mann noch nie gesehen, und doch meinte sie, ihn ihr Leben lang gekannt zu haben. Abgesehen vom SS-Kragenspiegel und einem Eisernen Kreuz ähnelte seine Uniform der von Joe Edge, und er hatte kurzgeschnittenes schwarzes Haar, ein starkes, zerfurchtes Gesicht und Augen, die durch sie hindurchzublicken schienen, auf irgendeinen Punkt hinter ihr. Kein attraktives Gesicht, und trotzdem eines, nach dem man sich sogar in einer größeren Ansammlung von Menschen umdrehen würde.

«Sturmbannführer Max Priem», sagte Craig Osbourne. «Das heißt Major, und Sie können ihn ruhig so anreden. Ritterkreuzträger, ein erstklassiger Soldat und ein absolut gefährlicher Mann. Er ist für die Sicherheit des Schlosses verantwortlich.»

«Warum ist solch ein Mann nicht an der Front und kämpft?»

«Er bekam letztes Jahr in Rußland eine Kugel in den Kopf, als er bei einem Fallschirmbataillon der SS diente. Sie pflanzten ihm eine silberne Platte in den Schädel ein, er muß also achtgeben.»

«Und wie ist er mit Anne-Marie zurechtgekommen?» fragte Geneviève, zu René gewandt.

«Sie kämpften wie ebenbürtige Gegner, Mademoiselle. Er war nicht mit ihr einverstanden, und sie mochte ihn nicht. Dagegen war ihre Beziehung zu General Ziemke ausgezeichnet. Sie flirtete ganz offen mit ihm, und er behandelte sie wie eine Lieblingsnichte.»

«Was sich sehr gut auszahlte, ich meine, in Form der Passierscheine für die Reisen nach Paris und der uneingeschränkten Freiheit, zu kommen und zu gehen, wann sie wollte», bemerkte Craig. «Aber ich muß noch einmal betonen, wie wertvoll die Verbindung zu den Voincourts für die Deutschen ist. Sie und Ihre Tante sind für die Franzosen Kollaborateure, vergessen Sie das nicht. Sie leben weiterhin sorglos und in Luxus, während Tausende der Landsleute Ihrer Tante in Arbeitslagern schuften. Und Sie und Ihre Freunde, die französischen Industriellen und ihre Frauen, die die Feste auf dem Schloß besuchen, gehören zu den meistgehaßten Leuten in Frankreich.»

«Ich habe verstanden.»

«Nur noch eine Person, auf die Sie aufpassen müssen.» Das Bild war nicht angenehm zu betrachten. Es zeigte einen jungen SS-Offizier mit hellblondem Haar, dicht beisammen stehenden Augen und einem abstoßend-kalten Ausdruck im Gesicht. «Hauptsturmführer, also Hauptmann, Hans Reichslinger. Er ist Priems Stellvertreter.»

«Unsympathisch», sagte Geneviève.

«Eine Bestie.» René spie ins Feuer.

«Merkwürdig», sagte sie. «Er scheint so gar nicht zu Priem zu passen.»

«Wie meinen Sie das?» fragte Craig.

René sagte: «Priem verachtet ihn und gibt sich keine Mühe, es zu verheimlichen.»

Craig nahm einen großen braunen Umschlag und gab ihn ihr. «Hier finden Sie Informationen über alle Leute, die Sie dort treffen werden. Studieren Sie sie, als hinge Ihr Leben davon ab –, denn das tut es.»

Es klopfte, und Julie steckte den Kopf herein. «Der Friseur ist da.»

«Gut», sagte Craig. «Wir machen später weiter.» Als Geneviève Anstalten zu gehen machte, fügte er hinzu: «Schnell noch ein Foto. Der Baumeister des Atlantikwalls, der großen Verteidigungsbastion der Nazis. Der Mann, für den Sie am

Wochenende zusammen mit Ihrer Tante die Gastgeberin auf Schloß Voincourt spielen werden.»

Er legte sehr behutsam ein Foto von Feldmarschall Erwin Rommel vor sie auf den Tisch. Sie stand da und starrte verblüfft darauf, und Munro erhob sich und trat, seine Papiere in der linken Hand, zu ihr an den Tisch.

«Wie Sie sehen, habe ich nicht übertrieben, als ich sagte, daß das, was Sie am Wochenende für uns tun könnten, sehr wohl den weiteren Verlauf des ganzen Krieges beeinflussen könnte, meine liebe Geneviève.»

Michael, der Friseur, war ein kleiner geschniegelter Mann mittleren Alters mit schwarzem Haar und weißen Koteletten, und Julie war offensichtlich recht gut mit ihm bekannt.

«Oh, ja», sagte er, als er Geneviève sah, «erstaunlich, wirklich ganz erstaunlich.»

Er öffnete einen abgeschabten braunen Koffer, der mit allen möglichen Dingen, vor allem Schminkutensilien, gefüllt war, und nahm eine Akte heraus.

«Ich habe mir alles angesehen, aber dies ist noch besser, als ich dachte.» Er zog sein beiges Cordjackett aus und holte einen Kamm und ein Rasiermesser aus dem Koffer. «Fangen wir am besten gleich an.»

«Sie könnten nicht in besseren Händen sein», sagte Julie zu Geneviève, als sie ihr ein Frotteetuch um die Schultern legte. «Michael war jahrelang Schminkmeister in den Filmstudios von Elstree.»

«Stimmt», sagte er, während er ihr mit dem Kamm durchs Haar fuhr. «Ich habe für Sir Alexander Korda gearbeitet, und ich habe Charles Laughton geschminkt, als der Heinrich VIII. spielte. Keine leichte Sache, das kann ich Ihnen sagen. Dauerte Stunden, jeden Morgen. In meinem Alter muß man sich das Leben natürlich ein bißchen leichter machen. Ich leite jetzt ein Theater in Falmouth. Jede Woche eine andere Show. Zu uns kommen viele Matrosen, weil es ein Marinestützpunkt ist, ein großer Vorteil.»

Sie sah im Spiegel zu, wie sie von Minute zu Minute mehr zu ihrer Schwester wurde. Nicht nur das Haar, das war der leichtere Teil, obgleich er ganz genau wußte, was er tat. Da ein wenig mehr Lippenstift, dann das Rouge, das er sorgfältig auf ihren Wangen verteilte, die Wimperntusche und das Parfüm, Chanel N° 5, eine Marke, die sie nie benutzt hatte.

Er arbeitete ungefähr eineinhalb Stunden, dann war die Verwandlung komplett. Als er fertig war, nickte er mit offensichtlicher Befriedigung.

«Ich will mich ja nicht selbst loben, aber ... wunderschön.» Er nahm eine kleine Schminktasche aus Saffianleder aus dem Koffer. «Hier finden Sie alles, was Sie brauchen werden, meine Liebe. Denken Sie daran, immer viel aufzutragen. Das wird Ihr größtes Problem sein. Sie haben etwas dagegen, weil Sie nicht der Typ sind, der viel Make-up benutzt, das kann man sehen.» Er klappte den Koffer zu und tätschelte sie ganz leicht auf die Wange. «Ich muß weiter. Habe heute abend eine Show.»

Die Tür fiel hinter ihm ins Schloß. Geneviève saß da und betrachtete sich. Ich, und doch eine andere, dachte sie.

Julie bot ihr eine Zigarette an. «Rauchen Sie eine Gitane.» Sie wollte ablehnen, doch Julie kam ihr zuvor: «Anne-Marie würde es tun. Sie müssen sich langsam daran gewöhnen.»

Geneviève nahm die Zigarette und ließ sich Feuer geben und hustete heftig, als der Rauch ihre Kehle erreichte.

«Gut», sagte Julie ungerührt. «Jetzt gehen Sie und zeigen Sie sich Craig. Er ist auf dem Schießstand im Keller und wartet auf Sie.»

Die Kellertür war neben der mit grünem Filz bespannten Tür, die zur Küche führte, und als Geneviève sie aufmachte, konnte sie dumpfe Schüsse hören. Der Schießstand bestand aus zwei Kellerräumen, deren Zwischenwand man zum Teil herausgebrochen hatte. Das andere Ende war hell beleuchtet, so daß man die aus Pappe geschnittenen Silhouetten, die deutsche Soldaten darstellten, und die dahinter stehenden Sandsäcke deutlich sehen konnte. Craig Osbourne stand an einem Tisch, auf dem mehrere Waffen lagen, und lud einen Revolver. Er hörte sie kommen, warf einen Blick über die Schulter hinweg und erstarrte. «Großer Gott!»

«Das heißt ja wohl, daß ich für meine Schwester durchgehen werde.»

Er war ganz blaß geworden. «Ja, das kann man wohl sagen. Es ist atemberaubend. Trotzdem.» Er schob das Magazin hinein. «Sie sagen, Sie haben noch nie geschossen?»

«Doch, einmal, mit einem Gewehr auf dem Jahrmarkt.»

Er lächelte. «Immerhin. Ich werde nicht versuchen, Ihnen mehr zu erklären als die beiden Handfeuerwaffen, denen Sie wahrscheinlich begegnen werden, und wie Sie mit ihnen umgehen müssen.»

«Aus möglichst großer Nähe, sagten Sie doch?»

«Sie glauben, es ist leicht, so, wie es sich in einem Cowboyfilm ansieht? Na schön, sehen wir, wie Sie damit zurechtkommen.» Er gab ihr den Revolver. «Nicht zu weit, nur fünfzehn Meter. Zielen Sie auf das mittlere Ziel. Sie brauchen nur den Abzug nach hinten zu ziehen.»

Der Revolver war sehr schwer, was sie überraschte, aber ihre Hand paßte ohne weiteres um den Kolben. Außerdem empfand sie es natürlich als eine Herausforderung, ihm zu zeigen, was sie konnte. Sie streckte den Arm aus, kniff ein Auge zu, spähte den Lauf entlang, zog ab und verfehlte die Silhouette.

«Beim erstenmal ist es immer ein Schock», sagte er. «Man hält es nicht für möglich. Ich meine, wie man einen Mann verfehlen kann, der so nahe steht.»

Er drehte sich um, ging in die Hocke und feuerte, ohne daß sie ihn zielen sah, einige Male sehr schnell hintereinander. Als die Echos erstarben, sah sie ein sauberes Muster von vier Löchern im Herzen des mittleren Mannes. Er blieb noch einen Augenblick, Kraft und Beherrschung ausstrahlend, hocken, als wäre er selbst eine höchst wirksame tödliche Waffe. Als er sich aufgerichtet hatte und sie anblickte, sah sie in seinen grauen Augen nur den Killer.

«Dazu gehört allerdings ein bißchen Training.» Er legte den Revolver hin und nahm zwei andere Waffen. «Die Luger und die Walther sind beides automatische Pistolen und werden bei den deutschen Streitkräften oft verwendet. Ich werde Ihnen zeigen, wie man sie lädt und wie man damit schießt. Viel mehr kann ich in der kurzen Zeit nicht tun. Aber dies ist ohnehin nicht Ihr Fach, nicht wahr?»

«Nein, ich glaube nicht», antwortete Geneviève ruhig.

Er zeigte ihr die nächsten zwanzig Minuten lang geduldig, wie man ein Pistolenmagazin nachfüllt, wie man es hineinschiebt und wie man den Hahn spannt, um zu feuern. Erst als sie bewiesen hatte, daß sie die drei Schritte beherrschte, ging er mit ihr zum anderen Ende des Schießstands.

Sie hatte jetzt eine Walther in der Hand, mit einem aufgeschraubten Carswell-Schalldämpfer, der für die SOE zum lautlosen Töten entwickelt worden war.

Sie blieben einen Meter von den Zielen entfernt stehen. «Nahe am Ziel», sagte er. «Aber gehen Sie nicht zu nahe ran, falls er versucht, Sie zu packen, denken Sie daran.»

«Gut.»

«Jetzt in Taillenhöhe halten, Schultern zurück und drükken, nicht ziehen.»

Sie machte unwillkürlich die Augen zu, als sie feuerte, und als sie sie wieder öffnete, sah sie, daß sie das Ziel in den Bauch getroffen hatte.

«Sehr gut», sagte Craig Osbourne. «Habe ich nicht gesagt, es ist ganz leicht, wenn man nur nahe genug dran ist? Jetzt noch mal.»

Sie verbrachte den späten Nachmittag und den frühen Abend damit, die Unterlagen über die Leute im Schloß immer wieder durchzugehen, so oft, bis sie wirklich das Gefühl hatte, alles über diese Menschen zu wissen. Dann ging sie zu einer weiteren langen Sitzung mit René in die Bibliothek.

Später aß sie mit Craig, Munro, René und Julie, die hervorragend gekocht hatte, in der Küche. Es gab Steak und Nierenpastete, Bratkartoffeln und Kohl und als Nachtisch einen Apfelkuchen. Auch Wein stand auf dem Tisch, ein ausgezeichneter roter Burgunder, aber selbst er konnte Craig nicht aufmuntern. Er wirkte mürrisch und in sich gekehrt.

«Ein großartiges traditionelles englisches Essen», sagte Munro und gab Julie einen Kuß auf die Wange. «Es muß Sie als Französin einiges gekostet haben.» Er wandte sich zu Craig. «Ich denke, ich mache ein paar Schritte runter zum Pub. Möchten Sie mitkommen?»

«Ich denke nicht», erwiderte Craig.

«Wie Sie wollen, mein Junge. Und Sie, René? Wie wär's mit einem Gläschen?»

«Ich laß mich nicht zweimal bitten, *mon général.*» René lachte, und sie gingen zusammen hinaus.

Julie sagte: «Ich werde den Kaffee ins blaue Zimmer bringen, Craig. Zeigen Sie Geneviève den Weg.»

Es war ein hübsches Wohnzimmer neben der Bibliothek, mit behaglichen Möbeln und einem Kamin, in dem ein Feuer brannte, und in der einen Ecke stand ein Flügel.

Geneviève klappte den Deckel hoch und arretierte ihn sorgfältig. Es hatte eine Zeit gegeben, als Klavierspielen ihre Lieblingsbeschäftigung und ihr Berufsziel gewesen war, aber das Leben läuft selten so, wie man es haben möchte.

Sie fing an, ein Prélude von Chopin zu spielen, dunkle, langsame, kraftvolle Akkorde in den Bässen, und dann die zarten Töne der Melodie. Julie war mit dem Tablett hereingekommen und stellte es auf einen niedrigen Tisch am Kamin, und Craig näherte sich, lehnte sich an das andere Ende des Flügels und beobachtete Geneviève.

Seine Augen hatten etwas Fragendes, als sie *Clair de lune* zu spielen begann. Sie spielte gut, so gut wie schon sehr lange nicht mehr, fand sie. Als sie zu Ende gespielt hatte und aufblickte, war er fort. Sie zögerte, klappte den Deckel hinunter und folgte ihm nach draußen.

Sie sah ihn unten auf einer der dunklen Stufen, die von der Terrasse in den Garten hinunterführten, sitzen und rauchen. Sie ging hinab und lehnte sich an die Brüstung.

«Sie waren gut», sagte er.

«Solange ich nahe genug stehe?» fragte Geneviève.

«Okay», sagte er. «Ich habe Sie vielleicht drangsaliert, aber es mußte sein. Sie haben keine Ahnung, wie es dort drüben ist.»

«Was wollen Sie, Absolution?» sagte sie. «Ich muß hin, das haben Sie selbst gesagt. Ich habe keine Wahl, weil es sonst niemanden gibt. Es ist nicht Ihre Schuld. Sie sind nur ein Werkzeug.»

Er stand auf und warf die Kippe hinunter. Sie landete auf dem Kiesweg und glühte rot. «Wir haben morgen noch den ganzen Tag», sagte er. «Sie sollen gleich nach dem Frühstück wieder zu Munro. Zeit, schlafen zu gehen.»

«Sofort», sagte sie. Sie griff nach seinem Ärmel. «Und

vielen Dank, daß Sie sich dieses eine Mal wie ein menschliches Wesen benommen haben.»

Seine Stimme klang sonderbar, als er antwortete. «Seien Sie nicht nett zu mir, noch nicht. Wir sind noch nicht mit Ihnen durch.»

Er drehte sich um und ging schnell ins Haus.

Sie holten sie mitten in der Nacht. Es war ein brutales Erwachen, die Bettdecke wurde zurückgezogen, und jemand riß sie hoch.

«Sie sind Anne-Marie Trevaunce?» herrschte eine Stimme sie auf französisch an.

«Was fällt Ihnen ein?» Sie war außer sich vor Zorn, versuchte aufzustehen und bekam einen Schlag ins Gesicht.

«Sie sind Anne-Marie Trevaunce? Antworten Sie.»

Und dann wurde ihr bewußt, daß sie beide, die schattenhaften Gestalten hinter dem Lichtkreis, deutsche Uniform trugen, und sie erkannte den Grund der Übung.

«Ja, ich bin Anne-Marie Trevaunce», sagte sie auf französisch. «Was wollen Sie von mir?»

«Das ist besser. Viel besser. Ziehen Sie Ihren Morgenmantel an und kommen Sie mit.»

«Sie sind Anne-Marie Trevaunce?»

Es war sicher das zwanzigstemal, daß sie ihr diese Frage stellten, als sie, geblendet von den grellen weißen Strahlern, die sie auf ihr Gesicht gerichtet hatten, in der Bibliothek am Tisch saß.

«Ja», sagte sie erschöpft. «Wie oft soll ich es Ihnen noch sagen?»

«Und Sie leben bei Ihrer Tante in Schloß Voincourt?»

«Ja.»

«Ihre Zofe. Maresa. Erzählen Sie von ihrer Familie.»

Sie holte tief Luft. «Ihre Mutter ist Witwe und hat einen kleinen Bauernhof knapp zwanzig Kilometer vom Schloß entfernt. Sie bearbeitet ihn mit einem ihrer Söhne. Er heißt Jean und ist geistig ein bißchen zurückgeblieben. Maresa hat noch einen Bruder, Pierre. Er war Feldwebel in einem französischen Panzerregiment. Er ist jetzt in einem Arbeitslager in Alderney auf den Kanalinseln.»

«Und General Ziemke ... erzählen Sie von ihm.»

«Ich hab Ihnen schon von ihm erzählt, alles ... mindestens viermal.»

«Erzählen Sie es noch mal», sagte die Stimme eindringlich.

Plötzlich war es vorbei. Jemand ging hinüber zur Tür und knipste die Deckenlampe an. Sie waren zu zweit, wie sie gedacht hatte, und in deutscher Uniform. Craig Osbourne stand am Kamin und zündete sich eine Zigarette an.

«Nicht übel. Gar nicht übel.»

«Sehr lustig», erwiderte sie, noch immer erregt.

«Sie können jetzt wieder ins Bett.» Sie wandte sich zur Tür, und er rief: «Übrigens, Geneviève?»

Sie drehte sich um und sah ihn an. «Ja?» sagte sie müde.

Ein lastendes Schweigen, und die anderen blickten sich an. Sie war auf den ältesten Trick der Branche hereingefallen.

«Passen Sie auf, daß Ihnen das nicht wieder passiert, ja?» sagte er gelassen.

8

Am Morgen kam es ihr vor wie ein Alptraum, etwas, das nie geschehen war. Besonders beängstigend war, daß sie tatsächlich angefangen hatte, an ihrer Identität zu zweifeln, und zu spüren meinte, wie die Persönlichkeit ihrer Schwester sie in Besitz nahm. Das unablässige Beharren, daß sie Anne-Marie *war*, hatte dazu geführt, daß sie in Augenblicken großer Belastung tatsächlich glaubte, Anne-Marie zu sein.

Sie saß am Fenster und rauchte eine Gitane. Sie sah zu, wie es langsam hell wurde und der gelborangefarbene Schein der Sonne langsam den Himmel im Osten überzog und den kleinen See in der Senke silbrig glitzern ließ.

Einem Impuls folgend, nahm sie einen alten weißen Bademantel, der hinter der Badezimmertür hing, zog ihn an und ging hinaus. Die Diele war still und verlassen, als sie die Haupttreppe hinunterging, aber aus der Küche drangen Geräusche, und sie hörte die gedämpfte Stimme Julies, die hinter der filzbespannten Tür ein Lied vor sich hin sang.

Sie öffnete eine andere Tür und betrat ein Wohnzimmer mit Fenstertüren zur Gartenseite, die auf eine Terrasse gingen. Sie trat hinaus, und als sie die Stufen zum Rasen hinuntergegangen war und den kühlen Tau spürte, lief ein Erschauern durch ihren ganzen Körper, und sie rannte mit wehendem Bademantel den Hang hinunter.

Der See blitzte jetzt golden in der Morgensonne, und sie konnte sehen, wie sich die letzten feinen Schwaden des nächtlichen Dunstes über dem Wasser auflösten. Sie zog den Bademantel aus, streifte ihr Nachthemd ab, watete durch das Schilf und hechtete in tiefes Wasser.

Es war so kalt, daß sie nicht einmal fühlte, wie ihr Körper taub wurde, sie trieb einfach in halber Bewußtlosigkeit dahin und nahm die in der Brise leicht schwankenden Schilfstände und die Bäume dahinter nur wie durch einen Schleier wahr. Das Wasser war nun wie schwarzes Glas, und sie erinnerte sich auf einmal ganz deutlich an einen Traum, den sie vorgestern nacht gehabt hatte, einen Traum von Wasser, genauso dunkel wie dieses, aus dessen Tiefen Anne-Marie langsam, wie in Zeitlupe, zu ihr emporgetaucht war und die Hände nach ihr ausgestreckt hatte, wie um sie zu sich nach unten zu ziehen.

Mehr aus Widerwillen als aus Furcht wendete sie mit ein paar kraftvollen Bewegungen und schwamm zurück zum Ufer, watete durch den Schilfgürtel, bis sie wieder festen Boden unter den Füßen hatte. Sie zog den Bademantel an und trocknete sich mit dem Nachthemd notdürftig das Haar, während sie zwischen den Bäumen zum Haus hinaufging.

Craig saß, die unvermeidliche Zigarette zwischen den Lippen, auf der Brüstung der Terrasse, vollkommen bewegungslos, so daß sie sich seiner Anwesenheit erst bewußt wurde, als sie den Rasen schon halb überquert hatte.

«Haben Sie das morgendliche Bad genossen?»

«Sie haben mich beobachtet?»

«Ich habe Sie hinausgehen sehen und bin Ihnen gefolgt... Ja.»

«Wie ein pflichtbewußter Geheimdienstler? Was habe ich Ihrer Ansicht nach vorgehabt, mich ertränken? Das wäre in der Tat ärgerlich für Sie gewesen.»

«Höchst ärgerlich.»

Sie öffnete die Tür ihres Zimmers und sah, wie Julie auf einem kleinen Tisch am Fenster das Frühstück deckte. Sie trug einen grünen Morgenmantel und sah sehr hübsch aus.

«Sie haben schlechte Laune, Chérie, das sieht man. Was ist passiert?»

«Dieser verdammte Kerl», sagte Geneviève.

«Craig?»

«Ja. Ich habe unten im See gebadet. Er ist mir nachgekommen und hat mich beobachtet.»

Julie sagte nur: «Trinken Sie Ihren Kaffee und probieren Sie das Rührei. Es ist meine Spezialität.»

Geneviève tat es. «Wir scheinen einfach nicht auf derselben Wellenlänge zu sein», sagte sie, ehe sie das Rührei in Angriff nahm.

Die Tür wurde geöffnet, und Craig trat ins Zimmer – wieder ohne anzuklopfen. «Da sind Sie ja.»

«Mein Gott, es wird immer schlimmer», sagte Geneviève. «Immer noch keine Privatsphäre.»

Er überhörte die Bemerkung. «Munro möchte Sie so schnell wie möglich sehen. Grant kommt, um ihn noch heute morgen nach London zurückzufliegen. Ich bin in der Bibliothek.»

Er ging hinaus und machte die Tür hinter sich zu. Julie sagte: «Ich möchte wissen, was Munro will.»

«Vielleicht will er mir Glück wünschen, wer weiß?» Geneviève zuckte mit den Schultern. «Er kann warten. Ich werde noch eine Tasse Kaffee trinken.» Und damit griff sie nach der Kanne.

Sie hatte keine Ahnung, was mit den Männern geschehen war, die sie nachts verhört hatten. Im Haus war alles still, und als sie hinunterging, bekam sie keine Menschenseele zu Gesicht. Craig stand in der Bibliothek am Kamin und las Zeitung.

Er blickte kurz auf. «Sie gehen am besten gleich rein. Die letzte Tür.»

Sie schritt zum anderen Ende des Raums, blieb an der lederbespannten Tür stehen und klopfte. Niemand antwortete. Sie zögerte, machte auf und betrat einen fensterlosen kleinen Raum, der wie ein Büro eingerichtet war und noch eine andere Tür hatte. Munros Mantel lag auf einem Stuhl, und auf dem Schreibtisch stand eine Aktenmappe, offenbar, um das eine Ende einer widerspenstigen Karte zu beschweren. Sie sah sofort, was sie zeigte – einen Teil der französischen Kanalküste. Über der Legende stand «Vorläufige Ziele – Invasion». Während sie dort stand und auf die Karte blickte, ging die andere Tür auf, und Munro kam herein.

«Oh, da sind Sie ja.» Dann runzelte er die Stirn, kam mit schnellen Schritten zum Tisch und rollte die Karte zusammen. Sie hatte das Gefühl, er wollte etwas sagen, überlegte es sich dann aber anders. Er nahm die Karte, steckte sie in die Aktenmappe und schloß diese. Dann sagte er: «Kaum zu fassen, wie verändert Sie aussehen.»

«Nicht wahr.»

«Haben sie Ihnen die Hölle heiß gemacht?» bemerkte er dann und lächelte. «Nein, antworten Sie besser nicht. Ich weiß, wie Craig arbeitet.» Er stand mit den Händen auf dem Rücken am Schreibtisch und machte plötzlich ein sehr ernstes Gesicht. «Ich weiß, es ist nicht leicht für Sie gewesen, nichts von all dem hier, aber ich kann gar nicht genug betonen, wie wichtig diese Sache ist. Wenn der große Tag kommt, wenn wir mit der Invasion des Kontinents beginnen, wird die Schlacht schon am Strand gewonnen werden müssen. Sobald wir dort einen Brückenkopf haben, ist der Sieg nur noch eine Frage der Zeit. Das wissen wir – und die Deutschen auch.»

Es klang, als hielte er eine Ansprache vor einer Gruppe junger Offiziere.

«Und deshalb haben sie Rommel die Koordinierung ihrer Verteidigungsmaßnahmen am Atlantikwall übertragen. Jetzt werden Sie verstehen, warum die Informationen, die Sie uns über die Konferenz am Wochenende beschaffen können, womöglich von entscheidender Bedeutung sein werden.»

«Natürlich», sagte sie. «Ich kann auf einen Streich den Krieg für Sie gewinnen.»

Er rang sich ein Lächeln ab. «Das gefällt mir an Ihnen, Geneviève. Ihr Sinn für Humor.» Er griff nach seinem Mantel. «Also, ich muß jetzt weiter.»

«Wie wir alle», sagte sie. Und dann: «Sagen Sie, General, macht Ihre Arbeit Ihnen eigentlich Spaß? Befriedigt sie Sie?»

Er nahm die Aktentasche, und als er sie ansah, waren seine Augen glanzlos. «Auf Wiedersehen, Miss Trevaunce», sagte er förmlich. «Ich freue mich darauf, von Ihnen zu hören.» Damit ging er hinaus.

Als Craig zurückkam, stand sie am Feuer. «Ist er weg?»

«Ja. Er war ziemlich sauer. Was haben Sie gesagt?»

«Ich habe nur seine Überheblichkeit ein wenig angekratzt.»

Er hatte die Hände in den Taschen und sah sie ernst an. «Es scheint gewirkt zu haben.» Er trat zum Tisch. «Ich habe da etwas für Sie.»

Er gab ihr ein Zigarettenetui aus Silber und Onyx, eine sehr schöne Arbeit. Sie klappte es auf und sah, daß es voll von Gitanes war.

«Ein Abschiedsgeschenk?» sagte sie.

«Ein ganz besonderes», antwortete er und nahm das Etui. «Sehen Sie die Gravierung hier, auf der Rückseite?» Er drückte den Daumennagel darauf, und ein hauchdünnes Silberplättchen klappte hoch und gab eine winzige Linse und einen Kameramechanismus frei. «Der geniale Mensch, der es für uns konstruiert hat, behauptet steif und fest, man könne damit sogar bei schlechtem Licht scharfe Aufnahmen machen. Wenn Sie also irgendwelche Dokumente oder Karten sehen, wissen Sie, was Sie zu tun haben. Der Film hat zwanzig Aufnahmen, Sie brauchen das Ding nur auf die Vorlage zu richten und hier zu drücken.»

«Und immer nahe genug am Ziel stehen?»

Sie konnte sehen, daß sie ihn verletzt hatte, und es bereitete ihr keine Genugtuung. Sie hätte sich am liebsten auf die Zunge gebissen, aber es war zu spät.

Er gab ihr das Zigarettenetui zurück und ging, wieder ganz Vorgesetzter, zum Tisch zurück. «Ich schlage vor, daß Sie den Rest des Tages noch mal Ihre Aufzeichnungen durchgehen und sich die Fotos ansehen und die Fallgeschichten studieren, bis Sie alles absolut intus haben.»

«Und morgen?»

«Morgen gehen wir noch mal alles durch. Kurz nach elf Uhr abends starten wir dann.»

«Wir?»

«Ja, ich fliege mit und passe auf, daß Sie gut aus der Maschine kommen.»

«Ich verstehe.»

«Wenn alles nach Plan geht, werden Sie und René von ein paar Leuten der lokalen Widerstandsgruppe in Empfang genommen und mit einem Lieferwagen nach Saint-Maurice gebracht. Dort warten Sie dann im Haus des Bahnhofsvorstehers, bis der Nachtzug von Paris durchgekommen ist. Dann holt René Sie mit dem Wagen ab, als ob Sie gerade aus dem Zug gestiegen wären, und Sie fahren zum Schloß.»

«Wo ich dann auf mich allein gestellt bin?»

«Sie haben René», sagte er. «Sie geben ihm sofort alle Informationen weiter, die Sie gehört oder gelesen haben. Er hat ein Funkgerät. Er kann über die Übertragungsstation an der Küste Verbindung mit uns hier aufnehmen.»

«Mit uns hier?» wiederholte sie. «Aber außer Ihren beiden Freunden habe ich hier gestern nacht niemanden gesehen.»

«Sie treten nur nicht in Erscheinung, das ist alles. Aber ich versichere Ihnen, wir haben eine sehr tüchtige Funkmannschaft, und dann haben wir noch einen ausgezeichneten Kostümfundus. Für den ist Julie verantwortlich. Ob Uniformen oder Zivil oder Dokumente, es gibt kaum etwas, das sie nicht beschaffen kann.»

Sie standen da und schwiegen. Schließlich sagte er, beinahe zärtlich: «Gibt es etwas, das ich für Sie tun kann?»

«Anne-Marie. Ich mache mir Sorgen um sie. Wenn mir etwas passiert...»

«Ich werde mich um sie kümmern. Ich gebe Ihnen mein Wort.»

Er hob ihr Kinn mit einem Finger an. «Und Ihnen wird nichts passieren. Das Glück ist auf Ihrer Seite. Ich sehe es.»

Sie war beinahe in Tränen aufgelöst, auf einmal schrecklich verwundbar. «Und wie, bitte, können Sie so was sehen?»

«Ich hab in Yale studiert», sagte er nur.

Sie arbeitete den ganzen Vormittag mit den schriftlichen Unterlagen. Julie hatte ihr gesagt, daß sie mittags rechtzeitig zum Pub gehen solle, und so hörte sie kurz nach zwölf Uhr auf zu arbeiten, nahm eine Lammfelljacke, die im Garderobenschrank in der Halle hing, und spazierte zum Dorf.

Sie blieb am Kai stehen und schaute hinunter zur *Lili Marlen*, deren Deck gerade von ein paar Besatzungsmitgliedern geschrubbt wurde. Hare beugte sich aus dem Fenster des Ruderhauses.

«Warum kommen Sie nicht an Bord?»

«Oh, gern, danke für die Einladung.»

Sie ging vorsichtig die schmale Gangway hinunter, und einer der Männer reichte ihr die Hand und half ihr an Bord.

«Hier rauf», rief Hare.

Sie stieg die Stahlleiter hinauf und folgte ihm ins Ruderhaus. «Sehr hübsch», sagte sie.

«Sie mögen Schiffe?»

«Ja, sehr.»

«Es ist ein Torpedoboot. Die Deutschen nennen es Schnellboot, und es ist wirklich sehr schnell. Nicht gerade ein Vergnügungsdampfer, aber so ziemlich das leistungsfähigste, was es in dieser Größe gibt.»

«Wie schnell?»

«Drei Dieselmotoren von Daimler-Benz und ein paar Verbesserungen, die die Briten vorgenommen haben. Damit kommt es auf fünfundvierzig Knoten.»

Sie fuhr mit der Hand leicht über das Instrumentenbrett. «Ich würde gern mal mitfahren.»

«Kommen Sie, ich zeige es Ihnen.»

Er ging mit ihr in den Maschinenraum, die winzige Kombüse, die Kajüte, die als Offiziersmesse diente, die kleine Kabine, in der er schlief. Sie betrachtete die beiden Torpedorohre, setzte sich hinter die 20-Millimeter-Bordkanone auf dem Vorderdeck und begutachtete die Bofors-Zwillingsflak, die auf das Achterdeck montiert war.

Als der Rundgang beendet war, sagte sie: «Es ist sehr beeindruckend. Soviel auf so kleinem Raum.»

«Ich weiß», sagte er. «Die Deutschen sind sehr gründlich. Sehr tüchtig. Ich muß es wissen. Meine Mutter war Deutsche.»

«Schämen Sie sich deshalb?» fragte sie.

«Ich schäme mich nur für Hitler, Goebbels, Himmler und die anderen. Ja. Aber ich danke Gott für Goethe, Schiller, Beethoven und noch ein paar, die ich jetzt nicht aufzähle.»

Sie stellte sich auf Zehenspitzen und gab ihm einen Kuß auf die Wange. «Ich mag Sie, Martin Hare.»

Er lächelte herzlich. «Oh, behalten Sie das besser für sich. Ich bin fast ein Vierteljahrhundert älter als Sie, aber ich könnte Ihnen trotzdem noch gefährlich werden.»

«Leere Versprechungen», sagte sie. «Das ist alles, was ich bekomme.»

«Nein, Sie bekommen noch einen Lunch.» Und er nahm ihre Hand und führte sie über die Gangway an Land.

Alle Dorfbewohner schienen sich im «Gehenkten» versammelt zu haben. Die Crew der *Lili Marlen*, Craig, sogar Joe Edge am Ende der Theke, alle schienen gut aufgelegt und machten lächelnde Gesichter. Julie reichte Blätterteigpasteten zur Küchentür hinaus, und Schmidt verteilte sie unter den üblichen launigen Bemerkungen an die anderen.

Er brachte Geneviève, Hare und Craig drei davon an den Tisch beim Fenster. «Alles andere als koscher, aber sie riechen verdammt gut», sagte er.

Craig schien bessere Laune zu haben als am Morgen. Er und Hare tauschten Scherze aus und tranken Bier zu ihrer Pastete, während Geneviève wieder eine Gitane probierte. Sie hätte es ungern zugegeben, aber sie begann, Gefallen an Zigaretten zu finden.

Craig sagte: «Entschuldigen Sie mich einen Moment, ich muß schnell mal mit Julie reden.»

Er ging hinter die Theke und in die Küche. Hare verzehrte seine Pastete mit sichtlichem Appetit. Geneviève wurde sich bewußt, daß Edge sie vom Ende der Theke her mit glänzenden Augen fixierte. Ihr wurde ein bißchen unbehaglich.

Hare sagte: «Mein Gott, das war lecker. Ich glaube, ich esse noch eine.»

Er stand auf, und sie sagte: «Übrigens, ich könnte etwas frische Luft gebrauchen. Ich mache einen kleinen Spaziergang.»

Sie merkte, daß Edge ihr mit dem Blick folgte, als sie aufstand und hinausging. Sie war wütend, denn es schien ganz so, als ob er sie vertrieben hätte, und ging mit schnellen Schritten, den Boden vor sich betrachtend, den Weg zwischen den Bäumen zum Kap hoch. Einen Augenblick später trat Edge aus dem Pub und eilte ihr nach, nahm kurz darauf einen schmaleren Pfad, der vom Weg abging, und fing an zu laufen.

Martin Hare, der wieder am Tisch saß und sich von Schmidt eine weitere Pastete servieren ließ, wandte sich in diesem Augenblick zum Fenster und sah, wie Geneviève zwischen den Bäumen verschwand und Edge ihr folgte. Er schob den Teller zur Seite und stand auf.

«Ich denke, ich werde das für später stehenlassen.»

«Ich würde sagen, das ist eine gute Idee, Sir», bemerkte Schmidt.

Hare ging rasch hinaus und eilte im Laufschritt den Weg hinauf.

Craig stand am Spülbecken und rauchte und sah zu, wie Julie Teig für weitere Pasteten ausrollte.

«Du hast einen bestimmten Wunsch, ja?» fragte sie.

«Ja», sagte er. «Ein Dinner. Du, ich, Martin, René, Geneviève. Ich meine, es ist ihr letzter Abend. Ich glaube, es wäre sehr nett.»

«Warum nicht?» sagte sie. «Für dich tue ich alles. Ich hab noch etwas Lamm da, nur ein bißchen, aber es wird reichen. Oh, und im Keller sind noch drei Flaschen Champagner, ich glaube, Moët et Chandon.»

«Was könnte besser sein?»

«Und sei nett zu ihr, Craig.» Sie legte ihm die Hand auf den Arm und bestäubte den Ärmel dabei mit Mehl. «Das Mädchen mag dich.»

In diesem Moment ging die Tür auf, und Schmidt kam herein. «Entschuldigen Sie bitte.»

«Was gibt's?» fragte Craig.

«Ich fürchte, da bahnt sich ein kleines Drama an. Miss Trevaunce macht einen Spaziergang auf dem Weg durch den Wald. Dann sehen wir, wie Oberleutnant Edge hinter ihr her läuft. Hm, Sir, das schien dem Kapitän nicht zu passen. Er ist den beiden gefolgt.»

«Und?» sagte Craig.

«Um Himmels willen, Sir, wenn Sie den Ausdruck entschuldigen», sagte Schmidt. «Er hat nur noch eine intakte Lunge. Ich meine, wenn sie sich schlagen ...» Aber Craig war schon zur Hintertür hinausgerannt.

Während Geneviève durch den Wald ging, fing es an zu regnen. Sie kam zu einer Lichtung und erblickte ein zur Hälfte verfallenes Bauwerk, das im letzten Jahrhundert einmal zur Schachtanlage der längst stillgelegten Zinngrube gehört hatte. Sie ging zum Eingang und zögerte, trat dann aber ein. Es war dunkel und geheimnisvoll, über ihrem Kopf war kein Dach, nur die Mauern eines Förderturms.

Edge sagte: «Schmilz dahin, o Maid, die du so sorglos hier verweilst.» Sie drehte sich um, sah ihn an dem Türpfosten lehnen und wollte hastig an ihm vorbei. Er streckte den Arm aus und versperrte ihr den Weg. «Was muß ich tun, damit Sie ein klein wenig netter zu mir sind?»

«Es gibt nichts, was bei Ihnen etwas nützen könnte.»

Er packte sie an den Haaren, zog sie zu sich und griff mit der anderen Hand zwischen ihre Schenkel. Sie schrie auf und schlug ihn mit der Faust ins Gesicht. Er gab ihr eine Ohrfeige, und sie taumelte zurück, stolperte über einen Stein und fiel hin. Er ging blitzschnell in die Knie und setzte sich rittlings über sie.

«Denn man los», sagte er. «Jetzt bring ich dir anständige Manieren bei.»

Martin Hare war die letzten hundert Meter gerannt, etwas, wovon seine Ärzte ihm nachdrücklich abgeraten hatten. Sein Herz hämmerte, und er rang nach Atem, als er den alten Förderturm betrat. Er hatte gerade noch genug Kraft, um Edge an den Haaren zurückzureißen.

Edge richtete sich auf, drehte sich mit einem Wutschrei um und traf ihn mit der Faust auf der rechten Wange. Hare versuchte, die Arme zu heben, konnte jedoch plötzlich kaum noch atmen. Er knickte ein, und Edge hob das Knie, um es ihm ins Gesicht zu rammen, aber Geneviève ergriff ihn von hinten an der Jacke. Er fluchte und schlug nach ihr, während Hare in die Knie sank.

Edge fuhr herum und hatte Geneviève an der Kehle gepackt, als Craig Osbourne im Laufschritt durch die Tür kam. Er boxte ihn mit einem schweren Hieb in die Nieren. Edge schrie auf, und Craig schlug noch einmal zu, nahm ihn dann am Nacken und schleifte ihn ins Freie.

Als er sich umwandte, sah er, wie Geneviève Hare auf die Füße half. Der Commander lächelte wehmütig. «Ich tauge wirklich zu nichts mehr.»

«Für mich werden Sie immer ein Held sein», sagte Geneviève.

«Hören Sie», sagte Craig, «was zählt, ist die Absicht. Kommen Sie, ich spendiere Ihnen einen Drink. Und Sie» – er wandte sich an Edge – «wenn Sie noch mal so was versuchen, bringe ich Sie vors Kriegsgericht.»

Sie ließen Edge, der immer noch auf allen vieren kroch und nach Luft schnappte, zurück und gingen zusammen den Weg zum Dorf hinunter.

Sie konnte sich noch nicht wie Anne-Marie anziehen. Ihre Koffer waren noch im Rolls-Royce, den René in der Umgebung von Saint-Maurice versteckt hatte. Julie hatte jedoch ein blaues Seidenkleid aus der Zeit vor dem Krieg aufgetrieben, und als sie nach unten ging und am Fuß der Treppe stehenblieb, fand sie ihr Bild in dem großen Drehspiegel so befriedigend, daß sie ein klein wenig alarmiert war.

Julie hatte den Tisch in der Bibliothek mit dem besten Geschirr gedeckt, das das Herrenhaus bieten konnte. Altes Sterlingsilber, Tischtuch und Servietten aus feinstem irischem Leinen, erlesenes Porzellan. Die Atmosphäre war anheimelnd, und die einzigen Lichtquellen waren die flackernden Kerzen im silbernen Leuchter und die Flammen im Kamin.

Julie, die in ihrem «kleinen Schwarzen» aus Frankreich ganz hinreißend aussah, hatte ihr Haar mit einer Samtschleife nach hinten gebunden und trug eine weiße Schürze über dem Kleid. Sie bestand darauf, in der Küche alles selbst zu machen, und ließ sich nur von René helfen, der den Kellner spielte.

«Dies ist ein französischer Abend», sagte sie. «Niemand anders darf einen Finger rühren. Und jetzt, wo der General, Gott segne ihn, nicht mehr da ist, wird das Essen unverfälscht französisch sein, *mes amis.*»

Es war köstlich. Ein Leberpâté auf Toast, Lammkeule mit Kräutern, junge Kartoffeln aus Cornwall, grüner Salat und danach eine Komposition aus Früchten und Schlagsahne, die im Mund zerging.

«Ich dachte, es sei Krieg», bemerkte Craig, während er um den Tisch herumging und nachschenkte. Er sah in seiner Uniform sehr attraktiv aus.

Martin Hare saß gegenüber von Geneviève. Er spielte auch heute abend den Offizier der Kriegsmarine und hatte sich für den feierlichen Anlaß eine Krawatte umgebunden und eine hohe Auszeichnung um den Hals gehängt.

Geneviève berührte seinen Arm. «Was ist das für ein Orden?» fragte sie.

«Das Ritterkreuz.»

«Wofür bekommt man es?»

«Es entspricht ungefähr unserer Kongreß-Ehrenmedaille oder Ihrem Viktoriakreuz. Es bedeutet gewöhnlich, daß sein Träger eigentlich tot sein müßte.»

Geneviève wandte sich zu Craig. «Sagten Sie nicht, Max Priem hätte so eines?»

«Mit Eichenlaub und Schwertern», antwortete Craig. «Das heißt, drei Auszeichnungen. Der Bursche lebt wirklich von geborgter Zeit.»

«Aber er muß sehr tapfer sein», bemerkte sie.

«Da gibt's wohl keinen Zweifel.» Craig hob das Glas. «Trinken wir diesen ausgezeichneten Champagner auf das Wohl der tapferen Männer überall auf der Welt.»

Julie kam mit dem Kaffeetablett herein. «Wartet», sagte sie, stellte das Tablett hastig ab und nahm ihr Glas.

Das Feuer flackerte wie von einem plötzlichen Luftzug erfaßt. Der Champagner rann ihr eiskalt die Kehle hinunter, und Geneviève erschauerte und bekam eine Gänsehaut, als stünde sie in einer kühlen Brise. In dem großen Spiegel über dem Kamin sah sie die Fenstertür mit den zugezogenen Vorhängen, und dann bauschten die Vorhänge sich ins Zimmer, wurden ein Stück auseinandergezogen, und drei Männer kamen ins Zimmer und blieben stehen.

Sie schienen geradewegs aus dem Buch mit den deutschen Uniformen zu kommen, das Craig ihr gezeigt hatte, Fallschirmjäger mit randlosen Stahlhelmen und den eigentümlichen langen Tarnjacken. Zwei von ihnen, gefährlich aussehende Burschen, hatten eine Maschinenpistole in Anschlag. Der Mann in der Mitte hatte eine ähnliche Waffe so um den Hals, daß sie quer vor seiner Brust hing, und zielte mit einer

Walther mit Schalldämpfer – ähnlich dem, den Craig ihr gezeigt hatte – auf sie.

«Trinken Sie bitte aus, meine Damen und Herren.» Er trat zum Tisch, nahm die Champagnerflasche aus dem Kübel und prüfte das Etikett. «Neunzehneinunddreißig. Nicht schlecht.» Er schenkte sich ein Glas ein. «Prosit. Mein Name ist Sturm, Hauptmann Sturm vom Neunten Fallschirmjägerregiment, Abteilung für Sondereinsätze.» Sein Englisch war ganz passabel.

«Und was können wir für Sie tun?» fragte Craig.

«Hm, genau das, was wir Ihnen sagen, Major. Der heutige Sondereinsatz besteht darin, Sie, die junge Dame hier und den Fregattenkapitän so schnell wie möglich auf deutsches oder von Deutschen kontrolliertes Territorium zu schaffen.»

«Tatsächlich? Ich fürchte, Sie werden feststellen, daß das nicht so leicht ist.»

«Ich sehe nicht, warum.» Sturm trank noch einen Schluck Champagner. «Das Schwierige war der Absprung mit dem Fallschirm, weil wir bei Hochwasser am Strand landen mußten. Mit dem Schnellboot abzudampfen, das Ihr Freund von der Kriegsmarine hier in seiner großen Umsicht zur Verfügung gestellt hat, wird dagegen ein Kinderspiel sein.»

In diesem Moment wurde Geneviève alles klar, und sie mußte an sich halten, um nicht loszuplatzen. Sie zwang sich jedoch, so zu reagieren, wie Anne-Marie es getan hätte, und drehte sich mit einem ironischen Lächeln auf den Lippen zu Osbourne.

Merkwürdig war nur, daß Craig nicht lächelte – und daß René mit wutverzerrtem Gesicht in seine Brusttasche langte und eine Pistole zog. *«Sale boche!»* rief er.

Sturms Hand fuhr hoch, die Walther hustete einmal, René ließ die Pistole fallen und sackte, eine Hand auf die Brust gepreßt, auf seinen Stuhl zurück. Er sah wie verwundert auf das Blut, das zwischen seinen Fingern hervorsickerte, blickte Geneviève flehend an, rutschte dann zu Boden.

Julie warf die Hände vors Gesicht, schrie auf, drehte sich um und rannte durch die Bibliothek zu der Tür am anderen Ende. Sturm hob die Walther.

«Nein!» schrie Geneviève.

Die Walther hustete wieder, Julie schien zu stolpern, taumelte zur Seite und fiel aufs Gesicht. Geneviève wollte zu ihr laufen, doch Sturm packte sie am Arm und hielt sie fest. «Sie bleiben, wo Sie sind, Fräulein.»

Seine beiden Männer hielten sie mit den MPs in Schach, während Sturm durchs Zimmer lief und neben Julie in die Hocke ging. «Ich fürchte, sie ist tot. Ein Jammer.»

«Sie gemeiner Mörder!» sagte Geneviève.

«Ich denke, das kommt darauf an, auf welcher Seite man steht.» Sturm wandte sich zu Hare. «Ist Ihre Besatzung jetzt an Bord des Schnellboots?» Hare antwortete nicht, und Sturm fuhr fort: «Los, Commander. Wir werden es schnell genug herausfinden, wenn wir hinuntergehen. Sie können es mir ebensogut gleich sagen.»

«Meinetwegen», sagte Hare. «Ich glaube, der Ingenieur arbeitet unten an irgend etwas, und Obersteuermann Langsdorff hat Wache.»

«Und die übrigen sind in diesem Pub, den sie als Messe benutzen? Sie können dort bleiben. Ich bin sicher, daß Sie ohne weiteres in See gehen können, wenn der Ingenieur und der Obersteuermann an Bord sind.» Er drehte sich zu Craig. «Ich habe gehört, Sie sind ein Mann der Tat, Major. Ich würde Ihnen sehr empfehlen, diesmal nichts zu tun.» Er nahm Geneviève am Arm und berührte mit dem Schalldämpfer ihre Wange. «Wenn Fräulein Trevaunce in den Schußwechsel geriete, könnte das schwerwiegende Folgen haben. Habe ich mich klar genug ausgedrückt?»

«Absolut», erwiderte Craig.

«Gut. Dann gehen wir jetzt am besten. Wir werden Ihren Jeep im Hof lassen, meine Herren, und durch den Garten gehen und dann weiter zu Fuß zum Dorf runter. Es ist nicht nötig, daß alle uns sehen.»

Er nahm Geneviève wie ein Verliebter bei der Hand und trat mit ihr, die Walther jetzt in der linken Hand, durch die Fenstertür auf die Terrasse. Craig und Hare folgten, und die beiden anderen Fallschirmjäger gingen hinterher, ohne ihre Maschinenpistolen zu senken.

Es war kalt, und Geneviève erschauerte, als sie den Garten verließen und den Wald erreichten. Kurz darauf waren sie bei den ersten Häusern am Rande des Dorfes.

«Alles in Ordnung, Fräulein?» erkundigte sich Sturm. «Sie zittern.»

«Wenn Sie nur ein Seidenkleid anhätten, würden Sie das auch tun. Es ist verdammt kalt.»

«Keine Sorge. Wir werden bald an Bord sein.»

Und was dann? dachte sie. Was wartet auf der anderen Seite? Und was kann so katastrophal schiefgelaufen sein? Sie kamen jetzt am «Gehenkten» vorbei, wo alle Fenster verdunkelt waren. Drinnen wurde gelacht und gesungen, aber es klang sonderbar fern.

Im Ruderhaus brannte nur ein schwaches Licht, und das Deck der *Lili Marlen* war in Dunkel gehüllt. Sie gingen nacheinander das Fallreep hinunter.

Sturm sagte: «Und jetzt reden wir mit dem Obersteuermann, Commander, und einer von meinen Männern geht nach unten und erklärt dem Ingenieur die neue Lage.»

Die Tür zur Kajütstreppe wurde aufgestoßen, Licht flutete heraus, und Schmidt erschien. Er lachte, als hätte er eben einen guten Witz gehört, aber er verstummte jäh, als er die Gruppe erblickte.

«He, was zum Teufel geht hier vor?» fragte er auf englisch.

Sturms Walther sauste wieder hoch. Der Deutsche schoß aus allernächster Nähe, und Schmidt stürzte rückwärts die Treppe hinunter.

Sturm gab einem der beiden anderen ein Zeichen. «Gehen Sie runter und passen Sie auf den Ingenieur auf. Die übrigen auf die Brücke.»

Er stieg als erster die Leiter hoch, Geneviève folgte, dann Hare und Craig, die der dritte Fallschirmjäger von hinten in Schach hielt. Langsdorff, der am Kartentisch saß, blickte überrascht hoch und stand dann auf.

«Setzen Sie den Kahn in Bewegung», sagte Sturm.

Langsdorff schaute zu Hare, der nickte. «Tun Sie, was er sagt.»

Eine kurze Pause entstand. Dann rief Langsdorff etwas in den Maschinenraum hinunter. Einen Augenblick später begannen die Motoren zu dröhnen.

«Wir müssen ablegen», sagte Hare.

Sturm wandte sich zu Craig. «Machen Sie schon und kommen Sie dann zurück.»

Craig tat es. Die Leinen platschten leise ins Wasser. Eine Minute später löste sich die *Lili Marlen* von der Kaimauer und glitt in den Hafen hinaus.

«Sehen Sie, wie einfach das Leben sein kann?» sagte Sturm. «Nur etwas stört mich ein bißchen, Commander. Für diese Auszeichnung haben tapfere Männer ihr Leben gelassen. Ich habe etwas dagegen, daß Sie sie benutzen. Sie ist nicht für Schmierenkomödianten bestimmt.»

Er riß Hare das Ritterkreuz vom Hals, und Hare packte im selben Moment sein Handgelenk und drehte die Walther zur Seite. Ein dumpfes Hämmern ertönte, als sie sich entlud. Geneviève fuhr blindwütig in Sturms Gesicht und zog ihm mit den Nägeln tiefe Schrammen über die Wange hinunter, und dabei trat sie ihn, so heftig sie konnte, gegen das Schienbein.

«Bringen Sie sie hier weg, Craig, los!» rief Hare, während er mit Sturm rang.

Craig riß die Tür auf, griff nach Genevièves Hand und zog sie hinter sich her. Sie verlor einen Schuh, stolperte, und in diesem Moment feuerte der andere Fallschirmjäger, der hinter den beiden Schlauchbooten am Achterdeck in Deckung gegangen war, mit seiner Maschinenpistole. Craig stieß sie neben der Leiter an die Reling.

«Springen Sie, um Gottes willen! Jetzt!»

Sie stieg auf die untere Eisenstange, er hob sie hoch und gab ihr mit einer Hand im Rücken Halt, und dann stürzte sie hinunter, klatschte auf und versank. Craig hechtete und landete einen Meter neben ihr, als sie wieder an die Oberfläche kam. Das Schnellboot glitt ins undurchdringliche Dunkel über dem Meer. Flammenfinger zuckten, als die MP wieder abgefeuert wurde, dann war es still. Sie trieben allein im Wasser.

«Alles okay?» fragte er hustend.

«Ja, ich glaube. Aber was ist mit Martin?»

«Denken Sie nicht daran. Los jetzt, halten Sie sich dicht hinter mir.»

Sie schwammen durch das Dunkel. Das Wasser war eisig. Plötzlich hörte sie wieder das dumpfe Brummen der Schnellbootmotoren.

«Sie kommen zurück», sagte sie von Panik ergriffen.

«Keine Sorge. Weiterschwimmen.»

Der Motorenlärm war nun ziemlich nahe. Sie schwamm, und dann wurden sie plötzlich vom Lichtkreis eines Suchscheinwerfers erfaßt; ein zweiter Lichtkegel richtete sich auf den Kai. Laute Hochrufe. Sie erstarrte und blickte hoch. Da oben stand die Besatzung der *Lili Marlen*, und mitten unter den anderen befand sich Dougal Munro, die Hände in den Taschen eines dicken Mantels vergraben.

«Gut gemacht, Geneviève», rief er.

Die *Lili Marlen* glitt neben ihnen zur Kaimauer. Leinen wurden an Land geworfen. Im Licht des Scheinwerfers konnte sie Martin Hare neben Sturm und Schmidt an der Reling stehen sehen.

Sie drehte sich, wider Willen lachend, zu Craig. «Oh, Sie Schuft.»

Eifrige Hände langten nach unten, um ihnen die Leiter zum Kai hoch zu helfen. Irgend jemand gab ihr eine Wolldecke, und Munro kam, gefolgt von Sturm und Hare, an Land.

«Ausgezeichnet, Geneviève. Gut wie ein Film. Erlauben Sie, daß ich Ihnen Captain Robert Shane vom Special Air Service vorstelle.»

Shane grinste breit und sagte: «War mir eine Freude, mit Ihnen zu arbeiten.» Er legte die Hand an seine zerkratzte Wange. «Jedenfalls die meiste Zeit.»

Julie bahnte sich einen Weg zwischen den Umstehenden hindurch, und René folgte ihr dichtauf. «Ich finde, wir waren alle sehr gut. Aber jetzt sollten wir ins Haus, sonst holen Sie sich noch eine Lungenentzündung. Scotch für alle, denke ich.»

Sie wandten sich um und gingen zum «Gehenkten». Craig legte ihr den Arm um die Schultern. «Nur ein kleiner Vorgeschmack der Dinge, die auf Sie zukommen könnten», bemerkte er. «Sie haben die Probe bestanden.»

«Sagen Sie jetzt bloß nicht, daß Sie stolz auf mich sind», entgegnete sie mit klappernden Zähnen.

«Das wollte ich gerade.» Dann öffnete er die Tür des Pubs und schob sie sanft hinein.

9

Am Morgen danach stieg Heinrich Himmler wenige Minuten nach sieben Uhr aus seinem Dienst-Mercedes und betrat das Gestapo-Hauptquartier in der Prinz-Albrecht-Straße, Berlin. Er hatte die für seine Mitarbeiter unangenehme Gewohnheit, zu ungewöhnlichen Zeiten zu kommen, aber das bedeutete unter anderem auch, daß sein Erscheinen in gewisser Hinsicht nie ganz überraschend war. Posten nahmen Haltung an, als er das Gebäude betrat, Beamte drehten sich verstohlen nach ihm um. Er trug die schwarze Paradeuniform des Reichsführers SS, und die Augen hinter dem silbernen Kneifer waren so ausdruckslos wie immer.

Er schritt die Marmortreppe hoch, bog in den breiten Korridor und betrat seine Bürosuite. Seine Sekretärin, die im Vorzimmer am Schreibtisch saß, stand auf. Himmlers Büropersonal arbeitete in Schichten rund um die Uhr.

«Ist Hauptsturmführer Rossmann im Haus?» fragte er.

«Ich habe ihn vorhin beim Frühstück in der Kantine gesehen, Reichsführer.»

«Er soll sofort zu mir kommen.»

Himmler ging in sein Arbeitszimmer, legte seine Aktentasche und seine Mütze auf den Schreibtisch und trat ans Fenster, wo er eine Weile mit hinter dem Rücken verschränkten Händen stand und hinausschaute. Dann klopfte es. Der junge

Hauptmann, der eintrat, war in schwarzer Uniform, und auf den Manschettenstulpen standen die silbernen Buchstaben RFSS, das Kürzel für «Reichsführer SS», das Himmlers persönlichem Stab vorbehalten war. Er schlug die Hacken zusammen.

«Melde mich zur Stelle, Reichsführer.»

«Ah, Rossmann.» Himmler setzte sich an den Schreibtisch. «Sie hatten Nachtdienst? Sie machen jetzt Schluß?»

«Jawohl, Reichsführer.»

«Ich würde es begrüßen, wenn Sie blieben.»

«Selbstverständlich, Reichsführer. Ist mir ein Vergnügen.»

«Gut», sagte Himmler und nickte. «Ich bin gestern abend beim Führer gewesen. Er kam auf die Konferenz zu sprechen, die am Wochenende auf Schloß Voincourt in der Bretagne stattfinden soll. Haben wir eine Akte darüber?»

«Ich glaube, ja, Reichsführer.»

«Bringen Sie sie mir.»

Rossmann ging hinaus. Himmler öffnete seine Aktentasche, nahm einige Papiere heraus und betrachtete sie. Einen Augenblick später kam Rossmann mit der Akte zurück. Er reichte sie über den Tisch, und Himmler nahm den Inhalt heraus und ging ihn durch. Dann lehnte er sich zurück.

«Atlantikwall-Konferenz?» Er lachte spöttisch. «Der Führer hat sich gestern besorgt über diese Geschichte gezeigt, und mit Recht, Rossmann. Da ist eine Schurkerei im Busch.» Er blickte auf. «Ich habe mich immer auf Ihre uneingeschränkte Loyalität verlassen können?»

«Bis zum Tod, Reichsführer.» Rossmann sprang auf und stand stramm.

«Gut, dann werde ich Ihnen jetzt ein paar Dinge erzählen, die ich sehr vertraulich, sehr privat behandeln mußte. Es hat schon viele Anschläge auf das Leben des Führers gegeben, aber das wissen Sie ja.»

«Selbstverständlich, Reichsführer.»

«Die Vorsehung fügte es, daß sie alle fehlschlugen, aber das ändert nichts daran, daß Vaterlandsverräter unter uns sind.» Himmler nickte langsam. «Generäle unseres eigenen Oberkommandos, Männer, die einen heiligen Eid auf den Führer geschworen haben, sind in eine Verschwörung verwickelt, die das Ziel hat, ihn umzubringen.»

«Mein Gott!» entfuhr es Rossmann.

«Ich habe unter anderem Generäle wie Wagner, Stieff und von Hase überwachen lassen.» Er holte einen Stoß Papiere aus der Aktenmappe. «Und andere, die auf dieser Liste stehen. Einige Namen werden Sie überraschen.»

Rossmann überflog die Liste, die zuoberst lag, und sah verblüfft hoch. «Rommel?»

«Ja, der gute Feldmarschall persönlich. Der Volksheld.»

«Unglaublich», sagte Rossmann.

«Aber wahr», erwiderte Himmler. «Wie der Führer sehr richtig gesagt hat, würden wir unsere Pflicht vergessen, wenn wir nicht einkalkulierten, daß diese Konferenz auf Schloß Voincourt in Wirklichkeit nur eine Tarnveranstaltung für etwas anderes ist. Atlantikwall-Konferenz. Was für ein Unfug!» Himmler lachte zynisch. «Eine Tarnung, Rossmann. Rommel wird selbst dabei sein. Warum sollte er wegen einer solchen Lappalie die weite Reise in die Bretagne machen?»

Rossmann, der es immer für opportun hielt, seinen Vorgesetzten zuzustimmen, nickte eifrig. «Sie haben sicher recht.»

«Zum Beispiel dieser General Ziemke, der der dortige Standortkommandant ist. Ich bin sicher, daß er etwas damit zu tun hat.»

Rossmann, der angestrengt überlegte, wie er selbst etwas damit zu tun bekommen könnte, sagte: «Daß die Konferenz in Voincourt ist, hat ein Gutes für uns, Reichsführer.»

«Und das wäre?»

«Für die Sicherheit dort ist die Waffen-SS zuständig.»

«Wirklich?» Himmler sah interessiert auf. «Sind Sie sicher?»

«Oh, ja, Reichsführer.» Rossmann blätterte in der Akte. «Da, der Offizier, der für alle Fragen bezüglich der Sicherheit und des Geheimdienstes verantwortlich ist. Sturmbannführer Max Priem.»

Himmler studierte Priems Personalaktenauszug. «Ist ja ein kleiner Held, dieser Mann.»

«Ritterkreuz mit Eichenlaub und Schwertern, Reichsführer. Er scheint nur deshalb nicht an der Front zu sein, weil er in Rußland schwer verwundet worden ist.»

«Das sehe ich selbst.» Himmler trommelte mit den Fingern auf die Tischplatte, während Rossmann nervös wartete. «Ja», sagte er dann. «Ich denke, dieser Sturmbannführer Priem wird uns nützen. Lassen Sie sich mit ihm verbinden, Rossmann. Ich werde selbst mit ihm reden.»

In diesem Moment lief Max Priem durch den Wald, der den See auf der einen Seite des Schlosses säumte. Er war 1,80 Meter groß und hatte kurzgeschnittenes schwarzes Haar, das jetzt ganz zerzaust war; über sein Gesicht lief der Schweiß. Er trug einen alten Turnanzug und hatte ein Halstuch um. Neben ihm trottete einer von den Schäferhunden des Wachpersonals.

«Ein Rat für die Zukunft», hatte der Chirurg ihm am Tag seiner Entlassung aus dem Krankenhaus gesagt. «Für jemanden mit einer silbernen Platte im Schädel haben Sie sich bemerkenswert gut gehalten, aber von nun an dürfen Sie nur noch gehen. *Gehen*, nicht laufen. Verstehen Sie? Das muß Ihr neuer Wahlspruch sein.»

«Hm, verdammter Mist», sagte Priem sich, als er den See erreichte und mit Karl, dem Schäferhund, zum Schlußspurt über den großen Rasen zum Hauptportal des Schlosses ansetzte.

Er ging an den salutierenden Posten vorbei in die große Halle, bog in den rechten Korridor und betrat die Garderobe, wo er ein Frotteetuch nahm und sich das Gesicht trocknete. Dahinter waren die Büros, zuerst das seines Adjutanten, Hauptsturmführer Reichslinger. Er eilte daran vorbei, da er hörte, daß das Telefon in seinem Büro klingelte. Als er die Tür aufmachte, sah er, wie Reichslinger, der durch die Verbindungstür zwischen den beiden Räumen gekommen war, den Hörer abnahm.

«Ja, dies ist das Büro von Sturmbannführer Priem. Nein, aber er ist gerade hereingekommen.» Er hielt inne, drehte sich dann um und reichte Priem mit verblüffter Miene den Hörer. Er hielt die Sprechmuschel zu und sagte leise: «Mein Gott, der Reichsführer persönlich.»

Priems Gesichtsausdruck verriet nichts, als er den Hörer nahm. Er deutete zum anderen Büro. Reichslinger ging hinein, machte hinter sich die Tür zu und lief zu seinem Schreibtisch, wo er vorsichtig den Hörer abnahm.

Er hörte, wie Himmler sagte: «Priem?»

«Ja, Reichsführer.»

«Ich kann mich auf Ihre Hilfe und Diskretion verlassen?»

«Selbstverständlich, Reichsführer.»

«Sie haben eine bemerkenswerte Akte. Wir sind alle sehr stolz auf Sie.»

Was führt der Kerl im Schilde? fragte Priem sich.

«Hören Sie genau zu», fuhr Himmler fort. «Das Leben des Führers könnte in Ihren Händen liegen.»

Priem kraulte den neben ihm sitzenden Schäferhund am Hals.

«Was soll ich also tun, Reichsführer?» fragte er, als Himmler ausgeredet hatte.

«Die Konferenz am Wochenende überwachen. Ich nehme an, sie ist nur ein Vorwand. Dieser General Ziemke scheint mir sehr suspekt, und was Rommel betrifft –, der Mann ist inzwischen eine Schande für das Offizierskorps.»

Obgleich der größte deutsche Kriegsheld so verunglimpft wurde, blieb Priem vollkommen ruhig. «Ich nehme an, wir reden nicht von Festnahmen, Reichsführer?» sagte er.

«Natürlich nicht. Totale Überwachung, schriftliche Berichte über alle Anwesenden und natürlich ein Verzeichnis aller Anrufe, die der Feldmarschall und alle übrigen Offiziere im Generalsrang machen.»

«Zu Befehl, Reichsführer», sagte Priem automatisch.

«Gut. Ich erwarte Ihren Bericht.»

Die Leitung war bereits tot, als Priem den Hörer immer noch ans Ohr hielt. Ein sehr leises Knacken. Er blickte zur Verbindungstür, lächelte leicht, legte vorsichtig auf und durchquerte, gefolgt von dem Schäferhund, das Zimmer. Als er die Tür öffnete, legte Reichslinger gerade auf. Er drehte sich mit schuldbewußtem Gesicht um.

Priem sagte: «Hören Sie, Sie elender kleiner Schnüffler. Wenn ich Sie noch mal dabei erwische, werde ich Karl erlauben, Ihnen die Eier abzureißen.»

Der Hund hechelte und starrte Reichslinger an. Reichslinger sagte, plötzlich aschfahl: «Ich ... ich habe mir nichts dabei gedacht.»

«Aber Sie kennen jetzt ein Staatsgeheimnis von größter Wichtigkeit», brüllte Priem. «Nehmen Sie endlich Haltung an, Reichslinger.»

«Zu Befehl, Sturmbannführer.»

«Sie haben einen Eid geschworen, den Führer zu schützen, einen heiligen Eid. Also schweigen Sie über das, was Sie gehört haben, oder ich lasse Sie erschießen. Und denken Sie daran – Versagen ist ein Zeichen von Schwäche.»

Als er die Tür zu seinem Büro öffnete, sagte Reichslinger: «Ich würde Sie gern an etwas erinnern, Herr Major.»

«Woran denn?»

«Sie haben den Eid auch geschworen.»

Max Priem war 1910 als Sohn eines Obergefreiten der Infanterie, der 1917 an der Westfront gefallen war, zur Welt gekommen. Seine Mutter starb 1924, und die Ersparnisse, die sie ihm hinterließ, erlaubten ihm, an der Universität Heidelberg Jura zu studieren.

1933, als er beide Staatsexamen bestanden hatte, fand er keine Arbeit. Die SS und andere Organisationen der NSDAP suchten gescheite junge Männer. Wie viele andere trat auch Priem vor allem deshalb in die Dienste der Partei, um endlich eine feste Anstellung zu haben. Wegen seiner Sprachbegabung wurde er vom SD, dem Sicherheitsdienst der SS, geholt, doch bei Kriegsausbruch ließ er sich zu einer Fronteinheit der Waffen-SS versetzen. Als das Einundzwanzigste SS-Fallschirmjägerbataillon gebildet wurde, meldete er sich als einer der ersten freiwillig und diente dann in Kreta, Nordafrika und Rußland. Stalingrad war sein Schicksal gewesen. Kopfschuß – von einem russischen Heckenschützen. Und so saß er nun viele Kilometer vom Kriegsgeschehen entfernt in einem Schloß wie aus dem Märchen, mitten in der lieblichen Bretagne, am Schreibtisch.

Er ging hinauf in sein Zimmer, duschte und zog sich um und begutachtete sich, als er fertig war, im Spiegel. Er trug Fallschirmjägeruniform, nicht das Blaugrau der Luftwaffe, sondern das Feldgrau des Heeres, und nur der silberne Totenkopf an der Mütze und das Rangabzeichen wiesen darauf hin, daß er zur SS gehörte. Ein weites Hemd und ausgebeulte, in dicken Stiefeln steckende Hosen. Ein goldenes Verwundetenabzeichen, ein Eisernes Kreuz Erster Klasse und ein goldsilbernes Fallschirmjägerabzeichen zierten seine linke Brust, und um den Hals hatte er das Ritterkreuz mit Eichenlaub und Schwertern.

«Sehr hübsch», sagte er leise. «Man muß den Schein wahren.»

Er trat auf den Korridor hinaus, als Maresa, Anne-Maries Zofe, gerade mit einem Stoß Frotteetüchern vorbeikam. «Wissen Sie, ob General Ziemke bei der Gräfin ist?» fragte er in ausgezeichnetem Französisch.

Sie knickste. «Ich habe ihn vor fünf Minuten in ihr Boudoir gehen sehen. Sie haben Kaffee bestellt.»

«Gut. Kommt Ihre Herrin morgen zurück?»

«Ja, Herr Major.»

Er nickte. «Gehen Sie, ich will Sie nicht länger von der Arbeit abhalten.»

Sie entfernte sich, und er holte tief Luft, ging weiter zur Halle im ersten Stock und schritt die Treppe zu den Privatgemächern der Gräfin hinauf.

In Cold Harbour regnete es seit Stunden, und ein feiner grauer Dunst umgab die Bäume und hüllte das Herrenhaus in einen geheimnisvollen Schleier, als Geneviève und Julie in gelbem Ölzeug und Südwestern zum Dorf hinuntergingen.

«Tolle Wettervorhersage», sagte Julie. «Diese Burschen tippen immer daneben.»

«Was werden wir jetzt tun?» sagte Geneviève.

«Keine Ahnung. Aber die werden sich schon was einfallen lassen.»

Sie kamen zu der Stelle, wo die *Lili Marlen* am Kai vertäut war. Hare trat aus dem Ruderhaus und kam die Gangway hoch. «Gehen Sie zum Pub?» fragte er.

«So ist es», antwortete Julie. «Ich muß den Lunch vorbereiten.»

Hare lächelte Geneviève zu. «Haben Sie die nächtliche Entführung einigermaßen überstanden?»

«Es könnte besser sein.»

«Gut. Ich komme mit, wenn Sie erlauben. Craig und Munro sind vor ein paar Minuten mit Grant hingegangen. Ich glaube, sie halten Kriegsrat.»

Im «Gehenkten» fanden sie die drei am Fenstertisch. Munro blickte auf. «Oh, da seid ihr ja. Wir unterhalten uns nur ein bißchen. Setzt euch her.»

Craig sagte: «Wie Sie vielleicht bemerkt haben, ist das Wetter nicht allzu gut. Sagen Sie es ihnen, Grant.»

Der junge Pilot erklärte: «Wir sollten heute nacht klaren Himmel haben und keinen Regen. Ideale Bedingungen, das wär's. Aber im Moment sieht es sehr beschissen aus. Wissen Sie, es ist nicht nur die Sicht. Wir landen auf einem Acker. Wenn das Fahrwerk im Schlamm steckenbleibt, kommen wir nicht wieder weg.»

«Was machen wir also?» fragte Geneviève.

Craig sagte: «Die Wetterfrösche sagen, es besteht eine gewisse Chance, daß der Regen heute abend gegen sieben oder acht Uhr aufhört.»

«Und wenn er das nicht tut?»

«Wir müssen rüber, meine Liebe, wir können nicht warten», antwortete Munro. «Wenn es nicht mit dem Flugzeug geht, müssen wir eben nachts mit einem schnellen Boot rüber. Nur gut, daß wir unsere Freunde von der Kriegsmarine haben.»

«Es wäre uns ein Vergnügen», sagte Martin Hare.

«Gut, wir warten bis sieben Uhr und treffen dann unsere Entscheidung.»

Julie stand auf: «Kaffee für alle?»

Munro seufzte. «Wie oft muß ich Sie noch daran erinnern, daß ich ein Teetyp bin, Kind?»

«Oh, General», sagte sie zuckersüß, «jedesmal wenn ich Sie ansehe, fällt mir wieder ein, was Sie sind.» Damit eilte sie in die Küche.

Priem klopfte, öffnete die Tür und ging ins Boudoir. Chantal saß auf einem Stuhl an der Schlafzimmertür. Sie war wie immer ausgesprochen unfreundlich.

«Herr Major?»

«Schauen Sie nach, ob die Gräfin mich empfangen wird.»

Sie ging ins andere Zimmer und schloß die Tür hinter sich. Nach einer Weile kam sie zurück. «Sie können hinein.»

Hortense de Voincourt lag, einige Kissen unter Kopf und Schultern, im Bett. Sie trug einen seidenen Morgenmantel, und eine leichte Tüllhaube bedeckte ihr rotgoldenes Haar. Sie hatte ein Tablett vor sich und aß gerade eine Buttersemmel.

«Guten Morgen, Major. Habe ich Ihnen schon einmal gesagt, daß Sie wie der Leibhaftige persönlich aussehen, wenn Sie in dieser absurden Uniform zur Tür hereinkommen?»

Priem mochte sie sehr. Er hatte sie von Anfang an gemocht. Er schlug die Hacken zusammen und salutierte. «Und Sie sind schön wie der junge Morgen, Gräfin.»

Sie trank einen Schluck Orangensaft mit Champagner aus einem hohen Kristallglas. «Vielen Dank für das ‹jung›! Wenn Sie mit Carl sprechen wollen... Er ist auf dem Balkon und liest Zeitung. Ich werde nicht dulden, daß jemand in meinen Räumen eine deutsche Zeitung liest.»

Priem lächelte, salutierte wieder und trat durch eine der Fenstertüren ins Freie. Ziemke saß, vor sich ein Glas Champagner, an einem Tisch. Er las eine zwei Tage alte Berliner Zeitung. Er sah auf und lächelte.

«Ich sehe auf der ersten Seite, daß wir den Krieg gewinnen werden.» Priem war stehengeblieben und sah ihn an, und Ziemke hörte auf zu lächeln. «Was gibt es, Max?»

«Ich hatte einen Anruf vom Reichsführer.»

«Wirklich?»

«Ja.» Priem zündete sich eine Zigarette an und lehnte sich an die Brüstung. «Château de Voincourt scheint ein Zentrum der Verschwörung zu sein. Nicht allein Sie, sondern auch die meisten anderen Generäle, die hierher kommen, einschließlich Rommel, stehen in Verdacht, es auf das Leben des Führers abgesehen zu haben.»

«Großer Gott!» Ziemke faltete die Zeitung zusammen. «Vielen Dank, daß Sie mich informiert haben, Max.» Er stand auf und legte Priem die Hand auf die Schulter. «Armer Max. Ein Held der SS, und Sie sind noch nicht mal ein Nazi. Es muß das Leben furchtbar schwermachen.»

«Oh, ich komme damit zurecht», erwiderte Priem.

Im Zimmer wurden Stimmen laut, und einen Moment darauf kam Chantal auf die Terrasse. «Ein Unteroffizier hat dies eben für Sie abgegeben, Herr General.»

Ziemke las die Depesche und lachte laut auf. «Der schlaue Fuchs. Einmal Bauer, immer Bauer. Er zahlt im voraus für Ihre Dienste. Hören Sie: ‹Von Reichsführer SS an Max Priem. In Anerkennung Ihrer über Ihre Pflichten hinausgehenden Dienste für das Reich werden Sie auf Anordnung des Führers mit sofortiger Wirkung zum Standartenführer befördert. Heil Hitler.»

Priem nahm das Telegramm verwirrt entgegen, und Ziemke schob ihn ins Schlafzimmer. «Was sagst du dazu, Liebling», sagte er zur Gräfin. «Max ist gleich zwei Stufen auf einmal hochgerutscht. Sie haben ihn zum Obersten befördert.»

«Und was soll er dafür tun?» fragte sie.

Priem lächelte kläglich. «Ich freue mich auf die Rückkehr Ihrer Nichte. Sie kommt doch morgen, nicht wahr?»

«Ja. Wir werden sie brauchen, um Rommel das Wochenende über zu unterhalten», sagte Ziemke. «Ich dachte, wir sollten diesmal vielleicht etwas Besonderes veranstalten. Vielleicht einen richtigen Ball und nicht nur einen Tanztee?»

«Ausgezeichnete Idee», sagte Priem.

«Ja ... Anne-Marie ist im Ritz abgestiegen», sagte Hortense de Voincourt zu Priem.

«Ich weiß», entgegnete er. «Ich habe dreimal angerufen, aber sie ist nie da.»

«Was erwarten Sie denn? Einkaufen in Paris hat immer noch seinen Reiz, trotz dieses schrecklichen Krieges.»

«Ja, hm, der Dienst ruft. Wenn Sie mich bitte entschuldigen wollen.» Priem salutierte und ging hinaus.

Hortense blickte zu Ziemke auf. «Probleme?»

Er nahm ihre Hand. «Nichts, womit ich nicht fertig werden könnte, und nicht von Max. Er steht zwischen beiden Feuern.»

«Es ist eine Schande.» Sie schüttelte den Kopf. «Weißt du was, Carl? Ich mag diesen Jungen. Ich mag ihn wirklich.»

«Ich auch, Liebling.» Er nahm die Champagnerflasche aus dem Kübel und schenkte ihr nach.

Es wurde an diesem Tag früher dunkel als sonst, und immer noch prasselte der Regen ans Küchenfenster. Julie und Geneviève saßen einander gegenüber am Tisch. Julie mischte Tarot-Karten. Das Grammophon spielte einen Schlager, eine einschmeichelnde Männerstimme und eine Swingband: «A Foggy Day in London Town».

«Sehr passend, in Anbetracht des Wetters», bemerkte Julie. «Al Bowlly. Für mich ist er immer der beste von allen gewesen. Er hat in allen großen Nachtclubs in London gesungen.»

«Ich habe ihn einmal gesehen», sagte Geneviève. «Ich hatte eine Verabredung mit einem Piloten von der RAF. Er ging mit mir ins ‹Monseigneur›, das schöne Restaurant am Piccadilly. Bowlly trat dort gerade mit der Band von Roy Fox auf.»

«Ich hätte alles dafür gegeben, wenn ich ihn hätte sehen können», sagte Julie. «Sie wissen ja, er ist bei einem Bombenangriff ums Leben gekommen.»

«Ja, ich weiß.»

Julie hielt die Karten hoch. «Ich habe angeblich ein besonderes Talent dafür. Mischen Sie sie und geben Sie sie mit der linken Hand zurück.»

«Sie meinen, Sie können die Zukunft voraussagen? Ich bin nicht sicher, ob ich Sie kennen möchte.» Aber Geneviève tat, was Julie gesagt hatte, und gab die Karten mit der Linken zurück.

Julie schloß einen Moment die Augen, breitete die Karten dann mit dem Bild nach unten auf dem Küchentisch aus. Sie blickte in die Ferne. «Drei Karten, das ist alles, was man braucht. Wählen Sie eine und drehen Sie sie um.»

Geneviève tat es. Die Karten waren sehr alt. Das Bild war dunkel und angegilbt, die Aufschrift französisch. Ein Teich wurde von einem Wolf und einem Hund bewacht. Dahinter waren zwei Türme, und am Himmel darüber schien der Mond.

«Diese ist gut, Chérie, sie ist in der aufrechten Position. Sie steht für eine Krise in Ihrem Leben. Vernunft und Intellekt spielen keine Rolle – nur Ihre Instinkte helfen Ihnen. Sie müssen immer mit dem Gefühl strömen. Ihrem eigenen Gefühl. Nur das wird Sie retten.»

«Sie wollen mich auf den Arm nehmen», sagte Geneviève und lachte unsicher.

«Nein, es ist nur das, was die Karte mir sagt», antwortete Julie ernst und legte eine Hand auf ihre. «Sie sagt mir auch, daß Sie von diesem Auftrag zurückkommen werden. Nehmen Sie eine andere.»

Die Karte zeigte den Gehenkten, fast so, wie er auf dem Wirtshausschild dargestellt war.

«Es bedeutet nicht das, was Sie denken. Zerstörung und Veränderung, aber es führt zur Erneuerung. Eine große Last wird entfernt. Sie gehen zum erstenmal als Sie selbst weiter und sind niemandem etwas schuldig.»

Eine Pause entstand. Geneviève nahm eine dritte Karte. Sie zeigte einen Ritter zu Pferd mit einem Stab in der Hand.

Julie erläuterte: «Dies ist jemand, der Ihnen nahesteht. Es gibt einen Konflikt wegen eines Prinzips.»

«Könnte es ein Soldat sein?» fragte Geneviève.

«Ja.» Julie nickte. «Wahrscheinlich.»

«Eine Krise, die ich nur überstehen werde, wenn ich meinem Gefühl und meinen Instinkten folge. Veränderung, eine Last wird entfernt. Ein Mann, wahrscheinlich ein Soldat, der sich für Konflikte um eines Prinzips willen interessiert.» Geneviève zuckte mit den Schultern. «Ich meine ... Worauf läuft das alles hinaus?»

«Das wird die vierte Karte sagen. Die Karte, von der Sie nicht wußten, daß Sie sie ziehen müssen.»

Geneviève zögerte mit erhobenen Fingern, zog dann die letzte Karte. Julie drehte sie um. Der Tod starrte sie an, der Sensenmann, der nicht Getreide, sondern Gestalten mähte.

Geneviève versuchte zu lachen, aber ihre Kehle war wie zugeschnürt. «Nicht sehr gut, nehme ich an?»

Ehe Julie antworten konnte, wurde die Tür geöffnet, und Craig kam herein. «Munro wünscht uns in der Bibliothek. Wir müssen zu einer Entscheidung kommen.» Er hielt inne und lächelte. «Gott, hast du es wieder nicht lassen können, Julie? Ich sehe dich schon beim nächsten Jahrmarkt in Falmouth in einer Bude sitzen.»

Julie lächelte und schob die Karten zusammen. «Eine gute Idee.»

Sie stand im selben Augenblick auf wie Geneviève, trat um den Tisch und drückte ihre Hand, ehe sie ihm beide folgten.

Munro und Hare standen am Tisch und beugten sich über eine Admiralitätskarte, einen Ausschnitt in großem Maßstab, der den Kanal zwischen Lizard Point und Finistère in der Bretagne zeigte. René saß, einen Zigarillo rauchend, am Kamin und wartete auf Befehle.

Munro sah auf. «Äh, da sind Sie ja. Wie Sie sehen, hat der Regen nicht aufgehört, und die Meteorologen können immer noch nicht garantieren, daß er es tun wird, wenn wir wie geplant um kurz nach elf starten.»

Die Tür ging auf, und Joe Edge kam herein. Munro sagte: «Etwas Neues?»

«Ich fürchte, nein, General», antwortete Edge. «Ich habe eben mit Oberst Smith in London gesprochen, der im Moment die meteorologische Abteilung von SHAEF leitet. Er konnte nur bestätigen, was wir bereits wissen. Die Lage könnte sich bessern, aber die Chance ist nicht mal fünfzig zu fünfzig.»

Geneviève betrachtete ihn neugierig. Er war ihr seit dem Zwischenfall im Förderturm aus dem Weg gegangen, hatte sich nicht einmal mehr im «Gehenkten» blicken lassen. Sein Gesicht war verschlossen, ohne jeden Ausdruck, aber die Augen sagten alles – Haß, nichts als Haß.

Munro entschied: «Wir haben also keine andere Wahl. Wir können nicht länger warten, weil Sie früher los müssen, wenn es übers Wasser geht.» Er wandte sich zu Hare: «Sie laufen gleich aus, Commander.»

«Gut, Sir», sagte Hare und nickte. «Wir legen um acht Uhr ab. Ich weiß, Ihnen bleibt nicht viel Zeit, Geneviève, aber es ist nicht zu ändern. Über dem Wasser ist der Nebel nicht mehr so dicht, stellenweise wird die Sicht sogar frei sein. Fünf bis zehn Kilometer weiter draußen müssen wir nach der Wettervoraussage mit Regenböen rechnen. Alles in allem sehr gute Bedingungen, daß wir unentdeckt rüberkommen.»

«Und wohin?» fragte Geneviève.

Hare drehte sich Osbourne zu. «Craig?»

Der Amerikaner sagte: «Wir haben bereits über Funk mit dem Großen Pierre gesprochen, für alle Fälle.» Er fuhr mit einem Bleistift über die Karte. «Hier ist Léon, dann das Leuchtfeuer von Grosnez, also die Bucht, wo die *Lili Marlen* mich an Bord genommen hat. Der Große Pierre sagte, die Deutschen hätten das Leuchtfeuer vor zwei Tagen gelöscht.»

«Warum?» fragte Geneviève.

«Sie haben in letzter Zeit immer mehr Leuchtfeuer abgeschaltet», warf Hare ein. «Invasionsfieber.»

«Für uns ist wichtig, daß unmittelbar unter dem Leuchtfeuer von Grosnez ein alter Steinbruch ist», erklärte Craig ihr. «Er ist seit den zwanziger Jahren stillgelegt, aber es gibt dort einen Tiefwasseranleger, den die Kähne damals benutzten, um Granit zu laden.»

«Wir könnten uns gar nichts Besseres wünschen», bemerkte Hare.

Craig fuhr fort: «Wir werden den Großen Pierre anfunken und die Änderung bestätigen. Er wird dort mit irgendeinem geeigneten Beförderungsmittel warten. Sie werden trotzdem pünktlich in Saint-Maurice sein.»

«Wenn wir den Anleger vor Grosnez benutzen, können wir auf direktem Weg hindampfen und wieder ablegen», sagte Hare zu ihr. «Kein Problem.»

«Und wenn zufällig jemand in der Nähe ist, was würde er sehen?» fragte Munro rhetorisch. «Den Stolz der deutschen Kriegsmarine bei irgendeinem normalen Einsatz.»

Geneviève sah, plötzlich sonderbar ruhig, auf die Karte hinunter.

«Das wäre es also», sagte sie leise.

10

Geneviève, Craig und René blieben auf Hares Bitte unter Deck, als die *Lili Marlen* den kleinen Hafen verließ. Geneviève saß in der winzigen Kajüte am Tisch und ertappte sich dabei, wie sie fast reflexartig nach einer Gitane griff. Craig gab ihr Feuer.

«Sie scheinen eine leidenschaftliche Raucherin geworden zu sein.»

«Es ist furchtbar», sagte sie. «Manchmal fürchte ich, daß ich es mir danach nicht mehr abgewöhnen kann.»

Sie lehnte sich zurück und dachte an den Abschied im Regen auf dem Kai. Munro, in seinem alten Kavalleriemantel, war seltsam feierlich gewesen, Edge hatte sich im Hintergrund gehalten und sie die ganze Zeit tückisch fixiert. Und dann Julies rasche, zärtliche Umarmung, der letzte geflüsterte Gruß.

«Denken Sie an das, was ich gesagt habe.»

Sie spürte, wie das Schnellboot durch die Wellen schoß, und dann kam Schmidt, drei Becher auf einem Tablett balancierend, aus der Kombüse herein. «Tee», sagte er. «Heiß und süß. Und jede Menge wunderbare Kondensmilch.» Geneviève schnitt eine Grimasse. «Nein, trinken Sie es, Kind. Ist bei einer solchen Reise das Beste für den Magen. Dann wird einem garantiert nicht übel.»

Sie bezweifelte es, folgte aber seinem Rat und schaffte es, ein paar Schluck von dem scheußlich süßen Zeug zu trinken. Nach einer Weile steckte er wieder den Kopf zur Tür herein. «Der Kapitän sagt, Sie können jetzt raufkommen, wenn Sie möchten.»

«Gott sei Dank.» Geneviève wandte sich zu Craig. «Kommen Sie mit?»

Er blickte hoch. «Später. Gehen Sie schon voraus.»

Sie ließ ihn mit René allein und stieg die Kajütstreppe hoch. Als sie die Tür zum Deck öffnete, peitschte ihr der Wind Regen ins Gesicht. Die *Lili Marlen* vibrierte, als lebte sie, und das Deck bewegte sich unter ihren Füßen. Sie hielt sich an der Rettungsleine fest und ging mit unsteten Schritten zu der Leiter, die zur Brücke hinaufführte. Von einem unvermittelten Glücksgefühl durchströmt, bot sie ihr Gesicht dem Regen dar, während sie sich hochzog und die Tür zum Ruderhaus aufmachte, was sie einige Kraft kostete.

Langsdorff stand am Ruder, Hare saß am Kartentisch. Er drehte sich auf dem festverankerten Drehstuhl herum und stand auf, als er sie sah. «Setzen Sie sich. Das ist bequemer.»

Sie tat es und schaute sich um. «Ich finde es herrlich. Aufregend.»

«Es hat seine Vorteile.» Dann sagte er auf deutsch zu Langsdorff: «Ich übernehme für eine Weile. Sie können unten einen Kaffee trinken.»

«Zu Befehl, Herr Kapitän», sagte der Obersteuermann förmlich und ging hinaus.

Hare ging auf volle Kraft, um dem schweren Wetter zu entgehen, das von Ost drohte. Der Nebel lichtete sich immer wieder, so daß sie urplötzlich das allgegenwärtige Grauschwarz verließen und offenes Wasser erreichten. Zwischen den einzelnen Regengüssen zeichnete sich die Mondscheibe deutlich am Himmel ab.

«Das Wetter scheint nicht zu wissen, was es tun soll», bemerkte sie.

«Tut es in diesem Teil der Welt so gut wie nie. Das macht es so aufregend.»

«Anders als die Salomon-Inseln.» Es war eine Feststellung, keine Frage.

«Darauf können Sie Gift nehmen.»

Die See ging jetzt schwerer, die *Lili Marlen* schlingerte und schoß jäh vor, und der Boden des Ruderhauses neigte sich so sehr, daß Geneviève die Füße aufstemmen mußte, um nicht vom Stuhl zu rutschen. Die Sicht war wieder schlecht, und wenn die Wellen sich brachen, lag ein schwaches Leuchten auf dem Wasser.

Die Tür wurde geöffnet, und Schmidt, von dessen Ölzeug Rinnsale perlten, drückte sich in den kleinen Raum. Er hatte in einer Hand eine Thermosflasche, in der anderen eine Keksdose. «Kaffee und Sandwiches, schöne Frau», sagte er aufgekratzt zu ihr. «In dem Fach unter dem Kartentisch sind Becher. Guten Hunger.»

Er zog sich zurück, die Tür fiel mit einem Knall ins Schloß, und Geneviève holte die Becher heraus. «Sehr bemerkenswert, Ihr Mr. Schmidt. Immer einen Scherz auf den Lippen und jeder Situation gewachsen. Er wäre ein guter Schauspieler.»

«Das stimmt», bekräftigte Hare, als sie ihm einen Becher reichte. «Ist Ihnen aber schon mal aufgefallen, daß er überraschend wenig lächelt? Manchmal ist Humor nur eine Tarnung für Schmerz. Juden wissen mehr darüber als irgendein anderes Volk auf der Welt.»

«Ich verstehe», sagte sie.

«Schmidt hatte zum Beispiel eine Cousine, die er anbetete. Ein sehr nettes jüdisches Mädchen aus Hamburg, das ein paar Jahre bei ihm und seiner Familie in London lebte. Kurz vor dem Krieg fuhr sie zurück nach Hamburg, weil ihre verwitwete Mutter unerwartet gestorben war. Sie versuchten, sie davon abzubringen. Sie war immer noch deutsche Staatsbürgerin, verstehen Sie. Sie kam ohnehin zu spät zur Beerdigung, aber es waren Familienangelegenheiten zu regeln... Und außerdem glaubte kein Mensch in England so recht an die Geschichten, die erzählt wurden.»

«Und was ist passiert?»

«Schmidt bestand darauf, mit ihr zu fahren. Sie wurden beide von der Gestapo festgenommen. Der britische Konsul in Hamburg holte ihn natürlich heraus, da er britischer Bürger war. Er mußte das Land binnen achtundvierzig Stunden verlassen.»

«Und seine Cousine?»

«Er zog dann Erkundigungen ein. Sie war ein hübsches blondes Mädchen. Offenbar wurde sie trotz der Tatsache, daß sexuelle Beziehungen zu Juden verboten waren, in ein Truppenbordell gesteckt. Als letztes erfuhr er, daß sie einen Zug bestiegen hatte, der zur östlichen Grenze fuhr, kurz vor der Invasion Polens.»

«Wie furchtbar», sagte sie entsetzt.

«So ist es dort drüben, Geneviève. Lassen Sie mich erzählen, wie die Gestapo arbeitet.»

«Ich weiß es», entgegnete sie. «Ich habe Craigs Fingernägel gesehen.»

«Wissen Sie, wie sie weibliche Agenten zum Reden bringen? Keine heißen Bügeleisen, keine Peitschen, keine Kneifzangen. Mehrfache Vergewaltigung. Einer nach dem anderen, dann kommt wieder der erste dran. Ja, abscheulich, aber ungeheuer wirksam.»

Geneviève dachte an Anne-Marie und sagte: «Oh, ja, ich kann es mir nur zu gut vorstellen.»

«Hm, ich wollte, ich hätte meinen verdammten Mund gehalten.» Hare sah sie besorgt an. «Ich hatte Ihre Schwester ganz vergessen.»

«Sie wissen davon?»

«Ja. Munro hat es mir gesagt. Er hielt es für das Beste, wenn ich über alles informiert wäre.»

Sie holte die Gitanes aus der Tasche und nahm eine. «Ich nehme an, ich darf mich einfach nicht unterkriegen lassen.»

«Nicht ganz der richtige Ausdruck für einen Fliegeroffizier.»

«Wie bitte?» fragte Geneviève, während das Feuerzeug in ihrer Hand aufblitzte.

«Alle Agentinnen, die im Feld dienen, werden als Offiziere hingeschickt. Französinnen werden meist in den Dienst des Frauenhilfskorps gestellt. Viele englische Mädchen treten offiziell der weiblichen Lazarettruppe bei.»

«Wirklich?»

«Ja. Aber Munro zieht es vor, sie straffer am Zügel zu haben. Soweit ich weiß, haben Sie gestern ein Patent als Offizierin der Frauenhilfstruppe der Luftwaffe bekommen. Das Blau der RAF wird Ihnen sicher sehr gut stehen, falls Sie je eine Chance bekommen, die Uniform anzuziehen.»

«Er hat mir kein Wort davon gesagt.»

«Munro?» Hare zuckte mit den Schultern. «Ein unberechenbarer alter Fuchs, aber seine Unberechenbarkeit hat Methode. Erstens kann Ihnen Ihr Offiziersrang helfen, falls Sie in die Hand des Gegners fallen.»

«Und zweitens?»

«Es verschafft ihm persönliche Kontrolle über Sie. Wenn Sie in Kriegszeiten einen Befehl nicht befolgen, könnten Sie erschossen werden.»

«Es kommt mir manchmal so vor, als hätte es nie eine andere Zeit gegeben», sagte sie.

«Das Gefühl kenne ich.»

Die Tür ging auf, und Craig kam herein. «Na, wie läuft es?»

«Prächtig», antwortete Hare. «Wir sind im Zeitplan.» Er wandte sich an Geneviève. «An Ihrer Stelle würde ich jetzt runtergehen. Versuchen Sie, ein bißchen zu schlafen. Gehen Sie in meine Kabine.»

«In Ordnung, das werde ich tun.»

Sie trat hinaus, kletterte die Leiter hinunter, balancierte über das schwankende Deck und ging hinunter in Hares winzige Kabine. Die Koje war so klein, daß sie sich kaum ausstrecken konnte, und so lag sie dort mit leicht angezogenen Beinen und starrte zur Decke. Es war so vieles geschehen, und alles wirbelte nun in ihrem Kopf herum, aber sie schlief dennoch nach wenigen Minuten ein.

Vor der Küste von Finistère hingen noch Nebelschwaden, doch dann und wann tauchte der Mond zwischen den rasch dahinziehenden Wolken auf. Die *Lili Marlen* glitt mit gedämpften Motoren auf das Ufer zu. Die Bordgeschütze vorn und achtern waren nun bemannt, und Hare hatte eine Pistole schußbereit im Halfter an der Hüfte.

Langsdorff stand am Ruder, und Hare und Craig beobachteten die Klippen mit Nachtgläsern. Geneviève wartete hinter ihnen, und unmittelbar neben ihr stand René. Plötzlich blitzte genau vor ihnen ein kleiner Lichtpunkt auf.

«Da sind sie», sagte Hare. «Sehr gut.» Er legte Langsdorff die Hand auf die Schulter. «Halten Sie darauf zu. Noch langsamer.»

Vor ihnen ragte der Anleger des stillgelegten Steinbruchs von Grosnez auf, ein hohes, gerüstartiges Gebilde auf großen rostigen Eisenträgern, an die das Wasser dumpf platschte. Die *Lili Marlen* prallte sanft dagegen, und sofort waren ein paar Mann von der Besatzung mit Leinen rübergesprungen. Sie entdeckte Schmidt, mit einer Schmeißer-MP in Anschlag, an Deck.

Am anderen Ende des Anlegers leuchtete ein Licht auf, und jemand rief auf französisch: «Seid ihr's?»

«Der Große Pierre», sagte Craig. «Gehen wir.»

Sie und René gingen voraus. Craig und Hare folgten. Auf dem Anleger drehte sie sich um und schaute zurück zum Deck. Schmidt lächelte zu ihr hoch. «Lassen Sie sich nicht von den Bastards unterkriegen, Mädel.»

Craig trat zu ihr. «Ein kleines Geschenk für Sie.» Er gab ihr eine Walther und ein Ersatzmagazin. «Stecken Sie es in die Tasche. So was braucht ein Mädchen heutzutage.»

«Nicht hierzulande», sagte Hare und legte den Arm um ihre Schultern. «Passen Sie gut auf sich auf.»

Craig sagte zu René: «Bringen Sie sie heil zurück, oder ich reiße Ihnen die Eier ab.»

René zuckte mit den Schultern. «Wenn Mademoiselle Geneviève etwas passiert, passiert es auch mir, Major.»

Craig sagte gelassen: «Okay, Engel, es geht los. Die größte Vorstellung Ihrer Karriere. Hals- und Beinbruch, wie man beim Theater sagt.»

Sie drehte sich, den Tränen nahe, schnell um und eilte, gefolgt von René, die Stufen zur Rampe hinauf. Ganz hinten am Anleger stand ein Lastwagen, schattenhafte Gestalten liefen hin und her, und dann trat ein Mann aus dem Dunkel und kam auf sie zu. Sie hatte in ihrem ganzen Leben noch nie ein so abstoßendes Individuum gesehen. Er hatte eine schmuddelige Schlägermütze auf und trug eine schmutzige alte Tuchjacke, Gamaschen und ein Hemd ohne Kragen. Der Dreitagebart und die Narbe auf seiner rechten Wange trugen nicht dazu bei, ihn einnehmender zu machen.

«Großer Pierre?» sagte René.

Geneviève steckte die Hand in die Tasche und umklammerte den Kolben der Walther. «Das kann er unmöglich sein», flüsterte sie René zu, so erschüttert, daß sie ins Englische verfiel.

Narbengesicht blieb etwa einen Meter von ihnen entfernt stehen und lächelte. «Tut mir furchtbar leid, daß ich Sie enttäusche, Miss», sagte er im reinsten Oxford-Englisch, «aber wenn Sie den Großen Pierre erwarten, bin ich Ihr Mann.»

Hinter ihm kamen zehn oder zwölf Männer mit Gewehren und leichten MGs aus dem Schatten der Klippen. Sie standen einfach da und starrten sie an, und keiner von ihnen sagte ein Wort.

Sie flüsterte dem Großen Pierre zu: «Ich weiß nicht, was sie mit den Deutschen machen, aber ich bekomme es mit der Angst, wenn ich Sie ansehe.»

«Ja, es sind tolle Burschen, nicht wahr?» Er klatschte in die Hände. «Los, ihr Mistkerle», rief er im besten Argot. «Rauf auf die Kiste und paßt auf, wenn ihr den Mund aufmacht. Denkt daran, daß wir eine Dame dabei haben.»

Der Lastwagen war ein Holzvergaser. Die Männer vom Großen Pierre waren zwei Kilometer vorher auf der Straße ausgestiegen, und er fuhr nun zügig und pfiff ohne Melodie vor sich hin.

«Und wenn wir einer deutschen Streife begegnen?» sagte Geneviève.

«Einer deutschen was?» Er roch aus dieser Nähe wirklich ausgesprochen abscheulich.

«Streife», wiederholte sie. «Patrouille.»

«Nicht in dieser Gegend. Sie patrouillieren nur, wenn es sein muß. Das heißt, tagsüber und zahlreich. Wenn heute nacht im Umkreis von zwanzig Kilometern jemand unterwegs wäre, wüßte ich es, glauben Sie mir.»

Sie hätte am liebsten laut gelacht, weil das Ganze so herrlich makaber war. «Sie scheinen wirklich alles bestens organisiert zu haben.»

«Sie klangen am Telefon immer so schön damenhaft. Gut, daß ich jetzt auch weiß, wie Sie aussehen», sagte er. «Waren Sie übrigens jemals in Oxford?»

«Nein.»

«Norfolk?»

«Ich fürchte, nein.»

Sie fuhren über eine Hügelkuppe, und im selben Augenblick teilten sich die Wolken, und der Mond war wieder zu sehen. In seinem Schein konnte sie im Tal unter ihnen eine Ansammlung von Häusern erkennen –, das mußte Saint-Maurice sein.

«Schade», sagte er. «Ich habe früher oft dort oben gejagt. Bei Sandringham, wo der König sein Sommerschloß hat. Wunderschön da.»

«Sehnen Sie sich danach zurück?»

«Nicht wirklich. Ich tue nur so, um mich in Schwung zu halten. Ich meine, was sollte ich ohne all das hier machen? Schnuppern Sie mal an mir. Schön, nicht? Zurück zur Natur, das ist es, was es bedeutet.»

«Was haben Sie denn früher gemacht?»

«Sie meinen, vor dem Krieg? Da hab ich an einem ziemlich zweitklassigen Internat englische Literatur unterrichtet.»

«Macht Ihnen diese Arbeit hier Spaß?»

«Oh, ja, es ist fast so lustig wie bei den Pfadfindern. Die schlimmsten Wunden im Leben werden von zerdrückten Rosenblättern verursacht und nicht von Dornen, Miss Trevaunce. Würden Sie das nicht auch sagen?»

«Ich bin nicht mal sicher, ob ich es verstehe.»

«Das haben meine Schüler auch immer gesagt.» Sie hatten nun das Dorf erreicht, und er fuhr langsamer.

Sie bogen in ein massives Tor, und der Laster rollte klappernd über einen gepflasterten Hof zu dem Haus in der Ecke. Eine Tür wurde geöffnet, jemand spähte hinaus. René stieg aus, und Geneviève folgte ihm.

«Vielen Dank», sagte sie.

«Wir bemühen uns immer, unsere Kunden zufriedenzustellen.» Der Große Pierre lächelte auf sie hinunter. «Zerdrückte Rosenblätter. Denken Sie darüber nach.»

Er setzte zurück und wendete und fuhr fort. Sie drehte sich um und folgte René ins Haus.

Sie saß in einem kleinen Schlafzimmer vor dem Spiegel, und auf dem Bett lagen Anne-Maries geöffnete Koffer, ihre offene Handtasche und daneben ihre Papiere, der französische Ausweis, der deutsche Passierschein, Lebensmittelmarken, ein Führerschein. Sie trug gerade sorgfältig Wimperntusche auf, als die Tür aufging und Madame Dubois hereinkam. Sie war eine kleine, abgehärmt wirkende Frau mit einem dunklen Teint und trug ein schäbiges graues Kleid. Ihre Strümpfe hatten Löcher, und ihre Schuhe sahen aus, als würden sie sich jeden Moment in ihre Bestandteile auflösen.

Sie war nicht mit dem einverstanden, was in ihrem Haus vor sich ging, das konnte Geneviève an ihrem Gesicht sehen, und sie preßte mißbilligend die Lippen zusammen, als sie die Sachen erblickte, die auf dem Bett ausgebreitet waren, das marineblaue Pariser Kostüm mit dem plissierten Rock, die seidenen Strümpfe, die cremefarbene Satinbluse.

Ihr fiel ein, wer sie sein sollte, und sie sagte scharf: «Das nächstemal klopfen Sie bitte, ehe Sie hereinkommen. Was wollen Sie?»

Madame Dubois zuckte mit den Schultern, als wollte sie sich verteidigen. «Der Zug, Mademoiselle. Er ist eben eingefahren. Mein Mann hat mich geschickt, ich soll es Ihnen sagen.»

«Gut. Sagen Sie René, er soll den Wagen holen. Ich komme gleich runter.»

Die Frau ging. Geneviève trug ein wenig Lippenrot auf, zögerte, trug dann mehr auf, denn sie erinnerte sich daran, was Michael, der Friseur, in Cold Harbour zu ihr gesagt hatte. Sie zog sich rasch an, Unterwäsche, Strümpfe, Bluse, Rock – alles Sachen von Anne-Marie. Mit jedem Stück, das sie anzog, war ihr, als schälte sie eine Schicht von sich ab.

Sie hatte keine Angst, als sie die Kostümjacke anzog und sich im Spiegel musterte, sie war vielmehr auf eine sonderbar losgelöste Weise aufgeregt. Die Wahrheit war, daß sie wirklich ausgesprochen gut aussah, und sie wußte es. Sie schloß den Koffer, legte sich den weiten blauen Tuchmantel über die Schultern und ging hinaus.

Henri Dubois war bei seiner Frau in der Küche. Er war ein kleiner Mann mit eingefallenen Zügen, sehr unscheinbar wirkend, nach seinem ganzen Habitus der letzte Mensch, bei dem man auf den Gedanken käme, er kämpfte in der Résistance gegen die deutschen Besatzer.

«René holt das Auto heraus, Mademoiselle.»

Sie nahm das Etui aus Silber und Onyx aus der Handtasche und zündete sich eine Gitane an.

«Bringen Sie das Gepäck runter.»

«Sehr wohl, Mademoiselle.»

Der Rolls-Royce kam aus einem Lagerschuppen und fuhr zur Tür. René stieg aus, und sie trat auf die Schwelle. Er stand, nun in seiner Chauffeurslivree, unten an den Eingangsstufen und sah mit unbewegter Miene zu ihr hoch. Er öffnete ihr ohne ein Wort den Wagenschlag, und sie stieg ein.

Dubois kam mit den Koffern. Er legte sie in den Kofferraum und trat, als René sich ans Steuer gesetzt hatte, ans Fenster. «Würden Sie der Frau Gräfin bitte Grüße von meiner Frau und mir ausrichten, Mademoiselle?»

Ohne zu antworten, kurbelte Geneviève das Fenster hoch und tippte René auf die Schulter. Während sie vom Hof rollten, sah sie, daß er sie im Rückspiegel beobachtete und daß seine Augen wieder einen besorgten Ausdruck hatten.

Jetzt fängt es erst richtig an, dachte sie mit einer Mischung von Nervosität und Erregung. Sie lehnte sich zurück und nahm eine neue Gitane aus dem Etui.

Die Landschaft ringsum, die grünen Felder und die kleinen Haine, die Hügel zu ihrer Linken, der schmale Fluß im Tal vor ihnen, dessen Wasser in der Frühmorgensonne glitzerte –: alles das wurde ihr immer vertrauter. Rechts trieb ein Schäfer seine kleine Herde über eine Erhebung.

«Das Land der Kindheit, René. Nichts hat sich geändert.»

«Oder alles, Mademoiselle.»

Er hatte natürlich recht. Sie zog den Mantel enger um sich, denn es war ausgesprochen frisch. Sie näherten sich einem kleinen Dorf, einem Weiler namens Pougeot, an den sie sich gut erinnerte.

Sie beugte sich vor. «Als wir klein waren, haben Sie hier immer vor dem Café auf dem Marktplatz gehalten, damit wir uns ein Eis holen konnten. Der Wirt hieß Danton, und seine Tochter hat bedient. Sind sie immer noch da?»

«Er ist letztes Jahr erschossen worden, wegen Sabotage, wie die Boches es nennen. Seine Tochter ist in Amiens im Gefängnis. Das Haus mit dem Café wurde beschlagnahmt und dann verkauft. Comboult hat es gekauft.»

«Papa Comboult? Aber ... Das verstehe ich nicht.»

«Es ist ganz einfach. Er arbeitet für sie wie so viele andere, er macht Geschäfte mit ihnen, und dabei verdient er ein Vermögen. Leute wie er ernähren sich vom Fleisch Frankreichs. Wie ich eben gesagt habe, es ist alles anders, Mademoiselle.»

Auf den Feldern arbeiteten Frauen, und als sie durch das Dorf fuhren, bemerkte sie, daß die Straßen sonderbar verlassen waren. «Man sieht nicht viele Leute.»

«Die meisten arbeitsfähigen Männer sind als Zwangsarbeiter nach Deutschland gebracht worden. Die Frauen bewirtschaften die Höfe. Sie hätten sogar einen alten Kerl wie mich genommen, obgleich ich nur noch ein Auge habe. Die Gräfin hat es verhindert.»

«Und für die anderen konnte sie nichts tun?»

«Was sie kann, tut sie, Mademoiselle. Aber heutzutage ist in Frankreich alles sehr schwierig. Das werden Sie sehr schnell merken.»

Hinter einer sanften Kurve stand ein schwarzer Mercedes am Straßenrand. Die Kühlerhaube war hochgeklappt, und ein deutscher Soldat machte sich am Motor zu schaffen. Daneben wartete ein Offizier, der eine Zigarette rauchte.

«Meine Güte, das ist Reichslinger», sagte René, als der Offizier sich umdrehte und eine Hand hob. «Was soll ich tun?»

«Anhalten natürlich», sagte Geneviève gelassen.

«Sie verachtet diesen Burschen, Mademoiselle. Und sie zeigt es ihm.»

«Und er gibt sich um so mehr Mühe?»

«Genau.»

«Gut. Sehen wir mal, wie es läuft. Eine kleine Generalprobe.»

Sie machte die Handtasche auf, nahm die Walther heraus, die Craig ihr gegeben hatte, und steckte sie in die rechte Manteltasche. Der Rolls-Royce hielt, und sie kurbelte das Fenster herunter, während Reichslinger auf sie zutrat.

Er sah genauso aus wie auf dem Foto. Blond, dicht beisammen stehende Augen unter dem Schirm der Mütze, eine aggressive Ausstrahlung. Und die Uniform mit den SS-Runen auf dem Kragen machte ihn nicht einnehmender.

Er lächelte, was nur bewirkte, daß er noch unsympathischer aussah. «Mademoiselle Trevaunce. Heute ist mein Glückstag», sagte er auf französisch.

«Ach ja?» entgegnete Geneviève kühl.

Er deutete zum Wagen. «Die Benzinpumpe arbeitet nicht richtig, und dieser idiotische Fahrer ist anscheinend nicht imstande, sie in Ordnung zu bringen.»

«Und?» fragte sie.

«Unter diesen Umständen muß ich Sie bitten, mich mitzunehmen.»

Sie schwieg eine Weile, ließ ihn warten, bis seine eingefallenen Wangen sich langsam rot färbten, und dann sagte sie: «Die Herrenrasse bittet die Besiegten? Kann ich etwas anderes sagen als ja?»

Sie lehnte sich zurück und schloß das Fenster. Er eilte zur anderen Seite des Wagens, stieg neben ihr ein, und René fuhr weiter.

Sie holte eine Zigarette heraus, und er zückte hastig sein Feuerzeug. «Ich hoffe, Sie hatten einen angenehmen Aufenthalt in Paris?» Sein Französisch war vom Wortschatz und von der Grammatik her erstaunlich gut, aber er hatte einen schrecklichen Akzent.

Sie antwortete: «Eigentlich nicht. Der Service ist neuerdings ganz erbärmlich, und man wird immerfort angehalten und durchsucht, was sehr lästig ist. Aber ich nehme an, die Soldaten müssen mit irgend etwas beschäftigt werden, wenn sie schon nicht kämpfen.»

«Ich kann Ihnen versichern, daß all das sehr notwendig ist, Mademoiselle. Meine Kameraden in Paris haben beim Aufspüren von Saboteuren und Terroristen viel Erfolg gehabt.»

«Wirklich? Es überrascht mich eher, daß es Ihnen mit diesem Aufgebot an Soldaten nicht gelungen ist, die Résistance gänzlich auszulöschen.»

«Sie verstehen nicht, wie schwierig das ist.»

«Das möchte ich, offen gesagt, auch gar nicht. Nicht sehr interessant.»

Sie sah, daß er zornig war, und schenkte ihm ein bestrikkendes Lächeln von der Sorte, für die ihre Schwester berühmt war, und konstatierte befriedigt, daß er schluckte.

«Wie geht es dem General?» fragte sie. «Er ist doch bei guter Gesundheit?»

«Soweit ich weiß, ja.»

«Und Priem?»

«Er ist seit gestern Standartenführer.»

«Wie schön für ihn.» Sie lachte. «Er nimmt sich sehr ernst, aber man muß zugeben, daß er wirklich tüchtig ist.»

Reichslinger konnte sich nicht zügeln. «Keine große Kunst, wo andere die Arbeit für ihn machen», murrte er.

«Ja, es muß sehr frustrierend für Sie sein. Warum lassen Sie sich nicht an die Front versetzen, am besten nach Rußland? Ich könnte mir vorstellen, daß Sie sich dort schnell mit Ruhm bedecken werden.»

Inzwischen machte es ihr uneingeschränkt Spaß, weil sie sah, daß es klappte, daß er sie ohne den Schatten eines Zweifels als Anne-Marie akzeptierte. Ihr wurde bewußt, daß es in gewissem Sinn ein Glücksfall war, ihn getroffen zu haben.

«Ich werde gehen, wohin der Führer mich schickt», sagte er salbungsvoll.

In diesem Moment fuhren sie durch eine scharfe Kurve, und René mußte das Steuer herumreißen, um einer alten Frau auszuweichen, die am Rand der Straße eine Kuh am Strick führte. Geneviève wurde in die Ecke gedrückt, Reichslinger mit ihr, und sie merkte, daß seine Hand auf ihrem Knie war.

«Ist alles in Ordnung, Mademoiselle?»

Seine Stimme war rauh, der Griff oberhalb ihres Knies wurde fester. Sie sagte eisig: «Nehmen Sie die Pfote weg, Reichslinger, sonst muß ich Sie bitten auszusteigen.»

Sie waren kurz vor Dauvigne, einem kleinen Dorf, und René nahm, da er Böses ahnte, Gas weg und fuhr dichter am Straßenrand. Reichslinger, der zu weit gegangen war, um einen Rückzieher zu machen, bewegte die Hand etwas höher.

«Was haben Sie denn?» fragte er. «Bin ich Ihnen vielleicht nicht gut genug? Ich kann Ihnen jederzeit beweisen, daß ich als Mann mindestens ebensogut bin wie Priem.»

«Das bezweifle ich», sagte sie. «Der Oberst ist ein Herr, was Sie entschieden nicht sind. Um ganz offen zu sein ... Ich finde Sie eine Stufe zu weit unter mir, Reichslinger.»

«Sie arrogantes Biest, ich werde Ihnen zeigen ...»

«Sie werden mir gar nichts zeigen.» Ihre Hand kam mit der Walther aus der Tasche. Mit einer raschen Bewegung, wie Craig Osbourne es ihr beigebracht hatte, entsicherte sie die Waffe und drückte ihm die Mündung in die Seite. «Hinaus aus dem Wagen!»

René bremste heftig, und der Rolls hielt. Reichslinger rückte mit wutverzerrtem Gesicht von ihr fort, machte die Wagentür auf und stieg aus. Sie zog die Tür zu, und René fuhr fast im selben Moment weiter. Sie schaute sich um und sah Reichslinger sonderbar hilflos am Straßenrand stehen.

«Wie war ich, René?»

«Ihre Schwester wäre stolz auf Sie gewesen, Mademoiselle.»

«Gut.»

Sie lehnte sich zurück und griff zum Zigarettenetui.

Sie erreichten den Kamm, und sie sah es, knapp einen Kilometer entfernt, zwischen grünen Bäumen an den Fuß der Hügel geschmiegt: Schloß Voincourt. Die Sonne schien auf den alten grauen Stein. Ein Adelswohnsitz, der die Religionskriege, eine Revolution und viele schlechte Zeiten überstanden hatte. Schon als kleines Mädchen hatte sie ein beseligendes Gefühl des Friedens empfunden, wenn sie hierher zurückgekommen war, und so war es auch jetzt. Ein uneingeschränktes Glück, schon bei seinem bloßen Anblick.

Als sie der schmalen Landstraße folgten, die für ein kurzes Stück von Tannen gesäumt wurde, verschwand es, aber dann war es wieder da, einige Dutzend Meter höher als sie, eine Festung hinter grauen Mauern, die wie früher auf sie wartete.

Das Tor war offen, aber der Weg wurde von einer Schranke versperrt. Gleich hinter dem rechten Torpfeiler stand nun ein rohgezimmertes Wachhaus, und daneben hielt ein Posten mit einer Maschinenpistole Wache. Er war noch ein Junge, trotz der SS-Uniform. Er beugte sich zum Fenster und fragte in stockendem Französisch: «Papiere?»

«Ich wohne hier!» entgegnete sie, und er sah sie verwirrt an. «Kennen Sie mich nicht?»

«Entschuldigen Sie bitte, Mademoiselle, aber ich habe ausdrücklichen Befehl. Ich muß Ihren Ausweis sehen.»

«Meinetwegen», sagte sie. «Ich gestehe. Ich bin eine britische Agentin und will das Schloß in die Luft sprengen.»

Eine feste Stimme sagte etwas auf deutsch. Sie verstand kein Wort, aber der Posten reagierte, indem er sich hastig in Bewegung setzte und die Schranke hob. Sie wandte sich zu dem Mann, der aus dem Wachhaus getreten war, den Standartenführer mit dem Ritterkreuz um den Hals und der Schirmmütze, an der der Totenkopf blitzte. Eines stand fest. Sie brauchte René nicht, um zu wissen, wer das war.

«Max, wie schön.»

Max Priem öffnete die Tür und stieg ein. «Fahren Sie weiter», sagte er zu René. Dann wandte er sich an sie: «Der Junge ist erst drei Tage hier, müssen Sie wissen.» Er küßte ihre Hand. «Ich werde nie begreifen, warum es Ihnen soviel Vergnügen bereitet, meine Leute durcheinanderzubringen. Es ist schlecht für die Moral. Reichslinger ist manchmal sehr aufgebracht darüber.»

«Im Moment bestimmt nicht», bemerkte sie. «Im Moment hat er andere Sorgen.»

Seine klaren blauen Augen musterten sie plötzlich sehr scharf. «Könnten Sie das bitte näher erklären?»

«Sein Wagen hatte bei Pougeot irgendeine Panne. Ich habe ihn mitgenommen.»

«Ja? Ich sehe ihn aber nirgends.»

«Ich habe ihn hinter Dauvigne raussetzen müssen. Ich weiß nicht, wo er seine Ausbildung bekommen hat, aber man hat offenbar vergessen, ihm beizubringen, wie er sich Damen gegenüber zu benehmen hat.»

Sein Mund lächelte, aber seine Augen nicht. «Und er ist ohne weiteres ausgestiegen? Reichslinger? Ist es das, was Sie mir sagen wollen?»

«Mit ein bißchen Nachdruck von meiner Freundin hier.»

Sie holte die Walther aus der Tasche, und er nahm sie ihr ab. «Sie ist aus Beständen der deutschen Wehrmacht. Woher haben Sie sie?»

«Ein freundlicher Barkeeper in Paris. Diese Dinger sind auf dem Schwarzen Markt leicht zu bekommen, und ein Mädchen braucht heutzutage jeden Schutz, den es finden kann.»

«In Paris, sagen Sie?»

«Sie werden doch jetzt nicht verlangen, daß ich Ihnen den Namen des Lokals sage?»

Er wog die Pistole einen Augenblick lang in der Hand und gab sie ihr dann zurück, und sie steckte sie in ihre Handtasche.

«Sie hatten also eine angenehme Reise?» sagte er.

«Nicht wirklich. Paris ist nicht mehr das, was es war.»

«Und die Eisenbahnfahrt?»

«Eine Strapaze.»

«Ach wirklich?»

Seine Stimme hatte irgendeinen ironischen Unterton, und sie war aus dem Konzept gebracht, ohne den Grund zu wissen, und blickte ihn unter halbgeschlossenen Lidern hervor rasch von der Seite an. Sie hielten am Fuß der Eingangstreppe. Er half ihr aus dem Wagen, und René ging zum Kofferraum und nahm ihr Gepäck heraus.

«Ich werde die Koffer tragen», sagte Priem.

«Heute übertreiben Sie aber», sagte sie zu ihm. «Ein Standartenführer mit einem Koffer in jeder Hand, wie ein Hotelportier? Schade, daß ich keinen Fotoapparat dabei habe. Das wird mir in Paris kein Mensch glauben. Übrigens, mein Glückwunsch zur Beförderung.»

«Wir haben mehrere Wahlsprüche», antwortete er. «Einer davon lautet, daß für die Männer von der SS nichts unmöglich ist.»

Er ging die Stufen hinauf. René sagte laut: «Werden Sie mich noch brauchen, Mademoiselle?» Und flüsterte: «Denken Sie daran, das rosa Zimmer ist Ihr Schlafzimmer. Die Gräfin ist nebenan.»

Die Hilfe war überflüssig, denn sie hatten den Grundriß der einzelnen Stockwerke des Schlosses in Cold Harbour sehr gründlich studiert. Sie konnte sehen, daß er nun ein wenig Angst hatte. Seine Stirn glänzte von Schweiß.

Sie sagte: «Nein, danke, René», drehte sich um und folgte Priem die Stufen hinauf.

An jeder Seite der Tür stand ein Posten, aber die Halle war genauso, wie sie sie in Erinnerung hatte, nichts fehlte, die

Bilder an den Wänden waren noch die alten. Sie gingen nebeneinander die breite Marmortreppe hoch.

Sie sagte: «Wie geht es dem General?»

«Sein schlimmes Bein ist ein bißchen steif. Es hat in letzter Zeit zuviel geregnet. Ich habe ihn vorhin im Garten spazieren gehen sehen.»

Sie erreichten den zweiten Stock. Sie blieb vor dem rosa Zimmer stehen und wartete. Er seufzte, stellte einen Koffer ab und öffnete die Tür.

Sie hatte als Kind oft hier geschlafen. Es war ein heller, freundlicher Raum mit einem schönen Balkon, auf den zwei Fenstertüren führten. Die Einrichtung, das Bett, der Nachttisch und der Schrank aus poliertem Mahagoni, war unverändert, und an den Fenstern hingen noch dieselben dunkelroten Samtvorhänge. Alles wie früher.

Priem stieß die Tür zu, ging durchs Zimmer, legte die Koffer aufs Bett und drehte sich dann um. Er lächelte ganz leicht, fast verhalten, und blickte seltsam erwartungsvoll.

«Nun?» sagte sie.

«Ich lasse Sie jetzt am besten allein.» Er lächelte. «Arme Anne-Marie. War es wirklich so schlimm in Paris?»

«Ich fürchte, ja.»

«Dann werden wir versuchen, Sie zu entschädigen.» Er schlug die Hacken zusammen. «Aber die Pflicht ruft. Wir sehen uns dann später.»

Sie empfand eine ungeheure Erleichterung, als die Tür hinter ihm ins Schloß gefallen war. Sie warf den Mantel aufs Bett, öffnete eine Tür und trat hinaus auf den Balkon. Von hier sah man nur einen Teil des Gartens. Das Schloßportal war rechts, der Balkon ihrer Tante lag um die Ecke.

Ihr Blick fiel auf den alten handgeschnitzten Schaukelstuhl aus Buchenholz, den sie so gut kannte. Sie setzte sich darauf, schaukelte leicht vor und zurück und ließ sich die

Sonne ins Gesicht scheinen. Wie oft Anne-Marie das wohl getan hatte?

Priem ging den Korridor entlang und blieb oben an der Marmortreppe stehen, da er hörte, wie die SS-Posten am Portal draußen salutierend die Hacken zusammenschlugen. Einen Moment später kam Reichslinger in die Halle.

«Reichslinger!» rief er.

«Standartenführer?» Reichslinger schaute zu ihm hoch.

«Gehen Sie in mein Büro. Sofort.»

Reichslinger wirkte gehetzt, als er durch die Halle eilte und im Korridor zu den Büros verschwand. Priem ging langsam die Stufen hinunter, blieb unten stehen, um sich eine Zigarette anzuzünden, und schritt dann durch die Halle. Als er sein Büro betrat, stand der junge Hauptsturmführer an seinem Schreibtisch. Priem machte die Tür zu.

«Wie ich höre, haben Sie sich wieder danebenbenommen?»

Reichslinger sah ihn trotzig an. «Ich weiß nicht, was Sie meinen.»

«Mademoiselle Trevaunce. Ich bekomme langsam den Eindruck, daß Sie sich nicht genug Mühe geben, Damen höflich zu behandeln.»

«Sie hatte eine Pistole, Standartenführer. Eine Walther.»

«Und Sie haben sie provoziert, sie zu benutzen?»

«Sie wissen sehr wohl, daß Zivilisten, die im Besitz einer Waffe gefunden werden, die Todesstrafe droht, Standartenführer.»

«Reichslinger», sagte Priem geduldig. «Hier greifen viele Dinge ineinander. Dinge, von denen Sie nichts verstehen. Mit anderen Worten: Kümmern Sie sich um Ihre eigenen Angelegenheiten.»

Unfähig, seinen Zorn zu bändigen, zischte Reichslinger:

«Daß diese Trevaunce in Ihre Zuständigkeit fällt, verstehe ich nur zu gut, Standartenführer.»

Priem schien zu erstarren, sein Blick wurde leer, und Reichslinger bekam plötzlich Angst. Der Standartenführer trat zu ihm und machte mit einer langsamen, fast fürsorglichen Geste einen Knopf an Reichslingers Rock zu.

«Unbedacht, Reichslinger. Ich fürchte, ich muß etwas unternehmen. Ich kann nicht zulassen, daß einer meiner Offiziere den Männern ein schlechtes Beispiel gibt.» Er ging um den Schreibtisch und nahm ein Dokument aus dem Korb für eingegangene Post. «Eine Depesche aus Berlin. Ziemlich deprimierend. Die SS-Bataillone in Rußland brauchen unbedingt mehr Offiziere. Man fragt an, ob wir jemanden erübrigen können.»

Reichslinger fühlte, wie seine Kehle trocken wurde.

«Standartenführer?» flüsterte er.

«Ein uninteressanter Einsatz, zumal die Streitkräfte dort überall im Rückzug begriffen sind.»

Reichslinger sagte: «Ich bitte um Entschuldigung, ich hatte nicht die Absicht ...»

«Ich weiß genau, welche Absicht Sie hatten.» Priem sah ihn durchbohrend an. «Wenn Sie noch ein einziges Mal so mit mir reden, wenn Sie noch ein einziges Mal vergessen, daß ich Ihr Vorgesetzter bin ...» Er hielt das Telegramm hoch.

Reichslinger war aschfahl geworden. «Jawohl, Standartenführer.»

«Und jetzt hinaus mit ihnen.» Der junge Mann eilte zur Tür und öffnete sie. Priem fügte hinzu: «Noch etwas, Reichslinger.»

«Wenn Sie Fräulein Trevaunce noch einmal belästigen, lasse ich Sie erschießen.»

Geneviève saß auf dem Balkon des rosa Zimmers im Schaukelstuhl und dachte an einen Vorfall zurück, der sich ereignet hatte, als sie vierzehn gewesen war. Sie hatte um eine Zeit, als sie und ihre Schwester im Bett sein sollten, oben im Dunkeln an der Treppe gehockt und beobachtet, wie die Gäste zu einem Ball eintrafen, den Hortense gab. Anne-Marie hatte herausbekommen, daß der attraktivste junge Mann, der gekommen war, zu den reichsten Leuten in ganz Frankreich gehörte.

«Wenn ich älter bin und nicht genug Geld habe, werde ich ihn heiraten. Wir wären ein ideales Paar, ich mit meinen blonden Haaren und er mit seinen dunklen.»

Geneviève hatte ihr aufs Wort geglaubt. Noch nach all den Jahren klang ihr die Stimme im Ohr, und dann wurde ihr plötzlich bewußt, daß Anne-Marie sich irgendwie geändert haben *mußte,* schon allein deshalb, weil sich alles im Leben änderte. Das Mädchen, das ihr von ihrer gemeinsamen Kindheit her in Erinnerung war und das sie, abgesehen von Hampstead, vor vier Jahren zuletzt gesehen hatte, mußte heute anders sein als früher. In einer gewissen Hinsicht sollte sie die ganze Sache vielleicht neu überdenken.

Sie hatte immer irgendeine Angst davor gehabt, von Anne-Marie dominiert zu werden, so wie sie immer das Gefühl hatte, es wäre vielleicht besser, wenn sie nie zur Welt gekommen wäre. Während sie hier auf dem Balkon saß und über diese Dinge nachdachte, wurde ihr auch klar, daß es immer, die ganze Zeit über, ein Band zwischen ihnen gegeben hatte: einen gemeinsamen Widerwillen gegen die bloße Tatsache, daß es die andere gab.

Wie merkwürdig, daß dieser friedliche Ort solche Gedanken heraufbeschwören konnte! Da hörte sie plötzlich, daß jemand im Zimmer hantierte. Sie stand auf und ging hinein. Schwarzes Kleid, weiße Schürze, dunkle Strümpfe und schwarze Schuhe, die Zofe einer Dame der besseren Kreise. Maresa stand über ihre Koffer gebeugt.

«Lassen Sie das einstweilen», befahl Geneviève.

Ihre Stimme klang ungehalten, denn innerlich hatte sie ein bißchen Angst. Hier war wieder jemand, den sie überzeugen mußte, noch dazu eine Person, die sie sehr gut kannte.

«Ich möchte ein wenig schlafen», sagte sie. «Die Eisenbahnfahrt war schrecklich. Sie können später auspacken.»

Einen Moment lang glaubte sie Haß in den dunkelbraunen Augen zu sehen und fragte sich, was Anne-Marie getan haben mochte, um ihn zu verdienen.

Maresa sagte: «Soll ich Ihnen ein heißes Bad machen, Mademoiselle?»

«Später.»

Sie machte hinter Maresa die Tür zu und lehnte sich mit zitternden Händen dagegen. Wieder eine Hürde überwunden. Sie blickte auf ihre Uhr und sah, daß es kurz nach Mittag war. Zeit, die Löwin in ihrer Höhle aufzusuchen. Sie glättete ihren Rock, machte die Tür auf und trat hinaus.

11

Als Geneviève das Boudoir ihrer Tante betrat, meinte sie in einer anderen Welt zu sein. Eine ganze Wand wurde von einem Fresko eingenommen, das ein berühmter chinesischer Maler in ihrem Auftrag geschaffen hatte, eine wundervolle Arbeit. Vor den Fenstern hingen bodenlange Vorhänge aus schwerer blauer Seide. Geneviève kniete sich auf die Chaiselongue am Fenster, deren Bezug ganz verblichen war, und schaute in den Garten hinunter.

Als sie das letztemal hier gewesen war, in einem schönen warmen Frühsommer, war er üppig und gepflegt gewesen, und blühende Rosen hatten die Venusstatue umrankt. Es gab keine Blumen mehr, aber die wichtigen Dinge waren noch da, so, in der Mitte des Rasens, der große Brunnen mit dem auf einem Delphin reitenden Jungen.

General Ziemke saß auf der Bank an der hohen Mauer rechts von ihr. Sein Haar war silbern, voller als auf den Fotos, und aus dieser Entfernung wirkte sein Gesicht anziehender, sah er aus wie ein Mann, der noch in den besten Jahren war. Er hatte sich einen Mantel mit einem breiten Pelzkragen um die Schultern gelegt und rauchte eine Zigarette aus einer langen Spitze. Er schien tief in Gedanken versunken zu sein, aber dann und wann rieb er sich sein schlimmes Bein, als versuchte er, ihm wieder Kraft zu schenken.

«Was möchten Sie?»

Geneviève drehte sich um, und da stand sie, völlig unverändert seit dem letztenmal. «Chantal... Sie haben mich erschreckt.»

Das harte, grimmige Gesicht lockerte sich kein wenig. «Was möchten Sie?» wiederholte sie.

«Meine Tante sehen, natürlich. Irgendwelche Einwände dagegen?»

«Sie ruht. Ich werde sie nicht stören lassen.»

Eine Hexe, hatten sie immer gesagt, eine unbarmherzige und starrsinnige Frau, die sich nie irgendeinem fremden Einfluß zugänglich gezeigt hatte.

Geneviève sagte geduldig: «Tun Sie bitte dieses ein Mal, was Ihnen gesagt wird. Fragen Sie Hortense, ob sie mich empfangen wird. Wenn nicht, gehe ich trotzdem hinein.»

«Nur über meine Leiche.»

«Oh, das ließe sich sicher arrangieren.» Plötzlich war sie entsetzlich ungeduldig – Anne-Marie gewann die Oberhand. «Mein Gott, was sind Sie für ein Drache.»

Chantals Augen bekamen bei der Anrufung einen dunklen Glanz, denn sie war sehr religiös. «Sie wissen, wohin Sie einmal kommen werden, nicht wahr?»

«Aber nur, wenn Sie im anderen Teil sind.»

Die Tür hinter ihr stand einen Spalt weit offen. Als Geneviève sich dorthin wandte, hörte sie die Stimme, die auch nach all den Jahren so vertraut war, und ihr Mund wurde trocken, ihr Herz schlug schneller.

«Wenn sie mich unbedingt sehen will, hat sie bestimmt etwas auf dem Herzen. Lassen Sie sie herein.»

Als Chantal die Tür aufstieß, konnte Geneviève hinter ihr ihre Tante sehen. Sie lag aufgestützt im Bett und las Zeitung. Sie lächelte zuckersüß, als sie an der Zofe vorbeiging. «Vielen Dank, meine Beste.»

Doch einmal im Zimmer, verlor sie jeden Mut. Was soll ich bloß reden? fragte sie sich. Was würde Anne-Marie sagen? Sie holte tief Luft und plauderte einfach drauflos. «Warum hast du sie eigentlich nicht schon längst hinausgeworfen?» sagte sie und setzte sich so in einen Sessel am Kamin, daß sie zum Bett blickte.

Sie empfand eine ungeheure Spannung – und nur einen Wunsch. Zu ihrer Tante zu laufen und ihr zu sagen, daß sie es war, Geneviève, die nach all den Jahren zurückgekommen war.

«Seit wann sorgst du dich um solche Sachen?» Es war eine körperlose Stimme hinter der Zeitung. Jetzt senkte Hortense das Blatt, und Geneviève bekam einen der größten Schocks ihres Lebens. Sie war immer noch Hortense, aber unendlich viel älter als damals.

«Gib mir bitte eine Zigarette», sagte sie, nicht sehr freundlich.

Geneviève machte die Handtasche auf, nahm das Feuerzeug und das Etui aus Silber und Onyx heraus und warf beides aufs Bett. «Oh, ein neues Etui», sagte Hortense, als sie es aufklappte. «Sehr hübsch.»

Sie zündete sich eine Gitane an. Geneviève nahm das Etui, steckte es in die Handtasche zurück und streckte die Hand nach dem Feuerzeug aus. Dabei rutschte der weite Ärmel ihrer Seidenbluse zurück, und Hortense zögerte, blickte starr, gab ihr dann das Feuerzeug.

«Paris war nicht sehr lustig», sagte Geneviève.

«Das glaube ich dir aufs Wort.» Sie sog den Rauch tief ein. «Chantal meint, ich sollte nicht rauchen. Wenn ich sie bitte, mir eine Schachtel Zigaretten zu holen, vergißt sie es einfach.»

«Wirf sie hinaus.»

Hortense ignorierte sie einen Augenblick lang, gab ihr

damit die Chance, sich der Situation anzupassen. Als Geneviève sie das letztemal gesehen hatte, hatte sie keinen Tag älter als vierzig ausgesehen, aber das war schon immer so gewesen. Die Wahrheit war nicht, daß sie alt war, nur, daß sie um vieles mehr gealtert war als die vier Jahre, die Geneviève sie nicht gesehen hatte.

«Du möchtest etwas?» sagte Hortense.

«Wie kommst du darauf?»

«Du möchtest meistens etwas.» Sie zog wieder und gab die Zigarette dann ihrer Nichte. «Rauch du sie weiter, nur um Chantal einen Gefallen zu tun.»

«Es wird dir nichts nützen. Sie hat den Instinkt eines Jagdhundes.»

«Es ist ein Spiel, das wir spielen.» Hortense zuckte mit den Schultern. «Sonst gibt es hier ja nicht viel mehr zu tun.»

«Was ist mit General Ziemke?»

«Carl ist ganz in Ordnung, auf seine Weise. Zumindest ein Herr, was man von den anderen unten im Erdgeschoß nicht sagen kann. Abschaum, zum Beispiel dieser Reichslinger. Sie denken offenbar, Rasse hätte etwas mit Pferden zu tun.»

«Und Priem? Was hältst du von ihm?»

«Ich habe gehört, er hätte dir die Koffer nach oben getragen. Ist er in dich verliebt?»

«Vielleicht kannst du es mir sagen. Du bist schließlich eine Autorität in dieser Beziehung.»

Hortense lehnte sich zurück und musterte Geneviève unter hochgezogenen Augenbrauen. «Ich weiß nur eines. Er ist ein Herr, soviel ist sicher. Er hat Charakter.»

«In der Tat.»

«Keiner von der Sorte, die mit sich spielen läßt. Ich würde ihn an deiner Stelle nicht vor den Kopf stoßen.»

«Ist das ein Vorschlag oder ein Befehl?»

«Du hast noch nie gern gehorcht», entgegnete Hortense,

«aber ich habe dich nie für dumm gehalten. Du weißt, ich habe in solchen Dingen gewöhnlich recht.»

Geneviève war in einer Zwickmühle, denn Hortense war der einzige Mensch, der ihr alles sagen konnte, was in diesem Haus vor sich ging, und doch wagte sie es nicht, sie mit hineinzuziehen, und noch viel weniger, ihr die Wahrheit zu sagen. Es war besser für sie, wenn sie unbeteiligt blieb.

«Und wenn ich dir erzählte, warum ich hier bin?»

«Du würdest wahrscheinlich lügen.»

«Ein Bankier aus der Schweiz, bis über beide Ohren in mich verliebt?»

«Endlich die große Liebe? Du, Anne-Marie?»

«Du glaubst kein Wort von dem, was ich sage, nicht wahr?»

«Ist das nicht in jedem Fall sicherer? Und nun sag mir, was los ist, und gib mir noch eine von deinen Zigaretten.»

Sie langte nach Genevièves Handtasche, hatte sie geöffnet, ehe Geneviève sie daran hindern konnte, und suchte darin. Plötzlich erstarrte sie, zog nach zwei oder drei Sekunden die Walther heraus.

«Sei vorsichtig», sagte Geneviève und griff danach, und bei der Bewegung rutschte ihr Ärmel wieder hoch.

Hortense ließ die Pistole fallen und packte ihr rechtes Handgelenk mit einem eisernen Griff, so heftig, daß sie gezwungen war, den Schutz des Sessels aufzugeben und sich neben das Bett zu knien.

«Als du acht Jahre alt warst, bist du einmal in den Brunnen im Garten gewatet – den Brunnen mit dem Jungen mit der Trompete. Du hast mir später erzählt, du wolltest an ihm hochklettern und das Wasser trinken, das aus seinem Mund kam.» Geneviève schüttelte verständnislos den Kopf. Der Griff wurde noch fester. «Dabei ist einer von seinen Bronzefingern abgebrochen. Du bist ausgerutscht und mit dem Arm daran hängen geblieben. Später hast du hier in diesem Zimmer auf meinem Schoß gesessen und dich an mir festgehalten, während Dr. Marais die Wunde nähte. Wie viele Stiche waren es doch – fünf?»

«Nein!» Geneviève wehrte sich verzweifelt. «Du irrst dich. Das war Geneviève.»

Hortense fuhr mit dem Finger die dünne weiße Narbe entlang, die an der Innenseite des rechten Unterarms deutlich zu sehen war. «Ich habe dich ankommen sehen, Chérie», sagte sie. «Vom Fenster aus.» Sie ließ sie los, streichelte ihr Haar. «Von dem Augenblick an, als du aus dem Wagen gestiegen bist – von dem Augenblick an. Hast du geglaubt, ich würde es nicht merken?»

In Genevièves Augen standen Tränen. Sie warf die Arme um sie. Hortense küßte sie zärtlich auf die Stirn, hielt sie einen Moment lang an sich gedrückt, sagte dann leise: «Und nun erzählst du die Wahrheit, Chérie.»

Als sie ausgeredet hatte, kniete sie immer noch neben dem Bett. Eine lange Pause entstand, dann tätschelte Hortense ihre Hand. «Ich denke, ich könnte jetzt einen Cognac gebrauchen. Dort drüben – in der kleinen chinesischen Vitrine in der Ecke.»

«Besser nicht. Deine Gesundheit...», sagte Geneviève.

«Was redest du da?» Hortense sah sie stirnrunzelnd an.

«Sie haben mir gesagt, du hättest Probleme mit dem Herzen. General Munro sagte, du seiest leidend.»

«Was für ein Unsinn. Findest du vielleicht, daß ich leidend aussehe?»

Sie war fast zornig. Geneviève antwortete: «Nein, du siehst blendend aus, wenn du es wirklich wissen willst. Ich hol dir den Cognac.»

Sie ging zu der Vitrine und machte sie auf. Also noch eine Unwahrheit, noch ein schmutziger kleiner Trick, mit dem

Munro sie etwas heftiger in die Richtung drängen wollte, in der er sie haben wollte, und Craig Osbourne hatte mitgespielt. Ihre Hand zitterte leicht, als sie den Courvoisier in das bauchige Kristallglas schenkte und es ihrer Tante brachte.

Hortense leerte es in einem raschen Zug und schaute nachdenklich in das leere Glas. «Armer Carl.»

«Warum sagst du das?»

«Glaubst du, ich könnte es noch ertragen, von seinen Händen angerührt zu werden, jetzt, wo ich weiß, was diese Bestien mit Anne-Marie gemacht haben?» Sie stellte das Glas auf den Nachttisch. «Wir haben wie in einem ständigen bewaffneten Konflikt gelebt, Anne-Marie und ich. Sie war egoistisch und ging über Leichen, was ihre eigenen Wünsche betraf, aber sie war meine Nichte, mein Fleisch und Blut. Eine Voincourt.»

«Und sie hat in diesen letzten Monaten wie eine Voincourt gehandelt.»

«Ja, du hast recht, und wir müssen uns vor Augen halten, daß die Dinge, die sie tat, nicht umsonst waren.»

«Genau das ist der Grund, warum ich hier bin.»

Hortense schnippte mit den Fingern. «Gib mir bitte noch eine Zigarette und sag Chantal, sie möchte mir ein Bad einlaufen lassen. Ich werde mich eine Stunde in heißes Wasser legen und über alles nachdenken. Überlegen, was wir tun können, um es diesen Herrschaften nach besten Kräften heimzuzahlen. Du gehst ein wenig spazieren, Chérie. Sei in einer Stunde wieder da.»

In Cold Harbour regnete es, als Craig auf der Suche nach Julie in die Küche kam. Sie registrierte seine Uniform, den Trenchcoat.

«Du reist ab?»

«Sieht so aus. In Croydon hat es aufgeklart. Ich fliege mit Munro in der Lysander.» Er legte den Arm um sie. «Geht es dir gut? Du bist irgendwie verändert.»

Sie lächelte bekümmert. «Ich weiß, du machst dich über mein Kartenlegen lustig, Craig, aber ich habe diese Gabe. Ich habe Vorahnungen. Ich weiß einfach, wenn etwas nicht so ist, wie es sein sollte.»

«Red weiter», sagte er.

«Geneviève ... ihre Schwester. An der Sache ist mehr, als man auf den ersten Blick sieht. Viel mehr. Ich glaube nicht, daß Munro auch nur im entferntesten die Wahrheit sagt.»

Er glaubte ihr. Sein Magen zog sich zusammen. «Geneviève», sagte er leise, und sein Griff um ihre Schulter wurde stärker.

«Ich weiß, Craig. Ich habe Angst.»

«Das darfst du nicht. Ich werde mich darum kümmern.» Er lächelte. «Du hast hier Martin als Stütze. Sprich mit ihm darüber. Sag ihm, daß ich ein bißchen nachforschen werde, wenn ich in London bin.» Er gab ihr einen Kuß auf die Wange. «Vertrau mir. Du weißt, wie wild ich werde, wenn ich die Wut kriege.»

Er saß beim Start der Maschine neben Munro. Der Brigadegeneral holte einige Papiere aus seiner Aktenmappe und studierte sie. In diesem Stadium hatte ein Frontalangriff keinen Sinn, das wußte Craig.

«Sie ist jetzt sicher schon mitten drin.»

«Wer?» Munro sah auf. «Wovon reden Sie?»

«Geneviève. Sie müßte inzwischen da sein. Schloß Voincourt.»

«Ach das.» Munro nickte. «Wir müssen abwarten, wie es läuft. Sie ist natürlich ein Amateur, das müssen wir bedenken.»

«Das hat Ihnen vorher aber keine Sorgen gemacht», erwiderte Craig.

«Hm, ja, ich mußte ihr schließlich Mut machen, nicht wahr? Ich glaube, ich will mit all dem sagen, daß wir nicht zuviel erwarten dürfen. Zwei Drittel aller Agentinnen, die wir ins Feld schickten, haben dran glauben müssen.»

Er wandte sich ungerührt wieder seinen Dokumenten zu, und Craig saß da und dachte nach. Julie hatte recht. Es *gab* da mehr. Er versuchte, es Schritt für Schritt zu analysieren, alle relevanten Faktoren, die Art und Weise, wie alles geschehen war. Der Dreh- und Angelpunkt war natürlich Anne-Marie. Wenn das, was ihr widerfahren war, nicht passiert wäre, wenn es nicht so wichtig für Munro gewesen wäre, sie selbst zu sprechen ... Craig dachte daran, wie er sie neulich in Hampstead gesehen hatte, und erschauerte. Das bedauernswerte Geschöpf im Keller der Klinik, und Baum, dessen Fürsorge es anvertraut war, aber er brachte es nicht einmal über sich, selbst zu ihr zu gehen.

Er richtete sich auf seinem Sitz auf. Das war merkwürdig, entschieden merkwürdig. Ein Arzt, der Angst davor hatte, seiner eigenen Patientin nahe zu kommen. Es mußte irgendeine Erklärung dafür geben.

Der Flug verlief ohne besondere Ereignisse. Als sie in Croydon zu der wartenden Limousine gingen, sagte er zu Munro: «Werden Sie mich heute abend brauchen, Sir?»

«Nein, mein Sohn. Warum amüsieren Sie sich nicht mal richtig.»

«Das werde ich, Sir. Könnte es im Savoy versuchen», antwortete Craig und öffnete dem Brigadegeneral den Wagenschlag.

«Die Besprechungen sind immer in der Bibliothek», erläuterte Hortense. «Sonst benutzt Priem sie als sein Hauptbüro.

Er schläft sogar dort auf einem Feldbett. Er hat noch ein kleineres Büro neben dem von Reichslinger, aber das ist nur für die Routineangelegenheiten.»

«Wie aufopfernd», bemerkte Geneviève. «Ich meine, das Feldbett.»

«Alle wichtigen Papiere werden im Safe in der Bibliothek aufbewahrt.»

«Hinter dem Porträt von Elisabeth, der elften Gräfin?»

«Ah, du erinnerst dich?»

«Woher weißt du das alles so genau?»

«Früher oder später hat mir noch jeder Mann in meinem Leben alles erzählt, Chérie, es ist eine Gewohnheit, die ich immer unterstützt habe. Ich kann dir versichern, daß Carl keine Ausnahme ist. Weißt du, er ist kein Nazi. Gott steh ihm bei. Er ist gegen sie, und das bedeutet, daß er anfängt zu reden, wenn er zornig ist. So etwas wie ein Ventil.»

«Du weißt, daß Rommel übermorgen hierher kommen wird?»

«Ja. Sie wollen ihre Küstenverteidigung besprechen.»

«Ja. Den Atlantikwall.»

«Und deshalb bist du hier?»

«Ich muß alle Informationen sammeln, die ich bekommen kann.»

«Dann mußt du an den Safe, denn dort werden Sie alles hineintun, was irgendwie lohnenswert ist.»

«Wer hat den Schlüssel, der General?»

«Nein. Priem hat ihn. Selbst für Carl ist es immer sehr schwierig, an den Safe ranzukommen. Als sie damals kamen, mußte ich ihnen den Schlüssel übergeben.»

«Hattest du nicht immer einen Ersatzschlüssel? Für alle Fälle?» fragte Geneviève.

Hortense nickte. «Sie haben natürlich auch danach gefragt, und ich mußte ihnen den ebenfalls geben. Sie sind sehr gründlich, die Deutschen. Andererseits ...» Sie öffnete die Schublade ihres Nachtschranks, nahm eine kleine Schatulle heraus und klappte sie auf. Sie suchte zwischen einigen kleinen Schmuckstückchen herum und nahm einen Schlüssel heraus. «Den habe ich ihnen nicht gegeben. Der Ersatzschlüssel für den Ersatzschlüssel, könnte man sagen.»

«Das ist großartig», sagte Geneviève.

«Aber nur der Anfang. Wenn solche Papiere herausgenommen werden, würden sie es schnell bemerken.»

«Ich habe eine Kamera.» Geneviève nahm das Zigarettenetui aus Silber und Onyx heraus und tastete an der Rückseite herum, bis das Silberplättchen hochklappte. «Siehst du?»

«Genial», sagte Hortense verblüfft. «Also, die Konferenz soll am Nachmittag stattfinden. Abends gibt es einen Empfang mit anschließendem Ball, und danach wird Rommel wieder nach Paris fahren, noch in derselben Nacht. Wenn du den Inhalt des Safes sehen willst, mußt du es also während des Balls tun.»

«Aber wie?»

«Ich werde mir etwas einfallen lassen, Chérie. Verlaß dich auf mich.» Hortense streichelte ihre Wange. «Und jetzt laß mich bitte eine Weile allein. Ich möchte ein wenig ausruhen.»

«Natürlich.» Geneviève gab ihr einen Kuß und ging zur Tür. Als sie nach dem Drücker griff, sagte Hortense: «Noch eines.»

Geneviève drehte sich um. «Ja?»

«Willkommen daheim, mein Liebling. Willkommen daheim.»

Als Geneviève ihr Zimmer betrat, merkte sie, daß sie wirklich sehr müde war. Ihr Kopf pochte so heftig, daß ihr fast übel war. Sie zog die Vorhänge zu und legte sich bekleidet aufs Bett. Munro war also nicht ehrlich zu ihr gewesen, ganz im

Gegenteil. In einem gewissen Sinn hatte sie Verständnis für seine Vorgehensweise, aber daß Craig mitmachte... Andererseits hatte es sie zu Hortense zurückgebracht, und dafür war sie dankbar.

Sie schreckte aus dem Schlaf, als Maresa sie sanft an der Schulter berührte. «Ich dachte, Mademoiselle würde vor dem Essen vielleicht gern ein Bad nehmen.»

«Ja, danke», sagte sie.

Maresa war offensichtlich überrascht über den freundlichen Ton, und sie wurde sich bewußt, daß sie aus der Rolle gefallen war.

«Los, worauf warten Sie noch», sagte sie.

«Sehr wohl, Mademoiselle.» Maresa verschwand im Badezimmer, und gleich danach hörte sie das Geräusch von laufendem Wasser. Als die Zofe zurückkam, sagte Geneviève: «Sie können auspacken und Ordnung machen, während ich bade.»

Sie ging ins Badezimmer, zog sich aus und ließ ihre Sachen als unordentlichen Haufen auf dem Fußboden liegen, wie ihre Schwester es gemacht hatte, seit sie fünf Jahre alt gewesen war. Sie war sich nicht sicher, was Maresa anging, und fragte sich, ob sie Anne-Marie vielleicht im Auftrag von irgend jemandem überwachte. Sie war auf ihre etwas schwerfällige, passive Weise sehr attraktiv, und sie war nicht dumm. Offenbar still und sehr korrekt, aber da war jener haßerfüllte Ausdruck in ihren Augen gewesen, als sie angekommen war.

Sie lag in der Wanne und genoß die Hitze des Wassers, und nach einer Weile klopfte es diskret. «Es ist halb sieben, Mademoiselle. Heute wird das Essen um sieben Uhr aufgetragen.»

«Wenn ich zu spät bin, bin ich eben zu spät. Sie werden warten.»

Sie dachte kurz daran, noch ein wenig Zeit herauszuschinden, indem sie in ihrem Zimmer blieb und Müdigkeit vorschützte, aber sie mußte an den General denken. Je eher sie ihn kennenlernte, um so besser.

Sie stieg widerwillig aus der Wanne, frottierte sich rasch ab, langte nach dem seidenen Morgenrock an der Tür und ging ins Schlafzimmer zurück. Sie setzte sich an den Frisiertisch, und Maresa fing sofort an, ihr Haar zu bürsten, etwas, das sie immer ungemein irritierend gefunden hatte. Sie konnte es nicht ausstehen, jemand anderen an ihr Haar zu lassen, aber nun zwang sie sich, still dazusitzen, wie Anne-Marie es getan hätte.

«Was möchte Mademoiselle anziehen?»

«Ich weiß nicht. Ich sehe mal nach.»

Das war die einzige vernünftige Lösung, denn der Schrank war zum Bersten voll von Kleidern und Kostümen. Kein Zweifel, ihre Schwester hatte Geschmack und Stil, und sie hatte das nötige Geld, um ihre Wünsche zu befriedigen. Sie wählte einfach ein fließendes, elegantes Kleid in gedämpften blauen und grauen Tönen. Die Schuhe waren ein bißchen eng, aber sie würde sich daran gewöhnen müssen. Sie warf einen Blick auf die Uhr. Es war fünf Minuten nach sieben.

«Ich denke, es ist Zeit zu gehen.»

Maresa öffnete ihr die Tür. Als Geneviève an ihr vorbeiging, hätte sie schwören können, daß die Zofe leicht vor sich hin lächelte.

Chantal kam mit einem zugedeckten Tablett die Treppe herauf.

«Was ist das?» fragte Geneviève.

«Die Gräfin hat beschlossen, heute auf ihrem Zimmer zu essen.» Sie war ausgesprochen mürrisch, wie üblich. «Er ist bei ihr.»

Geneviève machte ihr die Tür auf. Hortense saß in einem der hohen Sessel am Kamin des Boudoirs und trug einen wunderschönen chinesischen Hausmantel aus schwarzem und goldfarbenem Brokat. General Ziemke lehnte an der Rückenlehne des Sessels. Er sah in der Tat sehr attraktiv aus. Als er sich umwandte und Geneviève erblickte, lächelte er herzlich. Dieses Lächeln war bestimmt nicht aufgesetzt oder gezwungen.

«Endlich», sagte Hortense. «Jetzt werde ich vielleicht ein bißchen Frieden finden können. Ich habe manchmal den Eindruck, daß ich von lauter Idioten umgeben bin.»

Ziemke küßte Geneviève die Hand. «Sie haben uns gefehlt.»

«Oh, hinaus mit euch», sagte Hortense ungeduldig und gab Chantal ein Zeichen, mit dem Tablett zu kommen. «Was haben Sie da für mich?»

Ziemke lächelte. «Ein General ist nur dann ein wirklich guter Soldat, wenn er weiß, wann ein Rückzug sich auszahlt. Ich vermute, dies ist ein solcher Augenblick.»

Er öffnete Geneviève die Tür, neigte den Kopf, und sie ging hinaus.

Am Eßtisch saßen vielleicht zwanzig Personen, meist Männer. Einige Frauen sahen aus wie Sekretärinnen und trugen Abendkleider, und zwei wirklich hübsche Mädchen hatten Uniform an, mit einem silbernen Blitz am linken Ärmel, Funkpersonal aus der Zentrale. René hatte sie vor ihnen gewarnt. Sie seien sehr gefragt bei den Offizieren, hatte er gesagt. Geneviève betrachtete sie kurz und glaubte ihm aufs Wort.

Max Priem saß ihr gegenüber, und am anderen Ende des Tisches bemerkte sie Reichslinger mit einigen anderen SS-Offizieren. Wenn er ihr einen Blick zuwarf, glitzerte in seinen Augen Haß, und alles an ihm erinnerte sie sonderbarerweise an Joe Edge. Sie hatte sich da ohne Zweifel einen Feind geschaffen.

Einige Unteroffiziere in Ausgehuniform und weißen Handschuhen kamen mit Wein, und sie erinnerte sich daran, daß

Anne-Marie partout keinen Rotwein mochte, dafür aber schon als ganz junges Mädchen mehr Weißwein hatte trinken können, als sie, Geneviève, jemals vertragen hätte. Sie registrierte auch freudlos, daß der Weißwein ein Sancerre war, ein guter Tropfen aus dem Weinkeller ihrer Tante, der inzwischen sicher schon arg dezimiert war.

Reichslinger übertönte die allgemeine Unterhaltung mit einem lauten Lachen. Nach dem Gesicht zu urteilen, das die Leute in seiner unmittelbaren Nähe machten, war er nicht unbedingt beliebt. Ziemke lehnte sich zu ihr. «Ich hoffe, die Gräfin wird morgen disponiert sein.»

«Sie kennen ihre Stimmungen genauso gut wie ich.»

«Übermorgen wird uns Feldmarschall Rommel persönlich besuchen. Wir geben ihm zu Ehren einen Empfang mit anschließendem Ball, und wenn die Gräfin eine ihrer Migränen haben sollte ...» Er zuckte mit den Schultern. «Es wäre außerordentlich unangenehm.»

«Ich verstehe sehr gut, General. Ich werde mein Bestes tun.»

«Ich möchte ihr auf keinen Fall ausdrücklich befehlen, dabei zu sein ... Ich hätte sogar Angst davor, das zu tun», fügte er freimütig hinzu. «Sie waren damals nicht hier, aber an dem Tag, als Priem und ich hier eintrafen ... Mein Gott, sie hat es uns nicht leicht gemacht. Nicht wahr, Priem?»

«Ich habe mich sofort in sie verliebt», sagte der Standartenführer.

«Das pflegen viele Leute zu tun», erwiderte Geneviève.

Sie fand sein Lächeln so verwirrend, daß ihr Herz schneller schlug, wenn die durchdringend blickenden blauen Augen sie musterten, und sie den Blick abwenden mußte. Sie hatte das eigenartige und beunruhigende Gefühl, daß er bis in ihr Innerstes sehen konnte.

Der General sprach weiter: «Soweit ich mich erinnere,

waren Sie gerade im Dorf, als wir kamen. Ihre Tante hat uns eine ganze Weile die Tore verschlossen. Als wir endlich ins Schloß traten, waren einige auffallend helle Stellen an den Wänden.»

«Haben Sie mal im Keller nachgeschaut?»

Er lachte fröhlich und war den Rest der Mahlzeit bester Stimmung. Bei Geneviève machte sich die Belastung ihrer Rolle bemerkbar, und sie merkte, daß sie sich zusehends verkrampfte.

«Kaffee im Salon, denke ich», sagte Ziemke schließlich.

Alle erhoben sich, und in dem momentanen Durcheinander stellte sie fest, daß Priem unmittelbar neben ihr stand. «Könnte ich kurz mit Ihnen reden?»

Priem war entschieden jemand, dem sie aus dem Weg gehen mußte, wenigstens im Augenblick. «Vielleicht ein andermal», antwortete sie schnippisch und trat zu dem General.

«Meine Liebe, ich möchte Sie mit einem Landsmann von Ihnen bekanntmachen, der jetzt bei der Brigade Charlemagne der SS dient und uns heute einige wichtige Depeschen überbracht hat», sagte er.

Der Offizier machte eine Verbeugung. Sie sah das Abzeichen auf seiner Manschette, die Trikolore auf seinem linken Ärmel, als er lächelte und ihre Hand an seine Lippen führte, wie nur ein Franzose es konnte. Er war blond und blauäugig, sah mehr wie ein Deutscher aus als irgendeiner der Anwesenden, ein unglaublicher Kontrast zu dem ein paar Schritte weiter stehenden Max Priem.

«Enchanté», sagte er, und sie registrierte, wie gut die Uniform ihm stand, und fragte sich, was wohl geschehen würde, wenn die Résistance ihn jemals allein in einer dunklen Straße erwischen würde, diesen Franzosen, der bei der SS diente.

Ziemke bugsierte sie aus dem Zimmer, durch eine der

Fenstertüren auf die Terrasse. «Das ist besser», sagte er. «Frische Luft. Eine Zigarette?»

Während sie sie nahm, sagte sie: «Sie scheinen sich Sorgen über diese Konferenz zu machen. Ist sie so wichtig?»

«Rommel persönlich, meine Liebe. Was erwarten Sie?»

«Nein, es ist mehr als das», sagte Geneviève. «Sie stimmen nicht mit ihnen überein – nicht mehr. Ist es nicht das?»

«Sie machen es zu kompliziert», antwortete er. «Wir werden über Verteidigungsmaßnahmen sprechen, und ich weiß, was die meisten von den anderen denken.»

Dies war natürlich genau die Art von Gespräch, die zu führen – oder zu hören – sie gekommen war. «Und Sie stimmen nicht mit ihnen überein?»

«In der Tat.»

«Aber es ist doch sicher nur eine vorläufige Besprechung?»

«Ja, aber die Ergebnisse werden mehr oder weniger darüber entscheiden, was wir tun. Es sei denn, der Führer beschließt plötzlich, alles umzustoßen.»

«Er hat sie soweit gebracht», bemerkte sie leichthin.

«Wir werden den Krieg verlieren.»

Sie griff nach seiner Hand. «Das würde ich an Ihrer Stelle nicht zu laut sagen.»

Er hielt ihre Hand und starrte, offenbar in seinen Gedanken verloren, über den dunklen Garten und den Park hinaus. Es störte sie nicht, das war das Sonderbare. Er war ein guter, freundlicher Mensch, und er war unglücklich, und sie mochte ihn, und das hatte gar nicht zu dem Plan gehört. Sie hörte Schritte und entzog ihm ihre Hand.

«Verzeihen Sie, wenn ich Sie störe, Herr General», sagte Max Priem, «aber da ist ein Anruf aus Paris.»

Der General nickte langsam. «Ja, ich komme.» Er küßte ihre Hand und wandte sich mit einem «Gute Nacht, meine Liebe» um und ging zurück in den Salon.

Max Priem trat zur Seite. «Fräulein Trevaunce», sagte er steif. Sie bemerkte den spöttischen Ausdruck in seinen Augen und noch etwas anderes, Merkwürdiges: Zorn.

12

Sie schlief fest und traumlos und erwachte so unvermittelt, daß sie wußte, irgend etwas mußte sie aus dem Schlaf gerissen haben. Sie lag da und versuchte herauszubekommen, was es war. Dann knallten wieder Schüsse, und sie sprang aus dem Bett, schlüpfte in den Morgenmantel und eilte auf den Balkon.

Jemand rief auf deutsch, ein Gegenstand flog sehr schnell vorbei und wurde in Stücke geschossen. Sie schaute hinunter. Genau unter ihrem Balkon stand Priem und lud eine Flinte nach. Hinter ihm hockte ein Unteroffizier neben einer kleinen Kiste auf der Erde. Tontaubenschießen.

Priem rief, der Unteroffizier klinkte die Feder aus, und eine andere Scheibe sauste in den blauen Himmel. Die doppelläufige Flinte hob sich, er zog ab. Sie sah, wie die Scheibe zersprang, und legte eine Hand schützend über die Augen, um nicht von der grellen Sonne geblendet zu werden.

«Guten Morgen», rief sie.

Er hielt beim Laden inne und blickte zu ihr hoch. «Habe ich Sie geweckt?»

«Das kann man wohl sagen.»

Er gab dem Unteroffizier die Flinte. «In zehn Minuten gibt es Frühstück im Speisezimmer. Kommen Sie herunter?»

«Nein, ich denke, ich werde heute auf dem Zimmer frühstücken.»

«Wie Sie meinen.» Er lächelte. Sie drehte sich tief einatmend um und ging wieder ins Zimmer.

Kurz nachdem sie fertig gefrühstückt hatte, schickte Hortense ihre Zofe, um sie zu sich zu bestellen. Sie war im Bad, als Geneviève ihr Zimmer betrat.

«Ich habe beschlossen, heute morgen zur Messe zu gehen. Du kannst mitkommen», sagte ihre Tante.

«Aber ich habe schon gegessen.»

«Wie unüberlegt von dir. Du kommst trotzdem mit. Es ist notwendig.»

«Für die Erlösung meiner unsterblichen Seele?»

«Nein. Damit Maresa, dieses kleine Biest, eine Möglichkeit hat, dein Zimmer zu durchsuchen. Chantal hat gestern am späten Abend mitbekommen, wie Reichslinger ihr befahl, es zu tun.»

Geneviève sagte: «Dann hat er mich in Verdacht?»

«Warum sollte er? Du hast ihn dir nur zum Feind gemacht, das ist alles. Dies ist wahrscheinlich nur der Anfang einer Kampagne, bei der er versuchen wird, sich irgendwie an dir zu rächen. Für ihn würde ein Propagandaflugblatt der RAF reichen, um dich als Feindin des Reichs zu denunzieren. Wir müssen sehen, ob wir es nicht schaffen, daß der hinterhältige Kerl sich selbst ein Bein stellt.»

«Was soll ich tun?»

«Wenn du zurückkommst, wirst du die unangenehme Entdeckung machen, daß deine Brillantohrringe nicht mehr da sind, was der Fall sein wird, weil Chantal sie bis dahin in irgendein leicht zu findendes Versteck in Maresas Zimmer gebracht haben wird. Du wirst natürlich Himmel und Hölle in Bewegung setzen. Geh bis zu Priem, er ist ja für die Sicherheit verantwortlich.»

«Und was wird dann passieren?»

«Oh, er ist nicht dumm. Er wird die Ohrringe sehr bald in Maresas Zimmer finden. Sie wird natürlich ihre Unschuld beteuern, aber die Tatsachen werden für sich sprechen. Und dann wird das dumme Ding anfangen zu weinen …»

«Und sie wird gestehen, daß sie auf Reichslingers Befehl gehandelt hat?»

«Genau.»

«Du könntest beim Kartenspiel den Teufel selbst besiegen. Ich nehme an, das weißt du?»

«Selbstverständlich.»

«Ob Priem ihr aber glauben wird?» sagte Geneviève.

«Ich denke, wir können davon ausgehen. Er wird sicher keinerlei Aufsehen machen. Er wird Reichslinger unter vier Augen zurechtweisen oder Schlimmeres, aber er wird die Sache nicht auf sich beruhen lassen. Ich glaube, dein Standartenführer ist ein harter Vorgesetzter, wenn es sein muß.»

«Mein Standartenführer? Warum sagst du das?»

«Arme Genny.» Seit Jahren hatte sie niemand mehr so genannt. «Ich habe dich lesen können wie ein aufgeschlagenes Buch, seit du alt genug warst, um auf meinen Schoß zu klettern. In seiner Nähe ist dir unbehaglich, habe ich nicht recht? Dir wird vor Aufregung ganz mulmig, wenn er neben dir steht.»

Geneviève holte tief Luft, um die Fassung zu behalten, und stand auf.

«Ich werde mein Bestes tun, um der Versuchung zu widerstehen. Ich glaube, du kannst dich darauf verlassen, daß ich es schaffe. Hast du es Chantal erzählt?»

«Ich habe ihr nur gesagt, daß Anne-Marie lauter subversive Dinge treibt. Ich nehme an, du wirst feststellen, daß sie von nun an etwas freundlicher zu dir sein wird.»

«Na gut», sagte Geneviève. «Und nun brauchen wir einen Schlachtplan.»

«Ich hab mir alles zurechtgelegt. Wir sprechen später darüber. Und jetzt tu mir bitte einen Gefallen und sag Maresa, sie möge René ausrichten, daß ich den Rolls brauche.»

Geneviève war auf einmal wieder ein gehorsames kleines Mädchen. Sie tat, was Hortense ihr gesagt hatte. Nichts hatte sich verändert.

Ihre erste unangenehme Überraschung kam, als sie zur Tür hinaustraten und die Freitreppe hinuntergingen. Keine Spur von René und dem Rolls-Royce, sondern nur Max Priem und ein schwarzer Mercedes.

Er salutierte förmlich. «Ihr Wagen ist heute morgen offenbar nicht fahrbereit, Gräfin. Ich habe unsere Mechaniker angewiesen, ihn in Ordnung zu bringen. Inzwischen stehe ich Ihnen zur Verfügung. Ich nehme an, Sie möchten zur Kirche?»

Hortense zögerte, zuckte dann kaum merklich mit den Schultern, gab Geneviève ein Zeichen, es ihr gleichzutun, und stieg ein.

Er fuhr sie selbst ins Dorf, und Geneviève fühlte sich in der Tat nicht wohl in ihrer Haut, als sie da hinter ihm saß und seinen Nacken betrachtete. Hortense ignorierte ihn und blickte auf ihre Uhr. «Wir sind spät dran. Na ja, das macht nichts, der Pfarrer wird auf mich warten. Er ist siebzig, und er ist der erste Mann, in den ich mich je verliebt habe. Schwarze Haare und sehr attraktiv und dieser unerschütterliche Glaube. Glaube wirkt bei einem Mann sehr anziehend. Ich hätte nie gedacht, daß ich sooft zur Messe gehen würde.»

«Und wie ist er heute?» fragte Geneviève.

«Seine Haare sind weiß geworden, und wenn er lacht, wirft seine Haut so viele Falten, daß die Augen kaum noch zu sehen sind.»

Geneviève wurde zu ihrem Unbehagen bewußt, daß Priem

sie mit einem spöttischen Gesichtsausdruck im Rückspiegel beobachtete, und Hortense registrierte es ebenfalls.

Sie sagte kühl: «Soweit ich weiß, glaubt die SS nicht an Gott, ist es nicht so, Oberst?»

«Ich weiß aus zuverlässiger Quelle, daß Himmler eine Ausnahme macht.» Priem lenkte den Wagen auf einen freien Platz neben der Friedhofspforte, stieg aus und öffnete die hintere Tür. «Wenn ich bitten darf, meine Damen.»

Hortense blieb noch eine Sekunde lang sitzen, nahm dann seine Hand und stieg aus. «Wissen Sie, eigentlich mag ich Sie, Priem. Es ist ein Jammer ...»

«Daß ich Deutscher bin, Gräfin? Meine Großmutter mütterlicherseits kam aus Nizza. Hilft das ein wenig?»

«Eine ganze Menge.» Sie wandte sich zu Geneviève. «Du brauchst nicht mitzukommen. Du kannst das Grab deiner Mutter besuchen. Es dauert ja nicht lange.»

Sie zog den Schleier an ihrem Hut herunter und schritt den Weg zwischen den Gräbern zum Kirchenportal hoch.

Priem sagte: «Eine bemerkenswerte Frau.»

«Oh, ja.»

Er sagte nichts mehr, stand nur da, mit den Händen auf dem Rücken verschränkt, wie eine Gestalt aus einem Bilderbuch, in der schmucken Uniform, mit dem Ritterkreuz um den Hals. Endlich sagte sie: «Wenn Sie mich entschuldigen würden, ich möchte zum Grab meiner Mutter.»

«Selbstverständlich.»

Sie betrat den Friedhof. Das von einer wunderschönen Zypresse beschattete Grab war im entgegengesetzten Teil. Der Stein war sehr schlicht, wie Hortense es gewollt hatte, und in der steinernen Vase davor steckten frische Schnittblumen.

«Hélène Claire de Voincourt-Trevaunce», las Max Priem, der ihr in einem Schritt Abstand gefolgt war, und dann tat er etwas Sonderbares. Er salutierte kurz, es war ein klassisches Salutieren, nicht so übertrieben zackig, wie es sonst bei den Nazis üblich war. «Hm, Hélène Claire», sagte er dann leise, «Sie haben eine sehr schöne Tochter. Ich denke, Sie wären stolz auf sie.»

Geneviève sagte: «Was ist mit Ihrer Familie?»

«Mein Vater ist im Ersten Weltkrieg gefallen, und meine Mutter ist ein paar Jahre danach gestorben. Ich bin bei einer Tante in Frankfurt aufgewachsen, sie war Schulleiterin. Sie ist letztes Jahr bei einem Bombenangriff ums Leben gekommen.»

«Dann haben wir ja etwas gemeinsam?»

«Oh, hören Sie», sagte er. «Was ist mit Ihrem Vater, dem Arzt, der in Cornwall lebt? Und mit Ihrer Schwester, von der Sie so selten sprechen. Geneviève, nicht wahr?»

Sie bekam es plötzlich mit der Angst, weil er soviel wußte, und hatte das schreckliche Gefühl, wie auf einer Messerklinge zu balancieren. Ein unvermittelter Regenschauer rettete sie. Als die ersten Tropfen vom Himmel fielen, nahm er ihre Hand.

«Kommen Sie, wir laufen.»

Sie erreichten die schützende Vorhalle der Kirche, und sie bemerkte, daß er mühsam und keuchend atmete. Er ließ sich auf die Steinbank sinken.

Sie sagte: «Ist etwas nicht in Ordnung?»

«Nein, es ist nichts.» Er lächelte verzerrt und holte ein silbernes Etui aus der Tasche. «Zigarette?»

«Sie sind in Rußland verwundet worden?» sagte sie.

«Ja.»

«Ich habe gehört, daß es dort im Winterkrieg sehr schlimm gewesen ist.»

«Ich denke, man kann sagen, daß es eine unvergeßliche Erfahrung war.»

«Reichslinger und die anderen – Sie scheinen wie in anderen Welten zu leben. Sie sind ...»

«Ein Deutscher, dessen Land Krieg führt», sagte er. «Es ist im Grunde ganz einfach. Vielleicht bedauerlich, aber sehr einfach.»

«Sie haben wohl recht.»

Er seufzte, und sein Ausdruck wurde weicher. «Ich habe den Regen schon als Kind geliebt.»

«Ich auch», sagte sie.

Er lächelte. «Gut, dann haben wir ja doch etwas gemeinsam.»

Während der Regen immer heftiger wurde, saßen sie da und warteten auf Hortense, und ihre Tante hatte wie immer recht gehabt, denn sie war ihr Leben lang noch nie so aufgewühlt gewesen.

Craig Osbourne läutete an Munros Haustür am Haston Place in London. Als die Tür aufging, eilte er hinauf und sah, daß Jack Carter ihn bereits oben auf dem Treppenabsatz erwartete.

«Ist er da, Jack?»

«Ich fürchte, nein. Sie haben ihn ins Kriegsministerium zitiert. Gut, daß Sie da sind. Ich wollte gerade die Bluthunde auf Ihre Fährte hetzen. Ihre Leute von OSS haben versucht, Sie zu erreichen.»

«Warum?»

«Na ja, sie haben festgestellt, daß Sie nie abschließend über die Affäre Diederichs berichtet haben. Sie sind sauer auf Munro, weil er sich in einem fort auf Eisenhower beruft, aber gleichzeitig sind sie sehr damit zufrieden, wie Sie die Sache gedeichselt haben. Ich nehme an, eine neue Auszeichnung ist bereits unterwegs.»

«Ich hab schon eine», sagte Craig trocken.

«Ja, hm, seien Sie trotzdem ein braver Junge und fahren Sie rüber zum Cadogan Place, um sie bei Laune zu halten. Übrigens, was wollen Sie von Munro?»

«Ich habe Geneviève versprochen, ein Auge auf ihre Schwester zu haben. Ich dachte, ich schaue mal schnell in der Klinik vorbei, aber die Posten haben mich nicht reingelassen.»

«Ja, nun, die Sicherheit ist aus mehreren Gründen verstärkt worden», antwortete Carter lächelnd. «Ich werde Baum anrufen und ihm sagen, daß er Sie empfangen soll.»

«Gut», sagte Craig. «Dann seh ich am besten mal nach, was im OSS-Hauptquartier los ist.» Damit drehte er sich um und eilte die Treppe hinunter.

In einem Spionagefilm, den Geneviève einmal gesehen hatte, hatte sich der Held ein Haar ausgerissen und es über den oberen Rand einer Tür gelegt, damit er später prüfen konnte, ob jemand sein Zimmer betreten hatte. Sie hatte die gleiche List bei zwei Schubladen ihrer Frisierkommode angewendet. Als sie von der Kirche zurückgekommen war, prüfte sie als erstes die Schubladen. Sie waren beide geöffnet worden.

Maresa war nicht da, denn sie hatte ihr vorhin, ehe sie fortgefahren waren, gesagt, sie würde sie erst wieder vor dem Mittagessen brauchen, und so setzte sie sich hin, zündete eine Zigarette an und überlegte, ehe sie das Zimmer wieder verließ und Priem suchte. Sie fand ihn in der Bibliothek an seinem Schreibtisch, wo er zusammen mit dem neben ihm stehenden Reichslinger eine Liste oder eine Aufstellung durchging.

Sie sahen beide auf. Sie sagte: «Jetzt platzt mir wirklich der Kragen, Standartenführer. Daß Ihre Sicherheitsleute unsere Privatzimmer dann und wann filzen, ist wohl leider eine Tatsache, mit der man sich abfinden muß. Ich kann mich aber auf keinen Fall damit abfinden, daß plötzlich ein Paar sehr wertvolle Brillantohrringe verschwunden ist, ein Familienerbstück. Ich wäre Ihnen sehr dankbar, wenn Sie dafür sorgten, daß es mir zurückgegeben wird.»

«Ihr Zimmer ist durchsucht worden?» sagte Priem gelassen. «Wieso sind Sie so sicher?»

«Oh, aus mehreren Gründen. Gewisse Dinge sind nicht mehr so, wie ich sie zurückgelassen habe – und dann natürlich die Ohrringe.»

«Vielleicht hat Ihre Zofe aufgeräumt. Haben Sie schon mit ihr gesprochen?»

«Das ging nicht», sagte Geneviève ungeduldig. «Ich habe ihr den Vormittag freigegeben, bevor wir zur Kirche gefahren sind.»

Er sagte zu Reichslinger: «Wissen Sie etwas darüber?»

Reichslinger war blaß geworden. «Nein, Standartenführer.»

Priem nickte. «Es wäre ja auch undenkbar, daß Sie hier etwas ohne meine ausdrückliche Anweisung durchsuchen ließen.»

Reichslinger blieb stumm. Geneviève sagte: «Nun?»

«Ich werde mich darum kümmern», antwortete Priem, «und dann gebe ich Ihnen Bescheid.»

«Danke.» Sie wandte sich um und schritt schnell hinaus.

Priem zündete sich eine Zigarette an und sah zu Reichslinger auf. «Hm.»

«Standartenführer?» Reichslinger standen nun winzige Schweißtropfen auf der Stirn.

«Die Wahrheit, Mann. Ich gebe Ihnen fünf Sekunden, mehr nicht. Ich habe Sie gewarnt.»

«Standartenführer, hören Sie mich an. Ich habe nur meine Pflicht getan. Die Walther ... ich habe mir Sorgen gemacht. Ich dachte, es gäbe vielleicht noch andere Dinge.»

«Also zwingen Sie die Zofe von Mademoiselle Trevaunce,

das Zimmer ihrer Herrin zu durchsuchen, und die dumme Gans kommt dabei in Versuchung? Sehr hilfreich, Reichslinger. Sie werden mir sicher zustimmen.»

«Was soll ich sagen, Standartenführer...»

«Nichts», sagte Priem müde. «Suchen Sie diese Maresa und bringen Sie sie her.»

Geneviève saß in ihrem Zimmer an der offenen Tür zum Balkon und wartete und versuchte, die Zeit mit Lesen herumzubringen. Hortense sollte auch diesmal recht behalten, denn kaum eine Stunde nach ihrem Besuch in der Bibliothek klopfte es, und Priem kam herein.

«Haben Sie einen Moment Zeit?» Er kam durch das Zimmer, hielt die Ohrringe hoch und ließ sie in ihren Schoß fallen.

«Wer?» fragte sie.

«Ihre Zofe. Wie Sie sehen, hatte ich recht.»

«Die undankbare kleine Schlampe. Sind Sie auch sicher?»

«Ich fürchte, ja», sagte er ruhig, und sie fragte sich, was zwischen ihm und Reichslinger vorgefallen sein mochte.

«Dann wird sie zu ihrer Mutter zurück müssen. Und auf dem Feld arbeiten.»

«Ich würde sagen, es war nicht vorbedacht, sondern eher... impulsiv. Ein Mädchen vom Land, das seine Unschuld auch dann noch beteuerte, als ich die Ohrringe in ihrem Zimmer fand. Sie konnte jedenfalls kaum gehofft haben, nicht ertappt zu werden.»

«Sie meinen, ich sollte ihr eine Chance geben?»

«Dazu würde ein bißchen Erbarmen gehören, eine Tugend, die in diesen harten Zeiten sehr knapp ist.» Priem schaute über den Balkon hinaus. «Wirklich, man hat einen sehr schönen Blick von hier. Ich war mir dessen nie bewußt.»

«Ja», sagte Geneviève.

Er lächelte. «Hm. Es ist noch eine Menge zu tun, wenn wir

morgen für den Besuch des Feldmarschalls gerüstet sein wollen. Sie entschuldigen mich bitte.»

«Natürlich.»

Die Tür fiel hinter ihm ins Schloß. Sie wartete einige Minuten, dann verließ sie ebenfalls rasch das Zimmer.

«Maresa hat ein Verhältnis mit einem der Soldaten», sagte Hortense. «Das heißt, Chantal behauptet es steif und fest.» Sie sah ihre grimmige alte Zofe an. «Sie können sie jetzt holen.»

«Hat das etwas zu bedeuten?» fragte Geneviève.

Hortense erlaubte sich ein feines Lächeln. «Maresas Soldat ist für heute und morgen abend außer der Reihe zum Wachdienst auf der Terrasse vor der Bibliothek eingeteilt worden, und das paßt ihr nicht. Ich glaube, sie denkt, du seist dafür verantwortlich.»

Geneviève sah sie an, ohne zu verstehen. «Und?» sagte sie.

«Der Soldat, der am Tor war, als du kamst», erläuterte ihre Tante. «Du hast ihm deinen Ausweis zuerst nicht zeigen wollen. Als sich die Sache bis zu Reichslinger herumsprach, war der Junge bereits ein rüder Grobian geworden. Sein Vorgesetzter dachte, es falle irgendwie auf ihn zurück und verdonnerte ihn zu zusätzlichem Wachdienst. Chantal sagt, Maresa sei sehr wütend auf dich gewesen.»

«Meinst du, wir sollten sie auf irgendeine Weise benutzen? Das ist der eigentliche Grund für diese ganze Geschichte, nicht wahr?»

«Natürlich. Wenn du an den Safe in der Bibliothek willst, mußt du es während des Balls tun. Du wirst dich unter irgendeinem Vorwand entfernen müssen. Der Riegel an der dritten Fenstertür ist schon seit dreißig Jahren defekt. Wenn du kräftig genug gegen die Tür drückst, geht sie auf. Wie lange wirst du brauchen, um den Safe zu öffnen und deine Kamera zu gebrauchen? Fünf Minuten? Zehn?»

«Aber der Posten draußen», sagte Geneviève. «Auf der Terrasse.»

«Ach ja, Maresas Anbeter. Erich heißt er, glaube ich. Ich denke, wir können uns darauf verlassen, daß sie lange genug mit ihm in die Büsche verschwindet. Schließlich amüsieren sich die anderen ja auch.»

«Mein Gott», flüsterte Geneviève. «Bist du sicher, daß kein Blut von den Borgias in unserer Familie fließt?»

Maresa trat, das Gesicht rotgeweint und geschwollen, einige Minuten später gefolgt von Chantal ins Boudoir.

«Bitte, Mademoiselle», flehte sie, «ich habe ihre Ohrringe nicht genommen, ich schwöre es.»

«Aber Sie haben auf Reichslingers Befehl mein Zimmer durchsucht, stimmt das?»

Maresa sperrte den Mund auf, aber der Schreck war offenbar so groß, daß sie nicht einmal Anstalten machte, es zu leugnen. «Sehen Sie, wir wissen alles, Sie dummes Ding, genau wie Standartenführer Priem», sagte Hortense scharf. «Er hat Ihnen befohlen, die Wahrheit zu sagen, und Ihnen dann nahegelegt, den Mund zu halten?»

«Ja, Frau Gräfin.» Maresa fiel auf die Knie. «Reichslinger ist ein schrecklicher Mensch. Er sagte, wenn ich nicht tue, was er sagt, schickt er mich in ein Arbeitslager.»

«Stehen Sie um Himmels willen auf.» Maresa tat es, und Hortense fuhr fort: «Wollen Sie, daß ich Sie auf den Bauernhof zurückschicke? Alle würden erfahren, warum Sie Knall auf Fall fort mußten, und Sie würden Schande über Ihre Mutter bringen.»

«Nein, *Madame la comtesse,* bitte nicht. Ich werde alles tun, um es wieder gutzumachen.»

Hortense langte nach einer Zigarette und lächelte Geneviève zu. «Siehst du?» sagte sie.

Craig Osbourne war den größten Teil des Tages im OSS-Hauptquartier festgehalten worden. Es dunkelte schon, als er das Gebäude verließ, und als er vor der Klinik in Hamstead hielt, war es sieben Uhr. Der Posten öffnete das Tor nicht, sondern sprach durch das Gitter hindurch.

«Was kann ich für Sie tun, Sir?»

«Major Osbourne. Dr. Baum erwartet mich.»

«Ich glaube, er ist nicht da, aber ich werde fragen.» Der Mann ging in sein winziges Büro und kam kurz darauf zurück. «Ich hatte recht, Sir. Er ist vor einer Stunde gegangen, kurz bevor meine Schicht angefangen hat.»

«Verdammt!» sagte Craig und wandte sich wieder zum Wagen.

«Ist es dringend, Sir?» fragte der Posten.

«Ja, das kann man wohl sagen.»

«Ich glaube, Sie finden ihn im ‹Grenadier›, Sir. Das ist ein Pub in der Charles Street. Einfach die Straße runter, Sie können es nicht verfehlen. Er ist fast jeden Abend da.»

«Oh, vielen Dank», sagte Craig und eilte zu Fuß weiter.

Am Abend veranstalteten die Offiziere als Vorbereitung für das große Ereignis eine kleine Feier, und Ziemke hatte Geneviève gebeten, daran teilzunehmen, sicher auch deshalb, weil Hortense hatte durchblicken lassen, daß sie wieder auf ihrem Zimmer essen wollte.

«Ich habe dir versprochen, Rommel zu charmieren», hatte sie zu Ziemke gesagt, «und das wird genügen müssen.»

Geneviève war kurz vor sieben umgezogen und bereit hinunterzugehen. Sie hatte Maresa bereits fortgeschickt, als jemand ganz leise an die Tür klopfte. Sie machte auf, und vor ihr stand René Dissard mit einem Tablett.

«Der Kaffee, den Mademoiselle bestellt hat», sagte er ernst.

Sie zögerte, aber nur für den Bruchteil einer Sekunde. «Danke, René», sagte sie und trat zur Seite.

Sie machte die Tür zu, er stellte das Tablett auf den Tisch am Fenster und wandte sich rasch zu ihr um. «Nur einen Augenblick, Mademoiselle. Ich habe Anweisung bekommen, mich mit einem der wichtigsten Kontakte beim Widerstand zu treffen.»

«Worum geht es?»

«Vielleicht ein Funkspruch aus London.»

«Können Sie ohne weiteres hier weg?»

«Keine Sorge. Ich weiß, was ich tue.» Er lächelte. «Läuft bei Ihnen alles gut?»

«Bis jetzt ja. Sehr gut.»

«Ich werde morgen irgendwann zu Ihnen kommen, aber jetzt muß ich los, Mademoiselle. Guten Abend.»

Er öffnete die Tür und ging hinaus. Sie war sich zum erstenmal eines sonderbaren Gefühls bewußt, eines akuten Unbehagens. Unsinn, schalt sie sich. Sie schenkte sich eine Tasse Kaffee ein und setzte sich ans Fenster, um ihn zu trinken.

Sie benutzten das alte Musikzimmer zum Tanzen. In einer Ecke, auf einer leicht erhöhten Plattform, die nun im Halbdunkel lag, stand ein Flügel. Sie dachte daran, wie sie das letztemal gespielt hatte, für Craig Osbourne, und hoffte, daß niemand sie bitten würde, die Darbietung zu wiederholen.

Anne-Marie hatte immer brillanter gespielt, hatte viel mehr an ihrer Technik gearbeitet. Sie hätte öffentlich auftreten können, aber sie paßte auf, nicht ganz so gut zu werden. Sie behauptete, es sei das, was die Leute von ihr wollten, eine glänzende Dilettantin, aber keinen Profi. Wahrscheinlich hatte sie recht, wie immer.

Geneviève machte ganz auf Dame der Gesellschaft, schon

um eine gewisse Distanz zu denjenigen Gästen zu halten, die sie eigentlich mehr oder weniger gut kennen müßte. Jemand öffnete die Tür zur Terrasse, und kühle Luft drang herein. Es waren ziemlich viele Leute da. Am Nachmittag war ein SS-Brigadeführer namens Seilheimer zusammen mit seiner Frau und zwei Töchtern und einem Obersten vom Heer gekommen, der einen Arm in der Schlinge hatte und nach der Art, wie die jüngeren Offiziere ihn umdrängten, irgendeine Heldentat im Krieg vollbracht haben mußte. Die Anwesenheit Ziemkes und des Brigadeführers ließ keine ausgelassene Stimmung aufkommen, und vielleicht waren sie sich dessen bewußt, denn die beiden zogen sich früh zurück, um sich zu unterhalten, und die Musik wurde ein bißchen flotter.

Zwei junge Offiziere kümmerten sich in der ersten Stunde abwechselnd um das Grammophon, überließen die Aufgabe dann jedoch einem Unteroffizier und versuchten ihr Glück bei den Generalstöchtern, die beide höchstens siebzehn Jahre alt zu sein schienen und vor Aufregung, im Mittelpunkt all der Aufmerksamkeit zu stehen, knallrote Wangen hatten.

Sie freuten sich natürlich auf den Ball und die Möglichkeit, den großen Rommel kennenzulernen. Die jüngere, die ständig albern kicherte, sagte, sie hätte noch nie so viele gutaussehende junge Männer in einem Raum zu Gesicht bekommen, und was Geneviève denn von dem schwarzhaarigen Obersten der Waffen-SS halte? Sie sprachen französisch, worum sich übrigens auch die meisten anderen Gäste redlich bemühten.

Die letzte Bemerkung fiel ein bißchen zu laut aus. Max Priem, der ein Glas Cognac in der Hand hatte, machte ein todernstes Gesicht, während er sich weiter mit dem Obersten vom Heer unterhielt, aber als er Geneviève einen kurzen Blick zuwarf, funkelten seine Augen belustigt.

Sie beobachtete ihn eine Weile, diesen Mann, der so ganz anders war als alles, was sie erwartet hatte. Alle Deutschen seien unmenschliche Nazis, wie Reichslinger; das hatte sie geglaubt, weil es das war, was man ihnen immer erzählt hatte.

Priem war jedoch anders als die anderen Deutschen, die sie bisher kennengelernt hatte. Wenn sie ihn ansah, wußte sie, was man mit dem Ausdruck «geborener Soldat» meinte. Aber da war trotzdem all das, was er und Leute wie er getan hatten. Ein wenig davon hatte sie in den letzten Tagen selbst gesehen, und es gab andere, viel schrecklichere Dinge. Zum Beispiel die Lager. Sie erschauerte leicht. Solche Gedanken waren idiotisch. Sie war hier, um einen Auftrag zu erledigen, und darauf mußte sie sich konzentrieren.

Die Musik war eine sonderbare Mischung, nicht nur deutsche Melodien. Es gab französische Schlager und sogar einen amerikanischen Boogie-Woogie. Morgen würde es ganz anders sein. Helle Beleuchtung und dezente Musik, ein kleines Orchester. Sie würden Bowle aus den Silberschalen der Voincourts und eine Menge Champagner trinken und von Soldaten in Galauniform und mit weißen Handschuhen bedient werden.

Ein junger Oberleutnant trat zu ihr und bat sie so schüchtern um den nächsten Tanz, daß sie ihm Anne-Maries strahlendstes Lächeln schenkte und sagte, ja, mit Vergnügen. Er war ein hervorragender Tänzer, sicher der beste im Raum, und errötete vor Freude, als sie ihm zu seinem Können gratulierte.

Während eine neue Schallplatte aufgelegt wurde, standen sie mitten im Zimmer und plauderten, und da sagte plötzlich jemand: «Und nun bin ich an der Reihe.»

Reichslinger trat so rüde zwischen sie, daß der Oberleutnant hastig einen Schritt zurück machen mußte.

«Ich suche mir gern selbst aus, mit wem ich tanze», sagte sie.

«Ich auch.»

Als die Musik begann, umfaßte Reichslinger fest ihre Taille und nahm ihre Hand. Er lächelte die ganze Zeit, da er seine dominierende Rolle genoß und wußte, daß sie kaum etwas tun konnte, ehe die Platte zu Ende war.

«Als wir uns das letztemal sahen, sagten Sie, ich sei kein Herr», sagte er. «Ich muß mich also um bessere Manieren bemühen.»

Er lachte, als hätte er etwas sehr Geistreiches von sich gegeben, und sie merkte, daß er mehr als ein bißchen betrunken war. Als die Musik verklang, blieben sie an einer der offenen Fenstertüren stehen, und er schob sie hinaus auf die Terrasse.

«Ich finde, das reicht», sagte sie.

«Oh, nein, noch nicht.» Er packte ihre Arme und drückte sie gegen die Mauer. Sie wehrte sich, und er lachte amüsiert, benutzte offensichtlich nur seine halbe Kraft, und dann hob sie den Fuß und trat ihn mit ihrem spitzen Absatz so heftig sie konnte auf den Spann.

«Du verdammtes Biest!» zischte er.

Sein Arm sauste hoch, um sie zu schlagen, aber da war plötzlich eine Hand auf seiner Schulter und riß ihn zurück. «Hat Ihnen nie jemand beigebracht, wie man sich Damen gegenüber benimmt?» sagte Max Priem.

Reichslinger starrte ihn finster an, und Priem stand drohend, die Hände in die Hüften gestemmt, da und erwiderte seinen Blick. «Sie haben ab zehn Uhr Dienst, stimmt das?»

«Ja», brummte Reichslinger.

«Dann würde ich vorschlagen, daß Sie sich beeilen.» Reichslinger sah Geneviève gierig an. Priem fuhr fort: «Das heißt, es ist kein Vorschlag, sondern ein Befehl.»

Reichslinger wurde schlagartig wieder zum disziplinierten SS-Mann. Er schlug die Hacken zusammen. «Zu Befehl, Standartenführer!» Er salutierte vorschriftsmäßig und eilte fort.

«Vielen Dank», sagte Geneviève, weil ihr nichts anderes einfallen wollte.

«Sie haben sich gut gehalten. Hat man Ihnen das auf dem Töchterpensionat beigebracht?»

«Der Lehrplan war sehr vielfältig.»

Eine andere Platte begann, und sie erkannte erschrocken die Stimme des Sängers. Al Bowlly, Julies Lieblingssänger.

«Ich suche mir auch gern selbst aus, mit wem ich tanze», sagte Priem. «Darf ich bitten?»

Sie gingen wieder hinein und aufs Parkett. Er tanzte ausgezeichnet, und sie hatte den Zwischenfall von eben bald vergessen und gab sich dem Rhythmus der Musik und seiner Führung hin. Doch dann wurde ihr plötzlich wieder bewußt: Sie war eine Spionin, umgeben von Feinden. Was würden sie mir ihr machen, wenn sie es herausbekamen? Jene Gestapokeller in Paris, wo sie Craig Osbourne gefoltert hatten? Es war schwer, solche Fakten mit dem unbeschwerten Lachen, der angeregten Unterhaltung zu vereinbaren.

«Woran denken Sie?» flüsterte er.

«Oh ... nichts Besonderes.»

Eigentlich war es herrlich, sich dem Tanz hinzugeben, bis alles ringsum wie in einem rosigen Dunst zu verschwimmen begann. Die Musik wiegte sie, und dann wurde ihr plötzlich klar, was Bowlly da sang: «Little Lady Make-Believe».

Eine merkwürdige Wahl. Das letztemal hatte sie diesen Song bei einem der Bombenangriffe auf London gehört. Sie war noch Schwester auf Probe gewesen und war, als sie ein paar Stunden frei hatte und zu müde zum Schlafen war, mit einem amerikanischen Piloten vom Adler-Geschwader in einen Nachtclub gegangen. Al Bowlly war kurz vorher von einer deutschen Bombe getötet worden, und der Amerikaner hatte gelacht, als sie sagte, es sei gespenstisch, und sie hatte versucht, sich in ihn zu verlieben, nur weil alle anderen verliebt zu sein schienen. Und dann hatte er ihren Mädchentraum – sie war achtzehn gewesen – zerstört, indem er sie fragte, ob sie mit ihm schlafen wolle.

Priem holte sie aus ihren Gedanken: «Sie haben vielleicht nicht bemerkt, daß die Musik aufgehört hat?»

«Das beweist, wie müde ich bin. Ich denke, ich gehe jetzt schlafen. Es war, wie man so sagt, ein interessanter Abend. Empfehlen Sie mich bitte dem General.»

Ein Unteroffizier kam mit einer Nachricht für Priem. Er nahm das Blatt und las es, und aus Neugier blieb sie stehen, um eventuell zu erfahren, worum es ging. In seinem Gesicht bewegte sich kein Muskel. Er steckte das Blatt in die Tasche.

«Dann gute Nacht», sagte er.

«Gute Nacht, Standartenführer.»

Sie hatte das Gefühl, fortgeschickt zu werden, und dachte immer noch an das Blatt Papier, als müßte etwas darauf stehen, das sie wissen sollte. Was für eine Ironie, wenn Rommel nicht käme! Wenn sie alles abblasen würden. Nein, es wäre keine Ironie, es wäre einfach fabelhaft. Sie würde länger im Schloß bleiben können. Sie würden dort fern vom blutigen Geschehen leben, bis der Krieg gewonnen wäre, und dann würde sie hoffentlich heimkehren können zu ihrem Vater. Sie bekam Gewissensbisse, denn ihr fiel ein, daß sie eine ganze Weile nicht mehr an ihn gedacht hatte.

Sie ging die Treppe hinauf und schritt den Korridor entlang zu ihrem Zimmer. Als sie es betrat, spürte sie plötzlich zum erstenmal Anne-Marie, wie eine unsichtbare und lastende Präsenz, und sie mußte hinaus auf den Balkon, wo kein Windhauch ging, aber die unbewegte Luft war wenigstens angenehm kühl.

Sie saß im Dunkeln auf dem Schaukelstuhl, dachte an Anne-Marie und an das, was ihr widerfahren war. Es waren Männer von der SS gewesen, die Leute, die sie zerstört hatten, das war der springende Punkt, genau wie Max Priem. Nein, das war Unsinn. Er war anders.

Von unten hörte sie leise Schritte, und sie schaute hinunter und sah die Gestalt eines Mannes, die sich in dem Licht abzeichnete, das aus dem Raum fiel, den er eben verlassen hatte. Er stand da, ohne sich zu rühren, und sie wurde sich bewußt, daß sie aufgehört hatte, in dem Stuhl zu schaukeln, und den Atem anhielt.

Sie wußte nicht genau, wie lange sie dort, in der Dunkelheit verborgen, saß und beobachtete, aber er bewegte sich nicht. So entstand eine Harmonie zwischen ihnen, die um so magnetischer war, als er sie nicht spürte. Er drehte sich um, das Licht aus einem der Fenster fiel auf sein Gesicht, und er sah zum Balkon hoch.

«Hallo», sagte sie. «Schöpfen Sie frische Luft?»

Es dauerte eine Weile, ehe er antwortete, und sie kostete die Stille aus. «Frieren Sie nicht?» sagte er.

Irgendwo an der Gartenmauer bellte ein Wachhund, störte den stummen Frieden, und andere Hunde fielen ein. Priem trat zur Brüstung der Terrasse und lehnte sich in kerzengerader, fast verkrampfter Haltung dagegen. Das Bellen hatte nichts Unheimliches mehr. Die Hunde waren sehr real. Weiter hinten im Garten ertönten nun Stimmen, und eine Taschenlampe blitzte auf.

Ein Scheinwerfer wurde angeschaltet, und sein Lichtkegel wanderte wie eine weiße Schlange über den Boden, bis er das Rudel erfaßte, fünf oder sechs Schäferhunde, und dann die Beute, einen Mann, der ein kleines Stück vor ihnen her lief. Sie erreichten ihn am unteren Brunnen. Er fiel hin, und die Hunde waren blitzschnell über ihm, doch einen Augenblick später kamen die Posten und schlugen auf sie ein, so daß sie von ihm abließen.

Geneviève beobachtete starr vor Entsetzen, wie sie dem

blutüberströmten Mann auf die Füße halfen. Priem rief etwas auf deutsch, und ein junger Feldwebel drehte sich um und lief über den Rasen, um Meldung zu machen. Eine Minute später kehrte er zu der Gruppe am Brunnen zurück, und die knurrenden und hechelnden Hunde und der Gefangene wurden weggeführt.

«Ein Wilddieb, er hatte es wohl auf die Fasanen abgesehen», rief Priem gedämpft. «Es war sehr unklug von ihm.»

Da haßte sie ihn auf einmal für all das, was er verkörperte. Die Brutalität des Krieges, die Gewalt, die im Handumdrehn das Leben normaler Menschen auslöschen konnte – aber war sie nicht letztlich eine Voincourt? Hätte ihre Familie nicht in einem vergangenen Jahrhundert die Hand eines Wilddiebs für den gestohlenen Fasan gefordert?

Sie atmete tief ein, um sich wieder zu fassen. «Ich denke, ich gehe jetzt zu Bett. Gute Nacht, Herr Priem.»

Sie trat in das dunkle Zimmer. Er blieb stehen, das Licht fiel immer noch auf sein Gesicht, und schaute hoch. Es dauerte eine ganze Weile, bis er sich umdrehte und fortging.

13

Der «Grenadier» in der Charles Street war an der Ecke eines gepflasterten Hofes mit einigen alten, zu Wohnhäusern umgebauten Remisen. Craig ging hinein und fand einen typischen Londoner Pub mit marmornen Tischplatten, einem Kohlefeuer in einem kleinen Kamin, einer Mahagonitheke und mit vielen ordentlich aufgereihten Flaschen vor einem großen Spiegel. Es war nicht sehr viel los. Am Kamin saßen ein paar Luftschutzhelfer in Uniform und spielten Domino. Vier Arbeiter in Overalls ließen sich in einer Ecke ihr Guinness schmecken. Hinter der Theke stand eine mütterlich wirkende Blondine in reiferen Jahren und blickte von der Illustrierten auf, in der sie gelesen hatte.

«Was kann ich für Sie tun, junger Mann?»

«Scotch mit Wasser bitte», sagte er.

«Ich weiß nicht, ihr Yankees glaubt anscheinend, hier wär der Himmel auf Erden. Noch nie was von Rationierung gehört?» Sie lächelte. «Aber ich denke, für Sie habe ich noch einen Tropfen.»

«Ich habe gehofft, hier einen Freund von mir zu treffen. Dr. Baum.»

«Der kleine ausländische Arzt von dem Pflegeheim oben an der Straße?»

«Ja, genau.»

Sie drehte sich um und füllte das Glas so, daß die anderen Gäste es nicht sehen konnten. «Er ist im Nebenzimmer hinter der Glastür da, junger Mann. Wie fast jeden Abend. Ist lieber allein.»

«Vielen Dank.» Craig zahlte und nahm den Drink.

Sie sagte: «Er verkraftet ihn nicht mehr richtig, ich meine, den vielen Alkohol. Vielleicht könnten Sie ihm gut zureden, zur Abwechslung mal halb soviel zu trinken.»

«Dann gehört er zu Ihren Stammgästen?»

«Das würde ich sagen. Seit er diese Klinik leitet, und das muß jetzt ungefähr drei Jahre her sein.»

Hier warteten noch mehr Informationen, das war ihm instinktiv klar. Er nahm seine Zigaretten heraus und bot ihr eine an. «Er hat doch nicht immer soviel getrunken, nicht wahr?»

«Großer Gott, nein. Er kam zuerst jeden Abend um dieselbe Zeit, setzte sich auf den letzten Schemel an der Theke, las die *Times* und trank ein Glas Portwein, und dann ist er gegangen.»

«Was ist denn passiert?»

«Na ja, seine Tochter ist gestorben, das stimmt doch?»

«Aber das ist schon länger her. Vor dem Krieg.»

«Oh, nein, Sie irren sich. Es war ungefähr vor einem halben Jahr. Ich erinnere mich genau. Er war in einer schrecklichen Verfassung, völlig außer sich. Ging ins Nebenzimmer und stützte sich auf die Theke und weinte. Ich hab ihm einen großen Scotch gegeben und ihn gefragt, was los ist. Er sagte, er hätte eben eine schlechte Nachricht gekriegt. Er hatte gehört, daß seine Tochter gestorben war.»

Craig schaffte es, äußerlich ganz gelassen zu bleiben. «Ich habe es wohl durcheinanderbekommen. Na ja. Ich werde jetzt zu ihm gehen.» Er leerte das Glas. «Bringen Sie mir bitte noch einen – und Nachschub für Baum.»

Er öffnete die Tür mit der viktorianischen geätzten Milchglasfüllung und betrat das lange Nebenzimmer. Die Theke setzte sich bis hierher fort. Vor vielen Jahren war es weiblichen Gästen vorbehalten gewesen. Lederbezogene Bänke säumten die Wand, und am Ende war ebenfalls ein kleiner Kohlekamin. Baum saß mit einem Glas in der Hand daneben. Er sah schmuddelig aus, irgendwie verwahrlost in seinem viel zu großen Jackett. Seine Augen waren blutunterlaufen, Kinn und Wangen hatten Bartstoppeln.

Craig sagte: «Guten Abend, Doktor.»

Baum blickte überrascht auf. «Major Osbourne. Wie geht es Ihnen?» Er lallte ein klein wenig. Offensichtlich hatte der Alkohol bereits seine Wirkung getan.

«Mir geht es gut.» Craig lehnte sich an die Theke, und in diesem Moment kam die Blondine mit den Drinks um die Trennwand herum.

«Oh, Lily, für mich? Wie schön», sagte Baum.

«Schön langsam trinken, Doktor», sagte sie und ging zurück ins große Gastzimmer.

«Jack Carter sagte, er würde Sie anrufen. Und meinen Besuch in der Klinik ankündigen», sagte Craig zu Baum. «Ich habe Geneviève Trevaunce versprochen, mich um ihre Schwester zu kümmern.»

Baum fuhr sich mit der Hand über das Gesicht, runzelte die Stirn und nickte dann. «Ja, Hauptmann Carter hat angerufen.»

«Wie geht es der Schwester?»

«Nicht sehr gut, Major.» Er schüttelte den Kopf und seufzte. «Das arme Mädchen.» Er griff nach dem neuen Glas Portwein. «Und Miss Geneviève – haben Sie schon etwas von ihr gehört?»

«Von ihr gehört?» fragte Craig.

«Ja, von drüben. Von der anderen Seite.»

«Dann wissen Sie etwas darüber?»

Baum machte ein verschmitztes Gesicht und legte den Zeigefinger an die Nase. «Es gibt nicht viel, das ich nicht weiß. Schnelles Boot, Überfahrt bei Nacht. Sie muß eine hervorragende Schauspielerin sein.»

Craig wechselte das Thema. «Lily hat mir erzählt, Ihre Tochter sei vor einem halben Jahr gestorben.»

Baum nickte trübsinnig, und seine Augen füllten sich mit Tränen. «Meine liebe Rachel. Es ist schrecklich.»

«Aber wenn sie in Österreich war, wie haben Sie es erfahren?» fragte Craig teilnahmsvoll. «Durch das Rote Kreuz?»

«Nein», antwortete Baum mechanisch. «Von meinen eigenen Leuten. Dem jüdischen Widerstand. Haben Sie davon gehört? Die Freunde Israels?»

«Natürlich», sagte Craig.

Da blickte Baum plötzlich besorgt. «Warum fragen Sie eigentlich?»

«Ich hatte immer gedacht, Ihre Tochter sei schon vor dem Krieg gestorben, als Sie nach England flohen.»

«Sie haben sich geirrt.» Baum schien auf einmal nüchtern geworden zu sein und stand auf. «Ich muß jetzt gehen. Ich habe noch eine Menge zu tun.»

«Was ist mit Anne-Marie? Ich würde sie gern sehen.»

«Vielleicht ein andermal. Gute Nacht, Major.»

Baum ging in den Gastraum, und Craig folgte ihm. Lily sagte: «Er ist ab wie eine Rakete.»

«Ja, das kann man wohl sagen.»

«Noch einen, junger Mann?»

«Nein, danke. Was ich jetzt brauche, ist ein langer Spaziergang, um meine Gedanken zu ordnen. Vielleicht komme ich nachher wieder.»

Er lächelte bestrickend und ging hinaus. Einer der Luftschutzwarte kam an die Theke. «Zwei Pints, Lily. Meine

Güte, hast du die Auszeichnungen von dem Yankee gesehen?»

«Ja, seine Brust reicht kaum aus.»

«Diese Waschlappen», sagte er. «Geben Sie weg wie Konfetti.»

Es war halb neun, als Craig die Pforte des Hauses am Haston Place öffnete und auf den Klingelknopf für die Wohnung im Souterrain drückte. «Ich bin's, Craig», sagte er, als es in der Sprechanlage zu knistern begann.

Die Tür wurde geöffnet, und er ging durch die Eingangsdiele zu der Treppe, die ins Untergeschoß führte. Carter stand unten.

«Na, wie ist es beim OSS gelaufen?»

«Sie haben mich fast den ganzen Tag beschäftigt.»

«Kommen Sie.» Carter drehte sich um und ging in die Wohnung, und Craig folgte ihm.

«Einen Drink?» fragte Carter.

«Nein, danke. Ich werde nur eine Zigarette rauchen, wenn es Ihnen nichts ausmacht.» Er zündete sich eine an. «Vielen Dank, daß Sie Baum für mich angerufen haben.»

«Dann haben Sie ihn gesehen?» Carter schenkte sich einen Scotch ein.

«Ja, aber nicht in der Klinik. Ich hab ihn im Pub an der Ecke gefunden. Er scheint neuerdings mehr zu trinken, als gut für ihn ist.»

Carter sagte: «Das habe ich nicht gewußt.»

«Es fing offenbar vor einem halben Jahr an, als er von den Freunden Israels erfuhr, daß seine Tochter umgekommen war – die Deutschen müssen irgendwas Schreckliches mit ihr gemacht haben.»

«Nun, ich glaube, dann würde ich auch anfangen zu trinken», sagte Carter, ohne zu überlegen.

«Allerdings stimmt dabei eines nicht», fuhr Craig fort. «Soweit ich weiß, ist Baum kurz vor dem Krieg mit knapper Not aus Österreich rausgekommen, nachdem die Nazis seine Tochter umbrachten. Munro hat es mir in Cold Harbour erzählt, als wir abends einen getrunken haben. Ich wollte wissen, was in der Rosedene-Klinik so läuft, weil ich selbst dort gelegen hatte, und dann war da natürlich Anne-Marie.»

«Ja?» sagte Carter nur.

«Munro hat mir erzählt, daß Baum dem Nachrichtendienst seine Dienste angeboten habe. Sie nahmen ihn gründlich unter die Lupe und kamen zu dem Ergebnis, er tauge nicht für Außeneinsätze.»

«Ja, der Meinung bin ich auch», sagte Carter.

«Was ist nun wahr und was nicht? Ist seine Tochter neununddreißig gestorben oder erst vor einem halben Jahr?» fragte Craig.

«Hören Sie, Craig, an dieser Geschichte ist weit mehr, als Sie wissen.»

«Erzählen Sie es mir», sagte Craig. «Nein, lassen Sie mich raten. Wie wär's damit: Die Nazis bemächtigen sich der Tochter und sagen dem Vater, wenn er wolle, daß sie am Leben bleibt, müsse er nach England gehen und dem britischen Nachrichtendienst seine Dienste anbieten und in Wahrheit für sie arbeiten?»

«Sie haben zu viele Spionagegeschichten gelesen», bemerkte Carter.

«Und dann geht etwas schief. Das Mädchen stirbt in einem Lager. Baums Arbeitgeber sagen es ihm nicht, aber der jüdische Untergrund tut es. Baum, an sich ein anständiger Mann, hat das alles nur gemacht, damit seine Tochter am Leben bleibt, und nun will er sich rächen.»

«Und wie sollte er das anstellen?»

«Indem er zu Munro geht und alles beichtet. Er wird natürlich nicht bestraft. Er ist zu wertvoll als Doppelagent.»

Carter sagte nichts, und Craig schüttelte den Kopf.

«Aber da ist noch mehr. Anne-Marie und Geneviève. Mehr, als man auf den ersten Blick sieht. Was ist es, Jack?»

Carter seufzte, ging zur Tür und öffnete sie. «Mein lieber Craig, Sie sind überarbeitet. Sie haben in letzter Zeit zuviel erlebt. Nehmen Sie die Wohnung im Erdgeschoß. Schlafen Sie sich richtig aus. Morgen früh werden Sie sich besser fühlen.»

«Sie sind ein netter Mensch, Jack, ein anständiger Mensch. Genau wie Baum.» Craig schüttelte den Kopf. «Aber der da oben macht mir Sorgen. Er glaubt wirklich, daß der Zweck die Mittel heiligt.»

«Sie denn nicht?» fragte Carter.

«Auf keinen Fall. Dann wären wir nämlich genauso schlimm wie die Leute, gegen die wir kämpfen. Gute Nacht, Jack.»

Er ging nach oben, und Carter nahm den Hörer des Haustelefons neben der Tür ab und rief Munro in seiner Wohnung an. «General, ich glaube, es ist besser, wenn ich kurz mit Ihnen spreche. Craig Osbourne ist da einer Sache auf die Spur gekommen. Der Baum-Affäre. Ja. Ich komme sofort.»

Die Tür stand einen Spalt weit offen. Craig hatte oben in der Diele alles gehört. Als Carter nun die Treppe heraufkam, ging er auf Zehenspitzen zur Haustür und verließ leise das Haus.

Draußen regnete es heftig, und es war kurz nach zehn, als Craig wieder bei der Klinik in Hampstead war. Er wartete eine Weile im Schutz einer Platane am anderen Ende der Straße und beobachtete das Tor. Es hatte keinen Sinn, es auf diesem Weg zu versuchen. Wenn Baum es mit der Angst bekommen hatte, hatte er sicher Anweisung gegeben, ihn nicht hereinzulassen.

Er ging einen Weg neben dem Anwesen hoch, der zu einer kleinen Gruppe von Doppelhäusern führte. Am Ende war ein zweigeschossiges Gebäude, vielleicht eine Werkstatt, mit einer Eisentreppe an der Seite. Er ging leise hinauf und betrat eine Plattform, die den Abschluß bildete. Die Mauer um das Klinikgrundstück war nicht mehr als einen Meter entfernt. Es war ein Kinderspiel, über das Geländer zu klettern, hinüberzuspringen und sich auf der anderen Seite in den Garten fallen zu lassen.

Er näherte sich vorsichtig dem Haus, ging aber nicht zum Haupteingang. Oben brannte in einigen Zimmern Licht, im Erdgeschoß indes war alles dunkel. Doch als er die Rückseite erreichte, sah er Licht zwischen den Vorhängen eines zur Terrasse gelegenen Raums hervordringen.

Er ging die Stufen zur Terrasse hinauf und spähte durch die Lücke zwischen den Vorhängen. Er sah ein Arbeitszimmer mit Bücherregalen an den Wänden. Baum saß, den Kopf in beide Hände gestützt und eine Flasche Scotch sowie ein Glas vor sich, an einem Tisch. Craig drückte sehr behutsam die Klinke hinunter, aber die Tür war verriegelt. Er überlegte einen Augenblick, dann klopfte er energisch ans Fenster. Baum blickte überrascht auf.

Craig bemühte sich um einen britischen Akzent, als er rief: «Dr. Baum. Ich bin's, der Posten vom Tor.»

Er trat zurück und wartete. Da wurde die Tür geöffnet, und Baum schaute hinaus. «Johnson. Sind Sie es?»

Craig sprang auf ihn zu, legte ihm die Hand um die Kehle und stieß ihn zurück ins Zimmer. Baums Augen quollen hervor, als Craig ihn zum Stuhl drängte.

«Was soll das?» sagte er heiser, als Craig ihn losgelassen hatte. «Sind Sie verrückt geworden?»

«Nein.» Craig setzte sich auf die Tischkante und nahm eine Zigarette aus der dort liegenden Schachtel. «Aber ich finde, hier sind ein paar verrückte Dinge passiert, und möchte gern ein kleines Frage-und-Antwort-Spiel mit Ihnen machen.»

«Ich habe nichts zu sagen.» Baums Stimme war schrill geworden. «Sie sind wahnsinnig. Wenn der General das erfährt, bedeutet es Ihren Abschied.»

«Wie schön», sagte Craig. «Dann kann ich endlich einer ehrlichen Arbeit nachgehen.» Er hielt die linke Hand hoch. «Sehen Sie, wie krumm meine Finger sind? Das hat die Gestapo in Paris gemacht. Sie haben die Finger nacheinander gebrochen und die Nägel mit Kneifzangen herausgerissen. Sie haben es auch mit der Wasserfolter versucht, Sie wissen ja, dabei wird man so lange in einer Badewanne unter Wasser getaucht, bis man am Ertrinken ist, und dann holen Sie einen ins Leben zurück und fangen wieder von vorn an. Außerdem haben sie mich so oft in den Schritt getreten, daß ich einen zwanzig Zentimeter langen Riß in den Leisten hatte.»

«Mein Gott!» flüsterte Baum.

«Leider muß der liebe Gott damals gerade anderweitig beschäftigt gewesen sein. Ich bin Experte, Baum. Ich bin dort gewesen. Ich habe vor langer Zeit aufgehört, Skrupel zu haben.» Er packte Baum am Kinn und drückte brutal. «Geneviève Trevaunce ist tausendmal wichtiger als Sie, so einfach ist es. Ich bin entschlossen, alles zu tun, was nötig ist, um Sie zum Sprechen zu bringen, warum machen Sie es sich also nicht leichter und reden gleich.»

Baum hatte nun eine Todesangst. «Ja», stammelte er, «ja, alles, was Sie wollen.»

«Sie sind nicht vor den Nazis geflohen. Die haben Ihre Tochter als Geisel gehalten und Ihnen befohlen, politisches Asyl zu beantragen, zu behaupten, daß sie tot sei, und dem britischen Geheimdienst Ihre Mitarbeit anzubieten.»

«Ja», stöhnte Baum. «Das stimmt.»

«Wie haben Sie sich mit ihnen in Verbindung gesetzt?»

«Ich hatte einen Kontaktmann an der spanischen Botschaft. Er hat meine Berichte mit der Diplomatenpost geschickt. Bombenschäden, Truppenbewegungen und solche Sachen. Für Notfälle gab es eine Agentin, eine Frau in einem Dorf in Romney Marsh. Sie hatte ein Funkgerät.»

«Und es hat geklappt? Sie konnten unbehelligt arbeiten, bis der jüdische Widerstand Ihnen vor einem halben Jahr gesagt hat, daß Ihre Tochter tot sei?»

«Ja.» Baum wischte sich den Schweiß vom Gesicht.

«Da sind Sie zu Munro gegangen und haben ihm alles gestanden?»

«Ja», sagte Baum und nickte. «Er befahl mir, so weiterzumachen, als ob nichts geschehen wäre. Sie haben sogar die Frau in Romney Marsh in Ruhe gelassen.»

«Wie heißt sie?»

«Fitzgerald. Ruth Fitzgerald. Sie ist Witwe. Sie war mit einem Arzt aus Irland verheiratet, aber sie stammt aus Südafrika. Haßt die Engländer.»

Craig stand auf und ging zur anderen Seite des Tisches. «Und Anne-Marie Trevaunce? Was ist da die Wahrheit?» Baum blickte gehetzt von einer Seite zur anderen, und Craig nahm ein altmodisches schweres Lineal aus Mahagoni vom Tisch und drehte sich um. «Zuerst die rechte Hand, Baum. Ein Finger nach dem anderen. Sehr unangenehm.»

«Um Himmels willen, es war nicht meine Schuld», sagte Baum. «Ich habe ihr nur die Spritze gegeben. Ich habe getan, was Munro gesagt hat.»

Craig erstarrte. «Und was für eine Spritze war das?»

«Eine Art Wahrheitsdroge. Eine Neuentwicklung, die sie an jedem Agenten ausprobieren wollten, der von einem Einsatz zurückkam. Sehr nützlich, wenn sie funktioniert.»

«Und bei ihr tat sie es nicht?» sagte Craig grimmig.

Baums Stimme war fast ein Flüstern. «Eine seltene Nebenwirkung. Der Gehirnschaden ist irreversibel. Das einzig Gute ist, daß sie praktisch jeden Moment sterben kann.»

«Gibt es noch was?»

«Ja», sagte Baum heftig. «Ich habe den Befehl bekommen, die Tarnung von Miss Trevaunce auffliegen zu lassen.»

Craig starrte ihn an. «Das hat Munro Ihnen befohlen?»

«Ja. Ich habe Ruth Fitzgerald vor drei Tagen benachrichtigt und ihr gesagt, sie solle den Funkspruch absetzen, der Geneviève auffliegen läßt.» Die Tür hinter Craig wurde leise geöffnet, aber Baum sah es nicht. «Er will, daß sie den Nazis in die Hände fällt, Major. Ich weiß nicht, warum, aber er will, daß sie sie kriegen.»

«Oh, mein Gott, wenn die Leute doch bloß nicht soviel quatschen würden», sagte Dougal Munro.

Craig drehte sich um und sah den Brigadegeneral, die Hände in den Taschen seines alten Kavalleriemantels, im Zimmer stehen. Jack Carter stützte sich neben ihm auf seinen Stock und zielte mit einer Browning auf Craig.

«Sie Schwein», sagte Craig.

«Dann und wann müssen wir nun mal jemanden opfern, mein Lieber. Es war Pech, daß es diesmal auf Geneviève Trevaunce fiel.»

«Aber warum?» sagte Craig. «Die Atlantikwall-Konferenz. Rommel. Ist das alles erfunden?»

«Keineswegs, aber Sie glauben doch nicht im Ernst, daß eine Dilettantin wie unsere Geneviève irgendeine Chance hätte, an so brisante Informationen heranzukommen. Nein, Craig. Unternehmen Overlord kommt bald. Invasion und Täuschung, das ist der Name des Spiels. Die Deutschen müssen unbedingt glauben, daß wir an einer Stelle landen werden, wo wir nicht landen werden. Patton befehligt eine nicht vorhandene Armee in East Anglia, deren augenscheinliche Aufgabe es ist, im Gebiet des Pas-de-Calais an Land zu gehen. Verschiedene andere kleine Projekte werden das bekräftigen.»

«Ach?» sagte Craig.

«Und dann hatte ich einen Einfall, der mich dazu bewog, Anne-Marie rüberkommen zu lassen. Als Geneviève an ihre Stelle treten mußte, behielten wir den ursprünglichen Plan bei. Ich habe dafür gesorgt, daß sie in Cold Harbour zufällig eine Karte auf meinem Schreibtisch sah. Sie zeigte das Gebiet des Pas-de-Calais und hatte die Legende ‹Vorläufige Ziele – Invasion›. Das Geniale an diesem kleinen Manöver ist, daß sie keine Ahnung hat, wie wichtig diese Information ist. Wenn die Nazis sie aus ihr herauskitzeln, was sie garantiert tun werden, wird es um so authentischer erscheinen. Im Augenblick hat sie natürlich noch nichts zu befürchten. Dieser Priem wird vorläufig nichts unternehmen. Er wartet ab, was sie tut. Das würde ich jedenfalls an seiner Stelle machen. Sie kann schließlich nirgendshin fliehen.»

Craig sagte: «Und das gleiche hatten Sie mit Anne-Marie vor? Sie hätten auch sie ans Messer geliefert?»

Sein Gesicht war wutverzerrt. Er trat einen Schritt auf den Brigadegeneral zu, und Carter hob die Browning. «Bleiben Sie, wo Sie sind, Craig.»

Craig sagte zu Munro: «Sie würden alles tun, um Ihr Ziel zu erreichen, nicht wahr? Sie haben viel mit der Gestapo gemeinsam.»

«Wir sind im Krieg. Opfer sind manchmal notwendig. Sie haben neulich Obergruppenführer Diederichs ermordet. Sie haben vorher gewußt, daß es das Leben Unschuldiger kosten würde, aber Sie haben es trotzdem getan. Wie viele haben dran glauben müssen? Zwanzig Geiseln?»

«Um noch mehr Leben zu retten», sagte Craig.

«Genau, mein Lieber, warum streiten wir also?» Craig stand mit geballten Händen da, und Munro seufzte. «Bringen Sie ihn in den Keller, Jack. Sperren Sie ihn ein und sagen Sie Arthur, er soll doppelt aufpassen. Wir sehen uns dann morgen früh.»

Er drehte sich um und ging hinaus. Craig sagte: «Wie gefällt es Ihnen jetzt, für ihn zu arbeiten, Jack?»

Carter blickte finster. «Los, alter Junge, machen Sie keine Scherereien.»

Craig ging vor ihm die dunkle Treppe ins Untergeschoß hinunter. Es war sehr still, von Anne-Marie war kein Laut zu hören, und der taube Arthur in seinem weißen Kittel saß auf seinem Stuhl und las, als wäre in der Zwischenzeit nichts geschehen.

Carter hielt sich ein gutes Stück von Craig entfernt, als sie an einer Zellentür stehenblieben. «Hinein mit Ihnen, und keine faulen Tricks.» Craig tat, wie ihm gesagt wurde, während Arthur aufstand und zu ihnen kam. Carter redete dicht vor seinem Gesicht, damit Arthur seine Lippenbewegungen lesen konnte: «Passen Sie gut auf den Major auf, Arthur. Der General und ich kommen morgen früh wieder. Seien Sie wachsam. Er ist gefährlich.»

Der bullig gebaute Arthur spannte seine Muskeln. Er antwortete, und seine Stimme klang sonderbar metallisch. «Sind wir das nicht alle?» sagte er und drehte den Schlüssel im Schloß herum.

Die vergitterte Öffnung in der Tür hatte keine Klappe, so daß Craig durch die Stäbe sehen konnte. «Schlafen Sie gut, Jack. Wenn Sie das noch können.»

«Ich werde mein Bestes tun.»

Er wollte gehen, und Craig rief: «Noch eines, Jack.»

«Ja?»

«René Dissard? Was für eine Rolle spielt er?»

«Wir haben ihm gesagt, daß Anne-Marie einen Nervenzusammenbruch gehabt hätte. Die Geschichte mit der Vergewaltigung sei nötig gewesen, um Geneviève zu motivieren. Der General hat Dissard davon überzeugt, daß es im Interesse der großen Sache liege, das Spiel mitzumachen.»

«Also hat sogar ihr alter Freund René sie verraten.»

«Gute Nacht, Craig.»

Carters Schritte verklangen, und Craig drehte sich um und begann, die Zelle zu untersuchen. Die Einrichtung bestand aus einer Eisenpritsche mit einer dünnen Matratze, sonst nichts. Kein Fenster, nicht einmal ein Kübel; und keine einzige Wolldecke. Die Türkonstruktion war äußerst stabil. Sie würde jedem Ausbruchsversuch standhalten.

Er setzte sich auf das Bett, das bedrohlich nachgab. Er zog die Matratze zurück und stellte fest, daß die dicken Sprungfedern allesamt angerostet waren. Das brachte ihn auf eine Idee. Er nahm ein kleines Federmesser aus der Rocktasche und fing an zu arbeiten.

Es war kurz vor sechs Uhr morgens, als Anne-Marie zu schreien begann. Craig, der auf dem Bett lag und vergeblich darauf gewartet hatte, daß Arthur nach ihm sah, stand auf und ging mit der schweren Sprungfederschleife in der Hand zur Tür. Als er durch das Gitter blickte, konnte er am Rand seines Blickfelds Arthurs Stuhl sehen. Arthur saß nicht darauf. Das furchtbare laute Stöhnen ging weiter. Fünf Minuten später hörte er Schritte, die näher kamen. Er spähte in die andere Richtung und sah Arthur mit einem Emailbecher in der Hand kommen.

Er streckte die Hand durch das Gitter. Arthur drehte sich um und sah ihn an. «Ich muß dringend aufs Klo», sagte Craig mit überdeutlichen Lippenbewegungen. «Ich habe die ganze Nacht nicht gekonnt.»

Arthur antwortete nicht und ging weiter. Craig sank das Herz, aber ein paar Sekunden später kam der Wärter zurück, in einer Hand einen Schlüssel und in der anderen einen alten Webley-Armeerevolver.

«In Ordnung. Sie können hin, aber keine falsche Bewegung», sagte er mit seiner sonderbaren Stimme. «Sonst breche ich Ihnen den rechten Arm.»

«So blöd bin ich nicht», bemerkte Craig, als er die Zelle verließ, und dann wirbelte er herum, und die Sprungfederschleife legte sich um die Hand, die den Revolver hielt. Arthur schrie auf und ließ die Waffe fallen, und die Sprungfeder rutschte von der Hand und schnellte an seine Schläfe. Craig packte sein rechtes Handgelenk, riß seinen Arm hinter dem Rücken hoch und stieß ihn mit dem Kopf voran in die Zelle. Er schlug die Tür zu und drehte den Schlüssel herum. Als er den Korridor entlangging, begann Arthur zu schreien, Anne-Maries Stimme schwoll in der anderen Zelle zu einem unheimlichen Crescendo an und übertönte ihn. Craig schloß die mit einem schalldämmenden Material verkleidete Tür am Ende des Korridors und eilte nach oben.

Die Frage war, was er nun tun sollte. Im Haus war es völlig still. Er blieb einen Augenblick in der Halle stehen und horchte, schlich dann in Baums Arbeitszimmer und machte die Tür leise hinter sich zu. Er setzte sich an den Schreibtisch, nahm den Hörer ab und bat die Vermittlung, ihn mit Grancester Abbey zu verbinden. Es klingelte eine ganze Weile am anderen Ende der Leitung, ehe Julie sich mit schlaftrunkener Stimme meldete.

«Ich bin's, Craig. Tut mir leid, wenn ich dich aus dem Bett geholt habe, aber es ist dringend.»

«Was ist passiert?» fragte sie, plötzlich hellwach.

«Du hattest recht, als du sagtest, irgendwas sei nicht in Ordnung, aber du hättest dir nicht mal in deinen wildesten

Träumen vorstellen können, was für eine Sauerei es ist. Hör genau zu ...»

Als er ausgeredet hatte, sagte sie: «Was sollen wir machen?»

«Du berichtest es Martin Hare. Sag ihm, ich brauche einen schnellen Transport nach Frankreich. Ich glaube nicht, daß er nein sagen wird, wenn er die Fakten kennt. Ich werde so schnell ich kann in Cold Harbour sein.»

«Wie denn? Mit dem Flugzeug?»

«Manchmal hast du wirklich eine gute Idee, Schatz. Bis dann.»

Er legte auf, zog seine Brieftasche hervor und nahm seinen SOE-Sicherheitsausweis heraus. Er lächelte vor sich hin. Es zahlte sich immer aus, aufs Ganze zu gehen. Er hatte sowieso nichts zu verlieren. Er ging auf die Terrasse, lief im Schutz der Sträucher zur Mauer, zog sich hoch und sprang auf die Eisenplattform. Einen Moment später war er unten, lief den Gang entlang und erreichte die Straße. Er hatte Glück. Als er die nächste Ecke erreichte, entdeckte ihn ein Taxifahrer, der gerade seinen Dienst begann, und lenkte den Wagen an den Bordstein.

«Na, wohin so eilig, Kamerad?» sagte er und grinste. «Ich wette, Sie hatten eine anstrengende Nacht. Ihr Yankees seid schon verrückte Typen.»

«Baker Street», sagte Craig und stieg ein.

Er ging jetzt ein Risiko ein und setzte auf die Vermutung, daß seine Auseinandersetzung mit Munro noch nicht durchgesikkert war. Er zahlte das Taxi, sprang die Stufen zum Eingang der SOE-Zentrale in der Baker Street hinauf, zeigte seinen Ausweis und wurde vom Sicherheitsposten durchgelassen. Das Gebäude war bereits zum Leben erwacht, aber sie machten ja nie richtig zu. Er eilte, zwei Stufen auf einmal nehmend, die rückwärtige Treppe hoch und betrat das Büro der Dienststelle für Beförderung und Sondertransporte. Das Glück war ihm immer noch hold. Der Offizier, der Nachtdienst hatte – die Schicht dauerte bis acht Uhr –, war ein pensionierter Infanteriemajor namens Wallace, der reaktiviert worden war. Craig kannte ihn seit seinen frühen Tagen bei der SOE.

«Hallo, Osbourne», sagte Wallace überrascht. «Was treibt Sie so früh am Morgen aus den Federn?»

«Der große Boß. Munro will, so schnell es geht, nach Cold Harbour. Ich treffe ihn in Croydon. Geben Sie mir bitte die übliche Ermächtigung für die RAF und rufen Sie dann Croydon an und sagen Sie ihnen, sie sollen uns erwarten. Wir werden die Lysander brauchen.»

«Wir versuchen wieder, den Krieg auf die Schnelle zu gewinnen, ja?» Wallace klappte eine Akte auf, nahm ein Formular heraus und füllte es aus.

«Ich glaube, offen gestanden, er denkt im Moment mehr ans Angeln.» Craig saß auf dem Schreibtischrand und paffte eine Zigarette. «Oh, Sie geben mir am besten gleich auch einen Zettel für den Wagenpark.»

«Stets zu Diensten.»

Wallace gab ihm die Dokumente. Craig sagte: «Sehr gut – ich mache mich besser auf die Socken. Sie rufen in Croydon an?»

«Aber sicher», antwortete Wallace geduldig und langte zum Hörer, während Craig hinausging.

In Croydon regnete es leicht, aber die Sicht war gut, und Craig, der auf dem Beifahrersitz des Jeeps saß, wurde durchs Tor gewunken. Sie fuhren geradewegs zum üblichen Startplatz, wo die Lysander, an deren Tragfläche sich noch einige Mechaniker zu schaffen machten, bereits wartete. Craig schickte den Fahrer fort und ging in die Wellblechhütte, wo Grant in Fliegerkluft zusammen mit dem Unteroffizier Tee trank.

Grant sagte: «Hallo, alter Junge, ich hatte gedacht, ich hätte heute frei. Wo ist der General?»

«Planänderung», erwiderte Craig. «Er kommt später nach. Hier ist die Genehmigung.»

Er reichte ihm das Formular, und der Unteroffizier prüfte es. «In Ordnung.»

«Also dann, fliegen wir am besten gleich», sagte Grant, und Craig und er verließen die Hütte und eilten durch den Regen zur Maschine.

Es war halb zehn, und man hatte Arthur beim Frühstück in der Küche vermißt, so daß Baum nach unten ging, um nachzusehen, was los war. Er geriet in Panik, lief in sein Büro und setzte sich mit Angstschweiß auf der Stirn an den Schreibtisch. Als er endlich genügend Mut gefunden hatte und die Wohnung am Haston Place anrief, war es zehn Uhr.

Munro hatte den größten Teil der Nacht gearbeitet, um den aufgelaufenen Papierkrieg zu bewältigen, und nahm ein spätes Frühstück zu sich, als Carter den Raum betrat. Der Hauptmann schenkte sich eine Tasse Tee ein und trat damit ans Fenster.

«Was gedenken Sie mit Craig Osbourne zu unternehmen, Sir?» fragte er nach einer Weile.

«Wenn der Narr nicht zur Vernunft kommt, werde ich ihn dort eingesperrt lassen, solange die Geschichte dauert», sagte Munro seelenruhig und bestrich eine Scheibe Toast mit Butter. «Es gefällt Ihnen nicht, nicht wahr, Jack?»

«Es ist ein schmutziges Geschäft, Sir.»

Das Telefon klingelte. «Gehen Sie ran», sagte Munro.

Carter nahm ab, horchte, drückte dann, die Spur eines Lächelns auf den Lippen, die Hörmuschel an seine Brust. «Baum, Sir. Offenbar war Arthur unserem Gefangenen nicht gewachsen. Er ist weg.»

«Mein Gott, der Bursche ist schlimmer als Houdini.»

«Was machen wir, Sir?»

Munro warf seine Serviette hin. «Sagen Sie diesem Idioten von Arzt, daß ich mich um die Sache kümmern werde.» Carter tat es, und Munro stand auf. «Eines ist klar. Wir können uns kein Aufsehen erlauben. Das würde alles noch schlimmer machen.»

«Das stimmt, Sir.»

«Lassen Sie den Wagen vorfahren, Jack. Ich ziehe mich um, und dann fahren wir zur Baker Street.»

In der Kantine der SOE-Zentrale wurde ein ausgezeichnetes Frühstück serviert. Wallace war noch im Haus und wollte gerade die Treppe ins Untergeschoß hinuntergehen, als Munro und Carter hereinkamen.

«Guten Morgen, Sir», sagte er. «Änderung in letzter Minute?»

«Wovon reden Sie da?» sagte Munro ungehalten.

Wallace berichtete ihm.

Joe Edge stand in Cold Harbour vor dem Hangar und sah zu, wie die Lysander in den Nebel abhob, der in tiefen Schwaden vom Meer herzog. Grant hatte den Rückflug nach Croydon angetreten. In dem kleinen, mit Glasscheiben abgeteilten Büro im Hangar begann das Telefon zu klingeln.

Edge rief den Mechanikern zu: «Ich geh hin», lief ins Büro und nahm ab. «Ja?»

«Sind Sie's, Edge? Hier Munro.»

«Ja, General?»

«Haben Sie Osbourne gesehen?»

«Ja, Sir, er ist vor einer halben Stunde gelandet. Grant ist eben wieder nach Croydon gestartet.»

«Wo ist Osbourne jetzt?»

Edge witterte etwas Faules und sagte eifrig: «Hare hat ihn mit einem von den Jeeps abgeholt. Julie war dabei. Sie sind zum Pub runtergefahren.»

«Hören Sie genau zu, Edge», sagte Munro im Befehlston. «Ich vermute, Osbourne könnte so verrückt sein und Hare überreden, ihn unerlaubterweise nach Frankreich zu bringen. Sie müssen das unbedingt verhindern.»

«Wie denn, Sir?»

«Großer Gott, Mann, irgendwie, lassen Sie sich was einfallen. Tun Sie irgendwas. Sobald Grant zurück ist und aufgetankt hat, kommen wir runter.»

Er legte auf. Edge grinste tückisch und legte den Hörer auf die Gabel zurück. Dann öffnete er eine Schublade und nahm seinen Luftwaffe-Gürtel mit der Walther in der Pistolentasche heraus. Er eilte hinaus, stieg in seinen Jeep, fuhr durch das Dorf hinunter und hielt ungefähr fünfzig Meter vom Pub entfernt. Er ging in den Hof hinter dem Haus und spähte durchs Küchenfenster. In der Küche war niemand. Er öffnete leise die Tür und ging hinein.

Die Männer von der *Lili Marlen* standen an der Bar und lauschten Hare.

«Sie haben die Fakten gehört. Alles, was Sie wissen müssen. Miss Trevaunce sitzt ganz böse in der Tinte, und sie hat es Munros Machenschaften zu verdanken. Der Major und ich wollen etwas unternehmen, aber wir handeln ohne Erlaubnis. Wenn jemand von Ihnen meint, er könne nicht mitmachen, soll er es jetzt sagen. Ich werde es ihm nicht übelnehmen.»

«Um Himmels willen, Captain, was verschwenden wir noch unsere Zeit?» sagte Schmidt. «Wir müssen los.»

«Er hat recht, Herr Kapitän», bekräftigte Langsdorff gelassen. «Wenn wir um zwölf ablegen, sind wir gegen sechs in Grosnez, falls Sie wieder dort anlegen wollen.»

Craig und Julie saßen hinter der Theke und beobachteten. Edge, der hinter der angelehnten Tür stand, konnte alles deutlich hören.

Hare sagte: «Überfahrt bei Tag. Das ist sehr riskant.»

«Es wäre nicht das erstemal», erinnerte Langsdorff ihn.

Schmidt grinste. «Für die tapferen Männer der Kriegsmarine ist nichts unmöglich.»

Hare wandte sich an Craig. «Dann machen wir's.»

Craig sagte: «Ich bringe Julie nach oben ins Haus. Ich brauche ein paar Sachen aus dem Kostümfundus, und sie kann einen Funkspruch an den Großen Pierre veranlassen.»

Edge war schon wieder draußen und lief zu seinem Jeep. Er setzte sich ans Steuer und raste los, als die Crew den «Gehenkten» verließ.

Als Craig und Julie in den anderen Jeep stiegen, lächelte Hare trocken. «Oh, je, da geht meine Karriere den Bach runter.»

«Welche Karriere?» fragte Craig breit lächelnd und fuhr los.

Er wählte aus Julies Fundus die schwarze Ausgehuniform eines Standartenführers der Charlemagne-Brigade der Waffen-SS.

Julie trat ins Zimmer. «Da ist der SS-Ausweis, den du haben wolltest. Ich hab ihn auf den Namen Henri Legrande ausstellen lassen. Vielleicht bringt es Glück.

Craig legte die Uniform zusammen. «Ich ziehe Schwarz vor, wenn es hart auf hart geht», sagte er. «Die Leute werden dann automatisch gottesfürchtig.»

«Was soll ich dem Großen Pierre sagen?»

«Er soll um sechs am Anleger in Grosnez sein, und er muß mir ein geeignetes Militärfahrzeug verschaffen, einen Kübelwagen oder so.»

«In Ordnung. Ich werde dafür sorgen.»

Craig lächelte sie an. «Du bist dir doch bewußt, daß Munro dich vor ein Peloton stellen lassen wird, wenn er hier ist.»

«Zum Teufel mit Munro.»

Die Tür knarrte, und als sie sich umdrehten, kam Edge mit vorgehaltener Pistole herein. «Sie werden nirgends hinfahren, alter Junge. Ich habe gerade mit General Munro telefoniert, und er hat mir befohlen, dafür zu sorgen, daß Sie hierbleiben.»

«Ach, tatsächlich?» sagte Craig und schleuderte den SS-Uniformrock gegen Edges Hand, so daß er die Walther verdeckte, und schlug im selben Moment den Arm des anderen gegen die Wand und gab ihm mit der Linken einen Kinnhaken. Edge ließ die Waffe fallen und taumelte. Craig packte ihn am Kragen und zerrte ihn zu dem großen Arbeitstisch. «Gib mir ein Paar von den Handschellen», sagte er zu Julie. Sie tat es, und er fesselte Edges Arm an ein Tischbein. «Laß ihn da, bis Munro und Jack Carter herkommen.»

Sie stellte sich auf die Zehenspitzen und küßte ihn auf die Wange. «Paß auf dich auf, Craig.»

«Tu ich das nicht immer?»

Er ging hinaus, die Haustür fiel ins Schloß, und einen Moment später hörte sie, wie der Jeep angelassen wurde. Sie seufzte, ließ Edge, wo er war, und eilte in den Funkraum.

Eine halbe Stunde später spazierte Julie zum Ende des Gartens, von wo sie bis zum Dorf hinuntersehen konnte. Der Wind trieb fahlgrauen Dunst vom Meer her. Es würde eine unruhige Überfahrt werden. Während sie zuschaute, verließ die *Lili Marlen* den Hafen und wurde allmählich wie ein Gespenst von den Dunstschwaden verschluckt, bis auch die schwarzweißrote Flagge der Kriegsmarine am Göschstock im Grau verschwamm.

14

Als die *Lili Marlen* in Cold Harbour ablegte, fuhr Feldmarschall Erwin Rommel im Ehrenhof von Schloß Voincourt vor, und Geneviève wartete am Portal, um ihn zusammen mit ihrer Tante, Max Priem und Ziemke und dessen Stab zu begrüßen.

Der Begleitkonvoi war in Anbetracht der Bedeutung des Gastes überraschend klein, drei Limousinen und vier Feldgendarmen auf Motorrädern. Rommel, ein kleiner, untersetzter Mann in einem Ledermantel, saß in einem offenen Mercedes. Geneviève sah zu, wie er salutierte und General Ziemke und Seilheimer, den SS-Brigadegeneral, per Handschlag begrüßte, und dann stellte Ziemke ihre Tante vor. Einen Augenblick später war Geneviève an der Reihe.

Sein Französisch war ausgezeichnet. «*Enchanté, Mademoiselle.*» Er sah ihr in die Augen, wie um sie auf die Probe zu stellen, und sie war sich einen Moment lang der Kraft und Energie des großen Soldaten bewußt. Er senkte den Kopf und gab ihr einen Handkuß.

Sie gingen in die Halle. Hortense sagte zu Ziemke: «Wir ziehen uns jetzt zurück. Sie haben zweifellos wichtige Dinge zu besprechen. Herr Feldmarschall – ich denke, wir sehen uns heute abend?»

«Ich freue mich darauf, Gräfin.» Rommel salutierte.

Als sie die Treppe hinaufgingen, sagte Geneviève: «1942 wurden gewisse Teile der britischen Öffentlichkeit gefragt, wen sie für den größten lebenden Feldherrn hielten. Viele Leute wählten unseren Gast dort unten.»

«Jetzt weißt du, warum», entgegnete Hortense. «Übrigens, ich möchte mit dir reden, aber nicht im Haus. In einer Viertelstunde im alten Pavillon.»

Sie ging zu ihrem Zimmer. Als sie es betrat, war Maresa gerade mit dem Bettmachen fertig. «Ich mache einen kleinen Spaziergang», sagte Geneviève. «Holen Sie mir etwas Warmes zum Überziehen. Es ist frisch draußen.»

Maresa ging zum Kleiderschrank und nahm eine Jagdjacke mit einem Pelzkragen heraus. «Wird das reichen, Mademoiselle?»

«Ich denke.» Das Mädchen war sehr blaß, die Augen wirkten, als lägen sie tiefer in den Höhlen als sonst. Geneviève sagte: «Sie sehen nicht gut aus. Fehlt Ihnen etwas?»

«Oh, Mademoiselle, ich habe Angst.»

«Ich auch», erwiderte Geneviève. «Aber ich werde tun, was ich muß, und Sie auch.»

Sie faßte sie an den Schultern und hielt sie einen Moment lang fest. Maresa nickte verzagt. «Ja, Mademoiselle.»

«Gut», sagte Geneviève. «Sie können das weiße Abendkleid zurechtlegen. Ich habe beschlossen, es heute abend anzuziehen.»

Sie ließ die kläglich dreinblickende Zofe stehen und ging hinaus.

Ein Hauch von Frühling lag in der Luft, als sie den Garten betrat. Die Sonne schien durch das Laubwerk der Bäume, das golden erglänzte, und bildete spitzwinklige Schattenmuster auf dem leuchtenden Grün des Rasens. Sie ging durch ein Bogentor in der Mauer und fand Hortense vor dem weißen

Pavillon auf dem Brunnenrand sitzen. Die Wände des Pavillons waren teilweise bemoost, und einige Fensterscheiben waren eingeschlagen.

«Ich war früher immer so glücklich hier», sagte Geneviève. «Als wir klein waren, hast du uns im Sommerhaus Tee serviert.»

«Alles geht vorbei.»

«Ich weiß. Es ist sehr traurig.»

«Gib mir bitte eine Zigarette», sagte Hortense. «Ich denke, ich finde es in diesem Stadium des Verfalls reizvoller. Zum Beispiel das Moos. Dunkelgrün auf Weiß. Es schafft eine Atmosphäre, die es früher nicht verbreitete. Einen Hauch von verlorener Zeit.»

«Wendest du dich auf deine alten Tage der Philosophie zu?»

Die Augen der Tante funkelten amüsiert. «Sag mir Bescheid, wenn ich es wieder tue.» Ein Posten mit umgehängter Maschinenpistole, der kaum den Schäferhund bändigen konnte, den er an der Kette hielt, kam einige Meter von ihnen entfernt vorbei. «Du hast gehört, was gestern nacht passiert ist?»

«Ich habe es sogar gesehen.»

«Eine scheußliche Sache. Philippe Gamelin, einer aus dem Dorf. Er hat seit Jahren auf dem Besitz gewildert. Ich habe Ziemke gebeten, ihn nicht so hart zu bestrafen, aber er sagt, er müsse um der künftigen Sicherheit willen ein Exempel statuieren.»

«Was werden sie mit ihm machen?»

«Oh, ich nehme an, sie schicken ihn in ein Arbeitslager.» Sie erschauerte vor Widerwillen und Abscheu. «Das Leben wird jeden Tag unerfreulicher. Ich wünschte, die Alliierten würden sich beeilen und endlich diese Invasion durchführen, die sie uns schon lange versprochen haben. Aber wie dem auch sei ... Was ist mit heute abend? Ist dir wirklich klar, was du vorhast?»

«Ja, ich denke.»

«Nicht ‹denken›, Kind. Du mußt es wissen. Genau wissen.» Hortense legte eine Hand über die Augen, um sie vor der grellen Sonne zu schützen, und schaute zur Vorderseite des Schlosses, wo das rosa Zimmer war. «Wie weit ist die Terrasse unter deinem Balkon? Fünfeinhalb Meter? Bist du auch sicher, daß du es schaffst?»

«Seit ich zehn Jahre alt war», versicherte Geneviève, «und im Dunkeln. Das Mauerwerk neben dem Pfeiler hat vorragende Steine, die eine richtige Leiter bilden.»

«Gut. Der Ball soll um sieben Uhr anfangen. Da Rommel noch heute nacht nach Paris zurückfährt, wollen sie, daß möglichst rechtzeitig Schluß ist. Ich werde kurz vor acht hinunterkommen. Ich schlage vor, du gehst möglichst bald danach unauffällig auf dein Zimmer.»

«Maresa hat sich um acht hier im Pavillon mit Erich verabredet.»

«Nun, wie groß ihre Reize auch sein mögen, ich glaube nicht, daß sie ihn länger als zwanzig Minuten fesseln wird», sagte Hortense. «Chantal wird in deinem Zimmer warten, um dir zu helfen, falls es nötig ist.»

«Wenn alles klappt, wird es alles in allem zehn Minuten dauern», sagte Geneviève. «Ich meine, zur Bibliothek hinunter zu klettern, hineinzugehen, den Safe zu öffnen, die Fotos zu machen und wieder nach oben zu klettern. Dann bin ich gegen zwanzig nach acht wieder im Ballsaal, und der Safe ist verschlossen wie vorher, und nichts fehlt. Niemand wird etwas merken.»

«Nur wir wissen es», sagte Hortense und lächelte fein. «Und das finde ich ungeheuer befriedigend, Liebes.»

Kurz vor sechs Uhr, bei einbrechender Dämmerung, näherte sich die *Lili Marlen* in rascher Fahrt dem alten Steinbruch unterhalb von Grosnez. Auf dem Anleger war niemand zu sehen. Ein leichter Dunst hing über dem Wasser, die See war ruhig, und die Fahne der Kriegsmarine hing schlaff am Göschstock. Langsdorff stand am Ruder, und Hare musterte die Küste durch das Fernglas.

«Doch, da sind sie.» Er lachte leise. «Hals- und Beinbruch, Standartenführer! Sie haben zwei Wagen mitgebracht, sieht aus wie ... ja, wie ein Kübelwagen und eine schwarze Limousine. Und sie sind in Uniform.»

Er reichte Craig das Glas, und dieser richtete es auf den Anleger und stellte die Schärfe neu ein. Er sah drei Männer in deutscher Heeresuniform neben einem Kübelwagen stehen. Der Große Pierre lehnte, eine Zigarette rauchend, am Fahrzeug.

«Der Bursche hat Stil, das muß man ihm lassen», sagte Craig. «Ich geh jetzt besser runter und zieh mich um.»

Er verließ das Ruderhaus, und Hare sagte zu Langsdorff: «Auf viertel Kraft.»

Er ging hinunter auf das Deck, wo die Männer bereits an den Bordgeschützen standen, und stieg in die Kajüte hinunter. Als er seine winzige Kabine betrat, knöpfte Craig gerade den Uniformrock zu.

Hare zündete sich eine Zigarette an. «Haben Sie ein gutes Gefühl bei dieser Sache?»

Craig erwiderte: «In den Büchern, die ich als Halbwüchsiger gelesen habe, ist der Held jedesmal zurückgegangen, um das Mädchen zu holen. Es hat irgendwie mein Denken programmiert. Läßt mir kaum eine andere Wahl.» Er war jetzt fertig, samt der Walther an der Hüfte. Er setzte die Mütze auf. «Ob sie es mir abnehmen werden?»

«Kein Feldgendarm und kein Torposten wird es wagen,

Ihnen in dieser Uniform irgendwelche Fragen zu stellen», antwortete Hare und ging als erster hinaus.

Als sie langsam auf den unteren Anleger zuglitten, kam der Große Pierre, so schmuddelig wie immer gekleidet, die Stufen herunter, um sie zu begrüßen. Er lächelte: «Mein Gott, erinnert mich an die Kostümfeste, die ich in Oxford besucht habe. Sie sehen richtig schneidig aus, Osbourne.»

«Eines möchte ich noch mal klarstellen», sagte Craig. «Dies ist eine Privatangelegenheit. Wir kommen aus eigener Initiative, um Geneviève Trevaunce zu holen.»

«Sparen Sie sich die Mühe, mein Sohn. Julie Legrande hat es geschafft, mich ins Bild zu setzen. Meine Leute waren offen gesagt nicht gerade darauf erpicht mitzumachen. Ich meine, das Leben einer jungen Frau, ob britische Agentin oder nicht, spielt keine große Rolle für sie. Sie sind an einen größeren Einsatz von Menschen gewöhnt, zu dem manchmal auch ihre eigene Familie gehört. Aber ich habe meine Überredungskünste spielen lassen. Ich hab Ihnen einen ziemlich gut erhaltenen Mercedes besorgt und einen Kübelwagen, und drei von meinen Jungs in Uniform werden Sie begleiten. Gibt dem ganzen mehr Farbe. Sie werden sich aus dem Staub machen, sobald Sie das Schloß erreicht haben.»

«Werden Sie irgendwo in der Nähe sein?» fragte Craig.

«Hm, ja, irgendwo im Wald, mit drei von meinen Männern. Bleibt das Boot hier?»

Hare wandte sich zu Langsdorff: «Müssen die Maschinen nicht dringend nachgesehen werden?»

Langsdorff nickte. «Es wird sowieso bald dunkel, Herr Kapitän.»

«Gott weiß, wann wir kommen werden», sagte Craig.

«Wir werden hier sein», sagte Hare lächelnd.

Die restlichen Männer von der Besatzung warteten stumm. Craig drehte sich zu ihnen und salutierte vorschriftsmäßig.

«Männer», sagte er auf englisch, «es war mir eine Ehre, mit Ihnen zu dienen.»

Die an Deck Stehenden standen stramm. Nur Schmidt antwortete. «Viel Glück, alter Knabe. Zeigen Sie es den Bastards.»

Sie gingen die Stufen zum oberen Anleger hoch und schritten zu den Autos. Der Große Pierre sagte auf französisch zu den drei jungen Leuten in deutscher Uniform: «Also, ihr Halunken, paßt gut auf ihn auf. Wenn ihr es vermasselt, braucht ihr euch nicht wieder bei mir blicken zu lassen.»

Sie grinsten und stiegen in den Kübelwagen. Craig setzte sich ans Steuer des Mercedes.

Der Große Pierre sagte: «Seien Sie vorsichtig. Und jetzt los mit euch. Übrigens, im Schloß ist heute abend ein großer Ball. Vielleicht wird es ganz lustig. Ich wünschte, ich könnte mitkommen, aber ich hab meinen Smoking nicht dabei.»

Der Kübelwagen setzte sich in Bewegung, und Craig ließ den Mercedes an und folgte. Der Große Pierre wurde im Rückspiegel zunehmend kleiner, bis er, als der Wagen den Hügel hinauffuhr, ganz verschwand.

Das Kleid war wirklich wunderschön, ein weißer Seidenjersey, der der Figur schmeichelte und jeder Trägerin Sicherheit gegeben hätte. Maresa half Geneviève, es anzuziehen, und legte ihr ein Frotteetuch um die Schultern, um sie fertig zu schminken, als sie sich an den Frisiertisch gesetzt hatte.

«Haben Sie René heute gesehen?» fragte Geneviève beiläufig.

«Nein, ich glaube nicht, Mademoiselle. Er war eben beim Essen nicht im Dienstbotenzimmer. Soll ich jemanden schikken, um ihn zu holen?»

«Nein, es ist nicht weiter wichtig. Sie haben genug um die Ohren. Sie wissen doch, was Sie zu tun haben?»

«Erich um acht im Pavillon treffen und ihn dort so lange wie möglich festhalten.»

«Das heißt, mindestens zwanzig Minuten», sagte Geneviève. «Jede Minute weniger wäre schlecht.» Sie tätschelte die Wange der Zofe. «Gucken Sie nicht so ängstlich, Maresa. Ein kleiner Streich, den wir dem General spielen, mehr nicht.»

Geneviève konnte sehen, daß die Zofe ihr nicht glaubte, aber was spielte das für eine Rolle? Sie nahm ihre Abendtasche, lächelte beruhigend und ging hinaus.

Der Ball fand in der langen Galerie statt, und sie hatten sich wirklich Mühe gegeben, das war nicht zu bezweifeln. Als Geneviève die Galerie betrat, schienen bereits alle versammelt zu sein. Die Kronleuchter blitzten, überall standen Blumen, und ein kleines Orchester spielte einen Walzer von Johann Strauß. Rommel war offenbar noch nicht da, aber sie sah General Ziemke, der sich mit Seilheimer und dessen Frau unterhielt. Als er Geneviève erblickte, entschuldigte er sich und schritt über das Parkett, wo die Tanzenden ihm sofort eine Gasse bildeten.

«Ihre Tante?» sagte er besorgt. «Sie kommt doch herunter? Es ist doch alles in Ordnung?»

«Soweit ich weiß, ja. Was ist mit dem Feldmarschall?»

«Er war vor einem Augenblick noch da, aber er ist ans Telefon gerufen worden. Aus Berlin, offenbar der Führer persönlich.» Er wischte sich mit einem Taschentuch winzige Schweißperlen von der Stirn. «Wir haben viele Leute da, die Sie kennen, auch die Comboults.»

Da standen sie, auf der anderen Seite des Saals. Maurice Comboult, von seinen Arbeitern Papa Comboult genannt, mit seiner Frau und seiner Tochter. Fünf Weinberge im Süden, zwei Konservenfabriken und eine Fabrik für Landwirtschaftsmaschinen. Der reichste Mann weit und breit, der immer noch reicher wurde, weil er mit den Deutschen kollaborierte. Geneviève beherrschte sich mühsam.

Feldmarschall Rommel erschien mit Priem an seiner Seite in der Türöffnung, und Ziemke sagte: «Wenn Sie mich kurz entschuldigen würden.»

Der junge Oberleutnant, mit dem sie gestern abend getanzt hatte, näherte sich und bat sie um den nächsten Walzer. Da er ein so hervorragender Tänzer war, konnte sie nicht widerstehen, und er tanzte wieder meisterhaft. Anschließend bot er ihr an, ihr ein Glas Champagner zu holen.

Sie stand an einem Pfeiler und wartete darauf, daß Hortense herunterkam, und plötzlich sagte Priem hinter ihr: «Ich hätte nicht gedacht, daß Sie noch schöner aussehen könnten, aber heute abend sind Sie ... absolut hinreißend.»

«Danke», sagte sie.

Das Orchester begann einen anderen Walzer zu spielen, und Priem verbeugte sich kurz und nahm sie in die Arme, und sie fingen an zu tanzen. Sie konnte sehen, wie der Oberleutnant, in jeder Hand ein Glas Champagner, zurückkam und sie vorwurfsvoll beobachtete.

Die Musik schien nicht zu enden, und alles bekam eine Aura der Unwirklichkeit, sogar die Klänge waren gedämpft, als ertönten sie unter Wasser. Es gab nur noch sie beide, alle anderen waren Aufziehfiguren. Endlich war der Walzer zu Ende, und einige Gäste klatschten. Rommel war nicht mehr zu sehen, doch Ziemke stand am Rand des Tanzparketts und gab Priem ein Zeichen, und dieser entschuldigte sich und ging zu ihm.

In diesem Moment hatte Hortense ihren Auftritt. Ihr Gesicht war wie polierter Marmor, ihr wunderschönes rotgoldenes Haar hoch aufgesteckt. Ihr Ballkleid aus mitternachtsblauem Samt, ein perfekter Kontrast zu dem Haar und ihren Augen, hatte hinten eine kleine Schleppe.

Die Unterhaltung erstarb, denn alle wandten sich ihr zu und betrachteten sie bewundernd. Ziemke eilte durch die ganze Galerie, um sie zu begrüßen, und beugte sich über ihre Hand. Dann gab er ihr seinen Arm und geleitete sie zum anderen Ende, wo man eine Gruppe von Louis-Quatorze-Sesseln strategisch günstig placiert hatte.

Geneviève warf einen Blick auf ihre Uhr. Es war genau fünf Minuten vor acht, und als das Orchester wieder zu spielen begann, trat sie zwischen den Umstehenden hindurch, öffnete die Tür zum Musikzimmer und ging rasch hinein.

Sie hatte diesen Weg als Abkürzung zur Halle gewählt, aber sie bekam den Schreck ihres Lebens, denn Feldmarschall Rommel saß auf einem Stuhl am Flügel und rauchte eine Zigarre.

«Ah, Sie sind es, Mademoiselle.» Er erhob sich. «Schon müde?»

«Nur ein bißchen Kopfschmerzen», sagte sie mit hämmerndem Herzen und fuhr, ohne es zu wissen, mit der Hand über die Tasten.

«Oh, Sie spielen Klavier, wie schön», sagte Rommel.

«Nur ein wenig.»

Sie setzte sich auf den Schemel, weil es das Natürlichste von der Welt zu sein schien, und begann, *Clair de lune* zu spielen. Es erinnerte sie an Craig, an jenen Abend in Cold Harbour. Rommel lehnte sich auf seinem Stuhl zurück und schloß die Augen, um sich ganz auf die Musik zu konzentrieren.

Das Schicksal war auf ihrer Seite, denn in diesem Augenblick ging die Tür auf, und Max Priem erschien. «Oh, da sind Sie, Herr Feldmarschall. Leider schon wieder ein Anruf. Diesmal ist es Paris.»

«Sehen Sie, Mademoiselle? Sie wollen mich einfach nicht in Frieden lassen.» Rommel lächelte herzlich. «Vielleicht können wir später weitermachen?»

«Sehr gern», antwortete Geneviève.

Er ging hinaus. Priem lächelte ihr kurz zu und folgte ihm. Sie eilte zur anderen Tür, ging durch die Halle und schritt rasch die breite Treppe hinauf.

Chantal wartete in ihrem Zimmer, als sie es betrat, und auf dem Bett waren ein schwarzer Pullover und dunkle Hosen zurechtgelegt. «Sie sind zu spät», schalt die Zofe ihrer Tante. «Es ist schon zehn nach acht.»

«Nicht mehr zu ändern. Helfen Sie mir um Gottes willen aus dem Kleid.»

Sie öffnete den Reißverschluß, die elegante Kreation in Weiß glitt zu Boden, und sie stieg in die Hosen und zog sich den Pulli über den Kopf. Sie steckte das Zigarettenetui aus Silber und Onyx und den Schlüssel in eine Tasche und eine kleine Taschenlampe in die andere.

«Auf in den Kampf.»

Chantal küßte sie ungeschickt auf die Wange. «Nichts wie los und viel Glück, Geneviève Trevaunce.»

Geneviève starrte sie an. «Wie lange haben Sie es schon gewußt?»

«Denken Sie und die Gräfin vielleicht, ich sei blind? Die dumme alte Chantal? Ich habe Ihre Windeln gewechselt, mein Kind. Glauben Sie, ich könnte euch beide immer noch nicht auseinanderhalten?»

Aber für all das war jetzt natürlich keine Zeit. Geneviève lächelte und trat zwischen den geschlossenen Vorhängen hindurch auf den dunklen Balkon. Hier oben war es ganz still, die Klänge der Musik schienen sehr, sehr weit fort. Sie war wieder zwölf Jahre alt und stahl sich zusammen mit Anne-Marie aus dem Haus, um zu reiten, weil ihre Zwillingsschwester sie mit der Bemerkung provoziert hatte, sie würde es ja doch nicht wagen. Sie stieg über die Balkonbrüstung, fand sofort mit dem Fuß einen Halt zwischen den vorspringenden Steinen und kletterte schnell hinunter.

Als sie um die Ecke spähte, war die Terrasse still und menschenleer. Es war genau Viertel nach acht. Sie eilte zur dritten Fenstertür, legte die Hand an die Fuge zwischen dieser und der nächsten Tür und drückte. Es gab einen gewissen Widerstand, wie schon immer, aber dann ging die Tür auf und drückte einen der Vorhänge mit zur Seite.

In der Bibliothek war es so gut wie dunkel, und hier klang die Musik etwas lauter. Sie knipste die Taschenlampe an und richtete den Lichtkegel auf das Porträt von Elisabeth, der elften Gräfin Voincourt; sie hatte eine bemerkenswerte Ähnlichkeit mit Hortense. Sie schwenkte das Bild an den Scharnieren zur Seite und sah den Safe dahinter. Der Schlüssel drehte sich glatt im Schloß, die Tür ging auf.

Wie sie sich hätte denken können, war der Safe voll von Papieren. Ihr sank das Herz, und sie geriet einen Moment lang in Panik, aber dann sah sie eine Ledermappe mit dem Namen «Rommel» in Goldprägedruck auf der Flappe.

Sie öffnete sie mit zitternden Händen. Sie enthielt nur einen Aktendeckel, und als sie diesen aufklappte, sah sie Fotos von Geschützstellungen und MG-Bunkern am Strand und wußte, daß sie gefunden hatte, weshalb sie gekommen war.

Sie schob die Mappe einstweilen wieder in den Safe, legte den Aktendeckel auf Priems Schreibtisch und knipste die Schreibtischlampe an. In diesem Augenblick hörte sie deutlich Priems Stimme. Er mußte genau vor der Tür sein.

Sie hatte sich ihr Leben lang noch nie so rasend schnell bewegt. Sie klappte die Safetür zu, hatte aber nicht die Zeit, sie zu verschließen, und schwenkte das Bild wieder zurück. Dann schaltete sie die Lampe aus und nahm ihre Taschenlampe und die Akte.

Als der Schlüssel sich im Schloß drehte, war sie bereits auf dem Weg nach draußen, glitt zwischen den Vorhängen hindurch und zog die Tür hinter sich zu. In diesem Moment wurde die Bibliothekstür geöffnet, und jemand machte Licht. Sie spähte durch einen Spalt zwischen den Vorhängen und sah, wie Priem den Raum betrat.

Sie stand auf der dunklen Terrasse und überlegte krampfhaft, doch sie hatte nun einfach keine Wahl. Sie schlich um die Ecke und kletterte auf ihren Balkon zurück.

Chantal zog die Vorhänge hinter ihr zu. «Was ist passiert?» fragte sie. «Ist etwas schiefgegangen?»

«Priem kam plötzlich herein. Er hätte mich fast erwischt. Ich hatte keine Zeit, die Aufnahmen zu machen. Ich werde es hier tun.»

Sie legte die Akte auf den Frisiertisch und holte die Nachttischlampe, um mehr Licht zu haben.

«Und dann?»

«Dann geh ich wieder runter. Hoffentlich ist er dann wieder im Ballsaal, damit ich alles in den Safe zurücklegen kann.»

«Und Erich?»

«Wir müssen uns auf Maresas Künste verlassen.»

Sie nahm das Silberetui, öffnete die Klappe und fing an zu fotografieren, genau wie Craig es ihr gezeigt hatte. Chantal wendete die Seiten um. Zwanzig Aufnahmen, hatte er gesagt, aber es gab mehr Seiten. Es würde eben reichen müssen.

Als sie fertig war, klopfte es. Sie erstarrte. Chantal flüsterte: «Ich habe abgeschlossen.»

Es klopfte wieder, jemand drückte den Türgriff nach unten. Geneviève wußte, sie mußte sich melden. «Wer ist da?» rief sie ungehalten.

Keine Antwort. Sie schob Chantal zum Badezimmer hin. «Gehen Sie da rein und seien sie ganz still.»

Sie tat es. Geneviève legte die Rommel-Akte in die nächste Schublade und drehte sich um und langte nach dem Morgenmantel. Ein Schlüssel wurde ins Schloß gesteckt und schob den von innen steckenden Schlüssel hinaus, so daß er zu Boden fiel, die Tür öffnete sich, und Max Priem kam herein.

Er setzte sich auf eine Ecke des Tisches, ließ ein Bein vor und zurück baumeln, sah sie ernst an und streckte dann die Hand aus.

«Geben Sie sie mir.»

«Wie bitte... Wovon reden Sie?»

«Von der Akte, die Sie eben aus Feldmarschall Rommels Mappe genommen haben. Ich könnte das Zimmer durchsuchen lassen, aber es kann niemand anders sein als Sie. Es ist sonst niemand da. Und dann Ihr interessanter Kostümwechsel...»

«Meinetwegen!» unterbrach sie scharf, zog die Schublade auf und nahm die Akte heraus.

Er legte sie neben sich auf den Tisch. «Tut mir leid, daß es so gekommen ist.»

«Dann sind Sie in der falschen Branche.» Sie nahm das Zigarettenetui und holte sich eine Gitane heraus.

«Ich habe es mir nicht ausgesucht, aber eines sollten wir von nun an klarstellen, *Miss* Trevaunce. Ich weiß, wer Sie sind.»

Sie sog den Rauch tief ein, um sich zu beruhigen. «Ich kann Ihnen nicht ganz folgen.»

«Es liegt an den Augen, Geneviève», sagte er weich. «Das werden Sie nie ändern können. Genau die gleiche Farbe wie ihre, aber der Glanz darin... völlig anders. Wie alles andere an Ihnen beiden, alles gleich und doch nicht gleich.»

Ihr fiel absolut nichts ein, und so stand sie da und wartete, daß die Axt fallen würde.

«Sie haben Ihnen alles über sie eingebleut», sagte er. «Ist es nicht so? Sie haben Ihnen unseren Freund Dissard als Wegweiser und Helfer zur Seite gestellt und am Ende eine wichtige Tatsache weggelassen – die wichtigste von allen. Die mir vom ersten Tag an sagte, daß Sie nicht Anne-Marie Trevaunce sein konnten.»

Geneviève war so überrascht, daß sie, ohne es zu wollen, die eine Frage stellte, die sie nicht stellen durfte: «Und das wäre?»

«Nun ja, daß sie für mich gearbeitet hat», sagte er seelenruhig.

Sie setzte sich, in Anbetracht der Umstände sonderbar gelassen, vollkommen beherrscht – das heißt, sie bildete es sich jedenfalls ein – auf den nächsten Stuhl. Er trat ans Fenster und zog die Vorhänge zurück, und Regen pochte an die Scheiben wie Geisterfinger, als stünde Anne-Marie dort draußen und versuchte hereinzukommen. Er redete weiter, ohne sich umzudrehen.

«Und was Ihnen außerdem nicht gerade geholfen hat, war die Tatsache, daß ich bereits vor Ihrer Ankunft hier einen Hinweis auf Ihre wahre Identität bekommen habe, von einem unserer Agenten in London, einem Maulwurf, den wir schon seit geraumer Zeit bei der SOE arbeiten lassen.»

Sie war entsetzt. «Das glaube ich nicht.»

«Ich versichere Ihnen, daß es stimmt, aber ich komme gleich darauf zurück. Zuerst zu Ihrer Schwester.» Er wandte sich um. «Als wir das Schloß als Hauptquartier auswählten, wußten wir natürlich, daß wir eine Menge Aufmerksamkeit erregen würden, und deshalb beschloß ich einfach, London einen Agenten zu liefern, und wer hätte sich besser dafür geeignet als Anne-Marie Trevaunce?»

«Die als Gegenleistung so weiterleben konnte wie vorher, in ihrem gewohnten Stil, ist es das, was Sie mir sagen wollen?»

Er zog die Vorhänge wieder zu. «Nicht ganz», antwortete er, als er sich umgedreht hatte. «Nicht ganz. Sie war nie billig, egal, was sie sonst auch gewesen sein mag.»

«Was war sie denn sonst?»

Er beantwortete die Frage nicht, sondern fuhr mit jener gelassenen Stimme fort. «Sie lieferte den Leuten bei der SOE genug Informationen, um sie zufriedenzustellen, aber das meiste davon war natürlich vergleichsweise belanglos. Sie benutzte hier jemanden von der Résistance, was wir sehr wohl wußten, aber wir ließen sie in Ruhe. Ich ließ sie sogar mit Dissard arbeiten, um das Bild zu vervollständigen. Dann bekam London Wind von einer wichtigen Konferenz und tat etwas, das noch nicht dagewesen war. Sie zitierten sie nach England, und ich sagte, sie müsse hin.»

«Und sie hat immer getan, was Sie ihr sagten?»

«Selbstverständlich. Wir hatten ja Hortense, verstehen Sie? Anne-Maries einzige Schwäche, ich glaube, das einzige, was sie mit Ihnen gemeinsam hat, ist die Liebe zu ihrer Tante.» Geneviève starrte ihn verständnislos an. «Von Anfang an ihr einziger Grund, begreifen Sie nicht?» Er schüttelte den Kopf. «Ich habe langsam den Eindruck, daß Sie Ihre Schwester überhaupt nicht kannten.»

Der Regen klatschte nun intensiver ans Fenster. Geneviève saß da und konnte kein Wort hervorbringen, so aufgewühlt war sie.

«Da ich wußte, daß Sie mich täuschten, schien es mir ratsam, mit Dissard zu reden.»

«René?» flüsterte sie.

«Ja, ich habe dafür gesorgt, daß er eine Nachricht bekam, die ihn dringend fortrief. Als er am Treffpunkt war, wurde er von Reichslinger und seinen Leuten in Empfang genommen.»

«Wo ist er jetzt? Was haben Sie mit ihm gemacht?»

«Er hat sich erschossen», sagte Priem. «Sofort, ehe sie ihn

entwaffnen konnten. Kopfschuß. Um Sie zu schützen, denke ich. Er muß gewußt haben, daß er in Reichslingers Hand nicht lange standgehalten hätte. Jeder Mann kommt früher oder später zu dem Punkt, an dem er zerbricht. Aber es spielte keine Rolle. Unser Mann in London hatte uns schon alle notwendigen Informationen geliefert. Unser Maulwurf bei der SOE. Ein gewisser Dr. Baum, ich glaube, Sie kennen ihn. Das einzige Problem war, daß er, wie ich schon seit einiger Zeit weiß, zugleich für die andere Seite arbeitet. Zum Glück habe ich drüben eine zuverlässige Quelle. Sie verstehen.»

«Sie lügen», sagte Geneviève.

«Ihre Schwester befindet sich in diesem Augenblick im Keller des Hauses Raglan Lane Nummer hunderteins in Hampstead. Soweit ich weiß, ist sie ziemlich... ziemlich gestört, aber das wissen Sie ja.»

Sie antwortete, ohne zu überlegen, sprudelte die Worte zornig hervor. «Und daran seid ihr Schweine schuld! Ihre eigene Agentin, und eine SS-Streife hat sie weggeschleppt. Sie haben sie zerstört, diese Bestien. Haben Sie das auch gewußt?»

«Das stimmt nicht», sagte er, und in seinen Augen war auf einmal etwas, das an Mitleid grenzte. «Es waren Ihre eigenen Leute, niemand anders.»

Es war plötzlich totenstill, und sie hatte eine furchtbare Angst. «Was soll das heißen?» flüsterte sie nach einer Weile. «Was meinen Sie damit?»

«Arme Geneviève», sagte er. «Ich denke, Sie sollten mir genau zuhören.»

Was er ihr erzählte, war im wesentlichen das, was Baum Craig Osbourne erzählt hatte – obgleich sie es nicht wissen konnte. Die Wahrheit, die Fakten über ihre Schwester, den Arzt, die angebliche Rehabilitationsklinik und Munro.

Als er ausgeredet hatte, saß sie da und umklammerte die

Lehne ihres Sessels, und dann griff sie nach dem Zigarettenetui und nahm eine Gitane heraus. Erstaunlich, wie sehr die verdammten Glimmstengel halfen. Sie trat an eine der Doppeltüren, öffnete sie und blickte hinaus in den Regen. Priem folgte ihr.

Sie drehte sich um und sah ihn an. «Warum sollte ich Ihnen glauben? Wie können Sie all das wissen?»

«Die Briten arbeiten mit Doppelagenten, und wir tun das gleiche. Das große Doppelspiel, das wir spielen. Als der jüdische Untergrund Baum sagte, daß seine Tochter tot sei, ging er wie gesagt zu Munro. Um die Verbindung zwischen ihm und uns nicht zu unterbrechen, konnten sie es sich nicht leisten, diese Mrs. Fitzgerald, seinen Kontakt, aus dem Verkehr zu ziehen. Sie stellten sie ebenfalls vor eine Alternative – entweder als Doppelagentin zu arbeiten oder im Tower hingerichtet zu werden. Sie wählte natürlich die vernünftige Lösung, jedenfalls allem Anschein nach.»

«Allem Anschein nach?»

«Mrs. Fitzgerald ist eine burische Südafrikanerin und mag die Engländer nicht. Ihr Mann war Ire und hatte die Briten noch mehr verabscheut und 1921 unter Michael Collins bei der IRA gedient. Sie tat, was Munro wollte, das stimmt, aber der gute General hatte keine Ahnung, daß sie Kontakte bei der IRA in London hatte, die uns mehr als wohlgesonnen ist. Sie teilte uns vor Monaten über die IRA-Leute mit, daß Baum übergelaufen sei, und deshalb sind wir uns darüber klar, daß er jetzt *wirklich* für die andere Seite arbeitet. Er sagt uns nur, was sie ihm auftragen, und das bedeutet in diesem Fall, daß sie uns über Ihre wahre Identität informieren wollten. Informationen, die er uns nicht lieferte, gab Mrs. Fitzgerald an unsere Freunde von der IRA weiter.»

«Was für ein Unsinn», sagte Geneviève, aber sie begann fröstelnd die schreckliche Wahrheit zu sehen.

«Was war der Zweck Ihrer Mission? Feldmarschall Rommels Konferenz? Pläne für den Atlantikwall?» Er schüttelte den Kopf. «Nicht plausibel. Sie haben Sie hergeschickt, damit Sie von Baum ans Messer geliefert werden, denn sie sind überzeugt, daß wir Baum immer noch für einen der unseren halten.»

«Aber warum sollten sie das tun?»

«Die Reichslingers dieser Welt können sehr effektiv sein. Ihre Leute haben damit gerechnet, daß Sie reden würden. Sie wollten sogar, daß Sie reden würden. Sie haben Ihnen irgend etwas gesagt, etwas durchblicken lassen, das Ihnen im Moment gar nicht einfällt. Irgend etwas, das äußerst wichtig erscheinen sollte, obgleich Sie es vielleicht ganz belanglos fanden.»

Sie erinnerte sich daran, wie Craig Osbourne auf der *Lili Marlen* seine Hand auf ihre gelegt hatte, und bemühte sich verzweifelt, es nicht zu glauben. Und dann erinnerte sie sich an Munro in Cold Harbour, an die Karte auf seinem Schreibtisch, die er so hastig fortgenommen hatte, nachdem er ihr einen Blick auf die Invasionspunkte am Tag der Landung ermöglicht hatte.

Priem hatte sie aufmerksam beobachtet. Nun lächelte er. «Jetzt wissen Sie es, nicht wahr?»

Sie nickte, fühlte sich plötzlich wie zerschlagen. «Ja. Soll ich es Ihnen sagen?»

«Würden Sie das tun?»

«Lieber nicht, nur für den Fall, daß ich mich irre. Sie haben mir gezeigt, daß es auf meiner Seite Leute gibt, die genauso abgrundschlecht und skrupellos sind wie Sie, aber mir wäre es lieber, wenn meine Seite gewinnt. Dort, wo ich herkomme, gibt es einige sehr nette Leute, und ich würde nicht gern die SS in Saint Martin sehen.»

«Gut», sagte er. «Genau das, was ich von Ihnen erwartet habe.»

Sie holte tief Luft. «Was passiert jetzt?»

«Sie werden Ihr Kleid wieder anziehen und auf den Ball zurückgehen.»

Ihr schwindelte ein wenig. «Das kann nicht Ihr Ernst sein.»

«Oh, doch. Feldmarschall Rommel und seine Eskorte werden uns in einer Stunde verlassen. Er fährt noch heute nacht nach Paris zurück. Sie werden zu denen gehören, die lächeln und ihm alles Gute wünschen. Sie werden einige Worte mit ihm wechseln. Und ein freundliches Gesicht machen, schon für die Fotografen. Er wird davonfahren in die Nacht, und Sie, meine liebe Geneviève, werden weiter tanzen.»

«Die Seele des Festes?»

«So ungefähr. Man könnte argumentieren, daß Sie versuchen werden, sich davonzustehlen, aber das würde bedeuten, die Gräfin allein in unseren Händen zurückzulassen, und das wäre nicht in Ihrem Sinn. Sie verstehen, was ich meine?»

«Ja.»

«Dann wäre das abgemacht.» Er küßte ihre Hand. «Ich glaube, ich habe mich ein bißchen in Sie verliebt. Nur ein bißchen. Sie waren nie die andere, Geneviève. Immer nur Sie selbst.»

«Sie werden darüber wegkommen.»

«Natürlich.» Er hielt mit der Hand auf dem Türdrücker inne. «Mit der Zeit kommt man über alles hinweg. Aber das werden Sie noch selbst feststellen.»

Er öffnete die Tür. Geneviève sagte: «Sie glauben wirklich, Sie hätten sie gekannt, nicht wahr?»

Er wandte sich etwas überrascht um. «Anne-Marie? So gut wie irgend jemand, denke ich.»

Ihr Zorn war nun so groß, daß sie sich nicht beherrschen konnte. «Sagt Ihnen der Name Großer Pierre etwas?»

Er erstarrte. «Warum fragen Sie?»

«Ein wichtiger Résistance-Führer, ja? Ich bin sicher, Sie

würden eine Menge darum geben, ihn in die Hand zu bekommen. Würde es Sie überraschen, zu erfahren, daß meine Schwester mit ihm zusammenarbeitete?»

Er war sehr blaß geworden. «Ja, offen gesagt, das würde es.»

«Sie haben den Mörder von General Diederichs nicht gefaßt. Wissen Sie, warum?»

«Nein, aber ich vermute, daß Sie es mir gleich sagen werden.»

«Anne-Marie hat ihn praktisch vor der Nase Ihrer Spürhunde auf der Straße aufgelesen und unter dem Rücksitz des Rolls-Royce versteckt und in Sicherheit gebracht.» Sie lächelte grausam, genoß ihren kleinen Triumph. «Sehen Sie, Oberst Priem, sie war doch nicht so ganz das, wofür Sie sie hielten.»

Er sah sie einen langen Moment an, drehte sich dann um, ging hinaus und machte die Tür leise zu. Sie atmete tief ein, eilte zur Badezimmertür und sagte: «Bleiben Sie drin, bis ich gegangen bin.»

«Ja», flüsterte Chantal.

Schwere Regentropfen wurden an die Scheiben getrieben, und sie stand da und horchte. Nun, so endet die Welt, wie der Dichter gesagt hat. Kein großer Knall. Sie mußte, wie Priem ihr prophezeit hatte, an Hortense denken. Es war ihr entglitten, es lag nicht mehr bei ihr, und es gab keinen Ausweg. Schlimmer noch, sie wollte gar keinen Ausweg. Die größte Ironie war letztlich, daß man sich nur die Uniform wegdenken mußte, und Max Priem war Craig Osbourne, und Craig Osbourne war Max Priem.

Sie holte wieder tief Luft und fing an, sich umzuziehen.

15

Sie schritt wie im Traum an Priems Arm die breite Treppe hinunter. Er nickte einem Offizier, der ihnen entgegenkam, freundlich zu. Sie lachte auf, ohne es zu wollen, und er wandte sich überrascht zu ihr und verstärkte den Griff um ihren Arm. «Ist etwas?»

«Im Gegenteil. Ich hab mich noch nie besser gefühlt.»

«Gut.» Sie durchquerten die Halle und blieben an der Tür zur Galerie stehen. «Jetzt kommt Ihr Auftritt. Lächeln Sie, immer nur lächeln – die Leute erwarten es von Ihnen.»

Ein Unteroffizier öffnete ihnen die Tür, und sie gingen hinein. Das Orchester hatte gerade aufgehört zu spielen, und Lachen und fröhliches Stimmengewirr zeigten die festliche Stimmung an. Hübsche Frauen und Männer in Uniform spiegelten sich in den großen Spiegeln an den Wänden, durch die der lange Saal noch größer wirkte.

Hortense saß in einem der goldgefaßten Sessel am anderen Ende, ein Oberst der Infanterie beugte sich aufmerksam zu ihr hinunter. Sie lachte über etwas, das er gerade gesagt hatte, und dann begegnete ihr Blick dem Genevièves. Sie erstarrte einen Sekundenbruchteil lang, aber dann lächelte sie wieder strahlend und sah zu dem Obersten hoch.

«Kann ich mit meiner Tante sprechen?» fragte Geneviève.

«Selbstverständlich», sagte Priem. «Es wird letztlich für

alle von Vorteil sein, wenn sie in den gegenwärtigen Stand des Spiels eingeweiht ist. Ich bin sicher, Sie werden nicht leugnen, daß sie den Unterschied zwischen Anne-Marie und Geneviève kennt.»

Geneviève ging ohne Hast durch den Raum. Als sie ihre Tante erreicht hatte, lächelte diese und bot ihr die Wange zum Kuß. «Amüsierst du dich gut, Chérie?»

«Oh, sehr.» Geneviève setzte sich auf die Sessellehne.

Hortense reichte dem Obersten ihr leeres Glas. «Würde es Ihnen etwas ausmachen, mir noch einen Martini zu holen, und sorgen Sie doch bitte dafür, daß er etwas trockener ausfällt als der letzte.» Der Offizier schlug die Hacken zusammen und entfernte sich gehorsam. Hortense nahm eine Zigarette aus dem Etui ihrer Nichte und sagte leise, als Geneviève ihr Feuer gab: «Irgend etwas ist nicht in Ordnung. Ich sehe es an deinen Augen. Was ist passiert?»

«Priem ist im falschen Moment hereingekommen. Er weiß alles.»

Hortense lächelte unbeschwert und winkte jemandem an der anderen Seite der Galerie zu. «Daß du nicht Anne-Marie bist?»

Geneviève sah, daß der Oberst mit einem Glas in jeder Hand zurückkam. Sie sagte leise, ohne mit dem Lächeln aufzuhören: «Munro hat mich hierher geschickt, um mich ans Messer zu liefern. Das war der Sinn der ganzen Übung. Priem hat es mir eben gesagt. Es war von Anfang an eine einzige Schweinerei. Übrigens, René ist tot.»

Bei dieser Nachricht verlor Hortense ihre eiserne Selbstbeherrschung, und ihr Lächeln erstarb schlagartig. Geneviève ergriff ihre Hand. «Halt durch, laß dir bitte nichts anmerken. Es wird eine lange Nacht werden.»

Der Oberst stand wieder neben ihnen und reichte Hortense liebenswürdig das Glas. Geneviève tätschelte ihre Tante auf die Wange. «Sei schön artig», sagte sie neckisch und wandte sich lachend ab.

Sie nahm mechanisch ein Glas Champagner von dem Tablett, das ein livrierter Kellner herumreichte, doch fast im selben Augenblick wurde es ihr aus der Hand genommen.

«Lieber nicht, Geneviève», sagte Priem. «Ich denke, Sie brauchen heute nacht einen klaren Kopf.»

Sie drehte sich nicht mal um, blickte ihn nur im Spiegel an. Er sah wirklich sehr gut aus, untadelig wie immer, und seine Auszeichnungen, das Ritterkreuz und die anderen, blitzten im Licht der Kronleuchter. Ein leichtes ernstes Lächeln auf den Lippen, wartete er auf irgendeine Reaktion. Zwischen ihnen war wieder eine Vertrautheit, und das war nicht richtig.

«Also keine mildernden Umstände?» fragte sie.

In diesem Moment fing das Orchester wieder zu spielen an, einen Walzer, und er neigte den Kopf und machte eine leichte Verbeugung. «Vielleicht noch eine Runde auf dem Parkett?»

«Warum nicht?»

Er hielt sie, als wäre sie eine Feder, während sie sich drehten. Sie dachte rechtzeitig daran, dem General zuzulächeln, als sie an ihm vorbeikamen, und registrierte, daß Feldmarschall Rommel sich angeregt mit ihrer Tante unterhielt, während längst vergessene, im Schatten der Geschichte versunkene Ahnen von ihren Porträts auf sie hinunterblickten.

«Strauß», sagte sie. «Ein größerer Kontrast zu Al Bowlly ist kaum denkbar. Wollten Sie mit mir spielen oder mich warnen – oder war es einfach, weil Sie den Song mögen?»

«Damit sind wir auf gefährlichem Boden», sagte er verdrossen. «Gefährlich für uns beide, meine ich.»

«Wenn Sie es sagen.»

«Ja, und deshalb werden wir uns im Augenblick auf das Wesentliche beschränken. Wenn der Feldmarschall abgefahren ist, werden Sie und Ihre Tante wie üblich zu Ihren Zimmern begleitet. Der Unterschied besteht darin, daß ich jemanden vor Ihrer Tür postieren werde.»

«Natürlich.»

Sie glaubte aus den Augenwinkeln heraus eine schattenhafte Gestalt am Rande der Realität zu gewahren, wie eine flüchtige Erinnerung, die nicht weichen wollte, das Neigen eines Kopfes beim Anzünden einer Zigarette, das auf eine fürchterliche Weise vertraut war. Aber das war unmöglich – vollkommen unmöglich.

Aber jetzt sah sie ihn ganz deutlich an der Wand lehnen, eine Rauchwolke vor dem Gesicht, eine Zigarette in der Hand. Er lächelte erfreut, als erblickte er sie jetzt erst, und schritt dann über das Tanzparkett. Craig Osbourne in der schwarzen Galauniform eines Oberstleutnants der Brigade Charlemagne, der französischen Einheit der Waffen-SS.

Was keinerlei Sinn machte, denn wenn Max Priem die Wahrheit gesagt hatte, gab es keinen Grund auf der Welt, warum Craig Osbourne in dieser Verkleidung hier sein sollte. Als er dicht vor ihnen stand, zog Priem ein bißchen ärgerlich die Augenbrauen hoch, und sie hörten auf zu tanzen.

«Anne-Marie, das ist ja toll. Ich hatte natürlich gehofft, daß Sie hier sein würden.» Sein Französisch war perfekt. Er wandte sich zu Priem. «Sie werden mir hoffentlich verzeihen, daß ich Sie störe. Mademoiselle Trevaunce und ich sind alte Freunde.» Er nahm ihre Hand und hauchte einen Kuß darauf. «Juli neununddreißig. Der lange heiße Sommer, der tausend Jahre her ist.»

Priem machte nun ein halb amüsiertes, halb ironisches Gesicht, und ihr wurde bewußt, daß er sie in einer Zwickmühle glauben mußte, da ihr offenbar nichts anderes übrigblieb, als angesichts eines alten Freundes, dessen Namen sie unmöglich wissen konnte, Anne-Marie zu spielen.

«Henri Legrande», sagte Craig, wie um sie zu erlösen. «Oberst...?»

Priem nahm Haltung an. «Priem. Wenn Sie mich entschuldigen würden, Standartenführer.»

Er machte auf dem Absatz kehrt und zog sich zurück. Craig nahm sie fest in die Arme, und sie begannen zu tanzen. «Kommen Sie oft hierher?» fragte er.

In Anbetracht all dessen, was sie inzwischen über die Hintergründe ihrer Mission wußte, war es sonderbar, aber sie konnte einfach nichts dafür, daß ihre erste Sorge ihm galt. «Sie müssen verrückt sein.»

«Ich weiß. Meine Mutter hat es fortwährend gesagt. Gukken Sie nicht so ängstlich. Lächeln Sie weiter dieses strahlende Lächeln.» Sein Arm legte sich fester um ihren Rücken. «Daniel in der Löwengrube, nicht wahr? Der Herr wird mit mir sein. Ich werde hier heil rauskommen, und Sie werden mit mir kommen. Deshalb bin ich hier. Es war eine Falle, mein Engel. Munro hat Ihren Kopf in eine Schlinge gesteckt, er wollte sie als Opferlamm benutzen. Wenn Sie irgend was versuchen, werden sie auf Sie warten.»

«Ein alter Hut», sagte sie. «Ich hab vorhin schon etwas versucht und bin erwischt worden. Priem weiß Bescheid, Craig. Er hat mir alles erzählt. Von Baum, von Anne-Marie, die ganze üble Geschichte. Ich bin nur noch an der Leine in Freiheit, verstehen Sie? Er weiß, daß ich tun werde, was er sagt, wegen Hortense. Er beobachtet jeden Schritt, den ich mache.»

Er hörte auf zu tanzen und schob ihren Arm unter seinen. «Dann wollen wir ihm etwas geben, worüber er nachdenken kann.» Er führte sie durch die Gästeschar zu einer Terrassentür und ging mit ihr hinaus.

Draußen war es recht frisch, und wegen des Regens blieben sie im Schutz der Kolonnade. «Unbeschwert und ganz normal, und ab und zu ein bißchen lachen, das wäre das Beste», sagte er. «Und eine Zigarette kann nicht schaden.»

Sie blickte auf, als das Zündholz zwischen seinen gewölbten Händen aufflammte und das markante Gesicht beleuchtete. «Aber warum, Craig? Warum?»

«Was hat Priem Ihnen erzählt?» fragte Osbourne.

«Daß Anne-Marie für ihn gearbeitet hat.»

Er pfiff leise. «Hm, *das* ist etwas, das Munro überraschen wird. Das heißt, Sie hatten von Anfang an keine Chance, selbst wenn Baum Sie nicht verraten hätte.»

«Wollen Sie vielleicht sagen, Sie hätten es nicht gewußt? Das kann ich nicht glauben. Sie haben mich benutzt, genau wie Sie Anne-Marie benutzt haben, Craig. Das weiß ich jetzt. Und was ihr mit ihr gemacht habt.»

«Ich verstehe. Und René?»

«Tot. Er hat sich erschossen, um sich und mich zu schützen, weil sie ihn in die Mangel genommen hätten.»

Schweigen. Der Regen sprühte einem feinen Schleier gleich durch das Licht, das aus den offenen Türen zum Garten fiel. Er sagte: «Sie können mir glauben oder nicht, aber ich erzähle Ihnen jetzt, wie es wirklich war. Die Sache mit der Droge und Ihrer Schwester war ein Unfall, sie haben das Mittel an allen Agenten erprobt, die von einem Einsatz zurückkamen, aber bei ihr ist es schiefgegangen. Ich habe es erst gestern nacht von Baum erfahren. Die Version, die sie Ihnen auftischten, die Vergewaltigung durch die SS, war Munros Idee. Gut für die Sache und so, um Sie zu motivieren, Ihren Beitrag zu leisten. Mir haben sie dasselbe erzählt.»

«Und Baum?»

«Bis gestern abend wußte ich nichts über ihn oder seine Beziehung zum deutschen Geheimdienst. Mir haben sie dasselbe erzählt wie Ihnen. Daß Sie aus einem einzigen Grund hierher gingen – um den Platz Ihrer Schwester einzunehmen und möglichst viel über Rommels Atlantikwall-Konferenz rauszukriegen.»

«Wenn das stimmt... Warum hat Munro Ihnen dann erlaubt, hierher zu kommen?»

«Er hat es nicht. Ich bin auf eigene Rechnung hier. Er ist jetzt bestimmt stinkwütend.»

Plötzlich überkam sie ein unsägliches Gefühl der Erleichterung, und sie glaubte ihm. Glaubte ihm uneingeschränkt.

«Der arme alte Baum hat den Stein ins Rollen gebracht, als er eines Abends betrunken war und zugab, daß seine Tochter erst vor einem halben Jahr gestorben ist.»

«Ich weiß», sagte Geneviève. «Priem hat es mir erzählt.»

«Munro hat alles bestätigt. Sagte mir, ich solle endlich erwachsen werden. Der Krieg sei die Hölle und all das. Dann ließ er mich für die Nacht einsperren, damit ich gründlich nachdenken konnte. Ich schaffte es, aus der Zelle rauszukommen, und flog runter nach Cold Harbour. Martin Hare und seine Jungs brachten mich dann mit dem Schnellboot rüber. Julie funkte dem Großen Pierre, er solle uns abholen. Das Boot wartet jetzt in Grosnez. Hier reinzukommen war kein Problem, nicht mit einer Uniform wie der hier. Ich habe das komische Gefühl, daß sie mir steht.»

«Sie Narr», sagte sie.

«Ich hab Ihnen doch erzählt, daß ich ein Yale-Mann bin, nicht wahr? Und nun sagen Sie mir genau, wie die Lage hier ist.»

Sie tat es mit einigen Sätzen. Als sie ausgeredet hatte, hörte sie Schritte und sah, wie ihr junger Oberleutnant über die Terrasse ging und sich an die Brüstung lehnte und in den Regen hinausblickte. Sie lachte hell auf, nahm die Zigarette, die Craig ihr anbot, beugte sich zu ihm, als er ihr Feuer gab.

«Sie beobachten mich jetzt jede Sekunde. Gehen Sie einfach, Craig, fahren Sie fort, solange Sie noch können.»

«Kommt nicht in Frage. Glauben Sie, ich würde Sie denen hier überlassen? Den Folterzellen im Gestapo-Hauptquartier in der Rue des Saussaies? Ich bin dort gewesen, und was sie da mit Leuten wie uns machen, ist nicht angenehm. Wir gehen zusammen oder gar nicht.»

«Unmöglich. Ich kann Hortense nicht allein zurücklassen, nicht einmal, wenn ich die Möglichkeit hätte. Sie haben immer noch eine Chance. Gehen Sie.»

Er sagte eindringlich: «Was zum Teufel glauben Sie, daß ich hier tue? Waren Sie drüben in Cold Harbour wirklich so blind? Dachten Sie vielleicht, ich hätte Anne-Marie gesehen, wenn ich Sie anblickte?»

Und das ließ Geneviève nur einen Ausweg, um seiner willen, nicht für sich selbst. Sie löste sich von ihm, drehte sich um und ging zurück in die Galerie, ehe er realisierte, was geschah.

Priem stand am Kamin und rauchte eine Zigarre. Er warf sie in die Flammen und kam ihr entgegen. «Haben Sie den armen Obersten schon verlassen?» Dann verengten seine Augen sich ein wenig. «Ist etwas nicht in Ordnung?»

«Das kann man wohl sagen. Ein alter Liebhaber meiner Schwester, der sie immer noch in den Knochen hat. Die Erinnerung an mich war das einzige, was ihn durch Rußland gebracht hat, falls es Sie interessiert.»

«Diese Franzosen sind so romantisch», sagte er. «Der Feldmarschall wird übrigens bald abfahren. Er hat nach Ihnen gefragt. Es geht Ihnen doch gut?»

«Natürlich.»

Er lächelte kurz. «Sie sind eine bemerkenswerte Frau, Geneviève.»

«Ich weiß, und unter anderen Umständen ...»

«Das klingt allmählich wie ein schlechtes Theaterstück.»

«Das Leben ist oft ein schlechtes Theaterstück. Aber ich finde, ich hab ein Glas Champagner verdient, ja?»

Und so verließ Feldmarschall Rommel Schloß Voincourt, und Geneviève stand neben Hortense und wünschte ihm eine gute Fahrt, wie Priem es ihr geraten hatte. Sie hatte nichts mehr von Craig Osbourne gesehen und begann aufzuatmen. Die Kälte in ihr wurde immer größer. Sie wollte nie wieder in das Zimmer ihrer Schwester zurückgehen.

Viele Gäste waren nun schon fort, und Priem wandte sich zu ihr und Hortense: «Zeit, sich zurückzuziehen. Es war ein langer Abend.»

«Er ist so rücksichtsvoll, nicht?» bemerkte Hortense.

Geneviève gab ihr ihren Arm, und sie gingen, gefolgt von Priem und dem Oberleutnant, der, wie sie feststellte, nun eine Schmeisser-Maschinenpistole trug, die Treppe hinauf.

«Bei der ersten Gelegenheit wirst du hier weglaufen, hast du mich verstanden?» flüsterte Hortense.

«Und dich zurücklassen?» sagte Geneviève. «Hast du eine Sekunde lang geglaubt, ich würde das fertigbringen?»

Sie erreichten das oberste Stockwerk, Priem nickte, und der junge Oberleutnant holte einen Stuhl und stellte ihn so, daß er die Türen der beiden Suiten im Auge behalten konnte. Er sah jetzt anders aus, irgendwie härter, blaß und entschlossen.

«Sie machen sich heute abend wirklich Sorgen um unser Wohl», bemerkte Hortense.

«Oberleutnant Vogel hat nur Bereitschaft, falls Sie etwas benötigen sollten, Gräfin, genau wie der Mann, den Reichslinger unter Ihrem Balkon postiert hat. Ich wünsche Ihnen eine gute Nacht.» Sie zögerte, sah ihre Nichte an und ging dann in ihr Zimmer.

Er drehte sich zu Geneviève um. «Ich denke, es ist sehr gut

gegangen», sagte er. «Der Feldmarschall hat sich amüsiert. Wenn er gemerkt hätte, daß eine bestimmte Akte aus seiner Tasche verschwunden wäre, wenn auch nur vorübergehend, wäre er natürlich nicht so erfreut gewesen. Aber ich meine, das können wir für uns behalten.»

«Natürlich. Es würde sich nicht gut für Sie machen, nicht wahr? Kann ich jetzt hineingehen?»

Er öffnete ihr die Tür. «Gute Nacht, Miss Trevaunce», sagte er förmlich.

Sie hätte ihm antworten können, er möge sich zur Hölle scheren, aber es hätte nicht viel Sinn gehabt. Also ging sie einfach hinein, schloß die Tür und lehnte sich dagegen. Sie hörte Gemurmel, das Geräusch von Schritten, die sich entfernten. Der Schlüssel steckte nicht im Schloß, und als sie die Tür eingehender untersuchte, stellte sie fest, daß man auch den Riegel entfernt hatte. Und die Pistole, mit der sie so sorgfältig geübt hatte, war natürlich auch nicht mehr da.

Sie zog das Kleid aus, schlüpfte wieder in die Hosen und den Pulli und trat hinaus auf den Balkon. Es war sehr dunkel, und es regnete immer noch. Sie horchte, ob etwas von dem Posten unten zu hören war, und hörte nach einer Weile ein Husten. Es stimmte also, und der Sims, der um die Ecke zum Balkon ihrer Tante lief, war so schmal, daß nur ein erfahrener Bergsteiger hätte hoffen können, darauf entlangzubalancieren.

Sie ging ins Schlafzimmer zurück, nahm das Zigarettenetui und klappte es auf. Es war keine Zigarette mehr darin, nur noch die inzwischen nutzlose Filmspule in dem Geheimfach. Sie fühlte sich schrecklich müde, und sie fror. Sie zog Anne-Maries Jagdjacke an und steckte das Zigarettenetui in die Tasche.

Sie nahm die Tagesdecke vom Bett, hüllte sich darin ein und setzte sich, das Licht anlassend wie ein kleines Mädchen, das sich vor dem Dunkeln fürchtet, in den Sessel am Fenster.

Sie döste eine Weile ein, kam frierend und kreuzunglücklich wieder zu sich und sah, wie die Vorhänge sich bewegten. Sie wurden auseinandergeschoben, und Craig Osbourne trat mit einer Walther in der rechten Hand ins Zimmer. Er trug immer noch die SS-Uniform. Er hob einen Finger, damit sie still blieb.

«Wir nehmen Ihre Tante mit. Zufrieden?»

Geneviève wurde von einer kalten Erregung durchströmt. «Wie sind Sie hier herauf gekommen?»

«Ich bin zu Ihrem Balkon hochgeklettert.»

«Ich dachte, da unten wäre jemand postiert?»

«Nicht mehr.» Er ging leise zur Tür und horchte. «Wen haben wir da draußen?»

«Einen jungen Oberleutnant mit einer Maschinenpistole.»

Er steckte die Walther in die Pistolentasche und nahm etwas aus der Rocktasche. Ein scharfes Klicken ertönte, eine Klinge blitzte in dem schwachen Lichtschein. Sie starrte fasziniert darauf, und er gab ihr einen kleinen Schubs. Sie ging zur Tür, klopfte leise, öffnete sie dann. Vogel war in einem Sekundenbruchteil mit schußbereiter MP vor ihr.

«Was ist los?» fragte er in schlechtem Französisch. «Was wollen Sie?»

Ihre Kehle war so ausgedörrt, daß sie kaum sprechen konnte, aber sie zwang sich dazu und sagte, während sie sich umdrehte und auf die Vorhänge zeigte, die sich in dem leichten Luftzug bauschten: «Da draußen, auf dem Balkon. Ich glaube, da ist etwas.»

Er zögerte, trat dann ins Zimmer. Craig Osbourne legte ihm den Arm um die Kehle, rammte ihm ein Knie ins Rückgrat und bog ihn nach hinten. Geneviève sah nicht, wie das Messer hineinglitt, hörte nur das leise Stöhnen, während sie sich abwandte und gegen eine Übelkeit ankämpfte und daran dachte, wie gut er getanzt hatte. Als Craig den Leichnam ins

Badezimmer schleifte, hörte sie nur das Geräusch von Stiefeln, die über das Parkett scharrten. Als Craig zurückkam, hatte er die Schmeisser.

«Alles in Ordnung?»

«Ja.» Sie holte tief Luft. «Ja, natürlich.»

«Gehen wir.»

Hortense saß, einen großen Schal um die Schultern, im Bett und las ein Buch. Sie hatte sich wie immer vollkommen in der Gewalt und zeigte nicht das kleinste Zeichen von Überraschung.

«Du hast anscheinend einen Freund gefunden, Geneviève.»

«Er ist aber nicht ganz der, der er zu sein scheint.»

«Major Osbourne, Madame.»

«Sie sind wegen meiner Nichte hier, nehme ich an?»

«Und Ihretwegen, Madame. Sie will nicht ohne Sie gehen.»

Hortense nahm eine Gitane aus der Schachtel auf dem Nachttisch und zündete sie mit ihrem silbernen Feuerzeug an. Geneviève holte ihr leeres Zigarettenetui heraus und füllte es rasch aus der Schachtel auf.

«Sie kennen sicher die Werke des großen englischen Romanciers Charles Dickens, Major Osbourne?» fragte Hortense. *Zwei Städte*, in der ein gewisser Mister Sydney Carton in einem ruhmreichen Akt der Selbstopferung an Stelle eines anderen zur Guillotine geht? Wir haben von altersher geglaubt, daß dieser Vorfall ein Mitglied unserer Familie betraf.» Sie blies eine lange Rauchwolke aus. «Aber die Voincourts hatten immer einen Hang zu großen Gesten.» Sie schaute Geneviève an. «Egal, wie fehl am Platze sie waren.»

«Wir haben nicht viel Zeit, Madame», sagte Craig geduldig.

«Dann schlage ich vor, Sie gehen, Major, solange es noch Zeit ist. Sie beide, meine ich.»

Von Panik ergriffen, faßte Geneviève nach der Bettdecke

und zog sie zurück. Hortense packte ihr Handgelenk und hielt es mit überraschender Kraft fest. «Hör zu.» Ihre Stimme war nun wie Stahl. «Du hast mir einmal gesagt, du wüßtest, daß ich ein schwaches Herz habe?»

«Aber das war ja nicht wahr. Es war nur eine von den Lügen, die sie mir erzählten, um mich dazu zu bringen, hierher zu kommen.»

«Anne-Marie hat es geglaubt. Ich habe es selbst erfunden, um gewisse Schwindelanfälle zu erklären, unter denen ich immer häufiger leide. Die Wahrheit habe ich für mich behalten. Man hat schließlich seinen Stolz.»

Im Zimmer war es so still, daß Geneviève das Ticken der Uhr hören konnte. «Und was ist die Wahrheit?» flüsterte sie.

«In einem oder vielleicht zwei Monaten werde ich Schmerzen haben. Ich habe schon jetzt welche. Dr. Marais hat mir nichts vorgemacht. Dafür ist er ein zu alter Freund.»

«Das stimmt nicht.» Geneviève war auf einmal zornig. «Nichts davon stimmt.»

«Hast du dich jemals gefragt, von wem du deine Augen hast, Chérie?» Sie hielt jetzt beide Hände Genevièves. «Sieh mich an.»

Grün und bernsteinfarben, mit goldenen Lichttupfen und voll Liebe, mehr Liebe, als Geneviève je für möglich gehalten hätte. Hortense sagte die Wahrheit, das wußte sie. Ihre Kindheit schien von ihr zu gleiten. Sie empfand ein grenzenloses Verlassensein, das fast unerträglich war.

«Für mich, Geneviève.» Sie küßte sie zärtlich auf beide Wangen. «Tu es für mich. Du hast mir immer deine ganze Liebe geschenkt, uneingeschränkt, ohne einen eigennützigen Gedanken. Das Kostbarste in meinem Leben, jetzt kann ich es sagen. Würdest du mir das Recht bestreiten, weniger zu geben?»

Unfähig zu antworten, mit zitternden Händen trat Geneviève zurück. Hortense fuhr fort: «Sie lassen mir eine von Ihren Pistolen da, Major.» Es war ein Befehl, keine Bitte, und Craig zog seine Walther aus der Tasche und legte sie neben sie auf das Bett.

«Hortense?»

Geneviève streckte die Hand danach aus, aber Craig hielt ihren Arm fest. «Geht jetzt», sagte ihre Tante. «Sofort, bitte.»

Craig öffnete die Tür und zog Geneviève aus dem Zimmer. Ihre Augen brannten. Tränen wollten nicht kommen. Als letztes sah sie ihre Tante mit der Hand auf der Walther im Bett sitzen, und dabei lächelte Hortense leise vor sich hin.

Sie schlichen die Haupttreppe hinunter. Die Eingangshalle war ein Reich der Schatten. Nichts rührte sich.

«Wo Priem wohl ist?» flüsterte Craig.

«In seinem Büro in der Bibliothek. Er schläft auch dort.»

Unter der Tür drang ein Lichtstreifen hindurch. Er blieb stehen, hob die Schmeisser, drückte sehr vorsichtig den Drücker hinunter, und sie traten ein.

Priem saß, noch in Uniform, am Kamin und arbeitete im Schein einer Schreibtischlampe über einigen Papieren. Er schien ganz in seine Tätigkeit vertieft, zeigte aber keinerlei Überraschung, als er aufblickte und sie sah.

«Ach, der Liebhaber», sagte er, und in seinem Gesicht zuckte kein Muskel. «Aber das war wohl nur eine Tarnung.»

«Nimm seine Pistole», sagte Craig auf englisch zu ihr.

«Amerikaner?» sagte Priem und nickte. «Ein Feuerstoß mit dem Ding da würde natürlich das ganze Schloß aufwecken.»

«Und Sie mausetot machen.»

«Ja, darauf bin ich auch schon gekommen.»

Er stand auf, ließ die Hände auf dem Schreibtisch. Geneviève trat hinter ihn und zog die Walther aus dem Halfter.

«Und jetzt die Dokumente», sagte Craig. «Das Material zum Atlantikwall. Vielleicht im Safe hinter Ihnen?»

«Ich fürchte, da verschwenden Sie wirklich Ihre Zeit», sagte Priem lächelnd. «Als ich sie das letztemal sah, waren sie in Feldmarschall Rommels Aktenmappe. Inzwischen schon auf halbem Weg nach Paris, nehme ich an. Sie können sich natürlich selbst vergewissern.

«Nicht nötig, Craig.» Geneviève nahm das Zigarettenetui aus der Tasche und hielt es hoch. «Ich hatte die Papiere vorhin für fünf Minuten in meinem Zimmer, wie der Oberst bestätigen kann. Ich habe die Zeit gut genutzt, genau wie du mir gezeigt hast. Alle zwanzig Aufnahmen.»

«Oh, das ist wirklich fabelhaft», sagte Craig. «Finden Sie nicht auch, Priem?»

Priem seufzte. «Ich habe ja gesagt, Sie sind eine bemerkenswerte Frau, Geneviève, nicht wahr? Hm ...» Er kam um den Schreibtisch herum. «Was geschieht jetzt?»

«Wir nehmen den Seiteneingang», antwortete Craig. «Die Tür zur Garderobe. Dann machen wir einen kleinen Spaziergang zum hinteren Hof. Ich habe vorhin den Mercedes des Generals dort gesehen. Er wäre genau das Richtige.»

Priem wandte sich an Geneviève. «Sie werden es nie schaffen. Reichslinger hat heute nacht selbst Wache am Tor.»

«Sie werden ihm sagen, daß der Feldmarschall wichtige Papiere vergessen hat», sagte Craig. «Wenn etwas schiefgeht, töte ich Sie, und wenn nicht ich, dann tut sie es. Sie wird hinter uns im Wagen liegen.»

Priem verzog amüsiert das Gesicht. «Glauben Sie, Sie brächten das fertig, Geneviève? Ich möchte es bezweifeln.»

Ihr ging es ebenso. Schon bei dem Gedanken daran bekam sie eine Gänsehaut, ihre Finger, die sie um den Kolben der Walther gelegt hatte, zitterten, und ihre Handfläche war feucht von Schweiß.

«Schluß mit dem Gequatsche», sagte Craig grob. «Setzen Sie Ihre Mütze auf, aber schön gerade, und dann raus hier.»

Dann waren sie draußen und gingen über den gepflasterten Hof hinter dem Schloß. Es war verblüffend still, das Bauwerk ragte schwarz hinter ihnen auf. Nichts rührte sich, und sie umklammerte den Kolben der Pistole in der rechten Tasche der Jagdjacke fester.

Sie erreichten den Mercedes. Sie öffnete eine der hinteren Türen und legte sich, so gut es ging, mit bereitgehaltener Waffe auf den Boden zwischen Sitzbank und Rückenlehnen der Vordersitze. Priem setzte sich ans Steuer, Craig auf den Beifahrersitz. Sie redeten kein Wort. Der Motor summte los, sie setzten sich in Bewegung. Kurz danach nahm Priem Tempo weg und hielt an der Torschranke. Sie hörte, wie der Posten etwas rief und dann, als er Haltung annahm: «Verzeihung, Standartenführer.»

Priem hatte kein Wort zu sagen brauchen. Es quietschte leise, als die Schranke hochgekurbelt wurde, und dann rief plötzlich eine andere Stimme in scharfem Ton aus dem Wachhaus. *Reichslinger.*

Geneviève hielt den Atem an, als seine Stiefel auf dem Kies knirschten. Vielleicht hatte er Priem zuerst nicht erkannt, denn außer der schwachen Birne in der Lampe am Wachhaus gab es kein Licht. Er beugte sich zum Wagenfenster und sagte auf deutsch etwas, das sie nicht verstehen konnte.

Priem redete mit ihm. Das einzige Wort, das sie verstand, lautete Rommel, und das bedeutete wahrscheinlich, daß er Craigs Anweisungen befolgte. Reichslinger antwortete. Eine kurze Pause, und sie dachte schon, er entfernte sich, und blickte vorsichtig hoch. Zu ihrem Entsetzen war sein Gesicht schräg über ihr, denn er spähte durch das Seitenfenster in den hinteren Teil des Wagens.

Als er zurücksprang und nach seiner Pistole griff, hob Craig die Schmeisser und feuerte durchs Fenster, und ein Regen von Glassplittern traf sie. Reichslinger taumelte wie in einem irren Tanz zurück, und dann preßte Craig den Lauf gegen Priems Hals.

Sie rasten in die Nacht. Priem riß einige Male das Steuer herum, während der Posten zu feuern begann. Dann verschluckte die Dunkelheit sie, und sie waren fort.

«Alles in Ordnung da hinten?» fragte Craig.

Auf ihrer rechten Wange war Blut, denn dort hatte ein Splitter die Haut geritzt. Sie wischte es gleichgültig mit dem linken Handrücken ab. Kein Schmerz, nur der kalte Luftzug gegen das Gesicht und die Regentropfen, die durch das zerschmetterte Fenster drangen.

«Ja, okay.»

«Braves Mädchen.»

Sie fuhren durch Dauvigne, das still wie ein Friedhof dalag, und nahmen die Straße durch das hügelige Land. «Zwecklose Übung», bemerkte Priem. «Alle Kommandoposten in kilometerweitem Umkreis sind bereits über Funk alarmiert. Es wird keine Stunde dauern, und sie haben überall Straßensperren errichtet.»

«Lange genug für uns», erwiderte Craig. «Fahren Sie einfach weiter und tun Sie, was ich sage.»

Hortense de Voincourt ruhte im Bett und lauschte dem allgemeinen Aufruhr, der auf die Schüsse am Haupttor gefolgt war. In der Eingangshalle ertönten laute Rufe, einen Moment später kam jemand in Stiefeln den Korridor entlanggelaufen, und dann wurde an die Tür gehämmert. Sie nahm eine Gitane aus der silbernen Zigarettendose, und als sie sie anzündete, wurde die Tür aufgestoßen, und Ziemke trat, gefolgt von einem Feldwebel mit einer Schmeisser-MP, ins Zimmer.

«Was ist los, Carl?» sagte sie. «Du bist ja ganz aufgeregt.»

«Was los ist?» entgegnete er. «Man hat mir eben gesagt, daß Anne-Marie, Priem und dieser französische Standartenführer mit meinem Mercedes geflohen sind. Reichslinger ist tot. Dieser verdammte Franzose hat ihn erschossen. Der Posten hat es vom Wachhaus aus gesehen.»

«Die beste Nachricht seit Jahren», bemerkte sie. «Ich habe den Burschen nie gemocht.»

Er stand stocksteif da, runzelte leicht die Stirn. «Hortense? Habe ich recht gehört? Was soll das heißen?»

«Daß das Fest zu Ende ist, Carl. Daß es höchste Zeit für mich war, wie eine Voincourt zu handeln und mir eine Tatsache ins Gedächtnis zurückzurufen..., daß du und deine Landsleute mein Land besetzt halten.»

«Hortense?» Er sah sie konsterniert an.

«Du bist ein sehr netter Mensch, Carl, aber das ist nicht genug. Du bist auch der Feind, verstehst du?» Ihre Hand kam unter der Decke hervor. «Adieu, Liebling.»

Sie feuerte zweimal mit der Walther, traf ihn ins Herz, so daß er nach hinten taumelte, zusammensackte. Der Feldwebel ging hinter der Tür in Deckung, schob den Lauf der MP um die Ecke der Zarge und leerte das ganze Magazin. Für Hortense de Voincourt kam das Dunkel rasch und erlösend.

Saint-Maurice war still und menschenleer, als sie es passierten. Priem fuhr so schnell, daß sie schon zwanzig Minuten später die Küstenstraße und Léon erreichten. Als sie im Wald an der Steilküste von Grosnez waren, kam der Mond hinter einer großen Wolke hervor.

Craig tippte Priem auf die Schulter. «Halten Sie hier.»

Der Deutsche nahm Gas weg, bremste und stellte den Motor ab. «Und nun? Eine Kugel in den Kopf?»

«So leicht machen wir es Ihnen nicht», antwortete Craig lächelnd. «Sie kommen mit uns nach England. Ich möchte, daß Sie dort jemanden kennenlernen. Ich bin sicher, daß Sie für ihn eine Fundgrube von Informationen sein werden.»

Er stieg aus. «Pierre?» rief er.

Zwischen den Bäumen auf der anderen Straßenseite bewegten sich einige Gestalten. Als sie näher kamen, sah Geneviève, daß sie Lammfelljacken und Baskenmützen trugen. Einige waren mit Flinten bewaffnet, andere mit Gewehren. Sie blieben am Hang oberhalb des Wagens stehen, und dann trat der Große Pierre vor.

«Hallo, Freunde!» rief er aufgekratzt.

Priem hatte ein maskenhaftes Lächeln auf den Lippen, als er Geneviève im Rückspiegel ansah. «Sie haben Blut auf der Wange.»

«Es ist nichts weiter. Nur eine kleine Schramme.»

«Das freut mich.»

Craig öffnete die Tür an der Fahrerseite, und Priem griff unter das Armaturenbrett. Seine Hand kam mit einer Luger hervor, und sie reagierte in einer blinden Panik instinktiv, indem sie ihm die Walther ins Rückgrat rammte und zweimal abzog.

Sein Körper zuckte heftig, es roch verbrannt, und sie hatte den Gestank von Kordit in der Nase. Ganz langsam, wie in Zeitlupe, stemmte er sich hoch und wandte sich halb um, und als er sie anzublicken versuchte, hatte er einen überraschten Ausdruck in den Augen; dann schoß Blut aus seinem Mundwinkel, und er sank auf das Lenkrad.

Als sie aus dem Wagen stieg, wollte Craig ihr helfen, aber sie stieß ihn fort. «Nein, lassen Sie mich in Ruhe.»

Er starrte sie an, und in seinem Gesicht zuckte kein Muskel, dann knöpfte er den schwarzen SS-Rock auf und warf ihn in den Mercedes. Der Große Pierre gab ihm eine Lammfelljacke, drehte sich um und nickte einem von seinen Männern zu. Dieser beugte sich über Priems Körper und löste die Handbremse. Sie brauchten den Wagen nur ein wenig anzuschieben, damit er über die schmale Böschung rollte und in die Tiefe stürzte.

Ihr wurde bewußt, daß sie immer noch die Walther umklammert hielt, und sie erschauerte und steckte sie in die Tasche. «Er hat gedacht, ich würde es nicht fertigbringen», flüsterte sie. «Und ich auch nicht, um die Wahrheit zu sagen.»

«Jetzt wissen Sie also, was für ein Gefühl es ist», sagte Craig. «Willkommen im Club.»

Die anderen Männer von der Résistance blieben auf dem oberen Anleger, während der Große Pierre mit Craig und Geneviève nach unten ging, wo die *Lili Marlen* vertäut war.

Schmidt rief: «Verdammt noch mal, er hat's geschafft. Er hat sie bei sich!»

Zwei Männer, die neben ihm standen, sagten leise etwas, und Hare rief von der Brücke: «Gratuliere. Und jetzt nichts wie weg hier.»

Die Motoren dröhnten los. Craig kletterte über die Reling und reichte Geneviève die Hand.

Sie sagte zu dem Großen Pierre: «Vielen Dank für alles.»

«Zerdrückte Rosenblätter, Miss Trevaunce. Ich habe Sie gewarnt.»

«Werde ich je fertig mit dem, was ich eben getan habe?»

«Alles geht vorbei. Und jetzt an Bord mit Ihnen.»

Sie langte nach Craigs Hand. Als sie auf das Deck gesprungen war, wurden die Leinen losgemacht, und die *Lili Marlen* glitt durch das Dunkel auf die See hinaus.

16

Himmler verbrachte die Nacht oft in einem kleinen Arbeitszimmer unmittelbar neben seinem Büro in der Prinz-Albrecht-Straße. Es war vier Uhr morgens, als Hauptsturmführer Rossmann sich mit einem unguten Gefühl der Tür näherte, einige Sekunden zögerte und dann klopfte. Als er hineinging, hatte der Reichsführer eine kleine Tischlampe angeknipst und sich in seinem schmalen Feldbett aufgesetzt.

«Was gibt's, Rossmann?»

«Reichsführer... Eine schlechte Nachricht, fürchte ich.» Rossmann hielt ein Telegramm hoch. «Die Sache mit Schloß Voincourt.»

Himmler setzte seinen Kneifer auf, rückte ihn zurecht und streckte die Hand aus. «Geben Sie her.»

Er las den Funkspruch rasch, gab ihn dann zurück. «Ein Nest von Verrätern, dieses verdammte Schloß. Wie Sie sehen, hatte ich recht, Rossmann. Es war nicht so, wie es schien. Und Priem ist von der Bildfläche verschwunden?»

«Offenbar, Reichsführer.»

«Sicher für immer. Die französische Terroristenbewegung: Bestien, die vor nichts haltmachen.»

Rossmann fragte: «Aber was bedeutet das alles? Was bezwecken sie damit?»

«Ich dachte, das läge doch auf der Hand. Sie hatten es auf

Rommel abgesehen. Es wäre ein großer Coup für sie gewesen, aber nach dem Bericht über ihn, den Sie mir vorhin zeigten, verließ er den Ball frühzeitig und fuhr in derselben Nacht zurück nach Paris. Damit war ihr Zeitplan im Eimer, das ist alles.»

«Natürlich, Reichsführer. Jetzt verstehe ich. Die Truppen in dem Gebiet sind in Alarmbereitschaft versetzt worden. Die ganze Umgebung wird abgesucht. Haben Sie noch Befehle?»

«Ja. Geiseln. Ich denke, hundert, aus allen Dörfern im Umkreis. Exekution um zwölf Uhr mittags. Wir müssen diese Leute wirklich eine Lektion lehren.» Er nahm den Kneifer ab und legte ihn auf den Nachttisch.

«Zu Befehl, Reichsführer.»

«Wecken Sie mich um sechs», sagte Himmler gelassen und knipste das Licht aus.

Als Dougal Munro vom Herrenhaus nach Cold Harbour hinunterging, war es noch dunkel. Er hatte eine alte Tweedmütze auf, hielt mit einer Hand einen aufgespannten Regenschirm und zog mit der anderen den Kragen seines Kavalleriemantels enger. Zwischen den geschlossenen Vorhängen des «Gehenkten» drang Licht hervor, und das Wirtshausschild schwang im Wind und quietschte unheimlich.

Als er die Tür öffnete und hineinging, saß Julie Legrande mit einem Glas in der Hand am brennenden Kamin.

«Oh, da sind Sie», sagte er, den Regenschirm im Freien abschüttelnd. Dann machte er die Tür zu und stellte den Schirm in den Ständer. «Sie können nicht schlafen, stimmt's? Genau wie ich.»

«Gibt es etwas Neues?» fragte sie.

«Bis jetzt noch nicht. Jack sitzt in der Funkzentrale und wartet.» Er zog den Mantel aus, nahm die Mütze ab und hielt die Hände dicht an die Flammen. «Was trinken Sie?»

«Whisky», sagte sie. «Mit ein bißchen Zitronensaft, etwas Zucker und kochendheißem Wasser. Als ich klein war, hat meine Großmutter es mir immer gegen Grippe und Erkältungen gegeben. Jetzt ist es gut gegen alles.»

«Ein bißchen früh am Tag.»

«Für vieles, General.»

«Fangen Sie nicht wieder damit an, Julie. Ich habe bereits gesagt, daß ich bereit bin, Ihre Rolle bei dieser leidigen Angelegenheit zu vergessen. Bitte keine Vorwürfe. Sprechen wir nicht mehr davon. Ob es hier eine Tasse Tee gibt?»

«Sicher. Auf dem Herd steht ein Kessel Wasser, und daneben werden Sie die Teekanne und eine Flasche Milch finden.»

«Meine Güte, so ist das also.»

Er ging hinter die Theke und trat in die Küche. Julie schürte das Feuer, ging dann ans Fenster, zog den Vorhang ein Stück zur Seite und spähte hinaus. Es wurde schon merklich heller. Bald würde der Morgen grauen. Sie schloß den Vorhang, ging zurück zum Kamin, und Munro kam wieder in den Gastraum, in der Hand eine Tasse Tee, die er umrührte. Im selben Moment kam draußen das Geräusch eines Motors näher. Die Tür wurde geöffnet, ein scharfer Luftzug fegte in den Raum, und Jack Carter und Edge kamen herein.

Edge mußte sich gegen die Tür stemmen, um sie zu schließen, und Munro sagte: «Nun?»

Carter lächelte mit einer Mischung von Bewunderung und Respekt. «Er hat es geschafft, Sir. Er hat es tatsächlich geschafft und sie da rausgeholt.»

Julie sprang auf. «Sind Sie sicher?»

«Absolut.» Carter knöpfte seinen nassen Trenchcoat auf. «Wir haben vor einer Viertelstunde einen Funkspruch vom Großen Pierre bekommen. Hare wartete mit der *Lili Marlen* in Grosnez, während Craig zum Schloß fuhr. Sie haben kurz nach Mitternacht in Grosnez abgelegt. Mit ein bißchen Glück könnten sie in anderthalb Stunden hier sein.»

Julie umhalste ihn, und Munro sagte: «Ich habe ja immer gesagt, er ist Houdini, der auferstanden ist, um uns Scherereien zu machen, dieser Bursche.»

Edge trug einen schwarzen Militärtrench über seiner Luftwaffe-Uniform. Er knöpfte ihn langsam auf, trat hinter die Bar und schenkte sich einen großen Gin ein. Sein Gesicht war gefaßt, aber in seinen Augen loderte glühender Zorn.

«Ist das nicht wunderbar, Sir?» sagte Carter zu Munro.

«Höchst dramatisch, Jack, aber sehr kontraproduktiv», erwiderte der Brigadegeneral kühl.

Julie lachte rauh. «Craig hat Ihren hinterhältigen kleinen Plan verdorben, nicht wahr? Ihnen wäre es viel besser zupaß gekommen, wenn er es nicht geschafft hätte zurückzukehren? Wenn niemand von ihnen es geschafft hätte?»

«Der Gedanke hat vielleicht etwas für sich, aber er ist ein bißchen hysterisch.» Munro nahm seinen Mantel und zog ihn an. «Ich habe jetzt zu tun. Sie können mich hochfahren, Jack.» Er wandte sich zu Edge. «Können wir Sie mitnehmen?»

«Nein, vielen Dank, Sir. Ich gehe zu Fuß. Ich brauche ein bißchen frische Luft.»

Sie gingen hinaus. Julie lief, immer noch zornig, im Raum auf und ab. «Dieser verfluchte Kerl. Dieser verfluchte hinterhältige Kerl.»

«Sie haben aus Ihrem Herzen keine Mördergrube gemacht.» Edge nahm die Ginflasche vom Regal und steckte sie in die Manteltasche. «Wie dem auch sei, ich haue mich jetzt ein bißchen hin. Es war eine lange Nacht.»

Als er ins Freie trat, war der Wind stärker geworden. Er ging zum Kai und sah aufs Meer hinaus. Er schraubte die Flasche auf und trank einen großen Schluck.

«Du Scheißkerl, Osbourne», sagte er leise. «Du und deine verdammte Schlampe. Zur Hölle mit euch.»

Er steckte die Flasche wieder in die Tasche, drehte sich um und ging die kopfsteingepflasterte Dorfstraße hoch.

Die See bildete Schaumkronen, und Regen peitschte von vorn auf das Deck, als die *Lili Marlen* wie ein losgelassener Windhund auf die Küste von Cornwall zuraste. Im Osten färbte sich der Himmel hellgrau, und als Geneviève aus einem der kleinen Bullaugen der Kajüte sah, erblickte sie eine trostlose, aufgewühlte Weite.

Craig saß, immer noch in der Lammfelljacke, ihr gegenüber, und Schmidt kam mit Tee aus der Kombüse herein. «England. Gutes altes England. Jetzt dauert es nicht mehr lange.» Er trug eine Rettungsweste über dem gelben Ölzeug.

«Was soll der Quatsch?» fragte Craig.

«Befehl des Kapitäns. Er glaubt, daß es mulmig wird.» Schmidt stellte die Becher auf den Tisch. «Sie finden Ihre in dem Fach unter der Bank.»

Er ging wieder hinaus. Geneviève nahm die Beine aus dem Weg, und Craig öffnete die Klappe unter der Bank und holte zwei Schwimmwesten der Kriegsmarine heraus. Er half ihr, eine davon anzulegen, zog dann die andere an. Dann setzte er sich wieder und trank seinen Tee.

Sie bot ihm eine Gitane an. «Ich nehme an, ich sollte jetzt gut darauf aufpassen.» Sie hielt das Etui aus Silber und Onyx hoch. «Wenn Wasser hineinkommt und den ganzen Film ruiniert, ist alles umsonst gewesen.»

«Keine Angst», sagte er. «Das Ding ist von einem Genie gebastelt worden.»

Sie saßen eine Weile stumm da. Dann sagte sie: «Was geschieht jetzt, Craig?»

«Wer weiß? Die Situation hat sich geändert. Sie haben es

wider Erwarten geschafft. Sie haben die Pläne für den Atlantikwall aufgenommen, und, was noch wichtiger ist, die Deutschen wissen es nicht. Sie werden nichts ändern.»

«Und?»

«Sie sind jetzt so was wie eine Heldin. Und wenn Martin und ich nicht losgefahren wären, um Sie zu holen...» Er zuckte mit den Schultern. «Schätze, Munro wird gut Miene machen müssen. Außerdem wird er seinen eigenen kleinen Triumph feiern können. Wenn Ike die hübschen Fotos sieht, wird er denken, er sei ein Zauberer.»

«Und dann?»

«Geduld, immer nur einen Schritt auf einmal.» Er streichelte ihre Hand. «Gehen wir nach oben, um etwas frische Luft zu schöpfen.»

Als sie mit unsicheren Schritten das Deck betraten, spritzte Wasser unter den Segeltuchverkleidungen der Reling über die Stahlplatten. Das 20-Millimeter-Flugabwehrgeschütz auf dem Vorderdeck und auch die Bofors-Zwillingsflak achtern waren mit jeweils zwei Leuten bemannt, die Ölzeug und Südwester trugen. Geneviève stieg, gefolgt von Craig, die Leiter zur Brücke hoch, und die beiden traten ins Ruderhaus. Langsdorff stand am Ruder, und Hare beugte sich über die Karte und prüfte, auf welchem Kurs er sich der Küste bei dem schlechten Wetter am besten nähern sollte.

«Wie steht es?» fragte Craig.

«Alles bestens. Noch höchstens eine Stunde. Vielleicht weniger. Die schwere See ist hinter uns.» Er schaute hinaus. «Das Wetter wird eher noch schlimmer werden, aber wir kommen hin.»

Craig legte den Arm um sie. «Ich habe eine fabelhafte Idee. Dinner im Savoy, Champagner und Tanzen.»

Ehe sie antworten konnte, sagte Martin Hare: «Ich hab eine noch bessere.» Er suchte in seiner Tasche und holte ein Halbkronenstück heraus. «Kopf oder Zahl, wer den ersten Tanz kriegt.»

Um halb sechs Uhr regnete es in Cold Harbour in Strömen. Joe Edge saß in seinem Zimmer im Herrenhaus am Fenster, trank Gin aus einem kleinen Zinnbecher und starrte verdrossen in den trüben Morgen hinaus. Die Flasche war nur noch knapp halb voll, und er war … Nein, betrunken war nicht das richtige Wort. Zum Bersten geladen mit seinem Zorn. Jetzt würde es nicht mehr lange dauern, bis die *Lili Marlen* in den Hafen einlief. Die Rückkehr der Helden, Craig und diese Trevaunce, und dann dachte er an Craig und daran, wie der Amerikaner ihn gedemütigt hatte, und sein Zorn kochte über. Er schenkte noch etwas Gin in den Becher. Als er ihn an die Lippen hob, hielt er inne, denn urplötzlich sah er alles vor sich – die perfekte Art, es ihnen heimzuzahlen.

«Mein Gott, fabelhaft.» Er lachte trunken. «Ich werde es ihnen zeigen, den Schuften.»

Er nahm den Hörer und rief seinen Obermechaniker an, Sergeant Henderson, der mit dem Rest der Bodencrew in den Wellblechhütten hinter dem Hangar wohnte. Es läutete sehr oft, ehe der Hörer am anderen Ende abgenommen wurde und Henderson schlaftrunken fragte: «Hallo? Wer ist da?»

«Ich, Sie Narr», fuhr Edge ihn an. «Sie haben zehn Minuten, um die Ju für mich startklar zu machen.»

«Was ist los, Sir, ein Notfall?» Henderson war auf einmal ganz wach.

«Das kann man sagen. Bis gleich.» Edge legte auf, holte seine Fliegerstiefel und die Jacke aus dem Schrank, zog sich rasch an, verließ das Zimmer und hastete nach unten.

Da Munro die *Lili Marlen* bald zurückerwartete, war er nicht wieder ins Bett gegangen. Er saß in der Bibliothek über einigen Papieren, als er die Haustür ins Schloß fallen hörte. Er stand auf und trat ans Fenster und sah, wie Edge mit einem der Jeeps fortfuhr. Hinter ihm ging die Tür auf, und Carter kam mit einem Tablett in der Hand in den Raum gehumpelt.

«Tee, Sir?»

Munro drehte sich um. «Edge ist eben weggefahren. Was er wohl vorhat?»

«Er will sicher zum Pub hinunter, Sir. Sie müßten bald da sein.»

«Sie haben recht», sagte Munro. «Wir setzen uns besser auch gleich in Bewegung, Jack. Geben Sie mir also eine Tasse.»

Sergeant Henderson trug noch seinen Pyjama unter dem Overall. Er hatte die Ju 88G bereits aus dem Hangar geholt und trat unter einer der Tragflächen hervor, als Edge mit dem Jeep näher kam. Edge setzte seinen Helm und die Schutzbrille auf und befestigte den Kinnriemen, während er leicht schwankend auf die Maschine zuging.

«Alles in Ordnung, Sergeant?»

«Sie können starten, Sir.»

Edge torkelte, und Henderson griff nach ihm und hielt ihn fest. «Ist Ihnen nicht gut, Sir?» Im selben Moment wehte die scharfe Morgenbrise die Ginfahne in seine Richtung.

«Reden Sie keinen Mist, natürlich ist mir gut, Sie Idiot», erwiderte Edge. «Ich werde mich ein bißchen amüsieren. Ich werde einem Schnellboot eine Lektion erteilen.» Er lachte. «Wenn ich damit fertig bin, werden Hare und Osbourne wissen, wer hier der Held ist. Und Munro wird mir bestimmt dankbar sein.»

Er ging zum Flugzeug, und Henderson packte ihn am Arm. «Augenblick, Sir. Ich glaube wirklich, Sie sollten jetzt nicht fliegen.»

Edge stieß ihn heftig fort und zog seine Walther. «Fassen Sie mich nicht an!»

Er zielte vor die Füße des Sergeants und feuerte, und Henderson rannte zu der Maschine und ging hinter ihrem Rumpf in Deckung. Einen Moment später erwachten die BMW-Sternmotoren zum Leben. Das Flugzeug rollte an. Henderson lief in den Hangar und riß die Tür zu dem kleinen Eckbüro auf, um zu telefonieren.

Munro und Jack Carter tranken im Herrenhaus gerade ihren Tee aus, als es über ihnen laut donnerte. «Mein Gott, was war das?» rief der Brigadegeneral.

Er trat an eine der Fenstertüren, öffnete sie und ging hinaus auf die Terrasse. Die Ju zog in geringer Höhe über den Hafen und stieg dann auf.

«Was zum Teufel geht da vor, Jack?» fragte er.

Das Telefon in der Bibliothek klingelte. Carter nahm ab. Munro achtete nur zur Hälfte auf seine geflüsterten Worte, während er dem Flugzeug nachsah. Dann drehte er sich um und sah, wie Carter mit besorgtem Gesicht auflegte.

«Was gibt's, Jack?»

«Es war Sergeant Henderson, Sir. Joe Edge hat ihn offenbar vor einer Weile aus dem Bett geholt, um die Ju startbereit zu machen. Er sagte, es sei ein Notfall.»

«Ein Notfall? Was für ein verdammter Notfall?»

«Er sagte, er wolle es einem Schnellboot zeigen, Sir. Und wenn er fertig sei, würden Hare und Osbourne wissen, wer der wahre Held sei, und *Sie* würden ihm dankbar sein.»

Munro blickte überrascht. «Er muß verrückt geworden sein.»

«Und betrunken, Sir. So betrunken, daß er vor Hendersons Füßen in die Erde schoß, als der versuchte, ihn zurückzuhalten.»

«Großer Gott, Jack.» Munros Gesicht war weiß. «Was sollen wir tun?»

«Wir können nichts machen, Sir. Die *Lili Marlen* hat ihren Bord-Land-Funk nie benutzt. Es war immer eine strenge Regel. Sie wollen nicht, daß die Royal Navy oder die Küstenwache mithört und sich fragt, was da wohl los ist. Wir können sie also nicht warnen. Aber eines können wir tun. Wenn wir zum Kap hochfahren, können wir sehen, wie sie in die Bucht kommt.»

«Dann los, Jack.»

Munro griff nach seinem Mantel und zog ihn im Laufen an.

Als sie sich mit Carter am Steuer dem «Gehenkten» näherten, kam Julie heraus. Carter nahm Gas weg, und sie sagte: «Was ist los? Was hat Joe vor?»

«Steigen Sie ein!» befahl Munro.

Sie kletterte schnell hinten in den Wagen, und als Carter weiterfuhr, sagte er: «Edge scheint durchgedreht zu sein.»

«Das können wir nicht mit Sicherheit wissen, Jack», sagte Munro. «Er hat sich ein paar Gläser genehmigt und spielt den tollkühnen Flieger, das ist alles. Es wird schon nichts weiter passieren.»

«Und?» fragte Julie, und Carter berichtete, während sie den Feldweg zum Vorgebirge hochfuhren. Als er fertig war, sagte sie: «Er war schon immer ein bißchen verrückt, jetzt scheint er endgültig den Verstand verloren zu haben.»

Sie erreichten den Kamm des Hügels und rumpelten über das Gras zum Rand der Klippen. Carter bremste und hielt. «Da muß ein Feldstecher sein.» Er tastete unter dem Armaturenbrett herum. «Ja, da ist er.»

Sie stiegen aus dem Jeep und gingen zu Fuß weiter. Es war ein sonderbarer Morgen. Schwarze, sehr tief hängende Wolken reichten in einer fast waagrechten Linie bis zum Horizont. Über dem Wasser hing dünner Nebel, aber der Wind riß immer wieder große Löcher auf. Die See ging schwer, die weißen Wellenkämme reichten bis zum Strand unter ihnen.

Plötzlich deutete Julie mit dem Finger. «Da! Da sind sie.»

Die *Lili Marlen* tauchte gut einen Kilometer von ihnen entfernt aus dem grauen Dunst auf und dampfte mit voller Kraft auf die kleine Bucht zu, die Fahne der Kriegsmarine war deutlich zu erkennen. Und dann schoß die Ju 88G wie ein Raubvogel aus einer schwarzen Wolke und raste dicht über dem Meer auf das Schnellboot zu. Einen Augenblick später ertönte Geschützfeuer.

Edge hatte ein ganzes Stück an der *Lili Marlen* vorbeigefeuert. Craig und Geneviève waren mit Hare im Ruderhaus, um dem letzten Abschnitt der Überfahrt von dort beizuwohnen.

«Verdammt, es ist Edge», sagte Craig. «Was für einen Scheiß hat er vor?»

Hare drehte sich zum Funkgerät, das normalerweise nicht benutzt wurde, schaltete den Lautsprecher ein und nahm das Handmikrofon. «Kommen, Edge! Kommen! Was ist los?»

Die Junkers flog eine Kurve und kam genau auf sie zu, und wieder spritzte eine Bordgeschützsalve das Wasser an Backbord auf.

«Peng, gleich bist du tot!» Edges Stimme drang aus dem Lautsprecher, und er lachte hysterisch. «Kannst du mich hören, Hare?» Er riß die Maschine über ihnen hoch. «Ihr habt uns einen Haufen Scherereien gemacht. Der arme alte General war sehr besorgt. Besser, wenn du und Osbourne und die dumme kleine Kuh nicht zurückgekommen wäret.»

Er schwenkte wieder nach Steuerbord. Hare öffnete ein Fach unter der Bank, holte eine eingerollte Flagge heraus und stieß Langsdorff zur Seite. «Ich fürchte, es ist kein Spaß. Lassen Sie die Fahne abnehmen und die hier aufziehen.»

Der Bug hob sich aus den Wellen, als er mehr Gas gab und das Ruder nach Steuerbord herumriß, während Langsdorff hinausging. Der Obersteuermann rief Wagner, der die Leiter heraufkam. Langsdorff gab ihm die Flagge, richtete den Befehl aus und kehrte ins Ruderhaus zurück.

«Noch da?» rief Edge aus dem Lautsprecher. «Sollen wir es noch mal probieren? Mal sehen, wie dicht ich rankommen kann.»

Er ging wieder in Schräglage und schoß nicht mehr als fünfzehn Meter über dem Wasser auf das Heck zu, als Wagner gerade die Kriegsmarineflagge vom Göschstock über dem Ruderhaus nahm. Einen Moment darauf entfaltete sich die amerikanische Flagge, und ihr Anblick machte Edge noch wütender.

«Verdammte Yankees!» schrie er.

Er war jetzt ganz nahe, feuerte diesmal mit seinem Maschinengewehr, traf nicht das gewünschte Ziel, denn die Projektile rissen das Achterdeck an der Steuerbordseite auf, töteten Hardt und Schneider, die über die Reling ins Meer stürzten.

«Mein Gott, er ist tatsächlich verrückt geworden!» sagte Craig.

Wagner und Bauer hantierten bereits hektisch mit dem Doppelgeschütz auf dem Achterdeck, dessen Geschoßbahnen der davonrasenden Junkers in einem großen Bogen folgten, und Wittig feuerte mit der kleinen Bordkanone auf dem Vorderdeck.

Die Ju taumelte, als Kugeln Löcher in ihre rechte Tragfläche stanzten. Edge fluchte und riß die Maschine nach links. «Meinetwegen, ihr Hunde», schrie er. «Wenn ihr es so haben wollt.»

Er ging tief, gefährlich tief, und näherte sich wieder dem Heck. Hare gab der *Lili Marlen* alles, was die Maschinen hergaben, und die beiden kraftvollen Daimler-Benz-Diesel brachten sie auf über vierzig Knoten. Er fuhr einen wilden Zickzackkurs. Edge war immer ein Klassepilot gewesen, aber die Ausnahmesituation dieses Morgens – oder sein Wahnsinn zusammen mit dem Gin? – machte ihn zu einem genialen Flieger, denn als er das Schnellboot erreichte, flog er mit sechshundertfünfzig Stundenkilometern und nicht mehr als zehn Meter über dem Wasser.

Craig ergriff Genevièves Arm. «Runter!» rief er und warf sich auf sie.

Edge benutzte wieder seine Maschinengewehre, riß das Achterdeck auf, mähte Wagner und Bauer an der Zwillingsflak nieder, zerschmetterte die Fenster des Ruderhauses, traf Langsdorff im Rücken und drückte ihn mit dem Kopf zuerst durch die Tür.

Plötzlich wurde die *Lili Marlen* langsamer. Craig stand auf, und als Geneviève sich ebenfalls erhob, sah sie, daß Hare mit Blut auf seiner Seemannsjacke auf dem Ruder zusammengesunken war. Die Hälfte der Kontrollhebel war ausgeschaltet, und unten auf dem Vorderdeck hing Wittig, nur von den Schulterstützen gehalten, über der Fla-Kanone.

«Martin, Sie sind verletzt.» Sie legte ihm die Hand auf die Schulter.

Als er sie fortstieß, kam die Junkers von Backbord und belegte das ganze Schiff mit Feuer. Die *Lili Marlen* brannte inzwischen, und als der Wind den Rauch einen Moment lang fortwehte, sah sie, wie Schmidt unten über das Vorderdeck kroch und Wittig von dem Geschütz zu ziehen versuchte, um es weiter zu bedienen.

Hare sagte: «Wir sind erledigt. Bringen Sie Geneviève von Bord.»

Craig schob sie vor sich her, und Hare folgte ihnen. Schon schwappte Wasser über das Deck. Hare und Craig machten eines der Schlauchboote auf dem Achterdeck los und warfen es über die Reling.

Craig hielt das Tau. «Los, runterspringen!» befahl er Geneviève.

Sie tat es, verlor das Gleichgewicht, landete mit dem Kopf zuerst im Boot, und im selben Augenblick näherte Edge sich sehr tief dem Heck.

Hare sagte: «Ich werde es dem Hurensohn zeigen», und drehte sich um und stürzte zu dem Doppelgeschütz.

Craig zögerte, ließ die Leine plötzlich los, und ehe Geneviève wußte, was geschah, war das Boot zehn Meter von der *Lili Marlen* entfernt. «Craig!» schrie sie, aber es war bereits zu spät.

Er stand, schon bis zu den Knien im Wasser, neben Hare an dem Zwillingsrohr. «Auf den Rumpf zielen», schrie er. «Denken Sie an die Lachgastanks!»

Die Junkers war über ihnen, Edge feuerte mit allem, was er hatte. Das Doppelgeschütz hämmerte los, und Geneviève sah, wie Martin Hare in die Luft gehoben und zurückgeworfen wurde. Dann war Craig am Geschütz, riß es herum, um der Junkers zu folgen, die jetzt über dem Schnellboot hinweggeflogen war und höher stieg.

Es gab eine Explosion, die fürchterlichste, die sie je miterlebt hatte. Die Ju verwandelte sich in einem Sekundenbruchteil in einen gewaltigen Feuerball, als ihre mit Stickstoffoxydul gefüllten Tanks wie eine Bombe detonierten, und dann landeten überall ringsum Splitter des Flugzeugrumpfes im Wasser.

Eine große Welle hob das Boot hoch. Es war schon gut fünfzig Meter von der *Lili Marlen* entfernt und trieb schnell weiter. Geneviève sah, wie sich der Bug des Schiffes aus dem Wasser hob. Sie sah nichts von Craig Osbourne oder dem kleinen Schmidt, nirgends schwamm jemand. Der Bug stieg höher, die amerikanische Flagge entfaltete sich für einen Moment, und dann sank die *Lili Marlen* mit dem Heck zuerst und war verschwunden.

Auf dem Steilufer ließ Dougal Munro, das Gesicht aschfahl, langsam den Feldstecher sinken. Julie Legrande weinte. In dem ungeschickten Bemühen, sie zu trösten, legte Carter ihr den Arm um die Schulter.

«Was nun, Sir? Ich glaube, ich habe dort unten ein Boot gesehen.»

«Zurück zum Dorf, Jack. Alarmieren Sie die Küstenwache. Ein Rettungsboot braucht nicht lange von Falmouth bis hierher. Es gibt noch eine Chance.»

Das Schlauchboot hüpfte bedrohlich auf den Wellen. Geneviève war schon so viele Male übel geworden, daß sie sich vor nichts mehr fürchtete. Der Himmel war schwärzer denn je, und es goß in Strömen. Aber was spielte das für eine Rolle? Das Wasser stand einen halben Meter hoch im Boot, und sie war ohnehin bis auf die Haut durchnäßt; sie lag einfach mit dem Kopf auf dem Randwulst da, so elend und unglücklich, wie ein Mensch nur sein konnte.

Ungefähr drei Stunden, nachdem die *Lili Marlen* gesunken war, hörte sie das Geräusch eines Motors näher kommen. Sie stemmte sich auf und sah das Rettungsboot aus Falmouth, das genau Kurs auf sie nahm. Fünf Minuten später lag sie in Wolldecken gehüllt in der Kabine, und ein Mann von der Besatzung reichte ihr einen Becher Kaffee.

Ein freundlich dreinblickender Mann mittleren Alters, der Ölzeug trug, näherte sich. «Ich bin der Bootsführer, Miss. Wie fühlen Sie sich?»

«Danke, ganz gut», sagte sie.

«Wir haben sonst niemanden gefunden.»

«Ich glaube nicht, daß noch jemand am Leben ist», sagte sie leise.

«Hm, wir werden noch eine Stunde suchen, und dann bringen wir Sie nach Cold Harbour. Das sind meine Befehle.» Er zögerte. «Was ist hier draußen passiert, Miss? Was war los?»

«Ich bin nicht sicher», antwortete sie. «Ich glaube, es war ein Spiel, das schiefging. Eine einzige gigantische Dummheit, genau wie der ganze Krieg.»

Er zog ratlos die Augenbrauen hoch, zuckte schließlich mit den Schultern und ging hinaus. Geneviève legte beide Hände um den Becher, ließ sie wärmen und saß da und starrte ins Leere.

Carter hockte neben Munro in der Dunkelkammer und rollte vorsichtig den Film aus. «Ist er in Ordnung, Jack?» fragte Munro. «Ich meine, sie war stundenlang im Wasser.»

«Scheint vollkommen okay zu sein, Sir. Wie ich dachte. Sogar die Zigaretten im Etui waren strohtrocken.» Er hielt den Film hoch.

Munro fragte: «Und sie behauptet, das sei in Rommels Aktentasche gewesen?»

«Ich glaube, Sir. Sie sagte, es sei noch mehr gewesen, aber sie habe nur zwanzig Aufnahmen gehabt.»

«Ein Wunder, Jack. Einer der großen Geheimdiensterfolge des Krieges. Eisenhower und sein Planungsstab werden vor Freude in Ohnmacht fallen, wenn sie das sehen.» Er schüttelte den Kopf. «Sie hat es geschafft, Jack, eine blutige Anfängerin. Eine Amateurin, die von nichts einen Schimmer hat. Ich habe mich geirrt.»

«Ja, und um welchen Preis, Sir.»

«Die Luftwaffe hat gestern nacht wieder einen Angriff auf London geflogen, Jack. Viele Menschen sind ums Leben gekommen. Soll ich weiterreden?»

«Nein, Sir. Ich ziehe den Einwand zurück.»

Munro nickte. «Ich muß einige Anrufe erledigen. London. Kommen Sie in einer halben Stunde in die Bibliothek.»

«Und Geneviève, Sir?»

«Oh, bringen Sie sie meinetwegen mit.»

Geneviève lag in dem heißen Wasser, das Julie für sie eingelassen hatte, bis sie merkte, daß es abkühlte. Sie stieg aus der Wanne und trocknete sich sorgfältig ab. Überall an ihrem Körper waren Schrammen und bläuliche Male, aber sie fühlte keine Schmerzen. Sie fühlte gar nichts. Julie hatte ihr Unterwäsche auf das Bett gelegt, dazu einen dicken Pullover, Cordhosen und eine Cordjacke. Sie zog sich rasch an und war gerade fertig, als Julie hereinkam.

«Wie geht es Ihnen, Chérie?»

«Sehr gut, alles in Ordnung.» Sie zögerte und fragte dann leise: «Etwas Neues?»

«Ich fürchte, nein.»

«Ich habe auch nicht gedacht, daß es etwas geben würde.»

«Ich habe Jack eben gesehen. Er sagte, die Fotos seien ausgezeichnet. Er hat mich gebeten, Ihnen das hier zu geben.»

Sie reichte ihr das Etui aus Silber und Onyx. Geneviève lächelte ein wenig und nahm es. «Ein interessantes Souvenir. Kann ich es behalten?»

«Ich weiß nicht. Jack hat gesagt, Munro würde Sie gern in der Bibliothek sehen.»

«Gut», sagte Geneviève. «Zufällig möchte auch ich ihn sehen.»

Sie ging zur Tür, blieb stehen und nahm Anne-Maries Jagdjacke, die zusammen mit den anderen Sachen, die sie ausgezogen hatte, auf einem Stuhl in der Ecke lag. Sie langte in die Tasche und nahm die Walther heraus.

«Noch ein interessantes Souvenir», sagte sie, steckte die Pistole in die Tasche, öffnete die Tür und ging hinaus.

Julie stand einen Moment lang, besorgt die Stirn runzelnd, wie angewurzelt da und eilte dann hinter ihr her.

Munro saß in dem Ohrenbackensessel am Kamin und trank Cognac. Carter stand am Sideboard und schenkte sich einen Scotch ein, als Geneviève die Bibliothek betrat.

Der Brigadegeneral sagte: «Ah, Geneviève, kommen Sie, lassen Sie sich anschauen.» Er nickte. «Sehr gut, in Anbetracht der Umstände. Das freut mich. Sie haben die gute Nachricht über die Fotos gehört. Ein großer Coup. Sie haben echtes Talent für diese Art Arbeit bewiesen. Ich kann Sie entschieden bei der SOE gebrauchen. Sie werden bestimmt noch eine Menge leisten.»

«Auf keinen Fall.»

«Oh, doch, Fliegeroffizier Trevaunce. Sie haben ein königliches Offizierspatent. Sie werden Befehlen gehorchen und genau das tun, was Ihnen gesagt wird. Die Lysander wird bald hier sein. Sie werden mit uns nach London zurückfliegen.»

«Einfach so?»

«Sie werden natürlich irgendeine Auszeichnung bekommen, und sie wird wohlverdient sein. Die Franzosen werden Ihnen wahrscheinlich das Kreuz der Ehrenlegion geben. Einige unserer Mädchen im Feld haben den Orden des britischen Empire bekommen, aber der dürfte in Ihrem Fall nicht ganz passend sein. Ich denke, wir werden es zu einem Militärkreuz bringen. Ungewöhnlich für eine Frau, aber es gibt ein paar Präzedenzfälle.»

«Ich weiß Bescheid über meine Schwester», sagte sie. «Baum hat es Craig gesagt, und Craig hat es mir gesagt. Sogar Priem hat es gewußt.»

«Tut mir leid», sagte Munro gelassen. «Ein Kriegsunfall.»

Sie sagte: «Sie sitzen da und trinken seelenruhig Cognac, und doch haben Sie mich ans Messer geliefert. Schlimmer als das, Sie haben mich von Anfang an kaltblütig in eine Falle getrieben. Wissen Sie, was so lustig daran ist, General?»

«Nein, aber Sie werden es mir sicher sagen.»

«Sie hätten es gar nicht nötig gehabt, mich von Baum verraten zu lassen. Anne-Marie scheint für die andere Seite gearbeitet zu haben, so daß ich von Anfang an keine Chance bei Max Priem hatte. Ich habe ihn übrigens erschossen. Ich habe ihn zweimal in den Rücken geschossen, damit.» Sie holte die Walther aus der Tasche.

Munro sagte: «Tut mir leid, meine Liebe. Ich nehme an, Sie hatten vorher nicht geglaubt, daß Sie dazu imstande wären.»

«Das stimmt.»

«Aber Sie waren es, ja? Ich sagte ja, Sie haben ein unzweifelhaftes Talent für diese Arbeit. Sind Sie ganz sicher, was Anne-Marie betrifft?»

«Oh, ja, und da war noch etwas anderes.» Sie runzelte die Stirn, da es ihr auf einmal schwerfiel, sich zu konzentrieren. «Diese Mrs. Fitzgerald in Romney, die Sie als Doppelagentin geführt haben. Wußten Sie, daß ihr Mann bei den Unruhen in Irland unter Michael Collins in der IRA diente?»

Munro erstarrte. «Nein, ich glaube, wir wußten es nicht. Warum?»

«Sie hat Sie zum Narren gehalten. Sie arbeitet immer noch für den deutschen Geheimdienst, über einige IRA-Kontakte in London.»

«Ach wirklich?» Munros Augen funkelten, als er Carter anblickte. «Setzen Sie sich mit Scotland Yard in Verbindung, sobald wir wieder in London sind, mit der Special Branch, irische Abteilung. Mit ein bißchen Glück werden wir die Herrschaften auffliegen lassen.» Er wandte sich wieder zu ihr. «Eisenhower wird sich freuen über das hier. Aufnahmen von Rommels Atlantikwall-Plänen, und das Beste ist, daß Rommel keine Ahnung davon hat.»

«Wunderbar», sagte sie. «Kriegen Sie eine lobende Erwähnung?»

Er sagte ungerührt: «Schon gut, ich bin ein Schuft – die Art, die Kriege gewinnt.»

«Indem sie Leute wie mich benutzt?»

«Wenn es nötig ist.»

Sie ging zum Tisch, drehte sich um und lehnte sich dagegen, ohne die Walther aus der Hand zu legen. «Wissen Sie, ich wollte eigentlich eine kleine Rede halten. Über Moralbegriffe und Ehre, und ich wollte Ihnen sagen, daß Sie genauso schlimm sind wie die Leute, gegen die Sie kämpfen, wenn Sie sich nicht an übergeordnete Regeln halten – selbst in einem niederträchtigen Spiel wie diesem.»

«Und warum haben Sie es sich anders überlegt?» fragte Munro.

«Oh, ich dachte an all die Toten, mit denen der Weg von Cold Harbour nach Schloß Voincourt nun gesäumt ist. René Dissard, Max Priem, Martin Hare und die Besatzung der *Lili Marlen,* Craig Osbourne. All die tapferen jungen Männer, die nun in der Tiefe ruhen, so hat der Dichter es doch ausgedrückt? Und wofür?»

«Meine liebe Geneviève», sagte er ungerührt. «Ich habe nicht mehr viel Zeit. Was genau möchten Sie sagen?»

«Nur folgendes. Da Sie genauso schlimm sind wie die Gestapo, sollte ich Sie vielleicht so behandeln wie die Gestapo.»

Sie hob die Pistole. Munro rührte sich nicht, doch Julie, die hinten an einem Bücherregal stehengeblieben war, rief: «Nicht, Geneviève, er ist es nicht wert!»

Geneviève war totenbleich und ließ die Walther nicht sinken. «Na, dann machen Sie schon», sagte Munro ungeduldig. «Entschließen Sie sich, Kind.»

«Sie verdammter Schuft!» Sie seufzte und legte die Waffe neben sich auf den Tisch.

Jack Carter trat zu ihr und drückte ihr ein Glas Whisky in die Hand. Er nahm die Pistole und steckte sie in die Tasche.

Munro sagte: «Sehr vernünftig. Ich würde das an Ihrer Stelle trinken. Sie werden es brauchen.»

«Noch mehr schlechte Nachrichten, und es ist noch nicht mal Mittag? General, ich finde, heute übertreiben Sie.»

Er sagte: «Ihre Schwester ist gestern nacht gestorben.»

Sie schloß die Augen, und alles, was sie wahrnahm, war Schwärze, und dann Carters besorgte Stimme: «Ist Ihnen nicht gut?»

Sie machte die Augen auf. «Wie?»

«Ich habe eine Autopsie angeordnet. Es war das Herz.»

«Noch eine Nebenwirkung von Ihrer Droge?»

«Höchstwahrscheinlich.»

«Wo ist sie? Ich möchte sie sehen.»

«Ich glaube wirklich nicht, daß das möglich sein wird.»

«Das Gesetz über Amtsgeheimnisse? Wollen Sie mir damit kommen?»

«Nicht nötig», sagte er. «Nicht, solange Ihr Vater noch lebt. Wenn Sie jetzt alles aufs Tapet bringen, wird die ganze Geschichte ruchbar – außer anderen unerfreulichen Dingen auch, daß seine Lieblingstochter eine Nazi-Agentin war. Das würde ihm praktisch den Rest geben, meinen Sie nicht?»

Geneviève sagte: «Ich habe Ihnen die Fotos gebracht. Ich denke, dafür sind Sie mir etwas schuldig.»

«In Ordnung, Sie haben gewonnen», sagte Munro seufzend. «Sie wird in einem Armengrab beigesetzt werden, natürlich ohne Namen und ohne Stein. Übermorgen früh um sechs Uhr. Friedhof Highgate.»

«Wo ist sie jetzt?»

«Ein Bestattungsinstitut in Camberwell erledigt diese Sachen für uns. Jack kann Sie hinfahren.»

Sie sagte: «Was ist mit Dr. Baum?»

«Er hat seine Arbeit getan, wie wir alle.»

Das Telefon klingelte, und Carter nahm ab und meldete sich. Er drehte sich um. «Die Lysander ist eben gelandet, Sir.»

«Gut.» Munro stand auf. «Gehen wir.»

«Aber es gibt vielleicht noch eine Chance», sagte Geneviève. «Craig ... und die anderen.»

«Zwecklos», sagte Munro. «Beeilen wir uns.»

17

Am Nachmittag des nächsten Tages setzte Jack Carter sie vor dem Bestattungsinstitut in Camberwell ab. Er wartete draußen, während sie läutete und hineinging. Sie wurde in einen gediegen eingerichteten kleinen Warteraum geführt, der mit Eichenholz getäfelt war und nach Bienenwachs und brennenden Kerzen roch. Neben der Tür standen weiße Lilien in einem großen Messingbehälter. Der weißhaarige Mann, der sie empfangen hatte, war sehr alt, wahrscheinlich arbeitete er wegen des Krieges weiter, um seine Rente aufzubessern. Seine Hände zitterten merklich.

«Oh, ja», sagte er. «Man hat schon Ihretwegen angerufen. Sie liegt in Nummer drei. Es gibt nur ein kleines Problem. Es ist schon jemand dort, ein Herr.»

Sie drängte sich an ihm vorbei und betrat den schmalen Korridor zum hinteren Teil des Hauses. In der ersten Nische stand ein geschlossener Sarg, die zweite war leer, und die dritte war durch einen grünen Filzvorhang geschlossen. Jemand murmelte auf hebräisch das Gebet für die Toten. Sie hatte es nach den Bombenangriffen oft genug im St. Bartholomew's Hospital gehört.

Sie zog den Vorhang zur Seite, und Baum fuhr herum. Er hatte ein Gebetbuch in der Hand und auf dem Kopf ein kleines Käppchen. Tränen liefen ihm die Wangen hinunter.

«Es tut mir leid... Es tut mir so leid. Der Herr ist mein Zeuge, ich habe so etwas nicht gewollt. Wenn ich gewußt hätte...»

Hinter ihm konnte sie Anne-Marie sehen, die Hände auf der Brust gefaltet, das Gesicht, ihr eigenes Gesicht, das jetzt, im Schein der Kerzen, ganz friedlich wirkte, vom Totenschleier umrahmt. Sie nahm seine Hand, hielt sie ganz fest und sagte nichts, denn es gab nichts zu sagen.

Es war ein grauer, nebelverhangener Morgen, und der Friedhof Highgate war zu dieser Tageszeit alles andere als ein angenehmer Ort. Carter brachte sie auch hierher und wollte vor dem Tor im Wagen warten.

«Bemühen Sie sich nicht», sagte sie. «Ich kann allein zurückfahren.»

Seltsamerweise wandte er nichts ein, sondern ließ den Motor an und fuhr fort, und sie schritt, die Hände in den Taschen ihrer Jacke vergraben, über den Friedhof. Sie brauchte nicht lange nach dem Grab mit der richtigen Nummer zu suchen. Sie sah sie schon nach ein paar Dutzend Metern in der anderen Ecke des Friedhofs. Der alte Mann vom Bestattungsinstitut trug einen schwarzen Mantel, zwei Totengräber lehnten sich auf ihren Spaten, während ein Geistlicher die letzten Worte sprach.

Sie wartete, bis er fertig war, sich umgedreht hatte und mit dem alten Mann fortging. Erst dann kam sie näher, während die Totengräber zu schaufeln anfingen. Sie blickten auf, es waren betagte Männer, die das Alter für den Militärdienst längst hinter sich hatten.

Einer von ihnen hielt inne. «Kann ich etwas für Sie tun, Miss? Haben Sie sie gekannt?»

Sie blickte hinab auf den primitiven Sarg, der schon teilweise mit Erde bedeckt war. «Ja... Ich dachte jedenfalls, ich hätte sie gekannt. Jetzt bin ich nicht mehr so sicher.» Es fing an zu regnen, und sie blickte hoch. «Ob Gott wohl jemals gewollt hat, daß es solche Morgen gibt?»

Sie sahen sich ein bißchen beunruhigt an. «Geht es Ihnen gut, Miss?»

«Oh, ja, oh, ja, danke», sagte Geneviève.

Sie wandte sich um, und da, nur wenige Meter hinter ihr, stand Craig Osbourne und beobachtete sie.

Er war in Uniform, Käppi und Militärtrenchcoat. Und als er ihn auszog, sah sie, daß er darunter die olivgrüne Kampfmontur anhatte, mit Hosen, die unten in Fliegerstiefel gesteckt waren. Die Bänder seiner Auszeichnungen machten sich gut in dem grauen Morgen.

«Sie gefällt mir besser als die letzte», sagte sie. «Ich meine, die Uniform.»

Er legte ihr wortlos den Trenchcoat um die Schultern. Sie gingen den Weg zwischen den Grabsteinen hinunter, und trotz des Regens hüllte der Nebel sie immer dichter ein, bis es nur noch sie beide zu geben schien. Der Regen wurde zu einem Wolkenbruch, und sie rannten zu einem kleinen Unterstand mit Bänken rings um einen Brunnen, und alles, woran sie denken konnte, war ein anderer Friedhof im Regen und Max Priem.

Sie setzte sich hin. Er holte eine Schachtel Zigaretten aus der Tasche und bot ihr eine an. «Es tut mir so leid», sagte er. «Arme Anne-Marie. Munro hat es mir gestern abend erzählt.»

«Sie haben mir nicht gesagt, daß du gerettet bist. Selbst Jack hat kein Wort davon gesagt.»

«Ich bin erst nach Mitternacht an Land gekommen. Sie sagten mir, daß du heute morgen hier sein würdest.» Er zuckte mit den Schultern. «Ich habe Jack gebeten, nichts zu erzählen. Ich wollte es dir selbst sagen.»

«Was ist passiert?» fragte sie.

«Ich bin abgetrieben worden, als die *Lili Marlen* gesunken war, zusammen mit Schmidt. Wir haben uns lange, stundenlang an den Händen gefaßt und festgehalten. Bis wir an einem Strand bei Lizard Point angetrieben wurden.»

«Und Martin?»

«Tot, Geneviève. Sie sind alle tot.»

Sie nickte, holte ihr Etui heraus und nahm eine Gitane. «Und was wird jetzt mit dir? Munro war sicher nicht allzu erfreut.»

«Zuerst war er fuchsteufelswild. Er sagte, er würde mich nach China schicken. Dort fängt jetzt ein OSS-Unternehmen an, sie bilden chinesische Einsatzkommandos in Partisanentaktiken aus, und in Fallschirmspringen und so.»

«Und dann?»

«Der Oberbefehlshaber hat sich Vergrößerungen von den Fotos angesehen, die du gemacht hast.»

«Und das änderte alles?»

«So ungefähr. Es geht jetzt bald los, Geneviève – der große Tag. Sie haben beschlossen, nach der Landung reguläre Einheiten und Männer vom amerikanischen Nachrichtendienst hinter den deutschen Linien in Frankreich abzusetzen, die mit der Résistance zusammenarbeiten und möglichst viel Unruhe stiften sollen.»

«Munro hat, anders ausgedrückt, festgestellt, daß er dich wieder gebrauchen kann?» fragte sie. «Wozu, Major? Noch ein Eichenblatt an Ihrer Tapferkeitsmedaille?»

Er antwortete nicht auf die Frage, sondern sagte: «Jack hat mir gesagt, der alte Bastard will dich für die SOE haben?»

«Es scheint so.»

«Er soll zur Hölle fahren!» Er legte ihr die Hände auf die Schultern. «Du bist immer du gewesen, auch als du allein warst. Nie sie. Vergiß das nicht.»

Das hatte Priem auch zu ihr gesagt. Verblüffend, wie sehr sie einander geähnelt hatten. Sie nickte. «Ich werde daran denken.»

Er stand vor ihr und sah sie an. «Das wäre es dann?»

«Ich denke...»

Er ging ganz unvermittelt, der Nebel verschluckte ihn, und das war schrecklich. Unerträglich. Es war Krieg. Man lebte für das Heute und nahm, was man bekommen konnte. So einfach war es.

Sie lief ihm nach, rief seinen Namen. «Craig!»

Er drehte sich um, die Hände in den Manteltaschen. «Ja?»

«Hattest du nicht was von Dinner im Savoy gesagt?»